# 故事会

## 2008 · 30

（总第 426-429 期）

# 合订本

I0553281

STORIES

上海故事会文化传媒有限公司　出品

（00199）

**图书在版编目(CIP)数据**

2008年《故事会》合订本.30/《故事会》编辑部编.
上海：上海锦绣文章出版社，2008.9
ISBN 978-7-5452-0152-9

Ⅰ.2… Ⅱ.故… Ⅲ.故事－作品集－世界 Ⅳ.Ⅰ14

中国版本图书馆CIP数据核字（2008）第142374号


责任编辑：朱　虹
封面设计：李宝强




故事会 2008 年合订本 30

（总第 426-429 期）

《故事会》编辑部　编

上海锦绣文章出版社出版

地址：上海绍兴路 74 号

网址：www.storychina.cn

中国图书进出口上海公司发行

地址：上海市广中路88号
电话：36357888
字数 280,000
ISBN 978-7-5452-0152-9/G · 018

# 426

## 2008
SEMIMONTHLY
上半月版

## 11月

STORIES

欢迎登录本刊主办的"故事中国网"(www.storychina.cn)

# 故事会

## 2008 年 11 月
上半月·红版

主 编:何承伟
常务副主编:吴 伦
副主编:姚自豪(上半月·红版)
副主编:夏一鸣(下半月·绿版)
本期责任编辑:叶小萌
电子邮箱:xiaomeng.ye@gmail.com
红版发稿编辑:
姚自豪 郑继文 吕 佳 周 吟
特约编辑:
范大宇 崔新三 申之珉
美术编辑:李宝强
电脑制作:郭瑾玮
通 联:归依玲
本社办公室电话:021-64375030
上半月刊编辑部电话:021-64332325
下半月刊编辑部电话:021-64336469
(上海市绍兴路74号 邮编:200020)
主管、主办:上海文艺出版总社
出版单位:《故事会》编辑部

制作、发行总监:张 凯
电话:021-64313938
广告业务:上海故事会文化传媒有限公司
广告总监:张 淮
广告业务:021-34010383
广告投诉:021-64333738
广告经营许可证
沪工商广字31003200050022 号
发行:中国图书进出口上海公司

**特别提示:** 凡本刊录用的作品,即视为本刊已获得该作品与《故事会》相关的网上传播、汇编出版、电子和录音录像制品等权利。本刊向作者支付的稿酬,已包含了上述各项权利的报酬,如有特殊要求,请提前说明。

# 有　经　验

**李**总事业有成，却将终身大事耽误了，无奈之下，他决定在报纸上登个征婚启事，征婚启事写得很有文采，但是李总还是不放心，便叫来人事部王经理。

"不好意思，请你帮我改一下。"

"我可不敢改你的征婚启事。"

"不不，你经常写招聘启事，有经验。"

王经理不敢怠慢，他反复看了几遍，基本上挑不出什么毛病，斟酌又斟酌，最后在征婚启事上加了一句："有三年以上经验者优先。"

（李建勇）

（本栏插图：包丰一）

**修**理工应召去一个医生家修理电视机，到了那里一看，医生家的那台电视机用了十年，很难维修了。

医生用幽默的口吻说："你开个处方吧。"

修理工对着电视机默默看了一阵，然后回答："我看只能写验尸报告了。"

（旷文杰）

# 和爸爸离婚

一天，布莱克夫妇吵架吵得很凶，妻子哭喊着说："我、我要和你离婚！"

布莱克正在气头上，也不认输："离婚就离婚，下午就去！"

邻居告诉三岁的小布莱克："你爸爸妈妈要是离婚了，你就不能和他们住在一起了，快去安慰一下你妈妈。"

小布莱克哭着跑到妈妈面前，说："妈妈，你不要和爸爸离婚，让我和他离吧！"　　　（谢来思）

# "屁股"还在

从前，有一个皇帝，荒淫无度，整天花天酒地。

这皇帝六十多岁了，还没有一个太子，非常焦急。终于有一天，一位爱姬生了一个男孩，皇帝高兴极了，爱姬请皇帝给儿子取个名儿。皇帝想了想："朕六十岁得太子，给朕争了脸。"于是便赐名为'脸'。太子出生后，身体娇嫩，被爱姬细心呵护。

又过了两年，这位爱姬又生了一个男孩，长得又瘦又小，皇帝见不是贵相，心中不喜，为了好抚养，便取了个丑名儿叫"臀"。

过了不久，瘟疫流行，太子因过分娇嫩，染病死了，皇帝非常悲痛，号啕大哭。爱姬上前劝道："望皇上保重龙体，虽然皇上丢了'脸'，但'屁股'还在哩！"

（旷文杰）

# 老师与校长

童童升入初中，上学第一天，他参加了新生模拟考试，试卷上有道填空题是"_____不努力，_____徒伤悲。"童童想了半天，就是填不上，临近交卷时间，他抬头看见监考老师的身影，灵机一动，挥笔就写："老师不努力，校长徒伤悲。"

（李玉芬）

# 非要名牌不可

小丽的新房要买电器了，她的丈夫是个爱面子的人，什么都要挑名牌的买，小丽跟丈夫商量，说："要不这样，冰箱、洗衣机、电视机这些常用的电器，我们就买名牌的，像空调这种不常用的电器，我们就买普通牌子的。"丈夫点点头答应了。

第二天，丈夫却变卦了："空调一定得买名牌的！"

小丽纳闷地问："为什么呀？"

丈夫解释道："你想呀，空调有室外机，别人都能看到，买个普通牌子的多没面子呀！"

（梁 斌）

# 借"第三者"

小林接到前女友的电话，她托小林办一件事，于是两人约定在公园见面。

见面时，小林看见前女友牵着一条小狗，不觉惊讶地说："我记得你最怕狗的，几年不见，胆量变大了嘛！"

前女友不好意思地笑笑，说："不是我养的狗，是临时找朋友借的。"

小林听了感到更加摸不着头脑，前女友看出了他的疑惑，低下头，不好意思地说："我怕别人误以为我俩幽会，所以带个第三者过来……"

（向天歌）

# 其母其女

娟娟妈应约去学校见女儿的老师，老师显得有些慌乱。

一会儿，老师就开始诉说娟娟的在校情况，上课有时注意力不集中，还有些浮躁，"比如说，她会把老师布置的作业记错，我甚至发现她会坐错座位。"

娟娟妈辩解道："我不明白，她从哪儿学来的这些毛病？"

老师犹豫了一下，补充道："顺便提一句，娟娟家长，我们本来是约在明天见面的。"

（尹来昭）

# 老婆饼

丈夫总是喜欢买老婆饼回家当早饭，妻子吃了几次后有点腻了，可丈夫仍是隔三差五买回来。

一天早上，丈夫又拎了老婆饼回家。

妻子终于忍无可忍，冲着丈夫大喊道："真是烦死了，这饼干巴巴的，一点也不好吃，下次早饭别买这个了！"

丈夫也火了，大声反驳道："我吃早饭还从来没有吃过自己老婆烙的饼，买几回老婆饼吃怎么了？"

（姜　冰）

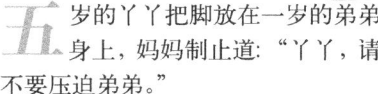

# 帮 忙

**年**轻帅气的本·杰明在一个餐馆里遇到了大名鼎鼎的大作家海明威，他态度诚恳地请求道："海明威先生，您能帮我一个忙吗？"

"什么样的忙？"

"嗯，今晚我邀请了我的女朋友来这里吃晚餐，我想让她留下一个美好的印象。如果您可以经过我们的餐桌，然后说声——'你好，本'，那我一定很有面子。"海明威很乐意帮这样的忙，于是欣然答应了。

片刻后，本·杰明的女朋友进了餐厅，落座后，海明威便走上前去，走过了这一对年轻恋人的餐桌，同时，海明威微笑着说："你好，本。"

本·杰明转过身子，不耐烦地说道："该死的，你难道没有看见我正忙着吗？"　　　　　　　（李正华）

# 谁过节

**丈**夫对妻子说："明天是'三八'妇女节，是你们女同胞的节日，我想咱们在家庆贺一下。"

妻子说："好啊，怎么庆贺？"

丈夫说："你到菜市场买一只烤鸡，买点儿大虾，买一瓶好酒，再炒几个菜，怎么样？"

妻子瞪了丈夫一眼，问："到底是我过节，还是你过节？"（向天歌）

# 提 拔

**五**岁的丫丫把脚放在一岁的弟弟身上，妈妈制止道："丫丫，请不要压迫弟弟。"

丫丫反驳道："他揪我的头发。"

妈妈正色道："他是提拔你！"

丫丫听了，只好沉默。

过了一会，房间里传来了小弟弟的号啕大哭声，妈妈赶紧跑过去问怎么了，丫丫一本正经地说："没事，妈妈，小弟弟压迫我，我已经提拔过他了，您去忙吧。"　　　（佚　名）

本栏欢迎来稿，读者、作者可将有新鲜感、有精彩细节的笑话佳作投寄给我们。来稿一经采用，最高稿费为一则100元。本期责任编辑电子信箱：xiaomeng.ye@gmail.com。

# 剥花生

## 和分遗产

这天，董事长和席先生聊起了自己当年如何靠85元钱创业的事，从创业谈到了事业、财富、遗产，说到"遗产"，席先生就缄默无言了，董事长笑了："你有什么可忌讳的？人总是要老的、死的，死了后财产就成了遗产，这都是自然规律，无可讳言……我倒是很想和你聊聊分遗产的事。"

席先生说："民间分遗产的故事很多——从前，有个财主，临死之前把三个儿子叫到床前……呵呵，一般都是这样开头的……"

董事长笑了笑，说："我听说过一个'剥花生分遗产'的故事，讲给你听听——

很早很早以前，有个聪明的老头，他有一笔财产和三个儿子，他想在临死前把财产分给最聪明的儿子，于是给三个儿子出了一道难题：分别

给他们一背篓的花生，要求他们剥了壳后看看里面的花生米有几种颜色。老大老实，把花生背回家后就通宵达旦地剥起花生来，剥了一天一夜也没剥完；老二是个好吃懒做的人，回去后把花生往墙角一放就睡大觉去了；老三是个聪明人，他先从花生中分别选出了胖的、瘦的、长的、矮的，各式各样他都选出了一个，然后分别剥开，发现全都是红皮的，于是最先说出了正确答案，赢得了老人的全部财产。"

席先生极惬意地喝了一口浓浓的极品铁观音，回味了一下那清香宜人的茶味，说："董事长，你这个剥花生分遗产的故事后来就流传了下来，不断地有人借用老人的方法去考验后代，于是又产生了新的故事，我来给你讲一个吧——"

8

## 故事一

**在**那以后的某个朝代，有一位身患重病的老人，他也有一笔财产和三个儿子，他想把自己的财产分给最聪明的儿子。他想起小时候读私塾时听一位先生讲过剥花生的有趣故事，于是决定用这个方法来考他的儿子。他让妻子准备了三背篓花生，然后把三个儿子叫到床边，老人用微弱的声音说明了比赛规则：无论用什么方法，谁先说出各自那背篓花生的颜色，谁就可以得到他的财产。

三儿子最聪明，他最先来汇报：那背篓花生全是红皮的。老人问他怎么知道的，三儿子说他去市场问了那些卖花生的人，他们都说本地只产红皮花生，白皮花生只有千里之外的地方才有，所以只可能是红皮花生。老人听了很高兴，觉得老三会进行市场调查，懂得经商之道，他满意地点了点头，让三儿子回去了。

二儿子是第二个来汇报的，他也说出了同样的答案。二儿子性情懒惰，他根本没去亲自剥花生，而是花钱请了十来个人，半天就剥完了。老人问他怎么知道的，二儿子毫不掩饰地说："请人呗，干吗自己动手？"老人听了，也点点头，让二儿子回去了。

大儿子呢，是个老实巴交的人，他回去后剥了三天三夜终于把花生剥完了，他拿着剥完的花生最后一个来到老人那里，说出了正确的答案。老人一看剥光的花生就明白了，也点点头，让他回去了。

后来老人去世了，族里的人按照他的遗嘱，对遗产进行了这样的分配：大儿子分到了老人的土地，因为他能靠自己勤劳的双手养活自己，土地只有交给勤劳的人才不至于荒废；二儿子分得了老人的房屋和一小部分的钱，老人可能是怕他懒惰养不活自己，多余的房子可以出租，收点租金，也足可养活他了；三儿子呢，则分得了老人大部分的积蓄，老人是希望他经商，赚大钱。

对于这样的结果，三个儿子都比较满意，因为他们都得到了自己期望的东西。

董事长听到这里，久久没有说话，他沉思着。他在想什么？他是在惊叹那个老人的智慧？还是在为曾经有过的自己百年之后如何分遗产的念头而后悔？

良久，席先生对董事长说："剥花生分遗产的故事还有呢。"他接着又开始讲了——

## 故事二

再后来的后来的某个朝代，又有一位老人想把自己的遗产分给三个儿子，他想起了远古那个剥花生的故事——当然，他听到的是那个最原始、流传最广的版本。老人觉得这个方法很好，便让老伴去准备了三背篓花生。接着，三个儿子被叫到床边，老人用颤抖的声音说明了比赛规则：谁

先说出那背篓花生的颜色谁就可以得到他的财产，话刚说出，老人突然又有了一个念头：万一三个儿子也听过类似故事，这个办法岂不失灵？于是他问："你们有谁听过一个剥花生看颜色的故事？"

其实，他的三个儿子都从别人那里听过这个故事，大儿子老实，正准备张口回答，却被机敏的老三抢先一步："没有听过，我们三个都没听过。"然后，他给老大、老二递了个眼神。老人听了，"嗯"了一声，然后就叫三个儿子剥花生去了。

最先来回答的是老大，他对老人说："我这背篓花生全部都是红的。"

老人惊讶地问道："你怎么这么快就知道呢？"

老大回答道："我从里面分别选了胖的、瘦的、长的、矮的，发现它们都是红的。"

老人心里一个"咯噔"，他疑惑地问："你是怎么想到这个方法的？"

老大老实地回答说："我、我听人家讲过一个故事，故事里的人就是用这种方法知道的。"老人笑了起来，然后叫大儿子回去了。

老二是第二个来的，他是一个好吃懒做的人，他回去后留了一部分花生自己吃，其余的都就近卖了，又用卖得的钱买回一些人参等补品，然后拿着补品来到老人床前。

老人问："花生的颜色是什么？"

"花生的颜色？好……好像都是红色的。"老人一听，便知道是怎么回事了，他摆了摆手，让老二回去了。

两天后，老三来到老人的身边，老三是个聪明人，他回去后也把胖的、瘦的、长的、矮的各选了个代表，发现都是红色的，但老三比老大多长个心眼，他想，这个故事应该很多人都知道啊，要是老人有所察觉怎么办呢？总要想出一个与众不同的新点子呀！于是，他抱着试一试的心态又剥了些花生，果然发现还有极少极少的白皮花生。老三警惕起来了，为了防止其他情况发生，他悄悄喊了老婆、孩子一起剥花生，花生剥完，竟然还发现了另外一种颜色：黑色，那是花生存放不当而发生了霉变。老三把三种颜色的花生分开装着来到老人身边，老人听了老三的答案，高兴地笑了起来："老三啊，你平时爱耍聪明，什么重活都是让老大干，什么好处你都变着法子占，可今天你终于做了一件让我非常满意的好事啊，你是唯一一说出正确答案的啊！记住——要老老实实地做人，偷奸耍滑是行不通的。"老三听到老人的赞扬，心里高兴极了，心想：遗产该都是自己的了！

老人死后，遗产分配方案终于公布：懒惰的老二获得了全部遗产的三分之二，剩下的则由老大、老三平分。老三感到非常委屈和不解，明明是自己回答得最正确啊！

族里的人说，老人这么分配遗产，是因为老大凭自己的实在、老三凭自己的聪明，都不会饿死街头，他希望三个儿子以后个个生活得安稳、幸福，而懒惰的老二是他最担心的一个儿子，如果老二也能像老大、老三那样安定地生活，他也就走得安心了。手心是肉，手背也是肉，三个儿子老人都疼，这也是老人作为父亲对儿子最真挚、最单纯的爱啊！

后来的后来，人们分遗产的方式也丰富多样了，老人会根据主观、客观的各种因素作出自己的分配，已经很少有人再使用剥花生的方法来考人了，但是，不管怎么分，老人自有他们的理由，做子女的，唯有从中获得感激、警醒、自省而已……

**（本期作者：阮　鹏）**
（题图、插图：安玉民　梁　丽）

### 征稿启事

"新一千零一夜"是本刊"红版"新推出的栏目，希望广大读者能喜欢。"红版"编辑部热忱欢迎作者惠赐原创佳作，要求：1.题材不限，能以较新的视角反映生活，立意独到；2.核心情节新鲜、奇巧、生动；3.篇幅在2000字左右。来稿可从邮局寄发，也可发电子邮件，请在信封或电子邮件的主题栏内注明"新一千零一夜"字样。红版编辑部各编辑邮箱见第42页。

# 也是一种责任

□ 王瑞侠

中国人过春节有这么个民间习俗，正月初六送穷日：下田备春耕，穷气送出门。人们在这一天真正开始工作或者做生意。今天是正月初六，吃过早饭，老婆像往年一样，默默地为我收拾行李。在这一天里，离家、挣钱，已是我这大男人义不容辞的责任。我带同村的几个兄弟，在大连安装暖气设备，十多年了，年年都是腊月二十九回家，正月初六走人。

老婆在给我的行李打包，我在一旁看着，心头酸酸的。就在这时，邻居二憨突然闯进来，肩上还扛着铺盖卷。我盯住二憨的铺盖卷，口气严厉地说："二憨，你这是干啥？说好了，你不能跟我去。我们有规定，一走就是一年，半途不能回家，你不行，没出过门，耐不住这份寂寞的！"

这个二憨，大我几岁，也不憨，就是胆小怕事，三十多的人了，还没离开过家，光守着老婆孩子。这次不知搭错了哪根筋，竟要跟我到大连去打工，找我好几回了。

二憨带着哭腔，说："瑞侠兄弟，你就帮哥一把吧，让哥也挣俩钱儿。我半途绝不回家，保证不回！为表决心，我只带去时的车票钱，一分钱也不多带。"说话的当口，我那几个兄弟都背着铺盖卷，聚到我家里来了。带不带二憨这问题，我立马推给了兄弟们。兄弟们嘀咕了几句，末了，老壮盯着二憨，郑重地说："你要真有呆一年的决心，那就立个誓吧。"话音刚落，二憨真要举起手，我一把拽住二憨，拍拍他的肩膀，给他鼓气，说："好好干吧，腊月二十九回来，我保你挣个三万两万的。"

就这样，二憨跟着我们离开了他自出娘胎以来从未离开过的村子。

赶到大连时，已经是晚上八点多钟。进了出租屋后，大家都忙着铺铺盖卷，二憨却跟着我，讪讪地说："兄弟，借五块钱，给你嫂子打个电话……我真的一分钱都没多带。"我指着窗台上的电话机说："咱屋里就有电话，你打吧。"二憨却"嘿嘿"地笑着说："人太多，不方便吧？我还是到前面的小商店，打公用电话吧。"我递给他五元钱，嘴里嘀咕说："老夫老妻的，还有啥悄悄话不成？"

我坐了一天的车子，感觉劳累，铺好铺盖后，就倒下睡着了。等一觉醒来，天已经大亮，我正睡眼朦胧，大壮尖着嗓子，大叫起来："二憨呢？"我这才注意到，二憨铺位上的铺盖还打着卷，人已不见了！

我一下子慌了，来不及提鞋就跑到前面的小商店，店主向我证实，昨晚八点多钟，的确有人来他店里打电话，那人拿了五元钱，店主还给找了三元一角的零，但那人打完电话就不知去向了。

还能到哪儿去呢？我很快作出了判断：二憨打完电话后准备回出租屋，但这街上店铺林立，二憨必定是按捺不住，一路上东游西逛，最后就走丢了！他人生地不熟的，身上又只带了三元钱……我越想心里越悔啊，悔不该带他来！我回去咋向他家人交代啊？可事到如今，光悔顶个屁用？得找人呀！于是，活也不干了，兄弟几个分头去找，东南西北到处张贴寻人启事，可几天下来，二憨好像从人间蒸发了一样。无奈之下，我们只好一边做工，一边慢慢打听，我甚至还一厢情愿地认为：不定哪一天，二憨会突然出现在出租屋里！

不知不觉，两个月就过去了。

这天晚上，出租屋的电话响了，我一看来电显示，是我家的号码，于是就接过"喂"了一声，老婆的声音立刻响了起来："你猜我今天浇地碰见谁了？"我问道："谁啊？"

"二憨!"老婆接着说,"原来他正月初六夜里就往家赶了,回来怕人笑话,就一直躲在家里,要不是麦苗返青,该浇地了,他还不出来哩!"

我一听这消息,心里的石头"咚"地落了地,接着就"哈哈"大笑起来:"这二憨咋就一天离不开老婆哩?初六夜里就往家里赶了?他咋走的?他身上可只有三块钱啊!"

老婆答道:"那晚他往家里打电话,问他老婆一个人在家行不行,他老婆哭着应了声'行',二憨就呆不住了,放下电话就往家的方向跑,跑了大半夜,遇上一辆拉煤的货车,司机

人善,就把他捎回来了。"

我一听这些,笑得连腰都直不起了:"瞧那熊样,没出息,挣钱可是男人的责任啊!老婆一哭,就招架不住了?那还能挣钱吗?一天离了老婆都不行,哈哈哈……"

就当我笑得前仰后翻的时候,平日里好脾气的老婆生气了,她愤愤地说:"你这没心肺的,就这么好笑吗?你就不觉得酸楚吗?他没出息,一天离不了老婆,可你老婆偏偏就还眼热这样的男人!你根本就不明白:守着老婆,守住自己家的温馨,也是男人的一种责任啊!"说到这儿,老婆"呜呜"地哭了起来。

我就像当胸挨了一拳,心口突然痛起来,那种痛的感觉就如同水一样漫了上来,甚至把眼睛都打湿了,回头看看同屋的几个弟兄,人人眼里都滚着泪花。我和老婆的对话,他们一字不漏地听了进去,因为我接电话时,按的是免提键。

我对着电话,也对着同屋的几个弟兄,狠狠地说:"又没隔着山隔着水的,干吗一年只回家一趟?就算隔着山隔着水,也得回去看看家!麦苗返青了,该浇地了,明天都回家,帮老婆浇地去!"

**(题图、插图:安玉民 梁 丽)**

(本栏目欢迎来稿。来稿可从邮局寄发,也可从网上传递。如为电子邮件,请发以下信箱:xiaomeng.ye@gmail.com)

# "撞"出来的故事

□马卫

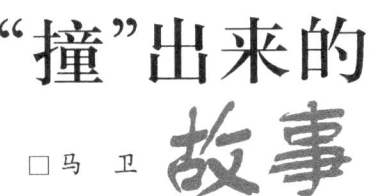

**好**几年前,人们说:"社会是所大学校。"好几年后,人们接着这句话,又说:"学校是个小社会。"这些年里,社会发展了,经济增长了,就连学校也开放了,你瞧,一个小学校里,居然汇集了社会各色的孩子。说到学校的发展和变化,易绍红夫妻俩最有发言权,易绍红可是在一所中学呆了十年的教师,她的老公在第一中学当校长,教龄也有十多年,易绍红夫妻俩回忆起这些年里发生的事,五味杂陈,感慨万分,他们说起了这么一件事——

## 事 发

这天下班,易绍红心情很好,骑着自行车跑得飞快,就在快到自家小区的时候,一个中年男人突然横穿过来,易绍红刹车都来不及,就在这眼睛一眨的瞬间,她的车撞在这人的身上,那人立刻倒地了。易绍红虽然没有摔倒,但歪歪斜斜地好不容易才稳住了身子。那男人倒在地上蜷缩着,吓得易绍红直打抖,骑了这么多年的车,可从来没有出过事呀!

这时,从路边的绿化地旁又出来了五六个大男人,穿着和倒下的男人差不多,看样子都是来城里打工的。其中领头的男人精瘦,人称胡老大,他脸上全是筋在颤动,胡老大带头喊了起来:"撞了人想跑?先把车子扣下来!"

这五六个大男人围住易绍红,要她拿出身份证来,然后把人送到医院救治,易绍红这时还有什么主意啊,

一个快四十岁的妇女，脚都软了！她颤抖着手在坤包中掏了半天，才把身份证拿出来，胡老大收起了她的身份证，背上了那个倒下的中年男人，其他人一路吆喝着、簇拥着，朝医院奔去。

还好，经医生初步检查，只是软组织受伤，没有伤着骨头，只要好好休养，一周后就会痊愈。易绍红付了三百多块钱的药费、检查费，这时，她才稍稍喘了口气，才给老公吴敏捷打了个电话，她知道，这几天老公不好

露面，因为好多人拿着条子，拿着钱，要让孩子进老公当校长的市一中读书，这是有名的重点中学，她知道老公的难处：上面三令五申，要公平教育资源，初中划片，高中按指标确定分数线招生，不能乱扩招。

易绍红哭哭啼啼地在电话里向老公说自己出事了，吴校长在电话那头着急啊，因为他估计这几个人绝对不是那么简单，一定是有预谋的，不然怎么会有那么多同伙等候在那儿？他们想干什么？这是吴校长最担心的，他在电话中对易绍红说：叫他们选个地方谈判，先别忙报警。

吴校长心想，这些人最大的可能就是讹钱，那就花点小钱免灾吧，只要说得过去，别要得太多行，于是他们选了一个叫"川江人家"的中档餐馆，约好了在那儿谈。

## 谈　判

当然，这桌饭的钱得由易绍红掏，她不在乎这个，她只想早点脱身。原本说由胡老大当全权代表，可是受伤的那个人说啥也要来，他们只好把自行车寄存，然后打辆出租车，一起到了万安桥头的川江人家。

进了一个雅间，不一会儿，易绍红的老公来了。吴校长四十多岁，长得高大，但很斯文，一看就是有教养的人。胡老大介绍说："我是胡墩，大家都叫我胡老大，是受伤的那个人的

好友。"

易绍红介绍道:"这是我老公,一中的校长。"

受伤的那个中年男人朝易绍红夫妇点了点头,说:"我叫傅华明,我不方便站起来,就坐着说,吴校长,我可是第二次见你了!"

吴校长听了这话,心里一个"咯噔",他想了又想,还是想不起这个人来。傅华明提醒道:"半个月前,在你们家——"

吴校长终于想起来了:他家住在天都小区的二号楼,那天是个周末,他正帮着易绍红收拾家里的东西,突然,家门口有人在喊"收旧书旧报旧电视旧冰箱",吴校长正想把一些旧书报处理掉,于是就开了门,招呼那人进来,那人进门后很快把旧书报称好,然后突然问道:"你就是一中的吴校长吧?"吴校长说了声"是",那人一听,"咚"的一声跪在吴校长面前,然后从怀里掏出一个油纸包着的东西,打开后说:"吴校长,我娃儿想在城里读书,可是他没有城市户口,这里虽然也有几个收农民工子女的学校,但名额都满了,咋说都进不去……我娃儿的成绩可好了,在乡初中是第一名呢。听说只要给五万块钱的赞助费,就能读你们学校,我在城里收了三年的废品,就挣了三万块钱,我全都给你,你就让我的孩子读你们学校好吗?"

吴校长婉言拒绝了,他说:"今年上级有硬性规定,不能收赞助费了,初中全是划片招生,高中划线招生。你说你的孩子成绩好,我当然也想收,但是不行啊,我不能违反国家政策呀!"

傅华明很不情愿地收起钱,然后离开了……

傅华明因为经常到天都小区来收废品,和那个守门的老头成了朋友,常在那儿讨口开水喝。他跟老头讲:他一生最大的愿望,就是让孩子进城来读书,"我们不能祖祖辈辈都是文盲啊,更不能让儿子长大了也来接我的班收废品啊!"

守门老头说,来找吴校长的人很多,见他一面都很难。老头还说吴校长有个老婆,脾气大着呢,平时理都不理人,根本就搭不上话……守门老头的这句话倒提醒了傅华明。

这些事情,吴校长自然不知道,他正在琢磨着眼前发生的事,这时,傅华明又开口了:"吴校长,我就只有这么多钱,你一定要收下我儿子!这就是谈判的条件,如果你不收我儿子在你们学校读书,我就天天躺在你家门口!"傅华明一边说,一边又拿出了那个脏兮兮的油纸包。

吴校长铁青着脸,易绍红更是说不出话来。这么多年,还没有哪个人为了儿女读书,走这条让人无法理解的路,讹钱的,讹色的,讹权的,谁

听说过讼读书的?

吴校长毕竟见多识广,他打着哈哈寒暄道:"先喝酒,傅师傅,我们边喝边说!"

## 幕　后

席上,傅华明颤抖着手,端着杯子说:"第一杯,我敬吴校长和易老师,你们得让我孩子有书读,因为这是孩子她妈的心愿!"

易绍红问:"孩子她妈?怎么没有来?"

这下,傅华明的泪流了出来,一旁的胡老大长长地叹了一口气,讲起了傅华明的老婆红英的故事——

五年前,傅华明和红英把孩子甩给爷爷奶奶,夫妻两人进城打工。那时孩子在读小学四年级,成绩很好。他们给孩子许诺,一定要让孩子进城去读中学。第一年,两人都在工地当小工,每个月除了生活费,剩的钱加在一起也才几百,他们都存着。第二年,他们还是在工地当小工,两年下来存有一万块钱,这时孩子小学毕业了,升初中,如果不进城读书,就在乡中学读,这乡中学从来没有一个学生考上过重点高中,老师们都不安心,因为他们的待遇太差,有门路的就去开门市,再次的跑摩的,最无用的就打牌。

红英揣着两口子两年的"辛苦钱",准备用这钱交择校费,给孩子找个城里的学校读书,但是好学校的择校费是三万以上,只有最差的八中要八千元。想不到的是,红英在去八中的途中被抢劫了,她死死抱住装钱的包,嘴里喊道:"这是孩子读书的钱,你不能抢啊!"

歹徒本来没有杀人的心,现在见红英死不松手,还大喊大叫,他猛地拔出匕首,刺向红英……红英后来虽救活了,但残疾了,双脚无法落地,只好回到老家,孩子也只有在乡中学读书。傅华明后来改收废品,收废品比当小工的收入要高些,因为他答应红英,无论如何,高中得让孩子进城读书。

吴校长夫妇听得泪流满面，他们也是农村出身，深深知道农家供养子女读书的艰辛，吴校长给傅华明倒上一杯酒，然后举起杯子，说："傅大哥，对不起，我以前真的不太了解你们，一心按上面的政策办，当然，我们当校长的是该按上面的政策办，但像你们这样的特例，哪怕撤了我的职也该网开一面啊！我不想多说，你的孩子我收下了，而且一分赞助费也不要，只要他成绩好，学校每学期给全年级前三十名的贫困学生生活补助！"

傅华明听了，脸色突变，眼眶里涌动着泪花，他长跪不起："我对不起你们，那车是我自己撞上去的呀！"

这时，胡老大坐不住了，他霍地站起，说："吴校长，易老师，你们不要怪傅华明，要怪就怪我，对不起你们的是我，那车要说是傅华明撞的，不如说是我撞的。"

这下让大家都莫名其妙了，胡老大接着说："前年我儿子小学毕业，想读易老师教书的学校，因为交不起择校费没有读成，我心里就恨啊，想找个机会报复一下。这天，傅华明找我们去，要弄个碰瓷的事，我十分高兴。易老师骑着车过来时，傅华明他犹豫了，他是个十分心慈的人，伤害女人的事他做不出来。这时我在后面推了他一把，他就跌跌撞撞地向易老师的车子奔去……我对不起你们，请你们原谅。"

吴校长拉起傅华明，说：从他接到易绍红电话的那刻起，他就知道，这一定是个预谋，不过现在他心里一点也不责怪傅华明……

傅华明在九月一日那天，骑着收破烂的三轮车，上面载着红英和孩子，高高兴兴地奔向一中……

（题图、插图：魏忠善）

# 为了雪山神

□ 赵建光

天山南面有个塔拉山，山下有个镇子叫格里木，镇上的牧民每天早上把羊群赶出家园，交给牧羊犬看管，然后就回来做自己的事。眼下刚进冬季，正是给羊群储存草料的季节。这天一大早，吐木克老人把羊带进草场后，就在回家的路上开始割草，快午饭时，他的草垛已经有一人高了。

吐木克站起了身，要回家拉马车，刚站起来，就听见后山传来几声狗叫，不好，是自家的牧羊犬在叫，难道羊群遇见了意外？吐木克举起镰刀，掉头向后山狗叫的地方奔去。他翻过一个小山头，看到自家的羊群时，狗叫声消失了，羊还在安静地吃草，似乎没有受到什么惊吓。吐木克跑到羊群里数了数，正好60头羊，一只也没少，可就是不见牧羊犬"赛虎"。吐木克有点着急，拉开嗓门，唤了两声："赛虎！赛虎！"空旷的草原上，就是没有一点回应。

吐木克赶紧登上路边的高地，发现在不远处一棵高大的树下，赛虎正一动不动地躺在那里。于是，他赶紧跑过去，只见赛虎已经断了气，脖子上的血还在往外流，像被什么动物咬破了喉咙。吐木克弯下腰，抚摸着赛虎，眼泪忍不住流了下来。赛虎从小就生活在吐木克家里，已经整整六年了，它曾无数次地把狼赶跑，有一次，赛虎为了救回被狼抓走的羊羔，

天黑时它竟然叼回了一只狼崽子，可是今天的情景实在是太意外了！

吐木克断定是狼来报复了，他把赛虎扛在肩上，准备回去找一片好地

方埋葬它。吐木克离开了，可他没有看到，一旁的大树上正卧着一只雪豹!

雪豹是一种美丽而濒危的猫科动物，身材比豹子小很多，据说，全世界现存仅三千余只，是珍贵的保护动物，被誉为"雪山神"。它们大多住在高山雪域的岩洞里，经常晚上出来捕获野山羊和小动物，但不喜欢下山寻食，可为什么今天大白天出现在山下呢?

原来，有三个偷猎者在两天前的夜里发现了这只雪豹，当时有两只，一只被偷猎者击毙，而这只幸运的雪豹被枪声吓坏了，拼命奔跑起来，直到太阳升起，它才发现自己奔到了山下。此时的雪豹，已饿得难以支撑，就在这时，它发现了吐木克的一群羊，就不顾一切地扑向羊群。紧跟在羊群后的赛虎发现雪豹就立刻冲了上去，于是它与雪豹撕咬成一团。最终，凶狠的雪豹咬死了赛虎，正想吞食，却没有料到吐木克来了，雪豹迅速爬上了树，用树枝挡住了身子，后来看到吐木克老人走了，它才从树上跳下来，消失在草丛里。

再说，吐木克把赛虎扛回家，埋在后院的一片报春花下。吐木克十岁的孙子阿尔法见心爱的赛虎死了，心里很难过，夜里睡觉时，他满含眼泪，梦里全是赛虎小时候和自己玩耍的情景。半夜，阿尔法醒来后再也睡不着

了，就到院子里看天上的星星，不知过了多久，阿尔法正要回屋，忽然听见有人在说话，循声望去，看见几个黑衣人从篱笆外走过，其中一个边走边说:"这次是老外牵的头，仅皮毛就给二十万……可惜，第二只雪豹被吓跑了……"另一个说:"跑不到哪里去，它们喜欢往北山腰的雪域去，只要我们等着，它就会回来……"

阿尔法听他们在说雪豹，立刻警觉起来，他很早就听爷爷讲过"雪山神"的故事，阿尔法急忙回屋，把爷爷喊醒，说了刚才的事，吐木克一惊，立刻明白了今天发生的是怎么一回事，他自言自语道:"北山腰? 我怎么没想到是雪豹呢? "

第二天，吐木克就朝塔拉山北山腰的雪域走去，这是一片冰雪覆盖的丛林，里面有很多动物的脚印。吐木克找了半天，终于惊喜地发现了一串梅花脚印，那是雪豹的。吐木克知道，雪豹的前爪掌面大，后爪掌面小，这是和其他豹子不同的地方;雪地上还留着一堆饭盒和烟头，显然是那几个偷猎者留下的;在不远处的一块空地上，吐木克还发现了一片黑色的血渍，他猜那是被猎杀的那只雪豹临死前留下的。

吐木克这下明白了，这片海拔有3000米的小丛林，正是偷猎者驻足死守的地方，他们已经打死了一只雪

豹，惊跑的那只他们是绝对不会放过的，而在山的南面，和这片区域对称的地方叫南山腰，也是一片丛林，夏季时吐木克在那里打过野兔，老人想了想，就下山了。

当晚，吐木克又独自去了南山腰，接着又去了北山腰，从这以后，天天如此，就这样，十几天过去了。

这天上午，吐木克赶着马车去了三十里外的哨所，把情况告诉了巡山警察，说是今晚有几个偷猎者会去塔拉山北山腰猎杀雪豹，巡警有些怀疑，说："老人家，我们在这里守了六

年啦，从没见过雪豹，而且我们一周巡逻两次，至今也没发现偷猎者，你是怎么知道的呢？"吐木克焦急地说："请你们相信我，路途太远，没时间了，回头我再跟你们解释。"说着，他领着巡警们上了车。

来到塔拉山脚下，已是深夜了。两点钟，巡警们果然在北山腰抓住了那三个偷猎者，而且还有一个老外，并当场缴获了那张雪豹皮。

原来，吐木克每天晚上都从南山腰到北山腰去，他在上次发现饭盒的地方附近，找了一片覆盖了厚雪的蒺藜草，用镰刀在下面挖出一个洞，躲在里面。吐木克坚信，偷猎者不会放弃那只雪豹的，他们还会到这里来，来了就能探听到他们的动静。吐木克在这个寒冷的洞中苦苦地守了一夜又一夜，昨天晚上，吐木克像往常一样又躲在洞里，那几个偷猎者果然来了，其中一个说："明天晚上，那个牵头的老外要跟我们一起来，他带着摄像机，因为买主想得到雪豹的录像资料，老三，你把食物多准备一份。"听到这消息，吐木克欣喜若狂，第二天上午就到哨所报警。当晚，三个偷猎者交代了犯罪经过：他们一共杀了一只雪豹，六头盘羊，十二只塔拉山羚……

吐木克回到家的时候，阿尔法正在门口搂着羊羔等他，一看到爷爷回来，阿尔法迫不及待地上前问道："爷

爷，咱们家的羊怎么只剩下11只了，那些羊都卖掉了吗？"

吐木克回答说："孩子，今晚你穿厚点，跟我上山，我告诉你真相。"

晚上，吐木克带着阿尔法，赶了5只羊上山，到了南山腰，吐木克把羊杀了，又把死羊挂到了树杈上，然后他们就躲起来观察。不久，阿尔法惊呆了，他第一次看到了美丽绝伦的雪豹，而且来了7只，它们被羊的血腥味吸引过来了。这十几天来，每天到了这个时候，它们都会准时来这里享用美味，其中有一只玲珑可爱的小雪豹，特招人喜欢，很像赛虎小时候的样子。

阿尔法问吐木克："爷爷，我们为什么要用自家的羊喂食雪豹呢？"

吐木克对阿尔法说："为了救雪豹，把它们吸引到南山腰来。"

前几天，那三个偷猎者在北山腰死守雪豹，他们知道北山腰是雪豹经常出没的地方，每到一个固定的时间，雪豹就会到北山腰觅食。为了使雪豹免于猎杀，吐木克想到一个办法，把雪豹引到与北山腰对称的南山腰。可是，雪豹天生凶暴，单凭吐木克一人的能力是无法将雪豹引来南山腰的，由于现在正值隆冬，雪豹的食物很少，于是吐木克决定在雪豹觅食的这段时间里在南山腰宰羊，通过羊的血腥味，把雪豹吸引过来。

吐木克接着说："现在，偷猎者也抓到了，我们不需要再在这里杀羊了，而且从明天开始，我们不能再帮助它们了，因为我们就剩下几只羊了……"

阿尔法恍然大悟。

天快亮的时候，他们在白雪覆盖的草洞里睡着了，阿尔法还带着笑呢，但他们不知道，哨所已经派人把五万元奖金给他们送来了，现在正在路上呢……

（题图、插图：魏忠善）

· 本刊信息传真 ·

## "第一推荐"面向全社会征稿
### 把"最好听的故事"推荐给《故事会》

为加强故事的可读性，本刊决定开辟"第一推荐"栏目，面向海内外读者征集"最好听的故事"。除发行量较大的文摘类杂志（如《读者》《青年文摘》《特别关注》等）外，凡公开或内部发表的作品均可推荐。推荐作品要求故事性强，有口传性，能引起读者的兴趣。

推荐稿务请注明原作者、出处，一经采用，每篇付稿酬100—200元。来稿方法：1. 从邮局寄发，请在信封上注明"第一推荐"字样，本刊地址：上海市绍兴路74号《故事会》杂志社，邮编：200020。2. 从网上传递，请在主题上注明"第一推荐"字样，本期责任编辑的电子信箱：xiaomeng.ye@gmail.com。

·中国新传说·

# 挡住你的

□ 邓耀华

后湾村有一座形似折叠扇的山，名叫扇子山，山上绿荫葱郁，万木竞秀。商人贾老板看中了这座山，想在这里开山劈石，开办石灰厂。那一天，贾老板带着伐木队伍趾高气扬地开进了扇子山，突然，贾老板惊呆了：在山前最显眼的地方，也就是进山的唯一通道口出现了一座新坟，这新坟奇大无比，简直如同一座矗立的小山丘，耀武扬威地挡住了去路，车辆无法通行。奇怪，这新坟是谁的？怎么就不偏不倚地安在这了？

贾老板向人一打听，才知道这坟里葬的人叫杨大发，是过去村里的护林员，贾老板听说后便在心里骂道：这个死老头子，这不是存心和老子过不去吗！于是贾老板找到杨大发的家人，叫他们把坟迁走，愿意付给他们一大笔迁坟费用，可杨大发的家人说

啥也不同意迁坟。

贾老板没办法，只好找村主任出来做杨大发家人的工作，但杨家人还是不肯让步，说这是老人临死前的遗愿，就要埋在那个地方。村主任软硬兼施，好话狠话说了一箩筐，可杨家人软硬都不吃，任凭村主任咋说，就是不答应迁坟，村主任最后发火了，说："你们别敬酒不吃吃罚酒，要是不迁坟，我就让贾老板把坟给平了！"

有了村主任这话，贾老板果然从城里"轰轰隆隆"地开来了一辆铲车，在村主任的指挥下，把小山丘一样的坟给铲平了，坟里埋着一个黑不溜秋

24

的大罐子，用泥巴封着口，罐里想必就是骨灰了……

第二天早上，贾老板开着车，把砍伐树木的一帮子人又拉上了山，可到了山道口，一看，昨天铲平的坟，一夜之间又堆起来了。贾老板气坏了，不得不撤回人马，重新从城里弄来铲车，再次把坟给铲平了，可令贾老板意想不到的是，第三天早上那坟又赫然矗立在面前，就这样，铲了堆，堆了铲，最后，贾老板没辙了，只好再找村主任，村主任哭丧着脸说："我也没办法了，这杨大发的家人，都跟杨大发一样，一个个像犟驴一样，我真拿他们没法子了！"

贾老板哪里肯死心，他就去找乡长，告杨家人用土葬阻碍经济开发，乡长听了大发雷霆，他对贾老板说："这还了得？你放心吧，我亲自去做他们的工作，叫他们迁坟！"

隔了一天，乡长风尘仆仆地赶到了后湾村，一看，果然情况属实，但他觉得这么一座大坟堆在这样一个不合时宜的地方，内中必有蹊跷，于是他就去村里调查，一查果然水落石出：这后湾村曾是一个土薄地瘦的地方，特别是扇子山，过去山上光秃秃，一遇夏天下暴雨，就会引起山洪暴发和泥石流，后湾村的村民苦不堪言。村民杨大发读过书，懂知识，有眼光，他动员家人和其他村民，利用冬春农闲时间到山上刨石挖窝，从山下一担

一担地向山上运土，坚持三十多年植树不间断，才有了现在满山的苍翠林木。再说这贾老板，他哪里是要开什么石灰厂，他是看中了这些已经成材的树木，是想做木材生意发大财，为了能得到这满山的树木，他花了一大笔钱买通了村主任，于是村主任就帮着贾老板说话，不料却遭到了护林员杨大发的拼死反抗。当时贾老板也没辙，他咬牙切齿地说："好好好，我现在不砍了，等你死了我再砍，看你还怎么阻拦我？"杨大发当时也发了狠，说："你想得到这一山的树，想毁我们的家园？没门！我死了照样要挡住你的发财路！"

乡长听了村民反映的情况，立刻去了杨大发的家，他对着杨大发的遗像三鞠躬，哭得满脸是泪，然后，他又对杨大发的家人说："我以乡长的名义向你们发誓，有我在，谁都休想动这山上的一根树枝！只是——我建议还是把老人家的坟迁了吧，让他老人家有一个合适的安息之地。"

听乡长这么一说，杨家人从一边的柜上取下一个黑色布包裹，掀开黑布，露出一个黑匣子，乡长见了顿时说不出话来，因为这个黑匣子里放的是杨大发的骨灰，杨家人指着黑匣子，说："乡长，老人家原本就安息在这里呀，山前只是一座空坟，是老人家临终时叫我们这样做的呀！"

（题图：刘斌昆）

# 败给了一头驴

□ 李雪涛

陈老三是村里的小混混，他贪图小利，嗜赌成性，这天，陈老三打麻将输得身无分文，回家路上，他肚子饿得"咕噜咕噜"直叫唤，陈老三那六十多岁的老母亲就住在附近，可他却不敢去讨碗饭吃。几年前，陈老三担心体弱多病的老母亲将来会成为他的累赘，硬是狠心地将她扫地出门，害得她租了个破房子，靠捡破烂度日，现在他哪有脸去见老母亲呀！

陈老三正走着，无意中远远望见北山坡上有头毛驴，他就动了歪心眼：俗话说"天上的龙肉，地上的驴肉"，要是把这头毛驴搞到手，弄到县城驴肉馆里，就能弄到一大笔钱，也好解一下燃眉之急呀！

主意一打定，陈老三顾不上饥肠辘辘，一鼓作气爬到了北山坡。

这是一头母驴，个头挺大，低垂着头，悠然自得地啃着地上的青草。陈老三认出来了，这是镇上徐老六家的驴，陈老三和徐老六有过节：两个月前，陈老三向徐老六借了五十块钱，一直赖着不还，徐老六当众羞辱过陈老三，为这事，陈老三一直怀恨在心，偷他的驴，算他倒霉。

陈老三不敢贸然动手，他四下一张望，咧开大嘴差点没笑出声来：眼下那徐老六正躺在自家地边的草地上，头上盖个破草帽，呼呼大睡呢，身边有一个空酒瓶子，还有几个装菜的塑料袋子，看样子徐老六一瓶酒喝下后，正酣然入梦了呢！

于是，陈老三放下心来，壮着胆子，解开了拴在树上的绳子，牵绳拉驴，可那驴条件反射似的往后挣扎着，陈老三再一拽，它就顺从地跟着陈老三走了。

陈老三怕被人发现，不敢走正路，他将驴牵到对面南山上，急急忙忙地顺着羊肠小路往山上走了，如果翻过山头下了山坡，那就是通往县城的公路，骑着驴进城用不上一个小时。

陈老三牵着母驴往山上走，半个小时过后，他累得气喘吁吁、一身臭汗，那头驴却傻乎乎地跟在他身后走得挺欢实，温顺得像头老绵羊，不知底细的，还以为陈老三是它的主人。

陈老三见母驴那傻样，不禁笑骂道："怪不得人都说'笨得像头驴'，驴呀驴，你可真够蠢的！"

眼看着就要到山顶了，陈老三累得实在走不动了，他一屁股坐在地上歇息起来。

过了一会儿，他看了看手表：两点半，从他下手偷驴到现在已经一个小时了，用不了多少时间，这钱马上就要到手了，想到这里，陈老三禁不住得意地笑了起来。可就在这时，母驴突然变得焦躁不安，它四蹄刨地，嘴里发出一阵阵嘶叫声。

陈老三正在觉得奇怪，又见那母驴在原地转了几圈后，突然往山下跑去，陈老三大惊，大声呵斥起驴子来："蠢驴，你往哪跑？给我回来！"

为了保险起见，陈老三把牵驴的绳子缠在自己的手腕子上，攥得死死的。母驴不理会陈老三，还是一个劲地往山下冲，竟把陈老三拽着跑了几米。

陈老三火了，拾起地上一根树枝，照着驴子的屁股狠狠抽了几下，骂道："笨驴，蠢驴！不想活命了？还不到时辰呢！"

母驴被激怒了，"咴咴"地叫着，冷不防一扬蹄子，踢在陈老三的膝盖骨上，陈老三"哎哟"一声惨叫，扑倒在地上。

母驴力气可真够大的，它竟然拖着陈老三往山下跑去，陈老三手腕子上系着绳子，解也解不开，就这么被母驴拖着，跌跌撞撞地跟着跑。他脸色惨白，心跳得快要蹦出喉咙口了，他这个后悔呀：我偷什么驴呀，我这老命都快保不住了哟……

上山是陈老三牵着驴，下山却是驴牵着陈老三，总算跑下了山，这时，一个人正在公路旁东张西望，那人正是徐老六，他发现驴没了，东寻西找来到了这里，此刻，徐老六见自家的母驴牵着一个人从山上跑下来，十分危险，便大声喝令驴子停下，可那驴

连主人的话也不听了,还是一路狂奔。

陈老三实在坚持不住了,他倒在地上,嚎叫道:"老徐大哥,快快救我……"

徐老六手上有一把镰刀,他眼疾手快,挥刀砍向绳子,绳子"啪"地断了,可驴子仍然往前冲去……

陈老三趴在地上,痛苦地呻吟着,徐老六横眉怒目地叫道:"该死的陈老三,你偷我家的驴了吧?这是自作自受,活该!"

陈老三哭哭咧咧地说:"真是邪门了,这驴好好的,怎么突然疯成这样了?"

"告诉你,这是一头正在哺乳的驴,每天下午两点半,是母驴给它的驴崽子喂奶的时间,一到这个时间,母驴的心里只有自己的崽子。"说到这里,徐老六用手一指,说,"陈老三,你看——"

陈老三顺着徐老六指的方向看去,果然看到那头母驴已经跑回了家,它正站在徐老六家院子里,它的肚皮下,一头小毛驴正在吃奶。母驴显得很温顺,很安静,不时伸出舌头,爱怜地舔着驴崽子的屁股。

陈老三的头一下子耷拉了下去,因为他刚才同时看到了徐家院子东侧的山脚下,有着一个孤零零的破屋子……

**(题图、插图:谭海彦)**

您手中有没有得意之作?本刊辟有二十多个原创性栏目,如中国新传说、我的故事、情感故事、16岁故事和中篇故事等;您读到或听到什么有趣事可以和大家一起分享吗?第一推荐、外国文学故事鉴赏和快乐辞典等都是本刊推荐性栏目。热忱欢迎来稿,可从邮局寄发,也可从网上传递。邮寄地址:上海绍兴路74号《故事会》杂志社,邮编:200020;如为电子邮件,本期责任编辑信箱:xiaomeng.ye@gmail.com。

# 两个男人
## 一台戏

□ 郭福全

南桥路上曾经有一个铜匠铺,铺里有个伙计,人们都叫他"小铜匠",小铜匠的手艺一流,后来自己做起小本生意,平时他还算是挺细心的,可这天小铜匠刚冲上34路无人售票公交车,立刻发现自己犯了一个致命的错误——钱包落在家里。小铜匠把全身的衣服口袋翻了个遍,还好找到了一张百元大钞,这是妻子早上留给他去买月饼的钱,可是无人售票公交车收的是一元钱硬币,这百元大钞

也成了麻烦啊!小铜匠想跟司机商量商量,可当他一抬头,立刻傻了:公交车司机恰巧就是他昔日的情敌小浦东!

想当年,小浦东和小铜匠的老婆小丽可是一对情人,有一次小丽找小铜匠修门锁,这一修就修出了感情,小浦东为此一直耿耿于怀,所以小铜匠和小丽每次出门时都尽量避免和小浦东打照面,没想到自己今天可好,一下子还撞枪口上了,真是冤家路窄啊!

接下去,事情的发展有如急流直下:小浦东要小铜匠买票,小铜匠说自己没零钱,小浦东瞟了一眼,没好气地说:"没钱还坐什么车呢?"小铜匠平时最爱摆谱,他可以瞧不起别人,而绝不允许别人看不起他,尤其

是昔日的情敌，现在小浦东这么说，恼了，立刻从口袋里掏出那张百元大钞晃了晃，朝小浦东扬了扬，然后就塞进了投币箱……小浦东见此情景不由一愣，什么话也没说，发动了公交车开着就走。

一分钟后，小铜匠可就后悔了：充什么英雄摆什么谱啊，那可是一百

元钱呀，再说自己没带多余的钱，回家路费还得靠那些个找零啊！小铜匠懊悔了，再瞟一眼看看小浦东，很明显，他有一种幸灾乐祸的味道。

之后，小铜匠站到了票箱的跟前，他寻思着：自己刚才没说这一百元塞进去就算了，无人售票公交车上自有找零的方法，说什么也不能因为小浦东吃这个亏。

公交车很快到了下一站，车门一开，乘客上来，小铜匠就对乘客说了事情的原由，要他们把买票的钱给他，乘客自然不会轻易相信，他们要向司机证实，可小浦东头不回，眼不看，什么意见也不发表，于是乘客们便依旧把钱投进了票箱，小铜匠气得肺都要炸了：跟我斗，没门！我有权要回那些找零！

到了下一站，车门刚打开，小铜匠就快步站到了投票箱前，用身子挡住了开车的小浦东，扯开嗓子喊了起来："上车的乘客请自觉买票了，票价一元钱！"第一个上来的是个小伙子，他疑惑地愣了几秒钟，小铜匠忙解释，说是投票箱坏了，所以暂时改为人工售票。小伙子看小浦东没有搭话，以为是默认了，就把手中的一元钱递给了小铜匠，然后就进去了，后面的人也纷纷把钱递了过来，小铜匠收完最后一个乘客的钱后，回头故意大声冲小浦东喊道："上来的十一位乘客都已经买过票了，关门，开车！"

就这样，小铜匠在小浦东的公交车上收起了找零，可是再有两站就到终点了，小铜匠只收了六十五块钱，眼看着再收下去也没多大意思了，再说小浦东也被收拾得差不多了，小铜匠便把收来的钱往自己口袋里一装，故意大气地说："剩下的那三十四元钱我就不要了，就权当是给公交系统做贡献了！"

一会儿，终点站到了，乘客也没剩几个，小铜匠走在最后，很快下了车，没走出几步，就听见小浦东在叫他："喂，大款，我们公司恰好就在这站上，你还是跟我去一趟公司吧，如果你投的那张一百元是真的，我就让收银员找你……"小铜匠一听气坏了：什么？你怀疑我投的是假币？小浦东冷笑着说，最近公交车上的投票箱里屡次发现百元假钞，人还没有抓住……

事情到了这步田地，小铜匠一看还真说不清楚了，于是他当即决定去公交公司，身正不怕影子斜，难道你还能把我的真钞验出假的来？

公交车很快就驶进了公交大院，小铜匠叫来了收银员清点票箱，箱子打开，倒出了里面的钱，大家一看：奇怪了：里面怎么有两张百元的票子啊？更让人吃惊的是：经检验，其中的一张是假币！

小铜匠傻了，他知道，自己投进去的那张肯定是真的，那里面的假币

这样子就像是售票员一样，小浦东气得脸色铁青，小铜匠则一脸得意，他以为自己做得合情合理：我要乘车，可我没零钱，小浦东非要我掏钱，我只得把一百块钱扔进了票箱，小浦东不让我收乘客的钱作为找零，我只能用这个方法收回我的九十九块钱！我所做的没有错，小浦东总不能打110，说是两个情敌在公交车上斗法吧？哈哈……

又是怎么回事呢?

事情其实很简单:昨天小浦东搓麻将赢了钱,回家后发现带回的钱中有一张100元的假币,今天他一直在找机会把这张假币花掉,就在这个时候,恰逢小铜匠上他的车,眼看着昔日的情敌耀武扬威,他恨得直咬牙,就在车子到了终点站、小铜匠走下车后,他把假币塞进了投票箱……

小铜匠百般辩解,收银员无可奈何地对他说:"就算你投的是真币,可你又怎么能解释得清那张假钞呢?你就自认倒霉吧!"

**律师点评:**

本故事中,首先,小铜匠擅自收费肯定有错,他的行为不仅扰乱了公交公司的正常管理秩序,也侵犯了公交公司特有的收费权利。针对这样的行为,公安部门可根据《中华人民共和国治安管理处罚条例》对小铜匠作出相应处罚;其次,小浦东故意将假币塞进票箱的行为则应当从以下几个方面分析:一方面,国家明令禁止假币流通、使用,明知是假币而故意投入,显然已构成犯罪,如数额较大,将处以刑罚;另一方面,小浦东投假币的目的是恶意报复、陷害小铜匠,这一行为也属犯罪,情节严重的,同样要处以刑罚。当然,至于小浦东的行为适用数罪并罚还是适用数罪中较重一罪处罚,那是需要专业人员作进一步考虑了,这里不再研究。附带说一下,要查投币箱内的假币到底是不是小铜匠所投,只要对假币上的指纹作出鉴定即可找到答案。

(题图、插图:谭海彦)

## 法律知识故事征文

本刊在与司法部连续举办三届法制故事征文的基础上,推出新栏目"法律知识故事",通过发生在我们身边的、短小而具体的个案,生动、形象地宣传法律知识。这些知识注重现实性、实用性,真正起到解剖一个案例、明白一个道理的作用。

为鼓励作者深入生活,写出高质量的法律知识故事,我刊决定面向全国征文,优秀作品除在《故事会》发表并参加评奖外,还将结集出书(具体评奖方法稍后公布)。

本次征文也欢迎读者和法律界人士提供相关素材、案例,一经录用,即付稿酬。

来稿方法:1. 从邮局寄发,请在信封上注明"法律知识故事"字样,本刊地址:上海市绍兴路74号《故事会》杂志社,邮编:200020。2. 从网上传递,可寄以下信箱:wulun@vip.sohu.net,请在主题上注明"法律知识故事"字样。凡已和我刊编辑有联系的作者,稿件可继续投给原编辑。

# 破车也疯狂

□ 王兴莱

阿P是办公室里唯一的"80后"，说到"80后"，这可是一个极为独特的群体啊，他们生活前卫、追求挑战、消费超前……你瞧，阿P刚来办公室没半年就宣布周末要去买辆车了。

周一午休的时候，阿P热情地邀请大家到地下停车场去看他新买的车，大家欣然来到车库，一看，想了一肚子赞美的话都憋了回去，不知该说什么才好，原来阿P新买的车是——这牌子咱就不说了吧，是一种很便宜的车，这本来也没什么，豪华车有豪华车的魅力，便宜车有便宜车的道理，问题是他买的是二手车，这种牌子的新车也就是两三万，二手车能有多少钱？最让阿P同事们崩溃的是，阿P还别出心裁地弄了张大字条，

贴在车子的后窗上，上面写的是——"俺不知道魅力是什么，可是它不由自主地从俺身上散发出来……"

阿P得意地说："怎么样，这车连牌照一共才花了我一万块钱，不错吧？"

大家见阿P热情这么高，只好跟着恭维了几句，说："这车挺好的，省油，现在油价这么高，能省不少养车的费用。"

谁知阿P"哼哼"一笑，一副不以为然的样子，大家乐了：怎么？难道你这车比宝马还牛吗？

第二天上午将近10点钟，办公室里还没见阿P的影子，大家开玩笑地说："估计阿P正在路上修理他的那辆破车呢。"

就在这时，阿P兴冲冲地进了办

公室，没等大家问，他就嚷嚷起来："我刚才和一辆奥迪飙车去了！"

大家一听，"轰"地笑炸了：奥迪车少说也要三十万，他阿P居然敢开着一辆二手的破车找人家飙车，可是等他把事情经过讲了一遍，大伙全都乐翻了。

原来，早上，阿P好不容易才把那辆破车发动起来，就见一辆奥迪"嗖"地超过了自己，差点碰到了一个在路边卖煎饼果子的摊子。阿P看不惯奥迪车横行霸道的样子，心想，好车怎么了？好车就可以这样横冲直撞啊？于是，他狠命把破车的油门踩到底，可怜这车的铁皮、玻璃全都"哆嗦"起来，一路直喷黑烟才超过了奥迪。巧的是这里恰好是一条单行道，奥迪不好超车，只能跟着那辆破车往前走，阿P挂着一挡踩着小油门，慢慢往前开，就这样耗了那辆奥迪车一小时！

转眼几周过去了，一个周五快要下班的时候，办公室里突然来了一个打扮时尚的女孩，一进门就冷冰冰地问："你们这里谁开着一辆破车啊？"

阿P一脸疑惑地说："我开的，怎么了？"

"怎么了，你干的好事难道忘了？我问你，几个礼拜前，你有没有开着那辆破车把一辆奥迪车堵在路上一个钟头？那天我本来有笔生意要谈，结果被你耽误了，我今天来就是为了索赔的。"

阿P脑门上立刻渗出一层汗珠，问她："你……要索赔多少钱？"

"不多，一共是十五万八千多块。"

阿P一听，眼睛瞪得像铜铃，就凭这点屁事敢索赔这么多钱？可还没等他开口，女孩接着又说："当然，还有一种解决办法，这个周末你和我赛一次车，你要是赢了，这钱我就不要了……"

阿P一听与一个时尚女孩赛车，兴趣来了，赶紧问："怎么赛？"

"还能怎么赛，当然是比谁开得快了，咱们从城东的猫眼胡同开到城北的挂针胡同，先开到的算赢，你看怎么样？"

阿P心想，这不明显欺负人嘛！我这破车怎么能比得过奥迪啊？可眼前这个女孩口口声声要索赔，请律师、打官司，这些都是烦心事，看来只有用缓兵之计，先答应了她再说。女孩见阿P一口应允，脸上露着坏笑，春风得意地走了。

晚上，阿P开着破车去准备比赛的那条路踩点，到了那里一看，发现这条路没有任何近道可走，只能沿着路一直往前开，可这么开下去，自己必输无疑啊，看来她是事先踩了点的。正在一筹莫展的时候，阿P不经意地往路边一看，脸上露出了笑容……

第二天比赛一开始，女孩开着奥迪一溜烟地跑了，阿P等她的车跑远了，赶紧调过头，把车开到一个窄窄的胡同口，从这个胡同穿过去，走几十米的路程就可以到达对面的马路，这样可以把总路程节省三分之二。只是胡同太窄了，只容得下一辆平板车来往。阿P到了胡同口后下了车，立刻从胡同里走出几个壮小伙子，几个人一使劲，把那辆破车的一边给架了起来，让另外一边车轮着地，推着往前走，就这样，一直推到了对面的胡同口，到了那里，阿P立马跳上车，以最快的速度把车开到了终点。

再说女孩开着那辆奥迪车一路飞奔来到终点，到了那里一看，惊奇得差点要晕倒了：这……这怎么可能？这不是天方夜谭吗？她冲到阿P身边，瞪大着眼睛，问："臭小子，你是怎么开这么快的？"

阿P得意地说"这年代人要是疯狂了，开什么车都能跟着疯狂起来。"

一句话，把那女孩逗得"哈哈"大笑，她大大方方地朝阿P伸出手，微微一笑，说："帅哥，能交个朋友吗？我叫丁小兰。"

经丁小兰介绍，阿P才知道，眼前这个女孩也是"80后"，崇尚的生活方式就是睡觉睡到自然醒，数钱数到手抽筋。上次她开着爸爸的奥迪出来闲溜，没想到被阿P堵了一个钟头，窝

· 多重性格 憨态可掬 ·

了一肚子火。后来，她"侦查"了好久，终于发现了那辆破车，便一路跟踪，闯到阿P的办公室里找茬儿，提出赛车的无理要求，可她怎么也没想到，那辆破车居然又把自己的奥迪车击败了。

阿P本以为事情就此了结了，可没想到过了十多天，那个丁小兰又找上门来，嚷嚷着要再和阿P赛一场车。阿P鼻子里"哼"了一声，带着调侃的口吻,说："你还要比什么啊？"

丁小兰还是一脸坏笑地说："阿P，这次我不和你比快了，咱们比谁开得远。"

"什么叫比谁开得远？"

"我们事先都加满油，再把油箱

故事会2008年11月上半月刊·红版 **35**

钥匙交到对方手里,沿着高速公路往前开,谁的车先停下来谁就算输。"原来,丁小兰吸取了上次失败的教训,回去之后特意上网查了一下,发现阿P那种车加满油之后大概能跑五六百公里,可是奥迪车却能跑到将近一千公里,这才想出了这么个主意。

阿P一听,哭丧着脸,说:"我那油箱才多大?咱们不比这个,换别的比。"

"哈哈,也有你不敢比的?我还真以为你那破车是天底下最疯狂的无敌大将军哪!"

丁小兰的一句话把阿P激怒了,他把头一横:"比就比,谁怕谁啊!"

周末一大早,阿P开车来到市郊的高速公路旁,见丁小兰已经在那等着他了,阿P嬉皮笑脸地用乞求的语气说:"美女大人,要不……咱们取消比赛吧,算你赢?"

"取消比赛?你想得美!我告诉你,今天比也得比,不比也得比,还有,你要是输了,看我怎么折磨你。现在我宣布,比赛正式开始!"说完,丁小兰摇上车窗,猛地一踩油门,奥迪立刻"嗖"地奔了出去……

阿P的那辆破车哪里比得上人家的奥迪?它只能不急不慢地往前晃悠,一个小时,两个小时……六七个小时过去了,远远的,阿P看见丁小兰的奥迪打着双闪灯,停在了路边,看来是没油了。阿P高兴极了,赶紧把自己的破车开到了奥迪车的前头停了下来。

丁小兰看到眼前的情景彻底糊涂了,她走到破车前,一头雾水地问阿P:"臭小子,你的破油箱到底装了多少油?咱们都快跑到一千公里了!"

阿P"哈哈"大笑,他下了车,把后备箱打开,丁小兰一看,两眼立刻直了:那辆破车的后备箱里放着一个特大号的卡车用油箱,一根输油管连接着油箱和发动机。阿P笑着说:"美女大人,你又失算了吧?我那破车,刚买来时油箱就坏了,我索性换了一个大油箱,放在后备箱里,这样加一次油,够跑半个月的,就连我都没想到,居然和你比赛的时候派上用场了,哈哈……"

过了几天,办公室的人惊奇地发现阿P这小子有女朋友了,而和阿P一起堕入爱河的就是那个美丽女孩丁小兰!办公室里一直找不到女朋友的常山偷偷问阿P:"兄弟,你用一辆破车居然泡到了一辆奥迪,你的恋爱秘诀是什么?"

阿P脸不红,心不跳,还是一副意气风发的样子,说:"其实俺也不知道魅力是什么,可是它不由自主地从俺身上散发出来……"

（题图、插图：顾子易）

# 禁枪时期的决斗

□ 李兴春

如果让你想象未来世界的样子，你的脑中会浮现出什么样的景象？是一个个未知、好奇的符号？还是有机械人、宇宙飞船出没的科幻世界？是的，未来永远是萦绕在人们心中的疑问……

故事发生在未来世界的一个"禁枪时期"。所谓"禁枪"，并不是不准使用枪支，而是为了防止滥用枪支，因此就作了一些强制性的法律规定。在那个时候，罪犯自有犯罪的旁门左道，警察也自有制服罪犯的十八般武艺，警匪之间你死我活的搏击常常是令人难以想象的，比方说吧，蔡老枪这个人，是跨国武装贩毒集团的大头目；展建军，是一直在追捕蔡老枪的国际高级刑警，他们两人偏偏就定下了用手枪决斗的生死之约，用最原始的方法来"私了"他们之间的宿怨，你说奇怪不奇怪？

决斗的地点选在一个荒凉的村落里，这个村子的人都曾经感染上了可怕的传染病，全都迁走了，整个村子人丁零落，虽然这里没有美国西部荒原作背景，却是一个适合仿照西部牛仔决斗和上演生死剧的大舞台。

展建军和蔡老枪按照约定的时间来到了村口，他们走到大约手枪三分之一射程的距离停了下来，互相直视着。他们已经太熟悉了，熟悉得不用多说什么话，但蔡老枪还是叫着展建军的诨名说了一句话"雄展，如果今

天是我栽了,我希望你看在我们多年打交道的份上,给我坟上送一把罂粟花。"随后他又解释说:"我早年贩毒起家,靠的就是这个东西。"

展建军笑了笑:"我一定成全你。"

蔡老枪最初的得名,是因为他吸毒贩毒,像毒害人间的一杆老烟枪,但展建军清楚,蔡老枪真正的得名是因为他练就了一手快如闪电、百发百中的枪法,是一杆威震黑道的老枪,当然,展建军在警界也以快枪出名。

这时,蔡老枪突然目露寒光,说道:"我们开始吧!"

只见展建军立刻拔枪,但他在蔡老枪面前还是慢了,他那支警用柯尔特左轮手枪刚拔出,只听见"砰"的一声,蔡老枪的9MM格洛克手枪已经响了,枪弹以一种无与伦比的超高速,率先击中了展建军,而且正中致命的额头眉心!

蔡老枪显得十分得意,他一面继续保持着戒备的姿态,一面微微带着几分炫耀的口气,说"你敢来和我决斗,太过自信了,你不知道我早已买通了你身边的人,掌握了你准确的出枪速度。我为今天整整苦练了好几年,有百分之百的把握赢你。杀了你,我就把我这把枪销毁了,你的同行也不是那么容易就能查到我头上来的。"

展建军仍然笑着:"你太不自信

了,为了今天整整苦练了好几年,太夸张了,没这个必要吧?你难道忘了,我向来要经过一套'高抛发弹'的程序才会开枪的。"

展建军说的"高抛发弹",那是他出了名的绝技,就像乒乓球员"高抛发球"似的"高抛发弹",他向来枪、弹分离,要射击时才临时上弹,是警界公认的第一个把枪技变为优美艺术的快枪手,但现在是面对面的决斗,而且对方是蔡老枪这样的老枪、快枪,还没等展建军完成这套"优美的动作",对方早就可以不慌不忙地开枪打中他了,而事实上,此时此刻,蔡老枪已经击中了他!

可就在这时,奇怪的事情发生了:只见展建军右手甩开左轮枪弹巢——那是空的,然后左手取出三粒子弹高高抛向空中,高度直达十几米以上,又疾速落下,恰好嵌入他右手左轮枪的空弹巢,然后才一甩手,合上弹巢瞄准射击……

蔡老枪看呆了:展建军不是早已被自己的子弹击中了吗?这个时候,应该额头飙血倒毙在地上,怎么还能玩"高抛发弹"呢?

蔡老枪仔细一看,傻了,展建军的额头竟然连一星擦痕都没有!

展建军淡淡地一笑,说"你打中了我的防弹衣。"

蔡老枪气急败坏地大叫:"不可能,我知道你可能穿防弹衣,但我明明打中的是你露出来的额头，这样的距离，我闭上眼睛也不会打错。"

展建军笑着说："你说的那是第一代硬式防弹衣，或者第二代软式防弹衣，顶多是第三代复合式防弹衣，可我身上的这一件防弹衣已经是第五代了，它事实上已经不是衣服，而是一层皮肤了，我全身上下都已经移植了这样一层'防弹皮肤'，你打中哪里都一样。"

蔡老枪瞪大了眼睛，张大了嘴巴，鼻子里"哼"了一声："我不信！"

展建军笑着说："你不信，我让你再试试看。"说着，展建军直挺挺地站着，不举枪，也不躲避，让蔡老枪向他疯狂射击，直到把剩下的子弹全部打光。

蔡老枪打中了展建军的鼻梁、面颊、咽喉、太阳穴等所有裸露出来的部位，可子弹一撞上展建军的皮肤就反弹开了，他的皮肤连红都不红一下，不要说是流血了。

蔡老枪打完了，展建军笑吟吟地开了口："现在该我了。"说着，他抬起手来，慢悠悠地只打了一枪，子弹就击穿了蔡老枪的额头，这个跨国武装贩毒集团的大头目倒下了，紧接着，展建军用塑料袋包起了蔡老枪使用的手枪，这将是在法庭上最有利于自己的证据。

展建军不愧是聪明绝顶的警察，你别忘了，他们所处的是"禁枪时期"呀，法律规定所有枪支都必须强制安装上一个"枪用黑匣子"，就像飞机上的黑匣子一样，每支枪每一次的使用情况都精确无误地记录了下来，每支枪使用不当的记录都可以作为法庭上的呈堂证据，既方便又可靠；而且，"黑匣子"和枪支浑成一体，人力无法拆卸；法律还规定所有枪支都必须安装"智能识主"装置，每个人的枪支限于本人使用，别

# 2008 年 "《故事会》最有影响力的故事" 征文启事

为鼓励多出优秀作品,《故事会》杂志社决定继续举办 2008 年 "《故事会》最有影响力的故事" 征文大赛, 并对优秀作品实行四大奖励措施:

1. 入选作品除在杂志上发表外, 还将收入《第一推荐·最具人气的故事D》一书; 2. 入选作品可得两笔稿酬: 在《故事会》杂志发表的作品, 首发稿酬每千字400 元; 获 "《故事会》最有影响力的故事" 优秀作品奖, 再追加每千字 1000 元; 3. 入选作品均颁发奖励证书; 4. 本刊将邀请有关作者参加年底的颁奖大会, 所有费用均由编辑部承担。

征稿范围: 1. 具有现实感、新鲜感且可读性强的中短篇(包括超短篇)原创作品; 2.故事性强、有口传性、能引起读者兴趣的推荐作品。

超短篇(如 "幽默故事")的字数一般在 1500 字以内, 短篇(如 "中国新传说")的字数一般在 5000 字以内, 中篇故事的字数一般在 15000 字以内。

来稿方法: 1. 从邮局寄发, 请在信封上注明 "征文大赛" 字样, 本刊地址: 上海市绍兴路 74 号《故事会》杂志社, 邮编: 200020。

2. 从网上传递, 可寄各责任编辑信箱, 请在主题上注明 "征文大赛" 字样, 本期责任编辑的信箱是: xiaomeng.ye@gmail.com。

---

人即使拿去了, 也会被智能识主装置识别出不是枪支的主人, 锁定枪机, 无法开火。

再说那个蔡老枪, 他实在是罪行累累, 但由于一直没有拿到法律程序认可的证据, 他就一次次逃脱了法律的制裁, 于是, 展建军在移植了一层防弹皮肤后, 精心谋划了这次决斗: 引诱蔡老枪率先开火, 然后以正当防卫的理由名正言顺地去毙蔡老枪, 一切都有 "黑匣子" 的记录为证, 当然, 展建军穿上 "防弹皮肤" 这对蔡老枪来说是不公平的, 但枪用黑匣子没有录音功能, 现场的对话不会录下来, 而防弹皮肤过了一段时间就会自行脱落, 不留下一丝痕迹。

一切都在展建军的计划之中, 他设下这个局为民除害, 又避免了自己惹上官司。

展建军轻松潇洒地走了, 在他身后的荒村里又多了一个坟头, 坟上放着一束罂粟花……

(题图、插图: 刘斌昆)

**红版编辑部各编辑邮箱:**

姚自豪: yaobianji@126.com;

郑继文: zjw002@vip.163.com;

吕　佳: lujia411@yahoo.com.cn;

周　吟: keyin118@163.com;

叶小萌: xiaomeng.ye@gmail.com。

# 嫂子，你们可好

□李昌国

有个地方叫八卦岭，那里岭高路险，坡陡弯急，常有车祸发生，是一个让人忌讳的地方，但这里是通往关内的交通要道，来往车辆不断，为挣点零钱，便有人在岭上摆起小摊，卖些香烟饮料矿泉水之类的小商品。前几天，岭上新来了一个摆摊的湖南女人，非常招眼，别看是刚来的新手，可她凭着风情万种的身段、俊俏的脸蛋子，和一口麻酥酥、辣乎乎的湖南话，把那些过往的司机们给迷得神魂颠倒，司机们不分年岁大小，一律叫她"湘嫂"，就算不买东西，也都要停下车来，找借口到她的小摊前站一下，聊上几句。

湘嫂的出现，惊动了岭上的另一个女人，她是贵州人，大伙叫她贵嫂，是三年前来岭上摆摊的。自打湘嫂来到岭上后，贵嫂就隐隐感觉到这八卦岭上好像弥漫了一股煞气，贵嫂十分吃惊，她暗中察言观色，细细一看，不由倒吸了一口凉气：这个湘嫂，妖媚的面庞中透着一股彻骨的阴寒之气，哪怕是一丝笑意中都暗藏着隐隐的杀机，看来是来者不善！贵嫂暗想：弄不好这八卦岭又要出事，要出大事啦！

贵嫂为了弄清湘嫂的来路底细，便有意跟她套近乎，而湘嫂初来乍到，人地两生，见有人热情地前来和她搭理，正求之不得呢，没用多久，两个女人就混熟了，成了合穿一条裤子不嫌肥的好姐妹。

一天，湘嫂诡秘地告诉贵嫂，说是阴历七月十五这天，八卦岭将要发生一场车祸，到时会有一辆车摔下悬崖，车毁人亡！

贵嫂听说这事后大惊失色："你

是怎么知道的？莫非湘妹你能掐会算、有未卜先知的本事？"

湘嫂犹豫了一阵，说："贵姐，咱俩既然已是这么要好的姐妹，我也就不再瞒你了，妹妹我早已是一个魂魄，是来勾魂索命的鬼差，这次到岭上摆摊，只不过是个幌子，其实就是为着这场车祸，这关系着我的一桩心事，姐姐千万别给泄露出去啊！"

贵嫂听了，大吃一惊，虽说早有疑虑，但想不到眼前这个千娇百媚的漂亮女人竟然是个鬼魂，她想了想，说："姐姐决不敢坏了妹妹的事，只是这过往货车的司机中，有姐姐的一个相好在里面，别赶上倒霉，让妹妹把命给索了去。"

听说司机里有贵嫂的相好，湘嫂便嘱咐她，说："这样吧，你让相好的准备一个特殊标记，到时我好辨认。"

于是，贵嫂就说明天她去准备一

张照片，交给相好的，到时让他把照片摆放在车窗前。两人商议妥当，第二天，贵嫂便找了一张照片底版，急匆匆地到附近镇上去洗照片了……

七月十五这天傍晚，湘嫂气急败坏地赶来找贵嫂，把她拉到无人处，怒气冲冲地质问道："我诚心诚意地把你当姐姐，没想到你却耍我，我问你，这过往的每一辆车子，车窗前都摆放着你的照片，你有这么多的相好吗？"

湘嫂兴师问罪，贵嫂确实感到愧疚，她说："事到如今，我也把实话告诉你吧，其实我根本就没有什么相好，我这么做，只是想让这些司机躲过此劫，他们能因此逢凶化吉、死里逃生，这不也就是妹妹你的无量恩德吗？"

湘嫂听了，声嘶力竭地哭喊起来："你站着说话不嫌腰疼，他们是得救了，可又有谁去救我的丈夫呀！"

原来，湘嫂是为了救丈夫才来到八卦岭的：半年前的一天，邻家的小孩不慎溺水，湘嫂的丈夫下水相救，不料被水中藤蔓缠绕，竟然命归黄泉。丈夫一死，湘嫂痛不欲生，竟然投河自尽，本想从此可以和自己的男人朝夕相处，不料到了阎罗殿上，判官却告诉她：她丈夫在野外落水身亡，属孤魂野鬼，不能载入判官的名册，要被发配到阴山，在野外下井挖矿，永无出头的日子。为救丈夫跳出苦海，她在阎罗殿上长跪三天，苦苦哀求，最后判官批给她一纸公文，要她七月十五这天在人间制造一场车祸，招回一些工人来，就可以从矿上赎回她的丈夫，于是湘嫂就来到了八卦岭，没想到被贵嫂暗中使计，使她错过了判官给的机会，她的丈夫因此将永远被留在阴山之下，再也没有出头的日子了。

湘嫂说到这里，从口袋里掏出了判官给的那张公文，颤抖着双手捧着，痛哭流涕。这时，突然间，贵嫂也从贴身处掏出一张纸来，捧在手里哽咽着说不出话来，湘嫂见此情景，上前抢过贵嫂手中的纸，一看，竟然也是一张判官批的公文，湘嫂惊呆了："难道姐姐也是……"

贵嫂点点头，长长地叹了一口气，说："其实，我的命运是和你一样的，三年前，我男人在野外走夜路，不幸被毒蛇咬了，死了。开始时，我也

跟你一样，真想狠着心一咬牙，弄一场车祸把工人招回去，好赎回在阴间矿山遭罪的丈夫，可想起一旦车祸酿成，那些闻讯赶来的家属会撕肝裂肺般地痛哭，就再也不忍心下手了，看来，我们只能跟自己的丈夫说声对不起……"

一提到丈夫，湘嫂猛地扑到贵嫂怀里，号啕大哭起来……

后来听说有一天，有一辆车子下八卦岭时刹车突然失灵，直向路旁的悬崖冲去，可就在车子要窜下悬崖时，司机突然感觉"咯噔"一下，车子竟意外地刹住了，司机下车一看，顿时吓出一身冷汗：车的前轮只有一半着地，另一半已在悬崖外半空悬着，那个险呀，只要再稍微往前动那么一分几毫，就得摔下悬崖，车毁人亡，可司机又觉得挺奇怪的：刹车失灵后我就没再刹，这车怎么就自己刹住了呢？

几年后，京沈高速公路打此通过，削平了八卦岭，这里就再也没发生过车祸，也不见了那些卖香烟矿泉水的小摊子，可过往车辆的司机还都习惯到这里停一下，看看车胎，"放放水"，"放水"是司机们的行话，就是撒尿。司机们"放水"的时候，总会说起曾经在这里摆摊的湘嫂和贵嫂，心里念叨着："嫂子，你们可好？"

**（题图、插图：谢 颖）**

# 为啥躲着我

□梅文化

小荷是个苦命的女人，从小被父母遗弃，后来好心人收养了她，但养父母去世早，小荷没个大人领着，从小没好好念书，长大后也找不到什么好工作，后来就做了夜总会的小姐。

有一天，一个男人来夜总会，遇到小荷，谈话间，小荷知道这男人叫大刚，是她的老乡。小荷听着大刚讲的家乡话，说着家乡的事儿，眼泪"吧嗒吧嗒"直掉，她后悔走了这条让人瞧不起的路。大刚安慰她，说："这也不能全怪你，你那么小就没了亲人，也是生活所迫，只要你改过自新，还是个好姑娘。"大刚的这句话救了小荷，没几天小荷就辞了夜总会的活。大刚给她介绍了一份工作，后来大刚就成了她的丈夫。

开始的时候，街坊邻居都对小荷很冷落，后来见她洗心革面，走了正道，就再也不给她白眼了，东邻西舍都对她笑脸相待、嘘寒问暖的，小荷很感谢邻居们的善意。

结婚几年后，小荷发现大刚没有生育能力，她没埋怨大刚，而是收养了一个弃婴。孩子是个先天的痴呆儿，右腿还有点瘸，但小荷还是把全部精力放到了孩子身上，一点没让孩子受委屈。小荷给孩子取名"正道"，为的是让他以后走正道。

转眼间，正道已经七岁了。这一天，小荷领着正道出来逛街，看见前面很多人围在一辆三轮车前买东西，走近一看，原来是一个卖冬枣粥的。

这时候，正道咧着嘴直嚷"我要吃……吃粥……"见正道执意要吃，小荷就挤进人群里。买粥的人太多了，把卖冬枣粥的小贩围得严严实实的，小荷好不容易买了一份冬枣粥，一回到家，正道就津津有味地吃了起来，吃完还一个劲地吮着手指"真好吃……好吃……"

第二天，正道又嚷着吃冬枣粥，小荷只好带他去买，快到摊前的时候，小荷遇到一个熟人，她叫阿红，是原先夜总会的姐妹，这阿红在夜总会时就是个大嗓门，她见了小荷就亮起嗓子开玩笑"哟，从良的女人就是不一样啊！正气逼人啊，听说你现在赚的钱比做小姐时还要多？"这一嗓子引得周围的人都伸长脖子往这里瞅。

小荷禁不住脸一红，她瞪了阿红一眼"你乱说啥呀！以后再聊，我还要给孩子买冬枣粥呢。"小荷说完，就转身走了，还没走到摊前，那个卖冬枣粥的小贩见小荷走过来，竟然扭转身去，推着三轮车走了。

小荷连忙招手喊道："哎，你别走呀，我要买粥……"小贩头也不回，说："没了，已经卖完了……"

小荷满腹狐疑，问"我看到你明明还有粥的，怎么就没了？"

小贩低着头，含糊地说："没了，就是没了……"

小荷不信，上前一把抓起小贩的粥桶盖，想看个究竟，小贩见了，立马停住了三轮车，抱起那粥桶，就这样小荷与小贩一推一搡，只听"啪"的一声，粥桶落了地，满满的一桶冬枣粥倒在了地上。小贩尴尬得不敢看小荷，他顾不得那粥桶，"噌"地蹬起三轮车就跑了。

正道没吃到粥，不高兴了，一个劲地跺脚："我要喝粥……喝粥……"

小荷只好哄他："正道乖，叔叔的粥卖完了，明天我们再买。"

打这之后，那个小贩再也不到这里摆摊了，正道整天嚷着要喝冬枣粥，小荷没办法，就从超市买了几斤冬枣，在家自己试着熬粥。可小荷不会熬粥，不是熬过了火，就是半生不熟，她向邻居刘婶讨教，刘婶乐了："哎呀，你找我算找对人了，我原先在乡下的时候，就常给做月子的女人熬粥，什么雪梨粥、鸡蛋瘦肉粥、莲子粥……"

可谁知刘婶把熬的粥端上来后，正道只喝了一口，就撅起嘴说："不好喝，弄堂口卖的粥好喝……"

刘婶听了直摇头："你这孩子的嘴太挑了，都被你惯得没人样了，多好的粥啊，难道其他人能熬出熊掌味来？"

正道整天嚷着要喝弄堂口卖的

粥，小荷头都大了，可那小贩一直不来，叫她有什么办法？

周末，小荷领着正道去公园玩，路上经过另一个小区的门口，突然，她竟意外地发现了那个卖冬枣粥的小贩！原来小贩换了地方，怪不得自己找不到他！

小荷领着正道奔了过去，小贩见她走过来，顿时脸色一变，忙把摊收了，推起三轮车就走。

小荷急了："等等，我要买粥！"

小贩有些尴尬："这粥……我不卖的……"小荷从兜里掏出一张钞票，在小贩面前晃了晃："看到了吗？我有钱，我喝你的粥给双倍的钱。"

小贩瞧都不瞧，说："你的钱，我更不能要了……"说完，他低着头拼

命蹬着三轮车，再没理会小荷，小荷的眉头拧成了疙瘩：这小贩怎么一直在躲避着我？

突然，小荷想起来了：上一次买粥的时候，阿红那一嗓子可不得了，难道小贩知道我原先是做"小姐"的，嫌我不干净？小荷想到这里，心里很生气，她想，街坊邻居都原谅了自己，他凭什么歧视我？她越想越气，正好迎面遇见刘婶，她让刘婶帮着照看正道，狠了狠心，用足了劲，朝着前面的三轮车追了上去。

追了大约十多分钟，小荷还真追上了，她一把拦住了小贩，铁青着脸问："你为什么见了我就跑？"

小贩吞吞吐吐地不肯回答，小荷见状，心里有些难过，说："告诉你，我这钱来路干净，你用不着怕！"

小贩低着头，半天挤出一句话："俺没说你的钱不干净。"

"那你为啥不肯把粥卖给我？"

小贩的脸一阵红，一阵白，一阵青，他的身子都有点哆嗦了："俺……俺没脸卖给你……"

小荷真是丈二和尚摸不着头脑了："啥？你没脸卖给我？"

"俺……俺没脸见你……"小贩的眼圈发红，嘴角直颤抖，"你的那个孩子，是俺的，上次你领着他买粥的时候，俺就认出来了……是俺把孩子扔了，俺不是人……"

（题图、插图：谢　颖）

原著：罗曼·加里，法国著名作家，两届龚古尔奖获得者。

# 寻找世外桃源

□ 王森 编译

## 哪里能找到世外桃源

卡迪是个商人，商场上的尔虞我诈使他觉得十分疲惫和讨厌，最终决定离开这个虚伪的"文明社会"，去太平洋一个小岛隐居，那岛名叫塔希提岛，早听说岛上的居民十分朴实，他们从不与人斤斤计较。

初夏的一天，卡迪来到塔希提岛。一踏上小岛，卡迪便感到梦想终于实现了：波利尼西亚群岛的绮丽风光让他眼花缭乱，山上的棕榈树倒映在海水中，珊瑚礁环抱的湖面平静得如同一面镜子，小村庄上散布着一些茅舍，居民们张臂向卡迪跑来，表现出了最大的热情……

岛上的居民将卡迪安顿在村子最好的茅舍里，周围是各式各样的生活必需品，随手可取，而且还给卡迪派了渔夫、园丁和厨子，都分文不取。

三天后，卡迪认识了一个叫塔拉的妇女，她五十来岁，是一个酋长的女儿，岛上的居民都十分爱戴她。

卡迪对塔拉说了自己来到这个小岛的原因，塔拉表示赞同，她告诉卡迪，她平生只有一个目标，那就是防止金钱玷污岛上居民的灵魂，卡迪听了，神色庄严地告诉塔拉：在岛上居住的日子里，他保证一个钱也不会从自己的口袋中流出去！

在以后的日子里，卡迪信守诺言，千方百计地信守塔拉的禁条——防止金钱玷污岛上居民的灵魂，他甚至把手里所有的钱都凑到一起，埋在屋子的角落里。

一晃就是三个月过去了,这一天,一个男童给卡迪捎来一件礼物,说是塔拉特意为他焙制的。卡迪看了看,那是一个核桃蛋糕,他看着看着,突然间神情为之一惊:那蛋糕的包装,竟是用粗麻袋布制作的一幅油画;再一看,卡迪的心顿时在胸腔里"怦怦"乱跳起来:这画长50厘米,宽30厘米,油彩龟裂,有几处已经掉色,没错,它是油画大师"高更"的作品!

说起高更,谁不知道?虽然卡迪对绘画仅是一知半解,但在如今这个社会,能辨认这个油画大师画风的人实在是太多了!卡迪的手哆嗦着,他再一次展开画幅,俯下身去,细细察看起来:这幅作品画的是塔希提山的一角,喷泉边有几个浴女。没错,它就是高更的作品,纵然油画被糟蹋成这个样子,仍然不可能搞错。

卡迪的心剧烈地跳动着,以至右边肝脏部位也开始隐隐作痛,他想,一幅高更的作品,竟然流落到了这个偏远的小岛上,塔拉居然用它来包蛋糕!在巴黎,这幅画大概能值500万法郎!这个无知的女人,她还用过多少幅这样的画去包东西呢?这对人类是一笔多么惊人的损失啊!

想到这儿,卡迪一跳而起,朝塔拉的家奔去,到了那里一看,塔拉正站在家门口,对着礁湖抽烟。这是一个健壮的女人,头发灰白,虽然袒露胸怀,但是在这种姿态中,依然保持着令人赞叹的尊严。

卡迪笑吟吟地对塔拉说:"我吃了你的蛋糕,做得真好,谢谢。"

塔拉显得很高兴:"今天,我再给你做一个。"

卡迪张开了嘴,但一句话也没说,他想,此时此刻,应该表现得有分寸,即使接受另一个用高更的油画包起来的蛋糕,也应该保持沉默,于是,卡迪和塔拉聊了一会儿便回到了自己的茅屋,他等待着。

果然,到了下午,塔拉做的蛋糕又送来了,而且包装蛋糕的果然又是高更的一幅油画,这幅画的情况比上一幅更糟糕,好像是有人用刀刮过的。卡迪愤怒、焦躁,几乎要跳起来,冲出去,恨不得对着塔拉咆哮起来,可他还是抑制住了,他告诉自己:不可,万万不可!

## 该选择世外桃源,还是金钱

第二天,卡迪又去了塔拉家,他装作轻描淡写的样子对塔拉说"亲爱的夫人,你的蛋糕是我生平吃过的最好的食品。"

塔拉淡淡地一笑,继续把她的烟斗塞满……

此后的八天里,卡迪又收到塔拉的三只蛋糕,都分别用高更的油画包裹着,在这段时间里,卡迪度过的每一分、每一秒都令他激动万分，他的心灵在歌唱，没有别的任何词语可以描绘他此时的激动心情！

但是，这以后，蛋糕虽然还继续送来，却没有用任何东西包裹了，一时间，卡迪夜不成寐，心想：难道塔拉没有别的油画吗？还是她忘了包蛋糕？思虑再三，卡迪决定去打探一番。他吃了几粒镇定药丸，使自己的心情平稳一下，接着便敲开了塔拉的家门，对她说："夫人，你几次给我送来蛋糕，蛋糕好极了，尤其是外面包着的有油画的麻袋布，更让我感兴趣，我喜欢热烈的色彩。请问，你是打哪儿弄来这些画？你还有吗？"

"哦，你是说那些粗麻袋布吗？"塔拉毫不在意地说，"我的家里还有一大堆，全是我祖父留下来的。"

卡迪惊讶得合不上嘴："一……大堆？"

"是的，这些粗麻袋布，是我祖父从一个法国人那里得来的，这个法国人曾经住在岛上，老喜欢用颜色涂抹麻袋布，你可以去看看。"

塔拉把卡迪带到一个堆满干鱼和干椰肉的仓库里，果然，地上扔着一堆高更的油画，全蒙上了沙土，都是画在麻袋上的，历尽沧桑，不过有几幅还相当完好。卡迪脸色苍白，几乎站立不住了，"我的天，"卡迪心里想道，"对于人类，这是多么不可弥补的损失啊，如果我没打这儿经过的话，

就永远不知道这里的秘密！"

卡迪粗略估算了一下，这堆画，大约值一亿法郎……

塔拉见卡迪神色恍惚，便说："如果你想要的话，可以拿去。"

卡迪简直不敢相信自己的耳朵，这时，他的内心开始了一场可怕的斗争。卡迪了解塔拉这些岛上的人，他们心地无私，不想把"金钱"这个概念引进岛上，搅乱岛上居民的头脑，但不管怎样，卡迪总要表示一下，要感谢他们，卡迪不能不付出一点代价，就接受这样一批无价之宝！

卡迪从手腕上脱下那只华美的金表，递给塔拉，请求她接受，但是，塔拉却摇了摇头，说："对不起，卡迪先

生，我们这儿不需要这东西看时间，我们只要看看太阳就行了。"

于是，卡迪思虑再三，艰难地作出了一个决定，他对塔拉说："我来岛上这么久了，现在不得不返回法国。正好一星期后，有轮船要来，我即将离开你们，我接受了你的礼物，但条件是请你允许我为你和你的人民做点事——我有一点钱，不多，但也不少，请允许我给你留下，你们毕竟需要工具和医药。"

塔拉听了，满不在乎地说："随便。"于是卡迪回到住所，将埋藏在墙角的大约70万法郎的所有财富全部取出，又匆匆来到塔拉的家里，将钱交给她，作为"回赠"的礼物，她欣然接受了。

然后，卡迪抱起那些油画，奔回自己的茅屋。他度过了惴惴不安的一星期，等候着轮船的到来。卡迪不知道自己究竟害怕什么，他急于要离开这里，他此刻唯一的心愿是：返回法国后，他要马上跑到画商那里，展示这价值高达一亿法郎的财宝！

## 你配拥有一个纯洁的世界吗

约半个月后，才有一艘开往法国的轮船到来，卡迪上了船，在船上，他对自己在岛上的奇遇闭口不谈，但有一天，一个老板模样的人得知卡迪从塔希提岛来，便跟他提了岛上的一切，原来，这个老板模样的人很熟悉这个岛，以及那个酋长的女儿——塔拉。

"这是一个很了不起的女人。"生意人这么评价着塔拉，卡迪听了却不以为然，他觉得"女人"这个词用在塔拉身上是十分不恰当的，那是十足侮辱人的，因为在卡迪看来，塔拉是他所认识的最高尚的人物之一。

生意人问："不用说，她让您看她的画啰？"

卡迪猛地跳起身来："您说什么？"

"说实话，她会画油画，而且画得不错。二十多年前，她在巴黎装饰艺术学院学过3年，待到椰肉干的行市同合成产品一样、变得那样有利可图时，她便回到了岛上。她一直在偷偷做着椰肉干的生意，空闲时就临摹'高更'的画，画得惊人地相似。她同澳大利亚订有正式合同，他们用300法郎的代价收购她的作品，她很富有……怎么啦，卡迪老兄？不舒服？"

卡迪不知道自己是怎么回到房间的，他一头扑倒在床上，开始感到一种莫大的沮丧。这个世界又一次欺骗了卡迪，他去哪里寻找一个真正的没被"金钱"污染的"世外桃源"？但卡迪却从没有想过：自己真配拥有一个纯洁的世界吗？

（题图、插图：佐　夫）

# 稀奇事

□ 黄永君

**要**说稀奇事，土坷垃村还真发生过这么一件"天方夜谭"一样的怪事：这天，村里来了两个人，他们拉了一卡车布匹，说是要赊给村民们，那两个人信誓旦旦地说，谁家需要多少就赊多少，只要记上村民们的名字就可以啦，五年后来村里要钱，按十块钱一米收钱。

村民们从来没有见过这样做买卖的，他们围着卡车，仔仔细细地看了起来，他们要好好检验检验，看看这些布是不是好布，现在骗子可多了，村民们可不会轻易上当。经过很多人的认真检验，没发现有什么不对劲儿的地方，有人还专门叫来了村里的裁缝，据裁缝说：这是上好的布，市场上要卖的话，应该在四五十块钱一米左右。

村民们一听全傻了：市场上要卖四五十块钱一米，而这两个人却只要十块钱，而且是五年后来收钱，

这……这是怎么回事啊？答案只有一个，这两个人的脑袋进水了，而且进的水很大，可以养鱼了！可再看看这两人，神态自如，谈吐正常，没有精神病呀！

赊布的那两人一再声明：谁家确实需要这些布，他们肯定履行上面说的那些话。前一阵子，村里连续受灾，一时间缺吃少穿的，现在事情这样好，天上掉下来的馅饼这样大！大家你看看我，我看看你，反而不敢动了，这光景就像一条大鱼突然从天而降，掉在一只猫的嘴边，猫想：怎么会有这样的好事呢？这鱼里会不会下了毒啊？

半天过去了，村里许四家的大儿子说："记上我的名字，我们家人口多，就拿走一匹布吧。"那可是五十米啊，许家的大儿子扛了布就这么走了，可那两个赊布的人连眼皮都没抬一下，真的就是记了个名字，让他把

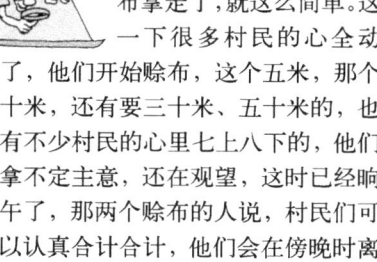

布拿走了，就这么简单。这一下很多村民的心全动了，他们开始赊布，这个五米，那个十米，还有要三十米、五十米的，也有不少村民的心里七上八下的，他们拿不定主意，还在观望，这时已经响午了，那两个赊布的人说，村民们可以认真合计合计，他们会在傍晚时离村。

许四的大儿子把五十米布扛回了家，许四知道后死活不相信会有这样的好事，他去问村支书，该怎么看这事，村支书眯着眼睛沉吟半晌，说："还真说不好，说是骗子吧，那么多人都把布已经扛回家；说是没有猫腻吧，谁见过这样天上掉馅饼的事？所以，我看应该好好合计一下，家里需要几米就赊几米，不能多要。"

许四认为村支书说得对，回去就让老婆盘算着家里需要多少布。经过核算，许四家留下二十七米，剩下的

又给退了回去。

村支书对许四说的话很快传了出去，而且村民们发现村委会的干部都没有积极地来领布，于是大家也都冷静了，都认真地经过核算，需要多少就赊多少，于是，满满一卡车布，全分给了土坷垃村最需要的人。

五年过去了，当年赊布的人都记着这事，可奇怪的是，当初来村里赊布的那两人却再也没有露面，这是怎么一回事？

其实这事村支书心里最清楚：那时，土坷垃村连续受灾，村里向镇里上报，镇里向县上汇报，报纸、电视台也都作过报道，这事让一个人知道了，这人叫崔亮子，当年在土坷垃村插过队，如今已是南方一家私营布厂的大老板了，他从互联网上得知土坷垃村的灾情后，表示愿意为村民提供一卡车布匹，其附带条件是：这批布应该分发到最需要的村民手中。

村支书为这事直挠头皮：现如今村委会的一些干部和村民们都有这样那样的关系，谁最需要？谁都说不清！为了真正做到公平，村支书想了三天三夜后终于想出了这个办法，他从外面雇用了两个人，演了这么一场"戏"……

（题图、插图：安玉民、

梁　丽）

# 倒悬的 *神木*

□ 李洪文

## 红桧木梁

**风**雨飘摇的南宋小朝廷刚在临安建都，皇帝赵构就要大兴土木，修建一座支撑门面的金銮殿。"工部侍造"施览官职低微，无权反对，他眼珠一转，禀报皇帝说独缺十多根五丈高的梁柱，没有合适的梁柱，这金銮殿还是没法盖啊！

没过几天，涂州的地方官为了取悦天子，竟送来了12根红桧木梁柱，施览望着这堆珍贵的梁柱正寻思着，忽听差官禀报，说是外面有一个出家人求见。施览想，我平时和僧人并无来往，他找我为了何事呢？施览让那和尚进来，一问，才知他就是普兴寺的方丈苦修老和尚，这12根梁柱原本

是普兴寺中准备盖大殿用的，前几天苦修正好外出化缘，想不到地方官乘他不在寺中，强行将木料弄到了京城，苦修这才一路追了过来。

施览原以为老和尚是上门讨木料的，却不料苦修捋了一把花白的胡子，说道："大人您有所不知，这些木料可都是有问题的啊！"

施览听说这红桧木梁有问题，心中暗喜，忙问原因，苦修说，这些梁木的两端都被加工得一样粗细，现在竟然分不清木料的大头和小头，人都说十年长柳、百年成楠、千年为桧，想用红桧木当梁柱，必须知道木梁哪端是大头、哪端是小头，也就是说在使用它们的时候，必须根部立地，木梢

顶梁，绝不能给颠倒了，否则在风水上就是犯忌了，那可是大大不吉的事啊！

第二天，施览上殿把苦修说的话一一禀报，赵构听了，心里也有些不安，他就把修金銮殿的木工头刘老三宣了上来。刘老三一听，哈哈大笑，他干了半辈子木匠，什么金丝楠、紫檀、花梨，都用了个遍，他就不信会在红桧木面前栽跟斗，于是就胸有成竹地拿起铁尺，去量木梁两端年轮的间距，因为他知道，树根部的年轮总比

树梢部的年轮间距要宽一些，这样就可以判断哪端是大头、哪端是小头。可刘老三用尺一量，那冷汗就下来了：那红桧木的两端都极为致密，都生有七八百道密密的年轮，都紧紧地挤到了一起，哪有什么间距啊！

赵构见刘老三无法区分，忙问满朝的文武百官："众卿可有什么好主意？"文武百官们七嘴八舌地争论了老半天，把赵构的脑袋都吵大了，也没弄出个结论来。施览见时机到了，正要上前劝说赵构放弃修建金銮殿的念头，哪承想赵构一拍龙案，顿时大发龙威，喝令先将刘老三下狱，然后传下口谕，命施览在三天内必须想出个解决的办法，否则就要拿他治罪。

## 沉水断木

施览回到家里，苦思冥想，后来在一本《唐太宗本纪》中找到了一个解决的办法。第二天一大早，施览上殿，他先给赵构皇帝讲了个唐太宗三难吐蕃使者的典故：吐蕃的使者想迎文成公主进藏，可是唐太宗出了三道难题，其中有一道就是拿一根削得两端一样粗的木棍，叫他们分清大小头。聪明的吐蕃使者把木棍放到了水里，沉下去的一头就是树的根部，是大头；翘起的一头就是树梢，是小头，因为不管怎么说，根部都会比树梢那头重一些啊！

高宗皇帝一听有理，急忙命人去

试，正好殿旁有个很大很深的养鱼池，工匠们便抬来一根木梁，丢到了水里，可这红桧木自身太重了，入水后，竟直接沉到了池底的淤泥里，根本没法分辨，唉，古书上传下来的招儿也并不好使啊！

施览见这沉水断木的法儿也不好使，便借机劝说道："万岁，找不到更好的办法了，这也许就是天意啊，我看这金銮殿还是不要修了吧，富国强兵才是最紧要的事情啊！"

赵构一听，气得把龙案拍得山响，施览也就是一个小小的工部侍造，从五品的官职，竟敢在金銮殿上胡说八道，这简直就是大逆不道啊！施览被赵构下旨抓进了天牢，明天正午三刻，城隍庙前开刀问斩。

苦修和尚正在临安化缘呢，听说施览大人被关了起来，急忙用银子买通了狱卒，来到天牢，见施览披枷戴锁，苦修忍不住老泪直流，施大人可是一个为国为民的好官啊！他看着施览，低声说道："大人，老僧自有分辨那红桧木大小头的方法呀！"

施览听完大吃一惊，"扑通"一声，跪倒在苦修面前，央求道"大师，您可千万要保密啊……南宋小朝廷偏安一隅，不思强兵复国，只想劳民伤财，盖一座富丽堂皇的金銮殿能有什么用，老百姓盼的是收复失地，直捣黄龙府啊！"

苦修也是连连点头，可是不拿出个办法，明天施大人的脑袋就得搬家了。苦修双手合十，说："施大人，老僧自有主张，您就放心吧！"苦修和尚说完，含着眼泪离开了天牢。

## 黑蚁断木

第二天一大早，苦修来到宫门外，对守门的御林军说自己有辨木的手段，赵构急忙宣见。苦修在太监的带领下，直接来到堆着12根红桧木梁的殿址前，赵构领着满朝的文武跟在后面。

苦修走到距离红桧木梁大约十几步的地方，忽然停住了，他指着落在木堆上的几只尖嘴小鸟，说道："万岁，您知道那木梁上为何落有小鸟吗？"

赵构摇了摇头，苦修便解释说，这红桧神木虽然树质坚硬，但它也怕一种尖嘴黑蚁的侵害，这种黑蚁在树身上啃出巢穴后，产下蚁卵，让虫卵在巢穴中自己孵化，而这种黑蚁肉味鲜美，是各种鸟鹊最喜欢吃的食物，想要分清红桧树的大小头，只要在这些小鸟落脚的地方找到黑蚁就可以了。

于是，几十名工匠一拥而上，终于在桧木上找到了几十个米粒粗细的小洞，工匠们又拿来了带钩的绣花针，伸进小洞，往回一拉，果然钩出了一个个黑蚁，先出来的是虫尾，后

出来的是虫脑袋，要知道红桧木生在深山中，不管什么虫在树身上嗑洞为巢，都得脑袋冲树梢，尾巴冲树根才成啊，虫脑袋冲上，被嗑出的虫洞方向自然冲上，虫洞的方向就是红桧木梢头的方向啊！

赵构听完苦修和尚的分析，连连点头，正要看赏，苦修却"扑通"一声跪倒在地，说道："老僧是出家人，不看重身外之物，万岁还是把施大人给放了吧，他可是个好官啊！"

赵构一听，点头说道："好，传朕的旨意，就赦施览无罪吧！"

还没等太监去传旨，天牢的牢监急匆匆地跑进宫来禀报，原来施览大人昨夜在监房里已经用腰带自缢身亡了，临死前给赵构写了一封血书，血书的内容就是劝谏他放弃修建金銮殿的念头，卧薪尝胆，富国强兵，然后直捣黄龙府才是正理。赵构看完血书，气得三下两下就把血书撕得粉碎，他恨恨地说道："施览这个小小的芝麻官太可恨了，临死前还要妄言朝政，真是死有余辜啊！"说完，赵构袖子一摆，吼道："谁再敢妄言，朕定杀不饶！"

苦修爬在地上，把施览大人的血书一片片地捡了起来，用袍襟兜着，仰起头来对天悲号："施大人，老僧上愧对佛祖菩萨，下愧对您的重托，索性就陪您一起去吧！"苦修和尚说完，用僧袍掩面，一头撞到了红桧木上，那殷红的血浆都溅到了木梁上，苦修和尚顷刻间倒地身亡了。

三个月后，金銮殿终于造好了，

# 编读聊天室：众手浇开故事花

9月（上）的《故事会》出刊后，收到了许多读者、作者的来信来电，"故事中国"网上也多有评论，下面选登的是一些反馈和评论。

**董健斌**：《故事会》3元了，还真没反应过来，早上付了10元，书报亭老板找了我7.5元，当时很自然就收下来了，上论坛才发现。买《故事会》养成习惯了，少一期总觉得缺了点什么。多数故事能一口气看完，挺值的。

**范大宇**：9月（上）的《大雪有痕》让读者看得有兴趣，是因为它内在的人性。文学都离不开人性的东西，还有永恒的爱情。而《大雪有痕》两样都占了，这大概也是它讨巧的地方。

**绿影一堆飘不去**：《大雪有痕》确实有点味道！这味道在于这篇故事作品中所表现出来的"文学性"，也可以这样说：这样的故事作品，尽管还有可以"加强"的地方，但已经是步入了"故事殿堂"，是真正的故事文学作品！在《故事会》上能看到这样的作品我是喜悦的。

**虹桥听梦**：《宋人杀羊》这篇文章真不错，不但巧妙地引用了"宋人杀羊"的故事，还体现了老师为人师表、诚实守信的品格，这样的老师值得我们尊敬！同时，文章语言幽默风趣，十分契合我们青少年的心理，我喜欢！

嘻嘻，希望我有朝一日也能如作者一般妙笔生花，写出好的作品，我要好好学习了！

**四川的一位作者**：

9月（上）的《故事会》有了三大突破：

1、故事人物性格从单一到复杂的突破，代表作《大雪有痕》。

2、故事思想从解决问题到提出思考的突破，代表作《宋人杀羊》。

3、文人故事和传统故事创作风格差异的突破，代表作《三文钱》。

---

富丽堂皇的大殿几乎把南宋府库的银两花了个精光，望着那12根红桧木撑起的大殿，赵构十分满意，极为欣赏，可是他没有想到，苦修和尚讲的也并不是实情，其实，那尖嘴黑蚁在红桧木上啃出来的洞穴都是冲着树根的，因为它要在洞中产卵啊，如果啃出的洞穴冲上，那它产的卵还不都得掉到地上啊？

金銮殿上的12根梁柱现在都是根上梢下倒悬着呢，那危险的情景倒像南宋小朝廷，它只苟延残喘了一百多年，最后还是被后金国给灭了。这里面的成败得失就不是几句话能说明白的，也许从立梁的那天开始，就已经决定了南宋小朝廷必将灭亡的命运了……

（题图、插图：黄全昌）

莎士比亚说过，世界是一个舞台，所有的男男女女不过是一些演员，他们都有下场的时候，也都有上场的时候。每个人一生中扮演着许多角色……

# 各种各样的 角色

□ 崔新三

## 1. 这个角色不好演

刘丰是一个青年演员，曾经在一些影视剧和舞台上扮演过几个角色，他没有大红大紫过，可也混了个脸熟。这天晚上，刘丰和往常一样，到一家咖啡厅喝咖啡，突然，一个陌生的年轻女子出现在他的视线里，这女子看上去有点怪怪的，二十五六岁，皮肤白皙，身材苗条，一双大眼睛，带着几分忧郁，正呆呆地看着刘丰。这年轻女子的身边还坐着一个五十多岁的老头，刘丰在电视新闻里曾经几次看到过这个老人，他就是大发集团的董事长钱万发，大名鼎鼎的亿万富翁。在接下来的几天里，只要刘丰一到这家咖啡馆，就能见到钱万发和那个年轻女人。刘丰是演员，不傻，凭直觉，他意识到这绝不是偶然的相遇，他和钱万发还有那个年轻女子之间，很可能要发生点什么"故事"！

几天后，钱万发果然派他的秘书送来一张请柬，约刘丰到大发公司谈谈。刘丰怀着强烈的好奇心，如约到钱万发的办公室，一进门，他就看见这个亿万富翁面前的老板台上放着五叠厚厚的钞票，随即又听见钱万发开门见山地说："刘丰先生，我想请你帮忙做一件事。"

"什么事？"

"确切地说是演一场戏。"

刘丰一听顿时来了精神，他估计大发集团要投资拍摄电影或电视剧，选中他饰演其中的一个角色，他习惯地问道："你们想拍什么戏？"

钱万发摇了摇头说："我不是找你拍戏的……"

刘丰一下懵了，他一脸疑惑地问道："你不是说请我演戏吗？"

钱万发摆了摆手，说出了他请刘丰来的真实目的：原来，钱万发的爱女钱冬丽，也就是他身边这个年轻女人，她跟一个名叫韩军的小伙子谈着恋爱，可前不久，两人突然莫名其妙地分手了，钱冬丽感情上受到强烈的刺激，患了抑郁症，目前正在接受心理治疗。钱万发看到刘丰长得跟韩军有些相像，就把这个情况跟心理医生谈了，医生建议他让女儿跟刘丰逢场作戏"谈一场恋爱"，这对加快钱冬丽的康复很有帮助。

刘丰第一次遇到这种事情，他有些不知所措地说："我从来没演过这种角色……"

钱万发拍了拍面前的五叠钞票说："这五万块只是定金，事成之后我再给你五万，这个价不算低了吧？"

刘丰刚刚按揭买了一套新房，月供三千多块，手头非常紧张，钱万发出手就是十万，这可是天上掉馅饼的好事，再说，"演"这种戏其实也不是很累，刘丰有些经不起诱惑了，他沉吟了一会儿，说："我从来没做过这种

事情……究竟能不能使你女儿康复，我也没有把握……"

钱万发说话了，说话的语气儿乎是在乞求，他说："刘先生，求求你无论如何也要帮帮我，我只有这么一个女儿，她就是我的生命，就是我的一切啊！你是不是嫌酬金少？只要你能协助医生治好我女儿的病，酬金的事，我们还可以再商量……"

从钱万发的脸上，刘丰看到了一种真挚的父爱，面对一个如此深深爱着自己女儿的父亲，他实在没有勇气拒绝："那就让我试试吧。"

钱万发感激地说："谢谢你，谢谢……"

接下来，钱万发郑重其事地跟刘丰签订了一份合同，合同中规定：刘丰作为"演员"，只能逢场作戏，绝对不允许引诱钱冬丽动真感情，一旦钱冬丽精神恢复了正常，刘丰必须立刻退出，否则不但要收回全部佣金，而且还要通过法律途径起诉刘丰违约！

就这样，一场扣人心弦的"演出"，渐渐地拉开了帷幕……

## 2. 一团迷雾

在钱万发的安排下，刘丰跟钱冬丽在一家酒吧见面了，钱冬丽目光呆滞，神情漠然，一看就是个典型的抑郁症患者。为了尽快缩短两人之间感情上的距离，刘丰一口气讲了很多著

（这是他）

名演员的轶闻趣事，这些全是他在摄制组里遇到的，看样子，钱冬丽对这些事情很感兴趣，她听着听着就情不自禁地说："我真羡慕你们做演员的，一生中能扮演各种各样的角色……"

钱万发听女儿这么说，十分开心地说："太好了，太好了！冬丽好久没说过一句完整的话了！"说完，他就示意刘丰趁热打铁，尽快"进入角色"。

刘丰立刻逢场作戏，挽起钱冬丽的手臂，钱冬丽非常温柔地偎依在刘丰的身上，两人就像一对情侣似的，款款地走出酒吧，谁知一出大门，钱

冬丽立刻嘴巴附在刘丰耳边，压低声音说："搂紧我，装出对我一见钟情的样子来！"

刘丰立刻坠入五里雾中：她神志清晰，谈吐正常，根本就没有病呀！

钱冬丽接着说："你是个职业演员，逢场作戏应该没问题吧？从现在起，你就按我的要求表演……"

刘丰有些为难地说："可是，你父亲他……"

钱冬丽的声音低低的，但又十分坚决："你按我的要求表演，我再给你十万佣金！"

难怪有人说：运气来了，挡都挡不住，刘丰最近一直在为钱发愁，你看看，一眨眼的工夫，不花力气不费神，就轻而易举地赚了二十万，于是刘丰想都没想，痛快地回答说："我听你的。"

钱冬丽见刘丰答应得很爽快，便带着他上了一辆出租车，来到一幢高档别墅门前，钱冬丽熟练地打开门，高声喊道："小花，魏小花——"

话音刚落，一个漂亮姑娘匆匆从保姆房里走出来，她叫魏小花，是个保姆，她一看到刘丰，不禁微微一愣说："冬丽姐，这位先生是……"

钱冬丽不冷不热地说："他叫刘丰，是钱万发为我找的男朋友，你先带他到楼上的小客厅休息，我马上就来。"

钱冬丽这么直呼父亲的名字，这

使刘丰十分惊愕，他机械地跟着小保姆，走进了二楼的一间小客厅。

小客厅装修得典雅大方，魏小花端来一杯热咖啡请刘丰喝，然后用一种怪怪的眼神看了看他，这才慢慢退了出去。

一杯咖啡还没喝完，钱冬丽拿着一张光碟走上楼来，说这是她和韩军在一起时录制的，要刘丰看一看，或许以后能用得着。钱冬丽把光碟放入播放机内，片刻后，巨大的等离子电视屏幕上就出现了画面：钱冬丽和韩军在海滨嬉戏……刘丰看到，这个韩军果然长得跟自己有几分相像。

看完光碟，钱冬丽又把刘丰带到车库，说："这里有一辆宝马，从今天起这辆车就归你了，你的任务就是在我需要的时候，驾车陪着我兜风，晚上再把车送回来。"

刘丰不明白钱冬丽的用意，他不解地问道："难道你重金雇我，就是为了带着你招摇过市？"

钱冬丽冷冷地说："这都是钱万发希望看到的！我的要求是——今天晚上你所听到、看到的一切，都不能告诉钱万发，否则，你就别想得到第二笔佣金。"

钱万发和钱冬丽父女，究竟演的哪一出戏啊？刘丰百思不得其解。

接下来，刘丰就每天开着那辆宝马，有时带着钱冬丽到处兜风，有时送她去钱万发的住处，晚上就把车送回别墅。一天傍晚，刘丰陪钱冬丽兜风回来，半路上钱万发把女儿接走了，说是要带她去医院看心理医生，于是，刘丰就一个人开车回到了别墅，当他走进客厅时，恰巧小保姆魏小花正在专心地打电话，她打这个电话时太专注了，连刘丰进来她都没有看到，就在这个时候，刘丰看到了惊人的一幕：此时的魏小花就像变了个人似的，怎么看也不像个小保姆，她竟然手持话筒"哇啦哇啦"，说着一口流利的日语！

刘丰曾经在一部电视剧中扮演过一个日本商人，因为演出的需要，他学习过日语，魏小花的话刘丰虽然不能全部听懂，但也能听明白一些，他听到魏小花在电话里反复说着一句话："千万不要这样……为了我，也为了你自己，我希望你放弃这个计划……"

魏小花给谁打电话？她究竟是什么人？她一个小保姆，怎么能讲这么流利的日本话？

刘丰带着一连串的疑问，悄悄地离开了那幢神秘莫测的别墅……

## 3. 令人惊悚的隐情

刘丰满腹疑惑地向前走着，也许是因为心里有事，一不留神突然跟一个人撞了个满怀，刘丰一眼就认出，这个人竟然就是韩军！韩军好像有什么心事，他看都没看刘丰一眼，就连

着说了好几个"对不起",一边说一边急匆匆地向前走去。

韩军到这里干什么来了?难道他要对钱冬丽采取什么过激的行动?这年头,因为恋爱不成,由爱变恨而引发的恶性案件时有发生,刘丰猛然意识到,钱冬丽现在是他的"女朋友",万一她出现什么意外,他不但得不到那两笔丰厚的佣金,搞不好还可能惹出麻烦,想到这里,刘丰立刻追了上去,悄悄跟在后面,他要弄清韩军究竟想干什么。

韩军急匆匆地沿着别墅旁的一条小街向前走着,刘丰远远地跟着。韩军走着走着,突然停下了脚步,只见他站在路灯下,好像在等什么人。刘丰躲在一棵大树后面,远远地监视着。突然,一个年轻女人推着自行车,急急忙忙地来到韩军面前,两人一见

面就低声争论起来,因为距离太远,刘丰听不清他们在说些什么。就在这时,一辆汽车从小街上驶过,借着强烈的汽车灯光,刘丰认出:和韩军秘密约见的这个年轻女人竟然就是魏小花!

魏小花跟韩军是什么关系?他们俩在争论什么?这件事会不会和钱冬丽有关?

刘丰正在胡乱猜测着,那边韩军和魏小花的谈话已经结束了,只见韩军轻轻地拍了拍魏小花的肩头,然后就上了一辆出租车。魏小花心事重重地推着自行车,一边走一边冲着出租车高声喊着:"记住我的话,千万别乱来!"

出租车渐渐地远去了,魏小花有些失落地推着自行车向这边走来,刘丰不想让她发现自己在跟踪韩军,便转身往回走,可就在这时,魏小花却出人意料地骑上自行车追了过来,她在刘丰身边下了车,说:"刘大哥,请跟我来。"

原来,魏小花早就发现刘丰了,刘丰也是个心直口快的人,他索性开门见山地问道:"你跟韩军认识?"

魏小花长长地

吐出了一口气，说："岂止是认识……"

刘丰听出魏小花话里有话，他决定借此机会，把韩军和钱冬丽的事问个明白，主意打定，他便试探着说道："我们可以谈谈吗？"

魏小花点了点头："我也正想跟你谈谈呢。"

于是，两人走进一家小酒馆，要了两份夜宵，边吃边谈。刘丰首先开口问道："你能告诉我，韩军和钱冬丽为什么分手吗？"

"唉，说来话长啊……"魏小花长叹一口气，说出了一个让刘丰目瞪口呆的故事……

其实，钱冬丽不是钱万发的亲生女儿，钱万发跟妻子结婚十年，一直没生育，到医院一检查，医生说是钱万发有病。死要面子的钱万发花钱买通了一个姓韩的医生，也就是韩军的父亲，韩医生是专门治疗男女不孕不育的，他出具了一个完全相反的证明：女方有病，所以久婚不育。接下来，钱万发一面装模作样地让韩医生给妻子"治病"，一面不惜重金通过韩医生，得到了一份健康男子的精液，然后让韩医生移花接木、暗渡陈仓，不久，钱妻的"病"治好了，怀孕了，十个月后，钱冬丽呱呱落地……

钱万发自以为精明过人，他做梦也没想到，韩医生高价卖给钱万发的，竟然是他韩某人自己的精液，这样一来，他就是钱冬丽的亲生父亲了！钱冬丽一天天长大，韩医生的野心也一天天地大了，他多次利用这件事要挟钱万发，事已至此，钱万发被迫跟韩医生达成了一项交易：只要韩医生能守口如瓶，大发公司每年都给他一大笔钱作"封口费"，然而，让钱万发没想到的是，这件事最终还是没能瞒过妻子，钱冬丽的母亲无法忍受丈夫对自己的欺骗，一怒之下，吞服了三瓶安眠药，永远离开了这个诡计多端的男人……

钱冬丽大学毕业后就出任父亲的特别助理，就在这时，韩医生的儿子韩军走进了她的生活。韩军一表人才，又是留学归来的医学博士、医科大学教授级主任医师，钱家父女都非常喜欢他，可是，从血统上说，钱冬丽和韩军两人的父亲都是韩医生，是同父异母的兄妹，如果结合，岂不是乱伦了？不知什么人，化名给钱冬丽和韩军各发了一个电子邮件，揭穿了钱冬丽的身世之谜，钱冬丽得知内幕后精神几乎要崩溃了，她又哭又闹，一定要父亲给她个说法。钱万发却一口咬定钱冬丽是他的亲生骨肉，于是钱冬丽又提出跟韩军一同去做DNA鉴定，谁知就在这关键时刻，韩军突然失踪了，就像从这个世界上蒸发了一样……

魏小花非常不解地说："韩军是从日本归来的医学博士，按理说他应

该接受钱冬丽的建议，确认两人到底是不是同父异母的兄妹关系，尽快从尴尬的困境中解脱出来，可是，他却拒绝跟钱冬丽一起去做亲子鉴定！"

刘丰听了，觉得十分疑惑"为什么不去？"

魏小花说："他说要用他的方式，狠狠教训教训钱万发这个伪君子，我担心他采取过激的行为，所以就千方百计劝导他……"

刘丰又问："你说的这一切，都是钱家父女的隐私，这么重要的事情，你是怎么知道的？"

魏小花幽幽地说："是韩军亲口告诉我的……"魏小花说，韩军在日本留学的时候，她也在日本的一家中国餐馆打工，韩军经常到那家餐馆吃饭，慢慢地两人就认识了……

原来是这样，怪不得魏小花能说一口流利的日语呢！听到这里，话里话外，刘丰听出魏小花跟韩军的关系非同一般，因为这是人家的隐私，他也不便多问，但韩军所说的"他自己的方式"究竟是什么呢？刘丰还想再问点什么，魏小花说她要回去为钱冬丽准备夜宵，就急忙离开了……

## 4. 他也要为母亲讨公道

第二天，刘丰再次开着宝马车带钱冬丽兜风的时候，他故意旁敲侧击地说："戏剧学院一个老教授曾经说过这么一段话——'舞台小世界，世界大舞台，在世界这个大舞台上，每个人都扮演着不同的角色'……"

钱冬丽一愣，问道："你是不是听到什么了？"

刘丰索性把他巧遇韩军，以及魏小花所说的一切都告诉了钱冬丽。听完刘丰的话，钱冬丽的情绪有些激动，她呼吸急促地注视着前方，一言不发，过了很长时间才慢慢平静了下来，说："既然你什么都知道了，我也没有必要再瞒着你了，我把我的想法也告诉你，或许在关键的时候，能得到你的帮助……"

钱冬丽说她一开始就感觉到韩军跟她'谈恋爱'是另有所图，即使没有那封神秘的电子邮件，她也准备跟他分手了。钱冬丽收到那封匿名电子邮件后，曾经分别和钱万发、韩军认真谈过，请求他们能配合她去做亲子鉴定，没想到钱万发一口咬定钱冬丽是他的亲生女儿，韩军也跟她玩起了"人间蒸发"，两人都不配合。为了解开自己的身世之谜，钱冬丽苦苦哀求父亲帮她找到韩军，却再一次遭到了钱万发的拒绝……在一个秋雨淅沥的夜晚，钱冬丽跑到母亲的坟前，哭诉了自己心中的苦闷……钱冬丽被雨淋后，再加上心中有火，她得了急性肺炎，这一下，钱万发可慌神了，他三天三夜没合眼，守护在女儿床前。钱冬丽醒过来后钱万发却累得昏倒了，通过这件事，钱冬丽发现父亲对她的爱还是真挚的，于是她灵机一动，装作患了"精神忧郁症"，想让钱万发把韩军找来，稳定她的"病情"，没想到老奸巨猾的钱万发却采取了一个"变通"的办法，重金雇用长相跟韩军相似的演员刘丰……

刘丰感慨地说："钱万发可真是用心良苦啊！"

钱冬丽说："你再见到韩军的时候，请在第一时间告诉我，我一定要把这件事弄个水落石出，为死去的母亲讨一个公道……"

大发集团一年一度的新闻发布会如期举行，会场设在一家五星级酒店的宴会大厅里，很多知名的企业家都来了，还有各大新闻媒体的记者，场面非常热闹。钱冬丽和她的"男朋友"刘丰，也坐在主席台上。

司仪宣布新闻发布会开始后，钱万发踌躇满志地走上主席台，他落座后便滔滔不绝地大讲大发集团2008年的发展前景。刘丰注意到，钱冬丽出席这次新闻发布会，纯粹是应付差事，钱万发讲话的时候，她竟然不理不睬地闭目养神。就在这时，一个酒店服务生用托盘托着几瓶饮料向主席台走去，看样子他是给主席台上的人送饮料的。刘丰觉得这个服务生有些眼熟，再仔细一看，差点没叫出声来——这个"服务生"竟然就是韩军装扮的！只见韩军非常沉着地把饮料逐

一放在各人面前，然后不慌不忙地走出了会场。钱万发正讲在兴头上，他根本就没发现送饮料的服务生就是韩军！

韩军到这里来干什么？他放在钱万发面前的那瓶饮料会不会有什么问题？刘丰附在钱冬丽耳边，低声说了些什么，然后悄悄地离开了座位……

韩军离开大厅后，找了个没人的地方，脱掉服务生的工作服，露出穿在里面的"摄影马甲"，脖子上挂了一台照相机，摇身一变又装扮成一名摄影记者。韩军神不知鬼不觉地回到大厅，他混在媒体记者的行列里，面带一种怪怪的微笑，似乎在等待着什

么。这时，刘丰急匆匆地走到韩军身边，单刀直入地问道："如果我没有看错的话，你就是韩军？"

韩军冷冷地说："不错，我是韩军。如果我没猜错的话，你就是钱万发未来的'乘龙快婿'？"

刘丰想起了这些日子一直困扰着他的那个问题，他想趁此机会问个明白，于是便开了口："我是刘丰，不过我可不是钱万发的什么'乘龙快婿'！我想问你一个问题，你为什么不同意跟钱冬丽去做亲子鉴定？"

韩军愤愤地说："那样太便宜钱万发了！"

刘丰步步紧逼地追问道："那——你想怎么样？"

韩军咬牙切齿地说："我要让他当众亲口说出这件事情的真相！"

刘丰不解地问道："你好像很痛恨钱万发？"

韩军牙齿咬得"格格"响，他随即讲述了一个令刘丰大吃一惊的故事：当年，韩军的母亲，也就是那个韩医生的妻子，得知钱万发和丈夫的肮脏交易之后，一怒之下就跟丈夫离了婚，带着不满十岁的韩军去南方打工。韩军是靠母亲的血汗钱完成学业的……为了供儿子上学，韩军的母亲白天黑夜打两份工，终于积劳成疾，客死他乡……临终前，母亲把一切都告诉了儿子，从那之后，韩军就发誓：一定要让钱万发和韩医生这两个伪君子受到应有的惩罚！

韩军瞪着血红的眼睛愤愤不平地说："我之所以跟钱冬丽这个'妹妹'谈恋爱，目的就是要让钱万发和我那个父亲在良心上受到惩罚，逼迫他俩说出当年那个卑鄙的交易……今天，我终于等到了一个最好的机会……"

刘丰一惊："你在饮料里下了毒？"

韩军不屑地一笑，说："那太小儿科了，我不会那么傻！跟我来，我请你看一出好戏……"说着，他拉着刘丰走进了宴会大厅……

## 5.苍蝇和鸡蛋

大厅里，钱万发的讲话已经结束，司仪宣布下面是回答记者提问的时间。钱万发端起饮料瓶，就着吸管，"咕咚咕咚"喝了几口润润嗓子，然后就很有风度地等待记者提问。韩军得意地低声对刘丰说："钱万发喝下的是当今世界上最好的控制中枢神经的药物，几秒钟之后，药物就能发挥作用，这个伪君子很快就会有问必答了！"

这时，一个剃光头的男记者率先站起来，说："董事长先生，我是晚报的记者，刚才您在讲话中，谈到了您将把大发集团的决策权，逐步地移交给钱冬丽小姐，可是，现在社会上有一种传言，说这个钱冬丽不是您的亲生女儿，您把这么大的权力交给一个跟自己没有血缘关系的人，您能谈谈究竟是出于一种什么考虑吗？"

光头记者的话，就像扔出了一颗重磅炸弹，来宾席上"轰"的一声顿时乱作一团，特别是那些媒体记者，一个个争先恐后地把摄像机的镜头对准了钱万发，他们要在第一时间，记录下这个亿万富翁的绝对隐私……

韩军得意地低声对刘丰说："这个光头是我事先安排好的一个铁哥们儿……"

面对咄咄逼人的光头记者，钱万发先是一愣，但是他很快便冷静下来了，只见他沉着地拿起饮料瓶，再次喝了两口，然后又举止优雅地掏出一方洁白的手帕，擦了擦嘴角，说："钱冬丽是我的亲生女儿，这一点是毋庸置疑的，至于社会上流传的一些毫无根据的猜测和传言，纯粹是无稽之谈！我钱万发在商场拼搏几十年，交了很多朋友，也结了不少冤家，在这里，我要郑重告诫某些人，跟大发集团竞争，请使用正当手段，不要躲在阴暗的角落里放冷箭！"

钱万发思维清晰，措词得体，简直就是一名经验老到的外交官，丝毫看不出服用了什么控制中枢神经药物的迹象！见

此情景，韩军傻了，他焦躁不安地说："怎么回事？这可是当今世界上最好的控制中枢神经类药物啊！"

刘丰微微一笑，像变魔术似的，突然拿出一瓶饮料，说："你的那瓶饮料在这儿呢！"

原来韩军离开大厅后，刘丰就把那瓶饮料换下来了。面对这突然出现的变故，韩军的情绪已经完全失去了控制，只见他近乎疯狂地挥动着双手说："哦，我明白了，你是在讨好钱万发！你想当钱家的女婿！你想得到大发集团的财产！既然这样……"说到这里，韩军突然声嘶力竭地大吼起来："我韩军一不做二不休，今天我就当着媒体记者的面，揭一揭钱万发这个伪君子的老底——钱万发不能生育，钱冬丽不是钱万发的亲生女儿，我和钱冬丽是同父异母的亲兄妹！"

大厅里顿时乱成了一锅粥，人们七嘴八舌地议论着，记者们又不约而同地把摄像机的镜头全对准了韩军……

韩军越说越激动，最后竟歇斯底里地大喊大叫起来："钱万发，我要让全世界的人都知道，你是一个卑鄙无耻的小人！"

就在这时，突然，一个五十多岁的胖老头急急忙忙冲到韩军面前，一把捂住了他的嘴，高声对围上来的媒体记者说："大家不要相信他的话，他有精神病……我长话短说，我就是他的父亲！钱冬丽是钱万发的亲生女儿，她跟我儿子韩军没有任何血缘关系！"

这一下轮到刘丰目瞪口呆了：这位韩医生说的，跟魏小花和韩军说的完全相反，这究竟是怎么回事？

现在，事情闹大了，由于有人报了警，公安机关也介入了……

在公安机关的干预下，钱万发、钱冬丽、韩军、韩医生四个人同时做了DNA亲子鉴定，亲子鉴定的结果跟韩军父亲所说的完全一样：钱冬丽是钱万发的亲生女儿，她跟韩军、韩医生没有血缘关系！

事到如今，韩医生不得不说出了事情的真相：当年钱万发确实有病，所以结婚多年他妻子一直没能怀上孩子。钱万发夫妇俩到韩医生那里就诊，当时，钱万发已经是这个城市的

首富了，韩医生觉得这是一个捞钱的好机会，就出具了一个男方不能生育的假诊断书。死要面子的钱万发果然上了韩医生的当，从此他就被韩医生牵着鼻子走了。后来，经过一个阶段的治疗，钱万发的病治愈了，他妻子很快就怀上了钱冬丽，丧失医德的韩医生为了能不断从钱万发那里捞钱，就继续编造钱冬丽身世的谎言来要挟钱万发。再后来，韩军为了胁迫钱万发而故意和钱冬丽"谈恋爱"，韩医生怕事情闹得不可收拾，才不得不给他们两人发了电子邮件，试图终止这场"爱情游戏"。想不到的是，韩军居然会在新闻发布会上公开发难，韩医生见儿子不顾一切地当众揭发钱万发的所谓"隐私"，他明白，这件事迟早会水落石出的，于是就出来制止儿子的行为……

真相大白后，钱万发又气又喜，气的是这个完全丧失医德的韩医生，竟然欺骗了他二十多年；喜的是钱冬丽原来是他的亲生骨肉，从此搬开了压在心头的一块大石头！面对这张迟到的鉴定书，钱万发和女儿抱头痛哭，他们想起了死去的冬丽妈妈……

钱冬丽哭着说："我要起诉姓韩的，他是一个道德败坏的骗子！"

钱万发非常惭愧地说"冬丽，那个韩医生固然可恨，可是，爸爸也对不起你啊，苍蝇不叮没缝的鸡蛋，事

# 一句话笑死你

◇ 女："只要有钱，我嫁给谁都行。"男："银行的保险柜你嫁吗？"

◇ 病人："医生，你把剪刀留在我肚子里了。""没关系，我还有一把。"

◇ 法官："你为什么要印假钞？"被告无辜地说："因为我不会印真钞。"

◇ 妻"男人，都是胆小的。"夫"不见得，否则我何以会与你结婚？"

◇ 上联：哈哈哈哈哈，下联：嘿嘿嘿嘿嘿。横批：神经病。

◇ 老师："彼得，你知道老鼠能活多少年吗？"彼得："这个就要看猫的心思了。"

◇ 猪八戒："我改名叫赛潘安啦，很多美女在等我呢！"孙悟空："莫不是你上网了吧，呆子！"

◇ 女儿问妈妈："爸爸从前害羞吗？""要是他不害羞，你现在至少大四岁！"

◇ 父："你都这样大了，该找一个老婆了。"子："是呀，但茫茫人海，我找谁的老婆呢？"

◇ 女："你跟我说话怎么老嚼着糖？"男："不嚼糖哪来那么多甜言蜜语？"

◇ 甲女"你的未婚夫知道你的年龄吗？"乙女："是的，他知道一部分。"

◇ 老师："请同学们用'况且'造句。"同学："过年了，村里的戏班响起了'况且、况且'的声音。"

（推荐者：佚　名）

---

情闹到这个地步，我也有不可推卸的责任……"

钱冬丽百感交集地叫了声："爸爸……"

面对这个亲子鉴定的结果，韩军也傻了，他把那张鉴定书撕得粉碎，疯狂地一遍又一遍地呼喊着："为什么？这是为什么啊？"

韩医生被有关部门清除出了医生队伍，司法部门正在追究他的刑事责任；韩军因为违反《中华人民共和国执业医师法》第三章第二十五条中有关使用精神药品的规定，也被检察机关提起公诉，而深深爱着韩军的魏小花，她拿出多年的积蓄，请了最好的律师为韩军辩护，此案正在审理中……

至于刘丰，作为这场惊心动魄的演出中的一个重要角色，他居然放弃了钱家许诺的20万元巨款，是觉得这钱赚得太轻松，还是太沉重？不得而知；至于他和钱冬丽的关系，由于没有确切的消息，同样不得而知……

（题图、插图：杨宏富）

# 中国邮政发行
# 畅销报刊

**时政财经**

| | | | |
|---|---|---|---|
| 参考消息 | 瞭望 | 瞭望东方周刊 | 财经 |
| 新华社每日电讯 | 中国新闻周刊 | 南风窗 | 环球人物 |
| 环球时报 | 21世纪经济报道 | 商界 | 中国企业家 |
| 南方周末 | 第一财经日报 | 三联生活周刊 | 北大商业评论 |
| 半月谈 | | | |

**文化综合**

| | | | | |
|---|---|---|---|---|
| 中国剪报 | 特别关注 | 每周文摘 | 作家文摘 | 读报参考 |
| 报刊文摘 | 青年文摘 | 文摘报 | 半月选读 | 新华文摘 |
| 法制文萃报 | 意林 | 文摘周刊 | 小说月报 | 今古传奇 |
| 读者 | 故事会 | 知识博览报 | 格言 | 领导文萃 |
| 特别文摘 | 演讲与口才 | 良友周报 | 时代邮刊 | |

**老年健康**

| | | | |
|---|---|---|---|
| 家庭医生报 | 老年文摘报 | 中国老年报 | 健康指南（中老年） |
| 益寿文摘报 | 医药养生保健 | 健康时报 | 保健与生活 |
| 健康文摘报 | 老年日报 | 金色年代 | |

**家庭生活**

| | | | |
|---|---|---|---|
| 中国电视报 | 家庭医生 | 东方女性 | 大众医学 |
| 知音 | 现代家庭报 | 37°女人 | 人之初 |
| 家庭 | 生命时报 | 幸福 | |

**青少教育**

| | | |
|---|---|---|
| 幼儿画报 | 中小学生学习报系列 | 我们爱科学 |
| 课堂内外 | 中国少年报 | 东方娃娃 |
| 婴儿画报 | 儿童文学 | |

**时尚益志**

| | | |
|---|---|---|
| 体坛周报 | 电脑爱好者 | 时尚 |
| 电脑报 | 足球报 | 汽车之友 |
| 中国国家地理 | 上海服饰 | 兵器知识 |

出神入化的表演，变化莫测的假象，魔术背后的玄机，智慧圈套的谜底……

□ 岳 勇

# 移花接木

## 1.奇耻大辱

民国时候，湖南汝城境内有一座清虚观，观内的道长叫妙元。妙元少年时候就好道，曾得到半卷怪异的经书，于是他就根据这半卷经书潜心修炼，虽然未能得道成仙，却习得不少奇能异法、杂技魔术，山下人家逢有红白喜事，必请他下山表演助兴。他有一个"活人换头"的节目，场面惊险，令人叫绝，成为他下山表演的保留绝活。

九月初十那天，孙记米铺老板孙世选成亲，应孙老板的邀请，妙元道长领着一男一女两个小徒弟，男的叫常青，女的叫常绿，骑着一头驴子，下山前往城北孙府表演节目。师徒三人走到城北，快到孙家大门口时，忽地从路旁大树后闪出一人，"扑通"一声跪在前面，拦住了去路。

妙元道长跳下驴背，扶起来人。那人说，他姓郑名逢时，是城关小学的一名教员，常常看道长表演魔术。他知道妙元道长是受了孙老板的邀请，要去孙家婚礼上表演节目，所以贸然拦路，想请道长把他也一同带进孙家去。

妙元道长问他："你自己进去就是，为何要我带你？"

郑逢时摇头说："我没有请柬，去了几回，都被门口的管家给拦住了。道长把我带在身边，就说我是道长新

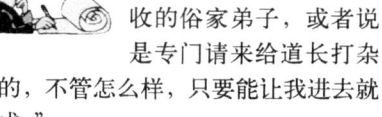

收的俗家弟子，或者说是专门请来给道长打杂的，不管怎么样，只要能让我进去就成。"

妙元道长问："既然人家没有送请柬给你，那你为何一定要参加这婚礼？"

郑逢时回头朝孙家大门口望了一眼，眼中闪过一道寒光，咬着牙恨声连连地说道："我进去并不是为了参加什么婚礼，我进去是为了杀一个人！"

原来一年之前郑逢时爱上了同校的音乐老师宋蕾，两人真心相爱，很快就举行了婚礼。在他们的婚礼上，来了一位特别嘉宾——石志鸿，石志鸿不但是本县县长的公子，而且年少有为，在县政府身居要职，地位显赫。他的到来，自然使婚礼增色不少。郑逢时陪着县长公子多喝了几杯，醉得不省人事，竟然白白错过了洞房花烛的良宵美景，而让他做梦也想不到的是，这一切全是石志鸿设计的阴谋，石志鸿将郑逢时灌醉之后，便偷偷摸进洞房，把还没揭盖头的新娘子给奸污了。完事之后，他还得意地告诉宋蕾，自己有一个喜欢跟新娘子睡觉的癖好，城中稍有姿色的女子在成亲之夜，他都不请自到，想方设法，辣手摧花，以满足自己的淫欲。好多人家畏其权势，不敢告官，更不敢张扬，以免丢了自家脸面。

宋蕾性情刚烈，受辱之后，含泪给丈夫留下一封遗书，便悬梁自尽了。

郑逢时第二天早上醒来，看见新婚妻子的尸体，惊得魂飞魄散，待看了妻子的遗书，才明白昨晚发生的一切。他拿着妻子的遗书到警察局报案，结果却被石志鸿暗中使了手脚，使案情石沉大海，不了了之。他痛定思痛，觉得石志鸿在城里手眼通天，告官是告不倒他的了，要想为妻子报仇，为民除害，唯一的办法就是亲手杀了石志鸿这个畜生，于是他接连筹划了好几次刺杀石志鸿的行动，但因这个县长公子聘有保镖护驾，都没有成功。

这一天，郑逢时打听到今天石志鸿要来参加孙世选的婚礼，知道这个畜生多半又是看中了孙家的新娘子，想在婚礼上故伎重施，玷污新娘，便想告诉孙世选，叫他警惕，可一想，石志鸿是个衣冠禽兽，表面看来口碑还不错，就算他告诉孙世选，孙世选也不会相信。

怎么办呢？妻子受辱而死，尸骨未寒，眼见着又有一位良家女子要遭石志鸿这个畜生的毒手，郑逢时一咬牙，索性便在怀里揣了一把牛角尖刀，想要混进孙家，伺机动手，一刀结束了石志鸿的性命，也算是为民除了一害。想得挺好，不料却被门口的管家拦住，管家见郑逢时拿不出请柬来，死活不让他进去，他正在路边徘徊无策，忽然看见妙元道长骑驴而至，知道必是受孙世选邀请，要来婚礼上表演节目的，情急之下，便拦住道长去路，恳求道长带自己混进门去……

## 2.生命之托

妙元道长听完，皱着眉头说道："假若真如你所言，此人确实该杀。"

郑逢时说："道长放心，我得手之后，立即自刎，绝不连累道长。"

妙元道长连连摇头："话虽如此，但事情绝不会如你想象中的那么简单。你想想，石志鸿是咱们这座小城的'太子爷'，他不明不白地死在孙世选的婚礼上，他那位县长父亲岂会轻易放过孙家的人？你是老道带进孙家的，事后若追查起来，老道岂又脱得了干系？你作为凶手，就地伏法，大仇得报，死了一了百了，可你有没有想过你这一刀下去，会连累多少无辜之人？老道一把年纪，只要能帮你伸张正义，倒也不怕什么，可怜我这两个小徒弟没了依靠，又如何生活？如今这社会，是非黑白，全都

颠倒了，你伸冤无门，拼了性命报仇雪恨，我不拦你，可假若因此而累及无辜，老道于心何安？所以老道还是不能答应你。"

郑逢时听了顿时灰心丧气，双目黯然，仰天长叹一声："我堂堂七尺男儿，有仇不得报有冤不能伸，活在世上又有何益？"说完，他掏出一把牛角尖刀，就要往自己胸口扎去，妙元道长连忙伸手拦住："且慢！郑先生，你真的肯拼了性命为妻报仇为民除害？"

郑逢时点头称是，妙元道长眯缝的眼睛微微一亮，说："既然你死意已决，我倒有个法子，可以帮你报仇，而且绝不会连累其他人……"

郑逢时眼睛一亮："什么办法？"

妙元道长问："郑先生，你可听说过'眉间尺'的故事吗？"

郑逢时知道这故事，说的是古时候，有一个相貌奇特的孩子，他两眉之间的距离有一尺宽，人们都叫他眉间尺。眉间尺为了替父报仇，甘愿把自己的脑袋割下来，交给一个侠义之士……

郑逢时顿时明白了，他问："道长是不是想借郑某的一样东西？"

"正是。"

"是我的人头吗？"

妙元道长说："如若信我，便请借头一用。"

郑逢时说："人言妙元道长古道热肠，法术通天，我自然信你……请道长随我来。"郑逢时说着转身走入树林深处，挥刀往脖颈处一抹，一片鲜血溅出，人已倒地身亡。

妙元道长仰天叹道："好汉子，你信我，我又岂可言而无信？"他捡起地上的利刃，将郑逢时的人头割下，用布包上，又脱下了郑逢时的外衣，一起包了，做成一个包裹，背在背上，然后用刀就地掘个坑，将郑逢时的无头尸体埋了，这才大步走出树林，赶到孙府。

傍晚时分，孙府上下十分热闹，花轿将新娘接到，拜了天地，新郎拿起秤杆，将新娘大红头盖挑下。红烛映照，只见新娘粉脸含羞，美艳动人，众人瞧得目眩神迷，都忍不住喝起彩来。

到吃晚饭的时候，妙元道长知道该自己出场了。管家在安置酒席时，早已在客厅中间留了一块空位作为舞台，妙元道长要在众人吃饭时表演节目，让宾客们边吃边看，吃得好好的，看得乐乐的。

一会儿，妙元道长身着玄服，往场中一站，朝四方施了礼，朗声说道："今天是孙老板大喜的日子，老道空手而来，也没准备什么好礼物，听说新娘子芳名叫玉莲，名字中有个'莲'字，老道就讨个巧，送新娘一朵七彩莲花吧。"说完，妙元道长从口袋里掏出一颗莲子，放入开水中浸着，又拿过一只大碗，装满松泥，将莲子种在泥中。洗净双手，口中念念有词，作法片刻，只见碗中泥土微动，缓缓开出一朵莲花来，众人看得目瞪口呆，啧啧称奇。

妙元道长的女徒弟常绿上前把莲花摘了，笑嘻嘻地走上前来，送给新娘。

新娘满心欢喜地接过，细看之下，惊道："呀，这莲花中间还结了莲子呢！"

妙元道长笑道"那是当然，莲子莲子，是莲当然就要生子。"

宾客闻言，"哈哈"大笑起来。新娘这才明白，妙元道长是借莲生意，祝她早生贵子，这么一想，一张俏脸不由着得通红。

# 3. 神奇魔术

妙元道长"呵呵"笑道："贫道礼已送完，现在再为大伙表演一个惊险节目，叫做'活人换头'。本来这个节目不大适合在婚礼上表演，不过孙老板亲自点了这个节目，贫道只好从命了。"

妙元道长说罢一招手，男弟子常青立即抱着几块木板走了上来，这些木板都是妙元道长驮在驴背上带来的自备道具。木板早已做好榫楔，妙元道长一番拼凑，很快拼成两个长约四尺、宽高尺许的木箱。他将两只木箱并列放在一起，手持法剑，回身一指，对两个徒弟道："还不进去，更待何时？"

常青、常绿立即爬上桌子，分别躺进两个木箱里。妙元道长拿过两块木板，将两只木箱盖上。常青、常绿师兄妹躺在木箱里，各自把头露出半截。妙元道长仗剑施法，忽然一剑劈下……那本是一把削铁如泥的宝剑，寒光一闪，剑锋就从常青、常绿两人脖颈处斩下，"喀嚓"一声，两人的头颈连同箱子一同斩断，却没有一滴鲜血溅出。常青、常绿两人

头颅虽被斩下，两只眼珠儿却还在骨碌碌地转着，众人看得连大气也不敢出。

紧接着，妙元道长拿出几块小木板，分别从木箱上被剑砍开的缝隙中插下去，这样一来，常青、常绿的头颅就和身子彻底分开，被装在了一个一尺见方的小木匣子里。妙元道长快手快脚地把两个装头的小木匣子调换位置，常青的头放到常绿这边，常绿的头放到常青这边，再将被砍断的木箱拼好，把插在脖颈处的小木板抽开，然后妙元道长端过一碗水，嘴中含了一口，对着两人的头"噗""噗"喷落，然后嘴里一声断喝："起！"

水雾弥漫中，只听"咣当"两声，盖在两只木箱上的盖子被踢开，常青、常绿两人应声从箱子里跳出来，只见女徒弟常绿扎着两只牛角小辫的

头，却安在师兄常青身上；常青的头，却长在了师妹常绿那穿着花布裙子的身上，两人被换了头，却还能在地上活蹦乱跳，众看客全都惊呆了！

这类魔术，现在也有，全是声、光、电、时、空的作用，只是变得如此出神入化、惊心动魄，在那个年月，实在少见！

这时，妙元道长喝令常青、常绿两人躺回木箱，又用木板将两人头、身隔开，把两颗头颅左右调换，重新装回各人身上。片刻后，常青、常绿从箱子里爬出来，身上体肤完好如初，毫无异样，有人忍不住心中好奇，拉过两人，盯着他们的脖颈处，转过来转过去地看，却是连一点痕迹也看不出来，场内顿时掌声如雷，一片叫好。

接着，妙元道长又给大伙露了两手绝活，等他表演完毕，宴席也散了，这时天色已晚，孙府管家请他师徒三人留下过夜，妙元道长点头答应。

晚上，孙家大院里搭起戏台，唱起了花鼓戏。妙元道长是个花鼓戏迷，一直看到深夜才回房去睡。常青和师父同居一室，早已上床睡得熟了。妙元道长点上蜡烛，正要回身关门，忽见人影一晃，从门外闪进一个个人来，定睛一看，却是县长的公子石志鸿。石志鸿弓着身子，背上背着一人，那人满身酒气，看来是喝醉了，

妙元道长仔细一瞧，喝醉的那人竟然是新郎官孙世选！

石志鸿进门后将喝醉的孙世选放到床上，干笑一声说："道长今天表演的那一出'活人换头'真是绝了，可惜道长席间表演时，石某离得太远，未能看得清楚，实在遗憾。石某有个想法，想请道长将那'活人换头'的绝活就在这屋里再表演一次，让石某近距离地看个明白，也好过过瘾。"

妙元道长说："这个……倒也无妨，只是老道的两个徒弟都已经睡了……"

石志鸿忙说："这个不妨事，帮手是现成的，就请道长把我和新郎官装进木箱，看能不能把咱俩的头换过来，也让咱们亲身体验一番。"

妙元道长看看石志鸿，又看看已经醉得不省人事的孙世选，面露难色："这……"

# 4.移花接木

石志鸿讪笑着递上十块大洋，说："只要道长能满足在下这点好奇心，这十块大洋就是给您的报酬。当然，石某还有一个小小的要求，假若道长换头成功，请让石某顶着新郎官的人头到外面溜达一圈，看看是否还有人认得出我的真实身份。如果把别人都给蒙住了，那就说明您的法术真正高明，等您再给我把头换回来之后，石某必定另有重谢。"

妙元道长接过大洋，在手心里掂了掂，说："好吧。"

先前表演用过的木板捆得好好的，就放在房间里，妙元道长轻车熟路，很快拼好了两个木箱，石志鸿先把正呼呼大睡的新郎官孙世选抱起，塞进一个木箱里，然后自己爬到另一边箱子里，蜷缩着身子躺了下来，就如同席间常青、常绿表演的一样，在箱子外边露出半个头来。

妙元道长把木箱盖上，手持法剑，微微一笑："石公子，你以为世间真有换头之术么？"

石志鸿一怔，疑惑地问："世间若无此术，那道长席间怎么能替两位徒弟换头呢？"

妙元道长"哈哈"笑道："那只不过是一种障眼法而已，若不是如此，又怎能引你入我彀中？"

石志鸿顿时脸色大变："什么，你说什么？"

妙元道长把脸一沉，冷冷地说道："你换头之后，去外面溜达是假，想趁机非礼那位漂亮的新娘子才是真吧？"

石志鸿矢口否认："道长您误会了，如果我真想非礼新娘，现在新郎官已经醉得不醒人事，我自入洞房行事就成，又何必大费周折，请您换头？"

妙元道长目光何等犀利，早已看穿了石志鸿的鬼把戏，他朗朗有声地

说道："那倒未必，据老道所知，新娘玉莲读过女子中学，是一个知书识礼、性格刚毅的新女性，你若贸然闯入洞房，闹将起来，只怕难成好事，所以你就想和孙世选换了头，冒充新郎官跟新娘子入洞房，让玉莲顺顺从从地满足你的淫欲，是吧？你这畜生，想必还没有忘记一年前被你污了身子、害了性命的

宋蕾小姐吧？贫道今天是为遭你祸害的苦命女子伸张正义来了！"

石志鸿听得浑身哆嗦，正想脱身，可那木板竟似被铁钉钉死了一般，哪里蹬得开？没等石志鸿来得及喊出声，寒光一闪，妙元道长的宝剑早已从他脖颈处斩落下来……

第二天清晨，孙府的家人在扫地时，发现昨夜石志鸿住宿的房间大门洞开，门楣上挂着一颗血淋淋的人头，惊叫一声，几乎吓晕过去。众人听见叫声，赶过来一看，只见房里还躺着一具无头尸体，有几个胆大的家丁把门楣上悬着的头颅取下，拼凑到那具裸尸上，在场的人不知道那头是郑逢时的，是他为了替新婚妻子报仇而自尽后被妙元道长割下的，当然更不知道那尸身是石志鸿的。

这时，孙府管家赶来了，他一看，立即惊呼起来："哎呀，这人我认识，昨天他一个劲地想闯进府来找石公子，我见他来势不善，怕是找石公子麻烦的，就没敢让他进来，想不到这家伙贼心不死，夜里还是偷偷摸摸进府来了。看这情形，只怕是跟石公子起了冲突……"看看尸身上的衣服，也是那个郑逢时的，管家自然不会知道衣服是妙元道长从自尽的郑逢时身上脱下后穿到石志鸿身上的！

醉了一夜的孙世选此刻酒也醒了，他脸色煞白，问："石公子呢？"

家人说："天亮之后，就没有见过他。"

警察很快闻讯赶到，案情似乎再明显不过：死者似乎和石志鸿有什么过节，昨晚趁夜翻墙进入孙家，想找石志鸿的麻烦，结果被石志鸿所杀。石志鸿杀人之后心存惧意，连夜潜逃了。因牵涉到县长公子，警察也不好作过多纠缠，很快就结束现场勘察，把尸首拖走了。

事后，县长大人却出来更正说，死者深夜翻墙入室，石志鸿系自卫杀人，不应追究刑事责任，但石公子畏罪潜逃，却再也没有回来，当然，这已是后话了。

再说那天妙元道长带着徒儿从孙家出来，经过那片树林时就走了进去，来到掩埋郑逢时尸体的坑前，打开背上的包裹，取出一个血淋淋的人头，拿出香烛纸钱，祭奠过郑逢时之后，取了些干柴，就在坑前放了一把火，将那人头烧了……

**（题图、插图：黄全昌）**

**稿约：** "中篇故事"是本刊的重要栏目，我们热诚欢迎广大作者来稿。来稿要求：1.题材需有新鲜感、时代感；2.情节性强，并且能把新鲜、奇巧的情节的演绎和人物的塑造较好地结合起来；3.篇幅：15000字以内。

本栏目稿酬从优。来稿可从邮局寄发，也可发电子邮件，本期责任编辑E-mail地址：xiaomeng.ye@gmail.com。

**本期主题：** 求 职

求职求的不只是一份职业，还是情感中人际关系水乳交融的一次流淌……

# 送一个吊环给别人

**那**一年的冬天，强子终日在这个城市里奔波着，他要找工作，但是许多公司都不尽如人意。

这天，强子乘坐公交车去一家公司应聘职位，公交车上的人特别多，他只好抓住一个吊环站着。

又经过一站，车内更拥挤了，这

时候他身边多了一位女士，她连一个吊环也没抓到，只好抓住上面的横杠，可是她的个子有些矮，只好努力地踮着脚尖，看上去很难受的样子。强子有些不忍，便把这个吊环让给了她。

下车的时候，这位女士和强子同时下了车，竟然走向同一个公司，原来这女士是这个公司的员工，她知道强子是来应聘的，就给他介绍了公司的好多情况。经过她的点拨，强子应聘时显得十分自信，不久就收到了公司录用的通知。

后来老总告诉强子，录用的原因不仅是因为他当时表现优秀，更重要的是有人推荐了他，推荐他的是一个优秀的老员工。

强子的一个小小善举，却意外地获得了一个生活的吊环，让他从此少了颠簸，多了一份安稳。

（作者：魏德强；推荐者：叶 子）

# 第一次

一个男青年要去一家大公司面试，他十分紧张，当他踏入公司时，甚至紧张得满头大汗，连走路都有些不稳当了。

一会儿，一位二十岁出头的女孩坐到了男青年的面前，她竟然就是主考官。她的脸上没有严厉的表情，也没有拒人千里之外的冷漠。

那个女孩要男青年介绍一下自己，男青年因为紧张，介绍时结结巴巴，几次卡壳，连男青年自己都感觉到，这是一次失败的面试。结束时，担任面试官的女孩让男青年"耐心等通知"，但他知道，这仅是例行的客套而已。

一个星期后，男青年意外地等来了被录取的好消息，后来，他和这位面试的主考官成了不错的朋友，这时候他才知道了一个秘密：原来，他的第一次面试其实也是她主持的第一场面试，第一次面试的他很紧张，而第一次主持面试的她也同样紧张，紧张的她非常理解他的紧张，在看了男青年详尽的求职材料后，她像伯乐般挑选了他，向主管作了推荐。

同样境遇下的人最容易相互理解，最容易沟通。

（作者：黄小鹤，推荐者：如　水）

## 跟班的骆驼

小古名牌大学毕业，硕士学位，本以为就业不成问题，可渴盼已久的两家大公司都将其拒之门外，无奈中，小古只好屈尊于一家并不知名的公司，更让他不悦的是：公司让他从最底层开始，他天天跑腿打杂，跟在别人后面还得装出一副谦虚状。

两年过去了，小古有了跳槽的念头。

一次公司组织员工"新疆十日游"，在新疆沙漠上骑骆驼让小古感触颇多，他问主人：为什么大骆驼边上还跟一匹并不驮人的小骆驼？

主人说，这叫"跟班"，因为它还在"实习"，它得跟着"师傅"学习一段时间后才有资格上路驮游客，没跟过班的骆驼是会出事故的。

回来后，小古没有跳槽，依然当着他的小业务员。

一年后，小古成了业务骨干，两年后被提拔为部门经理。

小古在公司干了四年，这前两年与后两年的本质区别在于：他脚踏实地当了七百多天的"跟班"。

（**作者**：绘　丹，**推荐者**：曹龙彬）
（**本栏插图**：安玉民、梁　丽）

（本栏欢迎读者把读到的、听到的富有精辟立意和新奇细节的精短故事推荐给我们，一经录用，即致推荐费，推荐稿请注明原作者姓名。

推荐稿可从邮局寄发，也可发电子邮件，本期责任编辑的电子信箱为：xiaomeng.ye@gmail.com）

学写作文，
从读故事开始

# "吃"的创意

□ 宣 钟

## 经典的创意

宣钟开了一个专业进行"策划"的工作室，这天，有人来找他了，这人叫王胜，是郊区度假村一家餐厅的部门经理，两年前，宣钟曾在那里吃过一顿饭，有过一面之交，没想到两年后，王经理竟找上门来了。宣钟一见他就笑容可掬地说："真是感谢啊，两年了还保留着我的名片……"

王胜客气地说："保留着名片还真有好处，这不，遇到难处，不就找着您了吗？"

宣钟打量了王胜一眼，说："客气，客气，王经理有什么让我帮忙的吗？"

王胜说了这么一件事：他那个餐厅前两天接待了三个老外，他们觉得王胜的餐厅环境不错，想要在这里宴请几位从他们本国来的客人，问他最高级别的一桌菜要付多少钱，王胜就对他们说，最多也就五千。几个老外听了，说声"OK"就走了，谁知道昨天他们派个秘书送来了五千美元，让王胜在这个周六安排。

王胜说到这里，哭丧着脸，说："宣经理，我说的五千是人民币啊，谁想他会误认为美元，五千美元，差不多就是四万人民币啊，这一桌让我怎么安排啊？我想了一晚上，也没想出来，只好找您来了，想请您帮我出个主意，让客人觉得花四万块钱吃这顿饭值。"

宣钟沉默了半天，开口说"要想让客人觉得值，就得在吃饭氛围和菜品上下点功夫，让他觉得在你这里得到了一种独特的感受和体验，你看这样行不行——"

宣钟接着便说了自己的想法：首先，在门口安排十个保安，个头要高，脸要黑，最好还有一条伤疤，穿一身黑，戴副墨镜，客人车一到，分别站在车两边，每边五个，不说话，面无表情，每人朝着一个方向，遥望远方……

王胜听到这里，疑惑地说："这怎么有点像黑帮啊？"

"其实，有些人骨子里就想当个'老大'，你想，客人一下车，看到这

阵势，心里该有多满足。"

宣钟接着又说："客人下车之后，你不要让客人自己去餐厅，要找几个轿子把客人抬进去，餐厅里也要重新布置一下，把空调都撤了，每位客人身后都站一位宫女，拿把芭蕉扇给客人扇着自然风，这吃着多惬意啊！"

王胜听着，眼珠子瞪得大大的，宣钟顾不上看王胜的表情，依然滔滔不绝地说着自己的设想："你再找一个表演杂技的小姑娘，在餐桌中央表演顶碗，千万别演砸了，把碗掉下来，砸着客人……菜，你也要下下功夫，平常能吃到的宫爆鸡丁、鱼香肉丝就别上了，弄点新鲜的，比如：炒盘蚂蚁蛋、清炖鱼须子、醋熘鸡的松果体、油炸猪的扁桃腺……你想，这些菜多难弄啊，你知道多少条鱼的须子才能炒盘菜啊，更别提蚂蚁的蛋了。你只要把这些菜向客人一介绍，客人就觉得这顿饭花五千美元值。"

王胜听了之后，点点头，说："宣经理，那我就照您说的去办。"

## 客人会满意吗

两个星期之后，王胜来了，宣钟一见他就问："怎么样？还满意吗？"

王胜乐呵呵地说："别提多满意了，吃完了，当场就另外给了我们五千美元，让我们再安排一顿，只是要求我们别重样，所以只好麻烦您再给设计一个新奇的吃法，嗨，我看这帮

老外就是吃饱了没事干，整天寻找新奇刺激。"

宣钟听了，沉吟了一会儿，说："这回这样——你把餐厅再重新布置一下，把餐桌都换成床，并排放八张床，客人被抬进来之后，都给他们放到床上去，你见过旧社会抽大烟的吗？就跟那样差不多。"

王胜的眼珠子又瞪大了："客人躺在床上怎么吃啊？"

"服务员喂啊！其实这些客人不在乎吃什么，而在乎怎么吃，你一定要让他找到新鲜，找到乐趣，然后再找几个服务员围着床周围，有掐头的，有捏脚的，有咯吱腋窝的，有拿羽毛搔肚脐眼的……"

王胜听着，满脸疑惑"行吗？这还叫吃饭吗？"

"你放心吧，越不像吃饭客人越满意。"

王胜走了，带着一脸的诧异……

## 有完没完

过了两个星期，王胜兴高采烈地又来了，一见面就兴致勃勃地嚷开了："宣经理，真是太感谢您了，客人十分满意，说找到了一种'大爷'的感觉，可我真不明白，躺在那儿，让人喂着，多不舒服啊，可他们为什么还感觉不错？"

宣钟笑眯眯地说："这你就不明白了吧？现在的餐饮业，更像是一种

休闲业、娱乐业，现代人压力大、工作紧张，人们到餐厅吃饭，更多的是为了放松神经，所以，我们要给客人制造一种全新的体验，让他觉得好玩、放松、有趣。"

"宣经理，这回还得麻烦您，他们觉得这次很好玩，还想来一次。"

"他们还有完没完？我已经黔驴技穷了，想不出什么招了。"

王胜听宣钟这么说，急了："别，别，拜托您了！我订金都收了，您帮帮忙，这是最后一次！"

宣钟说："好吧，让我想想，这回非得治治他们不可，有钱也不能没完

没了啊！"

过了片刻，宣钟对在一旁等着回答的王胜说："你这么安排——你按照平常的样子，让他们就餐，吃到半截，你找几个人用黑布蒙上脸，端着玩具冲锋枪，冲进餐厅，说：'你们被绑架了！'"

"啊？绑他们？"

"对，要真绑，用绳子一个个捆起来，嘴里塞上臭袜子，为了不引起怀疑，连你一块绑，然后，把你和他们一起拉到一个山洞，先饿上三天，第四天，你随便安排上点什么吃的，我相信，他们肯定会觉得美味无比，等吃完了，你再告诉他们这不是真的绑架，而是游戏。"

"那他们还不气死了？还不投诉我？"

"不会的，当你告诉他们这是一场游戏，当他们看到那些绑匪摘下头套、发现都是你的厨子的时候，他们原本绝望的心一下子放松了，大脑会分泌一种内腓肽，会有一种获得重生的愉悦，也许他们会抱着你喜极而泣的。"

"行吗？"

宣钟挥了挥手，用一种不耐烦的语气打发道："管它行不行，就这样安排吧，估计他们以后不会再跑你这里找事来了。"

## 没 完

事情过去半个月，王胜又来了，宣钟见了他，倒觉得很是诧异："怎么还让你安排吃饭？"

"吃饭倒不让安排了，让我安排再绑架他们一回，要突然的……"

（题图、插图：安玉民　梁　丽）

与人相处，我相信感觉。自己的判断，在一刹那间完成。第一次看见你们，我的心就变得温柔绵软。前世的故人来了吗？

（图、文／庞　彦）

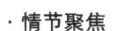

# 传授秘诀的人

□ 冯 舒

人都有张会说话的嘴，话怎么说，却大有学问。有人把这说话的学问总结成几句话："急事慢慢说，大事清楚地说，小事幽默地说，没把握的事谨慎地说……"有了要领，这学问也好学，可就怕一点——酒后失言。

这天，几个大学同学一起考上了公务员，于是便到一家餐馆庆祝，酒喝到微醉时，一人感叹道："现在当公务员不容易，我们这些初出茅庐的愣头青要是有人指点指点就好了。"旁边的张三说："这好办，我爸有个老战友姓赵，一直在机关里当局长，我去打个电话，让我爸把他请来给大家指点儿招吧……他们当局长的应酬多，说不定就在附近饭店吃饭呢，一会儿就来了。"张三说着便出去打电话。

等了好一会儿，张三还没有进来，倒是有一个肥头大耳、白白胖胖的中年人推门进来了，这人看样子也在喝酒，而且喝高了，他一边打着酒嗝，一边摇摇晃晃地坐到了张三的位子上。众人见他这个派头，猜想他或许就是张三去请的那个姓赵的局长了，于是便小心地试探道："请问您是不是赵局？"胖子杯子一放，两眼一瞪，有些不高兴了："你们居然连我都不认识？我不是赵局谁是赵局？"

大家原本不太相信张三能把一个局长请来，没想到还真的来了，众人都有些受宠若惊，赶紧上前敬酒，这赵局长一点架子也没有，来者不拒，又喝了几杯，还和大家称兄道弟起来。大家见时机成熟，便请教起来，还有人借着酒盖脸，竟然问起了一个十分敏感的问题："赵局，现在公务员这块，哪个单位的油水多啊？"

赵局得意地一笑："哈哈，哪里的油水能有我那里多？"

"那你一定捞了不少吧？"这话

一出口，大家都替问问题的人捏了把汗：这么敏感的问题居然也敢问？没想到赵局一点不在乎，他放下酒杯，低声对几个年轻人说："实话对你们说吧，刚开始的时候我还不敢去捞，怕烫手啊，这两年，我的胆子也大了……"

所有人都被赵局的话惊得目瞪口呆，敢情这是个大贪官啊，可是就算喝醉了酒，也没有这样坦诚的啊！就在大家都不知道该说什么时，赵局又低声说："不过，越是油水多的地方越要注意，一不小心就会摔跟斗啊，我前不久就摔了一个大跟斗，一摔跟斗就得进去，一进去就完了，想起那些

日子，可不是人过的啊！"赵局说着，眼窝都有点湿了。

刚才大伙都一个劲地羡慕着赵局，现在一听，全吓出了一身冷汗，你望我，我望你，说不出一句话来。正在这时，出去打电话的张三走了进来，嘴里解释道："那位赵局今天有事来不了……"刚说到这里，他一眼瞧见了坐在自己位子上的赵局，"请问这位是……"大家疑惑地答道："这不就是赵局吗？"

话刚说完，门外冲进来一个小伙子，一把扶起那个赵局，说道："你说去上厕所，怎么跑到这里来了？"说着，他又向众人解释道："这是我们餐馆的赵师傅，喝高了，认错了门，到你们这里坐着了。"

大家不解地问道："赵师傅？他不是说自己是赵局吗？"

小伙子解释说："他姓赵，单名一个'举'字，叫'赵举'，是我们餐馆厨房里的师傅，专门负责炸油条。前一阵子，因为厨房地上太油腻，他在捞油条的时候不小心滑倒了，伤了大腿，入院住了两个多月，今天才出院，这不，我们餐馆里的伙计正给他接风呢……不好意思，打搅你们了。"

小伙子一边道歉，一边扶着那个赵举往外走，到了门口，赵举还不忘回头叮嘱一句："记住了，油水越多的地方越滑，越危险！"

**（题图插图：安玉民　梁　丽）**

# 学外语

□ 王明新

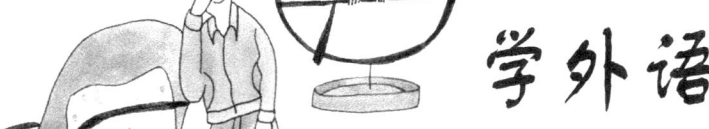

楚先生想找个保姆，不过他要找的可不是一般的保姆，而是为他的鹩哥——也就是他的宠物找保姆。这只鹩哥，楚先生可是花了大钱的，这还在其次，关键是这鹩哥会说三十多个国家的语言，当然会说的只是一句话"欢迎您！"这已经十分不容易了，毕竟是一只鸟啊！尤其是那些小语种，楚先生可是花了九牛二虎之力找人录制的，花费就不用说了。现在，只要楚先生站在鸟笼前用手轻轻一逗，然后说："英语。"那只鹩哥就会用英语说"欢迎您！"接下来是日语、俄罗斯语、西班牙语、尼泊尔语……楚先生的目标是要教会这只鹩哥用53种语言说这句话，这几乎包括了世界上的所有语种，然后申请世界吉尼斯纪录。

就在楚先生高歌猛进、准备把剩下的20种语言教给鹩哥的时候，公司交给他一个重要任务，去美国进口一种设备，还要带几名员工进行短期培训，时间至少一个月。

楚先生是独身，照顾鹩哥只好找保姆了。楚先生来到一家家政服务公司说明来意，然后说："我可以出双倍的价钱。"家政服务公司接待的人心想：不就是给一只小鸟按时喂水、喂食、晒太阳、放录音吗？于是一口答应，这时，楚先生突然严肃起来，说："最最重要的是这个保姆不能和鹩哥说话，一个字也不能说，如果让它学会别的话，我所花费的所有工夫就会前功尽弃。因此必须签订合同，如果发生了这样的事我会索赔的。"

接待的人自信地笑着说："请先生放心，这样的事绝对不可能发生。"然后他告诉楚先生：他们公司有一位十分理想的人选，叫玉叶，是个姑娘，十年前得了一场怪病，病好了就不会

说话了，确切地说，这位姑娘是个哑巴，既然是哑巴怎么会和鹩哥说话呢？

楚先生一听，大喜过望，当即把玉叶姑娘带回家试用了几天。玉叶年龄虽小，但做事认真、周到，她按照楚先生的吩咐，给鹩哥喂水、喂食、晒太阳，最重要的就是让鹩哥跟着录制好的磁带用不同的语言说"欢迎您"，所有工作做得有板有眼，一丝不苟，更让楚先生放心的是小姑娘不会说话。楚先生十二分满意，当即和家政服务公司签订了合同，然后就放心地坐上飞机去了美国。

玉叶有个男朋友，是家政服务公司的送水工，两个人正在热恋中。开始玉叶不准男朋友来楚先生家找她，

可小伙子忍耐了一段时间后就坚持不住了，玉叶告诫男朋友说，找她可以，但到了楚先生家必须装成哑巴，一句话也不准说，还逼着小伙子写了书面保证书，这才同意小伙子来。

一个多月时间很快就过去了，楚先生从美国回来，一进家门就直奔鹩哥。在出差的这些日子里，楚先生最牵挂的就是它，他怕鹩哥会听到什么杂音，毁了他那意义非凡的"培训"计划。楚先生来到鹩哥笼子前，见鹩哥活泼健康，十分欣喜。鹩哥看见楚先生归来，便亲热地冲着楚先生直点头。楚先生按照过去惯常的做法用手逗一下鹩哥，然后说："英语。"

鹩哥用英语说："欢迎您！叭！"

楚先生愣了一下，迟疑了一会，又说："日语。"

鹩哥用日语回应说："欢迎您！叭！"

这一下，楚先生听得明白些了，但他还不是十分确定，于是又说："俄罗斯语。"

鹩哥用俄罗斯语说："欢迎您！叭！"

楚先生的脸顿时拉长了，"嗡"一声，头也大了好几圈：这"叭"是什么声音呢？他当然想不到——这是玉叶的男朋友每次来后两人亲吻时发出的声音！

楚先生的培训计划又得从头开始了……

# 眼力大PK

□ 侯智勇

周末，三个时髦的小姐妹相约去买衣服，而且无一例外都"押"着自己的老公，老公负责干什么？买单呗。为了来去方便，还拼了一辆面包车。到了商场，面包车在外面等，三对小夫妻各自进场抢购，两个小时后，他们陆陆续续出来了。

一到车上，三个女人炫耀起自己花的钱最多，这时，开车的司机笑着开口了："你们也别打嘴架了，把各自的发票拿出来一比不就结了？不过，那样没意思，不如做个游戏。"三个女人问做什么游戏，司机说："比眼力！你们三个女士，不许看发票，凭借别的东西猜一猜谁花的钱最多，三个男士根据发票当裁判，看谁猜对了。"

三对小夫妻觉得挺新鲜的，都答应了。小兰先猜，她用手把三家人买的衣服都摸了一遍，然后猜小凡第一，她第二，小莲第三，她是凭布料的手感判断衣服价钱的贵贱，但三个男人根据发票宣布：小兰猜错了。

小凡接着猜，她仔细验看一番衣服的商标，然后说是小兰第一，小莲第二，她第三，根据很简单，就是衣服的牌子，牌子名气大，自然贵，花钱肯定多，谁知她也猜错了。

最后剩下小莲了，她说："我摸一下三个男人的钱包吧。"三个男人把钱包交到小莲手里，她逐一捏过，胸有成竹地说："我第一，小凡第二，小兰第三。"她认为谁的钱包最瘪，花钱就最多，结果也错了，这依据根本不科学，纸币面额有大有小，带的钱也有多少，何况还可以刷卡呢。

最后，司机慢悠悠地开了口："还是让我说出谜底吧——小莲第一，小兰第二，小凡第三。"

三个男人一听都愣了，三个女人一看发票也呆了："师傅，真厉害啊，你是怎么猜出来的？"

司机"哈哈"一笑："嗨，这还不简单？我看你们老公的脸色啊——脸色最难看的花钱最多呀！"

# 谁有优势

□ 魏锦池

现在工作不好找，路明本想毕业后先工作再结婚，可父母执意要他先结婚，路明只好答应，结了婚。婚后第二天，路明就急着去找工作，他听说商贸城招聘文秘人员，就一早赶到商贸城的招聘处，可招聘处的办公室里空无一人，一个扫地的大妈告诉路明：有人结婚，在饭店摆喜酒，招聘处的人都去上礼了，下午2点上班。

路明听了，无奈地摇摇头，正在这时，他看见走廊上已经有两男一女在那里等着应聘，正相互打听着对方的情况，路明暗中一听，才知道那三个人跟自己条件不差上下，唯独"未婚"这一项比自己优越，单位招聘，同样条件，总是会优先录用未婚的，想到这里，路明心里忐忑不安起来。

下午2点，去参加婚宴的几个人陆陆续续上了楼，一路上走着唠着，一个人说："我这个月上礼花去800元了，主任，你呢？"主任说："我花去1500元了，都是喝喜酒的。"

几个人说着聊着，走进了"招聘处"办公室，不一会，面试开始了，先来的两男一女分别是一、二、三号，路明是四号。前三个人一个一个被叫进去，又一个一个无精打采地走了出来，看样子是凶多吉少，这一下，路明的底气更不足了。

"四号——"这时路明听到叫自己的号，赶紧走了进去，不一会，他就满面春风地出来了，那三个应聘者围上去问路明情况怎么样，路明春风满面地说："录用了呀！"那三人一听眼睛都瞪直了，又问他都考了些什么，路明说："把资料交上去后，他们看了看啥也没问，就说录用了。"

三个人想进屋问个明白，刚走到门口，听见那位主任说："录用一个已经结了婚的青年，大家都可以省一份上礼钱嘛！"

**（本栏题图、插图：顾子易　王　俭）**

# 427 2008 SEMIMONTHLY 下半月刊 11月 STORIES

# 故事会

## 2008年11月
下半月刊·绿版

主 编：何承伟

常务副主编：吴 伦

副主编：姚自豪（上半月·红版）
副主编：夏一鸣（下半月·绿版）

本期责任编辑：杭 帆
电子邮箱：hangfan1102@126.com

绿版发稿编辑：

夏一鸣 王雅静 朱 虹 邢 悦

特约编辑：

范大宇 崔新三 申之珉

美术编辑：李宝强

电脑制作：郭瑾玮

通 联：归依玲

本社办公室电话：021-64375030
上半月刊编辑部电话：021-64332325
下半月刊编辑部电话：021-64336469
（上海市绍兴路74号 邮编：200020）

主管、主办：上海文艺出版总社
出版单位：《故事会》编辑部

────────────

制作、发行总监：张 凯
电话：021-64313938
广告业务：上海故事会文化传媒有限公司
广告总监：张 淮
广告业务：021-34010383
广告投诉：021-64333738
广告经营许可证
沪工商广字3100320050022号
发行：中国图书进出口上海公司

# 俄国宝宝

这天，有对英国夫妻来到了一所学校，报名参加俄语培训班。

"俄语挺难学的，"负责人仔细看完他们填写的表格后，笑着问，"怎么会想到要一起来学习俄语？"

妻子一脸兴奋地抢着说："那是因为，我们终于有自己的宝宝了。"

负责人听了一头雾水："什么宝宝？这和学习俄语又有什么关系呢？"

这时，一旁的丈夫发话了："是这样的，我们婚后一直没有孩子，前不久刚刚收养了一个三个月大的俄国宝宝，你想啊，一年后，他就应该会说话了，不学俄语，我们怎么能听懂他说什么呢？"　　（陆军华）

（本栏插图：包丰一）

## 舌头和脚一样长

一天，阳阳问爸爸："爸爸，为什么人的舌头和脚会一样长呢？"爸爸听了，瞪大了眼睛奇怪道："怎么可能？是谁告诉你舌头和脚一样长的？"

阳阳说："我是从书上看到的。'三寸金莲'和'三寸不烂之舌'不都是三寸吗？难道不是一样长吗？"

（赵娜娜）

## 求婚理由

这天，一群已婚的男人聚餐，席间，有人提议各自谈谈当年求婚的动机。

陆先生第一个发言："那是在夏天，我看见她穿一身质地很薄的衣服，一双美腿若隐若现，简直漂亮极了，于是就决定向她求婚。"

吴先生听完，摇了摇头，接着说："老兄啊，我的情况恰巧和你相反，我老婆以前总是喜欢穿长裙，我十分好奇她的腿究竟长得怎么样，一时冲动，便向她求了婚。"（小　米）

4

## 那个人是我

珍妮虚荣心很强，是个十分爱漂亮的姑娘。这天，法庭上正在审理一起案件，检察官指着珍妮，坚持说她就是犯罪嫌疑人。

珍妮慢慢站起身来，一脸严肃地说："法官大人，各位陪审团，为了我的名誉，我必须声明，我是清白的。"

这时，检察官在一旁，上下打量起珍妮来，边看还边说："可是，犯罪嫌疑人和你长得实在太像了，都是那么年轻漂亮、身材匀称、举止高雅，而且……"

没等检察官说完，珍妮脑子一热，插嘴道："那么好吧，我坦白，你说的那个女人就是我。"（赵鸿祥）

## 灵 感

大明是个文学爱好者。最近，他发现自己写东西总也打不开思路，便想到郊外去找些灵感。

大明一个人正在郊外散步，阳光下，他忽然远远地看见树丛里有块牌子，上面四个大字特别醒目："阳光不锈。"

大明当场呆住了：写得多么有诗意啊！绝对不是一般人能够想到的。

大明心里想着，便凑了过去，可等走到近前，他才发现，被树丛挡住的那部分牌子上，还有四个字，写着"钢制品厂。" （施 兴）

## 越看越美

最近，小高和妻子购买了一套两居室的新房，还新添了一辆小轿车。

小高兴奋地对妻子说："老婆，以后咱们就舒舒服服地坐在新房子里，看新买的轿车，真是越看越觉得心里美啊！"

妻子点点头，笑得嘴都合不拢了，但她随即又想起了什么，问："老公，那要是万一哪天看累了呢？"

小高想了想，说："不怕，看累了，咱们就舒舒服服地坐在轿车里，看咱们的新房啊！" （蓝昌科）

# 换岗

约翰在一家报社做记者，每天都在挖空心思捕捉重大的新闻线索。

这天，采访回家的路上，约翰注意到在一幢旧楼前，有好几十名警察在转来转去。

这里一定有大新闻。约翰欣喜若狂，他猛地停住车，跳下车就直冲到指挥的警察面前。

约翰掏出自己的证件，晃了晃，然后开口问道："请问，这里发生了什么事？"

那位警察略停了一下，回答说："哦，其实没什么，我们正在换岗。"

（蓝昌科）

# 认真的病人

妮妮最近在减肥，医生给她开了一个食疗的方子：每正常进食两天，跳过一天，不要吃饭。

医生向她保证说："只要你按照方子坚持做，两周后，我保证你可以减轻5斤。"

两周后，妮妮摇摇晃晃地来复诊，医生发现她的体重竟然轻了20斤，便惊讶地问："你是完全按照方子来的吗？"

妮妮点点头，说："是的，不过，说实在的，到了第三天，我就以为自己挨不过了。"

"饿得慌吧？"医生问。

"饿倒不怎么样，只是，要连着跳一整天的滋味可不好受。"

（康　康）

# 开　户

苏珊已经十岁了。母亲为了培养她理财方面的能力，决定给她开个银行账户。

母亲带着苏珊来到银行，找了张表格递给她，说："填完这张表，你就可以拥有一个属于自己的账户了。"

苏珊低着头填写表格，写着写着，出现这样一栏"您以前开户的银行名称"，她想了想，非常认真地填上了几个字："小猪罐。"

（王永生）

# 特殊服务

这天，一个小偷正在行窃，被百货商店的值班经理发现了，当场被抓个正着。

经理押着小偷，准备送去保卫科处理。可是，小偷很不老实，他用力挣扎，试图要逃跑。

两个人就在商店里扭打起来，经过一番苦战，经理终于制服了小偷，将他按倒在地上。

这时，经理抬起头来，发现四周围了一圈的顾客，大家都在惊讶地瞪着他看。

"没事，朋友们，"经理微笑着说，"这个家伙拿了九件以上的商品，正在享受我们的特殊服务。"

（王永生）

# 不会打折

一位修女在超市买了整整一手推车的东西。

当她走到收银台前时，有点担心自己身上带的钱不够，于是就把手推车里的东西统统摆在地板上，跪下来一件一件地计算价钱。

超市的管理员在一旁看了半天，最后，实在忍不住了，就走过来小声地对修女说："女士，不管您多么诚心地祈祷，我们这里也不会给你打折的。"

（杨丹妮）

# 价廉物美

小丽想要买个价廉物美的水壶。这天，她看到商场正在举行打折促销活动，便冲进人群抢了一个五折的水壶。

小丽指着水壶，问售货员："这个水壶有什么质量保证吗？"

售货员答道"一个月内包换，一年内包修。"

小丽嘀咕道："这有什么，其他水壶不都这样？还有没有什么特别功能？"

售货员想了想，眨眨眼睛说："水开后，马上会有短消息给你（水壶可鸣）！"

（杜辉明）

（本栏目欢迎来稿。来稿可从邮局寄发、也可从网上传递。如为电子邮件，请发以下信箱：hangfan1102@126.com）

现在，社会上流行做慈善，不过您可得睁大眼睛瞧仔细了，别让有些人利用了您的善心。

# 我想做

**善事**

□ 东

关

**我**是一家小工厂的老板，正当生意做得风生水起的时候，却遭遇了一场车祸，差点把命丢了。在鬼门关前走了一趟，我对钱财看淡了不少，心想：自己一个人又用得了多少，倒不如拿点出来，多做点善事。

可做什么善事呢？想着，想着，我忽然灵机一动，想起了贫困的老家靠山村。老家穷啊，当初我出来闯荡的时候，曾经发誓将来一定要衣锦还乡。可这些年忙于生意，把这事给忘到了脑后，现在正好捐一笔钱给老家的乡亲，既做了善事，又光宗耀祖，一举两得。

想到这里，我立刻给靠山村的村委会写了封信，表达了自己想要捐款的愿望。

几天后，我就接到了村长的电话，村长很热情，说："太感谢了，你致富不忘乡亲，我代表全村老少，向你表示感谢。"

我连忙说："应该的，你们有什么事需要帮忙的，尽管开口。"

村长说："村里穷啊，日子苦啊，用钱的地方太多了。钱多的话可以铺马路、修学校，钱少的话可以资助老弱病残。"村长问，"你准备捐多少？"

我说："要不这样吧，我先出个几千块。"

村长想了一下，说："那就先资助失学的孩子吧。这样，我合计一下，看看哪个孩子最需要帮助，你以后就直接把钱寄给他，你看这样行不行？"我连声说行。

过了两天，村长帮我联系了村里一个叫云鹏的孤儿，这孩子今年考上了大学，可没钱去读书，正着急呢。我一看这情况，当即决定资助他读完大学，此后我便开始定期给他寄钱。

也许真是应了那句"好人有好报"。这之后，我的生活都很顺利，生意也越做越大。这样到了第二年，我就寻思着再给村里做件善事，便又联系上了村长。

村长非常高兴，说"如今全村父老乡亲都念叨你的好呢，这样吧，村里还有对老人，膝下无子无女，生活很困难，你可以帮帮他俩。"

我连声说："行，从今往后，他们的生活费我全包了，你马上让他们跟我联系。"这样一来，那对老人也成了我定期资助的对象。

行善这种事，好像也上瘾。又一年后，我决定再接再厉，再帮助一位贫困乡亲。

这一次，村长介绍的是位大姐。这位大姐惨啊，男人跟她离了婚，儿子也不管她，她自己身体还有病，如今连看病拿药的钱都没有，就这么硬撑着。我听了，十分同情。

过了几天，我特意买了东西，准备去看看这位大姐。谁知，我刚回到村里，村长就来了，一个劲儿地拍着我的肩膀说："你说你这么忙的，还特

意跑回来干啥！"

"没什么，我就是想来看看那位大姐，顺便带点钱过来。"

"哎呀，你来得不巧啊，她今天被我逼着去医院了。"村长一脸遗憾地说，"要不这样吧，钱我先替她收下，改天等她好些了，我让她去看你！"

我连忙说不用。

"要的，要的，"村长连声道感谢，"你不知道啊，你可是帮我们村解决了大问题啊，你看，村里的'老、弱、病、残'，前三样都让你一个人资助了。"

这一句话提醒了我，对呀，"老、弱、病、残"四样，就剩下"残"的没资助了，我忙问："村里还有残疾的吗？有的话，那我明年再出钱资助一

个。"

村长高兴地说:"那就说定了,我提前代表大伙谢谢你。"

此后,我和村长经常通电话,村长说,那个残疾的资助对象还在物色。

过了些日子,我的工厂招了一批新工人,巧了,恰好有一个是从老家靠山村来的。看到老乡,我很高兴,特地把他叫到办公室,问起村里这些年的情况,日子过得可好。

老乡叹了口气说:"村里还是穷啊,这么说吧,除了村长家,家家的日子都很艰难。"

我奇怪道:"村长家过得还行?"

老乡说:"是啊,村长去年刚盖了两层小楼,在村里首屈一指。不过,别看村长手里有钱,其实他也很惨啊,几乎都家破人亡了。"

我吃了一惊:"有这事?"

"是呀。也不知为啥,前年,先是他儿子考上大学后,跟他脱离父子关系;去年,他爹妈也和他一刀两断,搬出去单过;今年,他老婆又跟他离了婚,让他打了光棍。"老乡一边说,一边连连摇头。

我一呆,觉得有些不对劲,忙问:"他老婆是不是有病?"

老乡奇怪道:"你咋知道?大家都这么传,可就是没见她去过医院。"

我顿时明白了,原来,这"老、弱、病",都是村长自家的人啊。我气得拿起电话,就要找村长问个清楚。

老乡一把拦住我,说:"你别打了,村长肯定不在家。"我忙问:"他到哪里去了?"

老乡说:"在医院住院呢。"我问:"他怎么了?"

"哎,"老乡同情地说,"前些日子,村长从房上摔下来,住进了医院,听人说,有可能成残疾呢!"

我一听,傻眼了。看来啊,这人还是要多做些善事,多替别人着想,不能老想着自己占便宜啊。

(题图、插图:安玉民 梁 丽)

## 法律知识故事征文

本刊在与司法部连续举办三届法制故事征文的基础上,推出新栏目"法律知识故事"(具体可参看p84),通过发生在我们身边的、短小而具体的个案,生动、形象地宣传法律知识。这些知识注重现实性、实用性,真正起到解剖一个案例、明白一个道理的作用。

为鼓励作者深入生活,写出高质量的法律知识故事,我刊决定面向全国征文,优秀作品除在《故事会》发表并参加评奖外,还将结集出书(具体评奖方法稍后公布)。

本次征文也欢迎读者和法律界人士提供相关素材、案例,一经录用,即付稿酬。

来稿方法: 1. 从邮局寄发,请在信封上注明"法律知识故事"字样,本刊地址: 上海市绍兴路74号《故事会》杂志社,邮编: 200020。2. 从网上传递,可寄以下信箱: wulun@vip.sohu.net,请在主题上注明"法律知识故事"字样。凡已和我刊编辑有联系的作者,稿件可继续投给原编辑。

# 阿P
## 当委员

□金　石

阿P在乡镇一待几十年，没想到老了却成了名人，当上了金县的政协委员。这叫什么？这就叫儿子好，赛金宝，阿P是沾了儿子的光！

阿P的儿子原先默默无闻，大学毕业后在省城找了份工作，不久又谈了个女朋友，等到谈婚论嫁的时候，才发现对方竟是一位省领导家的千金！消息传开，阿P一下子扬眉吐气，腰杆子挺得笔直。

两年后，亲家官越当越大，进北京当了部长！这下，金县县长都乐得分不清东南西北了，他亲自登门，邀请"P老"到县政协当委员，为本县经济发展出谋划策。

接到邀请，阿P心里有点打鼓：自己有几斤几两还是清楚的，万一说错话，做错事，还不连累亲家呀。

县长就是县长，一眼就看出了阿P的心思，于是笑道："P老，您是最有能力的人！您想，没能力的话，能培养出这么优秀的儿子？没能力，部长大人会和您结亲家？说实话，如果不是您老岁数大了，我们都准备提拔您当乡长哩！"

阿P被县长夸得飘飘欲仙，当下勇气倍增，一拍胸膛，脸红脖子粗地说："县长，你看得起我阿P，我、我，上刀山，下火海，我阿P一百斤的身子就交给县里了！"

于是，阿P便成了县政协的委员。由于有县长的关照，大家都很照顾阿P，他的主要任务就是陪着吃吃饭，拿拿礼品，别人提出议案，他跟在后面签个名。阿P的生活充满了阳光。

年底，儿子儿媳打电话来，想接阿P进京享享福，阿P就是不去，还说："我是县政协委员，县里大事小事都要管，我没空！"

这话说过没几天，县长又亲自登门拜访，一见面就握住阿P的双手，上下左右摇个不停："P老，您可是我们县里的大救星啊。"

阿P自打当上委员后，经常听到奉承话，可上升到"大救星"还是头一回，他一时愣住了："县长，您有事啊？"

"有，有，有大事。"县长要和阿P商量大事！原来，省里要修一条高速公路，设计了两套方案：A方案从邻县银县经过，B方案从本县经过。县长当然希望高速公路从本县经过，一来征地拆迁国家会给一大笔补偿费；二来能拉动县里的经济发展。现在的问题是，银县已主动出击，A方案眼看就成了人家的囊中之物，县长心急如焚，于是决定请阿P上北京，找亲家部长帮忙，只要部长肯发话，金县就有希望了。

阿P一听是这么个任务，不由倒吸一口凉气：别人是不知道，其实他这个领导亲家，自己只在儿子婚礼上见过一面，这些年和大家一样，也就是在电视上看看他。这就去找人家，人家要是帮忙那自然好，要是拒绝，以后这老脸要往哪搁？

可自己是县政协委员，平时又吃又喝，这关键时候掉链子，也太对不起县长了。想到这，阿P又把胸脯拍得山响："请县长放心，儿子听我的，

儿媳妇听我儿子的，他爸听他女儿的，这事，我阿P出马，保证板上钉钉！"

县长笑得眼睛都睁不开了："好，好，那我明天就派人和你一起进京，P老啊，你真是县里的大救星啊！"

第二天，天还没亮，县里就派司机开着小车来了。阿P明白，领导们这是心里急啊，于是，他拿了点东西，就准备出发了。

正要上车，阿P突然发现，今天来接他的司机不是昨天来的小马，而且县里的领导也没来，于是就问："今天怎么不是小马来接我啊？小马昨天说，他来接我的呀！"

那司机笑道："P老，我叫小牛，本来今天是小马来接您的，谁知昨天夜里他急性阑尾炎发作，住院去了，所以领导就改派我来接您。"

原来是这么回事，阿P就乐呵呵地上了车。车开了一段时间，阿P突然发现路线不对，于是忙说："小牛，你开错了，这是到银县去了呀！"

小牛笑道："P老，是这么回事，领导们决定，在龙泉湖公园为您举行一个隆重的欢送仪式。您老不知道啊，您这次进京，对我县发展的影响相当重大啊！"

听小牛这么一说，阿P心里美滋滋的，心想：嘿嘿，我阿P还真是个人物，处处受人尊重，也罢，投桃报李，看来我一定要尽最大努力，争取

把事情办成。

车开了一个多小时，到了龙泉湖公园，在一个宾馆门前停下。阿P一下车，就发现门口立着一大群人在鼓掌，看见阿P来了，争相上来和他握手，这让阿P很满足。只是握完手，阿P愣了，发现这些人中竟没一个是他认识的。正在疑惑中，阿P被人群热情地拥进了一间大会议室。

经过介绍，阿P一下呆住了，敢情这些人是领导不假，却都是银县的领导！原来，银县的领导也急切盼望高速公路从本县经过。当他们得知金县准备派阿P上京公关时，便连夜开会商讨对策。真是众人拾柴火焰高，竟想出一个绝佳的办法。今天一大早，便抢先一步把阿P接来了。

阿P弄清了对方的来意，顿时豪情万丈，好像自己被敌人逮捕了似的，竟大喝一声："我阿P是金县政协委员，怎么可能给你们当说客？我阿P顶天立地，决不当叛徒！"

银县的领导赔着笑脸，小心翼翼地解释："P老，我们都是炎黄子孙，大家都是为了造福群众嘛，您就帮我们说说话吧。"

"不行！"阿P义正词严，"赶快放我走，不然，我告你们绑架，让你们吃不了兜着走。"

银县的几位领导见阿P油盐不进，便互相对了下眼神，其中一位胖子过来拍拍阿P的肩膀，笑着说道：

· 多重性格 憨态可掬 ·

"P老，我们决没有绑架之意，请您来，就是想让您和我县的一个政协委员一道进京。他进京的任务和你是一样的，为了银县经济发展，争取高速公路过境。因为你俩任务一样，正好路上可以做个伴，互相交流交流。"

阿P听了一惊，银县也派了个政协委员进京公关？这人是谁？他能是我的对手？

这时，大门打开，两个女服务员搀着一个八十多岁的老人进来了。老人手拄拐杖，一步一颤，还不停地咳嗽。阿P一看，顿时目瞪口呆。这老人是谁？原来是小兰的父亲，自己的老丈人！

阿P连忙上来搀扶老丈人坐下。老丈人见到女婿，高兴地说："阿P

呀，我现在也是县政协委员了，哈哈，没想到吧，县领导昨晚亲自到我家任命的。你别看我岁数大，我也要为家乡发展发挥余热！阿P呀，今天你来得正好，这就陪我进京找我那外孙和外孙媳妇，确保那条大马路从我们县经过……"

阿P急了，忙打断老丈人，说："爸，你听我说……"

老丈人生气了，骂道："小兔崽子，大人说话，谁让你乱插嘴了？我听县领导说了，有人想进京鼓捣我那外孙和外孙媳妇，把经过我县的大马路改从他们县经过！我一听，肺都气炸了，看来，这小兔崽子胆子不小哇，他就不怕我用拐杖敲破他的脑壳？"

阿P在一旁面红耳赤，老丈人这分明是在警告自己呀。阿P自从和小兰结婚后，不知什么原因，就怕上了他这个老丈人。这么多年来，老丈人只要说一，他从不敢说二；老丈人要他站着，他就不敢坐着。就算现在老丈人老成这样了，在阿P面前，仍然是威风凛凛。

阿P抓耳挠腮，一下子不知怎么办好了。银县领导见了，很是得意，说道："P老，该陪着老丈人出发了，要是晚了，就误了今天的火车啦！"

此时的阿P，哪里还迈得动步子，只好望着老丈人，笑得比哭还难看。

后来，阿P经过一番思量，决定不进京了。所以，他这个政协委员，也不好意思再当下去了，这多少让他感觉有些遗憾。但想到自己这么多年来，一直孝顺老丈人，为小年轻树立了榜样，他又觉得值，毕竟忠孝不能两全，想到这，阿P又得意了起来。

（题图、插图：顾子易）

· 本刊信息传真 ·

## 用手机看《故事会》

《故事会》与海南移动合作推出的手机版故事会已经正式上线，全国的移动用户通过手机登录移动梦网－书城－e拇指文学，或通过短消息发d到10658001即可获取阅读地址。

目前《故事会》手机版每月4期，除了包含刊物上的故事以外，还有故事中国网上的精彩笑话和《金色年代》杂志上的内容精选，欢迎大家使用阅读，让故事随时随地跟着你走！

2008年，故事中国网（www.storychina.cn）开设"故事点评"和"咬文嚼字"两个栏目，前者欢迎大家对每期《故事会》的作品进行点评，凡入选在网站发布的故事评论将获得50到100元的稿费，优秀评论还有机会在《故事会》上发表；后者则是将你在《故事会》中发现的任何语言文字上的错误，通过网站"举报"，就有机会获得《故事会》的合订本。

此外，故事中国网优惠销售故事会公司的各种图书，并提供2007年起单期《故事会》的零购业务，让你不再因为缺少某期《故事会》留下遗憾。

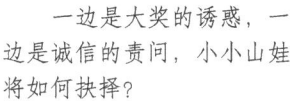

一边是大奖的诱惑，一边是诚信的责问，小小山娃将如何抉择？

# 山娃得奖

□ 天 一

## 大奖的诱惑

都说穷人的孩子早当家，山娃今年才十四岁，已经是家里的顶梁柱了。他有个哥哥，在省城读大学。每个月，山娃都会走几十里的山路去镇上的邮局，给哥哥汇去生活费，顺便看看有没有哥哥寄来的信件。

这天，山娃收到一封哥哥的来信。里面除了信，还有一张巴掌大小的纸片，一看就是从报纸上剪下来的。山娃先看信，在信中，哥哥还是像往常一样叮嘱他，出工时一定要注意安全，还说有空就多看书，以后有机会还要去上学。

山娃继续往下看，看着看着，突然嘀咕起来："哥，这是搞什么啊？我咋会写文章呢？"原来，哥哥竟让山娃以"我的梦想"为题目，写一篇作文。还说，省里有家报社举行征文比赛，获奖者可以得一大笔奖金呢。

山娃仔细地看了一遍那张剪报，果然是征稿启事，上面说，这次征文分为大学组、中学组和小学组，共设三个一等奖，每名奖金一万元。在一万元的下面，哥哥用红笔画了粗粗的一道杠。山娃一阵眼热心跳，一万元可是一个天文数字，要是有了这笔钱，哥哥就能顺利地念完大学了。

不过，山娃心想：哥真是异想天

开，让我写文章，我连句子都写不通顺，拿出去还不是让人笑话呢。

哥好像知道他的心思，鼓励他道：山娃，你不是想读书吗？这是一个好机会，咱一定要试一下。没关系的，你心里想到什么就写什么，写完后寄给我，我给你修改。

山娃松了一口气，心想：哥是大学生，水平高，由他修改，烂文章也一定能改好。

晚上收工后，山娃找来了笔，又从旧作业本上撕下一张白纸，然后坐在小饭桌前，冥思苦想了半天，提笔写道：我曾经有一个梦想，那就是有一天能够回到学校，像别的孩子一样读书。但这个梦已经很久没做了，我现在的梦想就是多赚些钱，让哥哥读完大学。还有，我梦想能采到仙草，治好我爹的风湿病。对了，我还梦想我能快点长大，多长些力气，采石场的石头太重了……

山娃想到什么就写什么，断断续续地写到半夜，终于写满了那张皱巴巴的作业纸。看着纸上歪歪扭扭的字和语无伦次的句子，他自己都感觉脸红，怎么都不好意思寄给哥哥。

过了几天，哥哥又来信催问了，山娃没办法，只好将自己的"大作"重新誊写了一遍，寄了出去。

一个星期后，哥哥回信了，说：山娃，文章我给你修改了，你照抄一遍，署上你的名字，然后直接寄到那个征文办公室。记住，不管谁问你，你都要说每个字都是你自己写的。

山娃看完了哥哥的修改稿，就犹豫起来：这哪里还是自己写的那个稿子？根本就是哥哥模仿小学生的心态和语气，重写了一遍。以哥哥的水平，参加小学生的征文比赛自然大有希望，可是，这不是作弊吗？

这天晚上，山娃想了很久，终究抵不住奖金的诱惑，就伏在炕头，将哥哥的文章工工整整地重新誊写了一遍，最后署上自己的大名，装进了信封里。做完一切后，他躺在那里，心中反复说服自己，不知不觉地就睡着了。

半夜，山娃的父亲起夜，见儿子房里还亮着灯，就拄着双拐走进来，却见儿子已经睡着了。炕头上，摆着一封信和几张稿纸。父亲坐下来，拿起一张稿纸，就着昏暗的灯光，细细地读起来，读着读着，他的眼里涌出了泪水……

## 领奖的犹豫

第二天，山娃起了个大早，他怕自己会改变主意，不等邮递员来，自己跑去镇上将信投进了邮筒。

之后，山娃每天照旧干活儿，回家还要干家务、照顾爹，忙得脚打后脑勺，很快就把这件事忘记了。

又过了两个月。这天，山娃正在

采石场搬石料，就听到村里的大喇叭在广播："刘山娃，听到广播后马上来办公室一趟，有你的特快专递。"

广播了三遍后，山娃才意识到这是在叫自己，连忙跑回村里。到了办公室，山娃一看是镇上的邮递员老杨来了。

见到山娃，老杨抹了一把汗水，好奇地问："山娃呀，什么事情这么紧急啊？"

山娃也纳闷，他慌手慌脚地打开封口，里面有两张纸，一张是通知函，上面写：刘山娃同学，你的征文入围了本次征文大赛的决赛，特此通知。另一张是邀请函，邀请他去省城参加颁奖大会，一切费用由报社提供。山娃一下子愣怔在那儿，想不到，那篇征文真的得奖了！

老杨仔细地看了看那两封信函，然后一巴掌拍在山娃的肩膀上，大声说："看不出，你小子还是个秀才，有出息啊！"

山娃的脸涨得通红，他咧咧嘴，想说话却一个字也说不出来。山娃心事重重地回到家里，父亲已经听到了大喇叭里的广播，便问他："山娃，是谁给你的特快专递？"

山娃把信递给父亲看，又将参加征文比赛的事情简单说了，完了心虚地问："爹，你说我去不去领奖？"父亲欢喜地说："去，当然要去。"

"可是……"山娃欲言又止，不敢将实情告诉父亲。

父亲以为他是怕花钱，就说："山娃，反正费用全部由人家出，你正好到省城见识一下，顺便去看看你哥，多好的事啊。"山娃支吾了几句，心里着实拿不定主意。

离颁奖大会还有几天，哥哥突然回来了。哥俩避开父亲，躲在房间里商议，哥哥说："山娃，你只管放心大胆地去领奖，没关系的。"

山娃为难地说："可我心里总觉得跟做贼似的。哥，咱不要这个奖了，行不行？"

哥哥叹口气，说"山娃，咱这也是没有办法。我还有两年才能大学毕业，要是有了这笔钱，你就不用再去卖苦力供我读书了。你不知道，每次收到你寄来的钱，我的心就跟刀割的一样……山娃，这次一定要听哥的，哥现在最大的心愿就是让你重新回到学校，你再拖下去，就真的被我耽误了。"哥哥说这些的时候，眼里泛着泪花。

山娃忙安慰说："哥，我是自己情愿不上学，我不是块读书的料。哥，要不，还是你去领奖吧，反正是你写的。"

"这怎么行？"哥哥说，"我去领人家肯定要怀疑。山娃，你好好想一想，咱们有了这笔奖金，就能支持到我大学毕业，你就能去上学，等两年后我一毕业，还能挣钱供你接着读中学、大学。"

听到哥哥描绘的未来，山娃有点动心了："哥，咱只是入围了决赛，还不一定得一等奖呢。"

哥哥说："只要入围，最差也是三等奖呀。哥很有信心，那篇征文在小学组里绝对是出类拔萃，很有可能拿大奖。"哥哥看着山娃，满含期待，"山娃，为了我，为了你自己，为了咱们这个家，你一定要去领奖！"

山娃迟疑着。哥哥急了，发狠说"山娃，你要是不肯去领奖，那我宁肯退学，也不能再看着你为了我去拼死拼活！"

听哥哥这么说，山娃只好点点头，说："哥，我去！"

## 颁奖的意外

三天后，哥俩一起到了省城。哥哥将山娃送到接待的酒店后，又叮嘱了他几句，然后就离开了。

和山娃住在一个房间的，是一个叫赵鹏的男孩，也是入围了小学组的决赛。山娃开始不愿意和他多说话，但架不住赵鹏的热情，两个孩子很快就混熟了。

赵鹏主动拿出自己的征文稿给山娃看，山娃读后，由衷地称赞说："你写得真好，比我好多了。"

赵鹏就跟山娃要他的征文看，幸亏哥哥提前让山娃誊写了一篇作为初稿。此刻，山娃把那篇"初稿"拿了出来，忐忑不安地交给赵鹏。

赵鹏边看边叫好，佩服得不行了："刘山娃，你太谦虚了，"说着，他摇了摇头，脸上摆出一副绝望的表情，"完了，有你在，我那一等奖怕是没什么希望了。"山娃心虚地说："其实，你那篇写得更好。"

赵鹏很快又高兴起来："其实二等奖也不错呀，也算了不起的成绩。山娃，要是拿了奖金，我准备去买一台电脑，你呢？"山娃认真地说："我什么也不买，存起来给我哥读大学。"

赵鹏一愣，看着山娃，认真地说

"山娃，我真心希望你能得一等奖。"

山娃听了，羞愧得无地自容。

第二天晚上，颁奖大会开始了。山娃的哥哥也来到了现场，悄悄坐在一个角落里。小学组是最后一个颁奖的，先是三等奖，没有刘山娃的名字，然后是二等奖，还是没有刘山娃。赵鹏得了个二等奖，他冲山娃做了个胜利的手势，意思是一等奖非你莫属。

接着，主持人宣布一等奖："本次比赛，小学组的一等奖是，张丽丽。"一个漂亮的小女生冲大家挥着手，蹦蹦跳跳地跑上台去。

山娃呆了一下，又不由松了一口气。说来奇怪，他本应感到失望，不知为什么，此刻却突然感到如释重负，浑身上下无比的轻松。

奖项全部颁完了，大家正准备起立退场。不料这时，主持人又开口了："经评委会讨论决定，本次比赛，临时增加一个特别奖项。"现场立刻安静下来，大家都感到有些意外。

主持人接着说："这次比赛中，有一篇特殊的来稿，它在众多精心雕琢的稿件当中，显得朴实、自然，甚至土气，但是，它却有着感动人的力量。因为看内容好像不是出自一个在校的小学生之手，为公平起见，不能颁已定的奖项。所以，评委会一致决定，授予它特别奖，它的作者是——刘山娃。现在，请他上台来。"

听到自己的名字，山娃脑子里

"轰"的一声，他手足无措地站起来，一步一步走上台去。站在台上，山娃脑中一片空白。这时，他看到了哥哥。哥哥在拼命地向他挥手示意，要他镇静。

可怎么能够镇静下来呢？主持人的那句"不是出自一个在校的小学生之手"，像一根鞭子重重地抽在了他的心上。人家一定是知道了实情，他们让自己上去，肯定是想当众出自己的丑。

山娃一个人胡思乱想着，却见主持人拿出了一张纸，说："就是这篇征文，"他读道，"我曾经有一个梦想，那

我的梦想

# 2008年《〈故事会〉最有影响力的故事》征文启事

为鼓励多出优秀作品,《故事会》杂志社决定继续举办"2008年《〈故事会〉最有影响力的故事》"征文大赛,并对优秀作品实行四大奖励措施:

1. 入选作品除在杂志上发表外,还将收入《第一推荐: ××则最具人气的故事D》一书; 2. 入选作品可得两笔稿酬: 在《故事会》杂志发表的作品,首发稿酬每千字400元;获"《故事会》最有影响力的故事"优秀作品奖,再追加每千字1000元; 3. 入选作品均颁发奖励证书; 4. 本刊将邀请有关作者参加年底的颁奖大会,所有费用均由编辑部承担。

征稿范围: 1. 具有现实感、新鲜感且可读性强的中短篇(包括超短篇)原创作品; 2.故事性强、有口传性、能引起读者兴趣的推荐作品。

超短篇(如"幽默故事")的字数一般在1500字以内,短篇(如"中国新传说")的字数一般在5000字以内,中篇故事的字数一般在15000字以内。

来稿方法: 1. 从邮局寄发,请在信封上注明"征文大赛"字样,本刊地址: 上海市绍兴路74号《故事会》杂志社,邮编: 200020。

2. 从网上传递,可寄各责任编辑信箱,请在主题上注明"征文大赛"字样,本期责任编辑的信箱是: hangfan1102@126.com。

---

就是有一天能够回到学校,像别的孩子一样读书。但这个梦已经很久没做了,我现在的梦想就是多赚些钱,让哥哥读完大学……"

山娃惊愕地张大嘴巴,愣在那里: 这分明就是自己写的那个稿子啊,怎么会落在主持人的手里? 他不由望向哥哥,哥哥也是一脸的茫然。

不可能啊,那天晚上自己明明是把哥哥写的那篇装进了信封。难道是……山娃脑中灵光一闪,他想到了父亲。其实,山娃猜得没错,那天晚上,是父亲发现了征文的秘密,偷偷把信封里的征文调了包。

山娃正在走神,却听主持人说: "这是一个失学孩子的心声流露,所以, 除了评委会授予的特别奖外,主办单位也临时决定提供一份特殊奖品,那就是: 他们将帮这个孩子实现梦想,资助他读书一直到大学毕业为止。"

全场沸腾了,掌声经久不息,因为这个特别奖的价值,已经远远超过了一等奖。

主持人顿了一下,说: "当然,前提条件是,他能考上大学。"他转向山娃,笑着问,"刘山娃同学,你能吗?"

山娃的眼前模糊了,他不知道说什么才好,只是使劲点着头……

此刻,山娃恨不得插上翅膀,飞回家乡,飞到爹的身边。

(题图、插图: 魏忠善)

老师的恩情是默默灌溉的，
总有一天，你会明白……

# 站在门口的

## 老师

□ 杨金凤

### 奇怪的老板

有些人天生是闲不下来的主，老古就是这样，拿了几十年的教鞭，刚刚退下来没几天，就在家里憋闷坏了，一心寻思着找个事情来做做。

哪曾想，老古四处托人打听，却都没有什么下文。这天，老古一个人在街上闲逛，走到一家酒楼门前，他

突然眼前一亮，原来墙上贴着一张招聘启事。老古也不管对不对路，一头就撞了进去。那个管招聘的小伙子染了一头黄毛，一见老古就乐了："大爷，我们可不招养老的哟！"

老古知道人家笑话他，也不恼，反而赔着笑脸说："我不是来养老的，我以前教过书，可以写写算算什么的……"

黄毛不等他说完就晃着脑袋，说："不要！这些我们酒楼都有人干了，这次我们是招服务员。"说着，瞥了一眼老古，又加上一句，"女的！"

"哦……"老古讪讪地笑着，"那、那我以后再来。"

老古红着脸掉头出了酒楼，才走出不远，忽然有个姑娘大呼小叫地追了上来："老叔，我们经理叫你回去！"

老古怔了怔，又跟着姑娘回到了

酒楼。黄毛已经换了一副热情的笑脸："这位老叔，你是不是急着找份工作呀？"老古搓着手不住地说："是呀，是呀，您看看有什么合适我干的，洗碗也行啊！"

黄毛含笑道："洗碗工我们也足够了，如果你真想在这里干，我只能安排你站门口了。"

老古愣了愣，不明白地望着他。黄毛解释说，这活儿就是站在门口迎接客人，女的叫迎宾小姐，你呢，就叫迎宾先生，这活儿讲究的是站功，一天要连续站上几个小时，再有就是嘴皮子要勤快，客人来了，说声"欢迎光临"，客人走了，说句"欢迎再

来"。累是累点，可赚的不少哩！

老古一听有点犹豫，论站功，自己站了几十年讲台，一点儿问题都没有。他是顾虑面子问题，一大把年纪了，还抛头露面的，感觉挺难为情。

黄毛笑眯眯地问他愿不愿意干。老古心想暂时也没有别的去处，一咬牙就答应了。

第二天一早，老古换上酒楼提供的西装，扎上领带，戴上帽子，往门口一站，嘿，还真像模像样的。

刚站了没多久，忽然有个男人大步向酒楼走来，进了门口，忽然又退了回来，不高兴地对老古说道："你咋不懂礼貌呢？客人进门了，说'欢迎光临'啊！"

老古如梦方醒，刚才确实是忘说了，连忙一气补了几句"欢迎光临"。男人这才满意，哈哈一笑，迈步进去。

才过了一会儿，老古听见背后有人喊了一声"嗨"！回头一瞧，还是刚才那个男人："我要走了啊。"

"啊，啊……"老古慌乱之下，忘了台词，说了句，"您走好！"

男人眉头一皱"你应该说'欢迎下次再来'！"

老古忙不迭地说："是，是，欢迎下次再来！"

男人又哈哈一笑，却没有走，摸出根烟，在门口停车场悠闲地转了一圈，掉头又走了回来。老古怔了怔，忙说："欢迎光临！"

男人哼也不哼一声，点点头，挺胸进去了。就这一阵子的工夫，老古额头就冒了汗，刚擦了把汗，又见那男人走了出来。老古脸上已经笑不出来了："欢迎下次再来！"

男人在门外站了一会儿，掉头又进了酒楼。

这男人看上去三十多岁，像个有钱人，不知为什么要拿老古寻开心。一整个上午，他好像要给老古上培训课似的，进了出，出了又进，反反复复几十趟，把老古折腾得满头大汗。最后，这家伙终于钻上了一辆小车，扬长而去。

送走了这位瘟神，老古长出了一口气，问旁边的女服务员："刚才这位是谁呀？"

服务员把一切都瞧在眼里，十分同情地说："他呀，就是我们的老板杨百万啊！"老古"哦"了一声，心下既纳闷又委屈，是老板，那也不能这样折腾人呀！

服务员安慰他说"其实，老板这人平时很好说话的，对员工也不错，可……也不知，他今天是怎么啦。"

老古嘴上不说，心里却不是滋味。

## 调皮的学生

第二天，老古在门口远远地看见杨百万向酒楼走过来，赶紧诚惶诚恐地大声说："老板，欢迎光临！"

杨百万眉飞色舞，哈哈大笑"你知道我是老板，那就不用喊'欢迎光临'了，说句'你好'吧，我出去的时候，说'慢走'就行了。"老古唯唯诺诺地点头答应。

杨百万满面春风，可他却没有进去的意思，而是站在老古的面前，古怪地瞧着他直笑。

老古被他笑得浑身不自在，正在想自己是不是又做错了什么，杨百万突然冒出一句："你真的认不出我来了？"

老古吓了一跳，又仔细打量了一下老板，然后瞪着眼直摇头。杨百万嘿嘿一笑："古老师，你教过的学生当中，谁最调皮？"

老古一听，几乎不假思索地脱口而出："杨小山！"

"哈哈！"杨百万大笑，"我就是杨小山，杨百万是我的外号！"

老古大吃一惊。在他的印象中，杨小山那时候只有十来岁，瘦瘦的像只小猴子，最调皮捣蛋了。杨小山小学毕业后，老古就再也没见过他，隔了二十来年，当然认不出来了。

杨小山有点得意地告诉老古，他那天来应聘的时候，自己就看见了，所以让黄毛把他留了下来，并且特意交待安排他站在门口。老古面对着自己二十多年前的学生，心头别有一番滋味，喃喃地说了声："谢谢。"

杨小山笑着说"古老师，您也不用感谢我。当我认出是你后，一下子

就想起了小时候被你罚站的情景来。记得有一次进教室时，我忘了说'报告'，你还叫我进进出出说了十几次呢。所以那天我一想，好吧，就让你站门口算了……"

听到这，老古的脸色刷地就难看起来，两只手禁不住微微发颤，低下头沉默不语。杨小山为啥让自己站门口，为啥进进出出地折腾，总算是明白了，那是要报当年罚站的仇啊！

杨小山脸上带着笑意，问道："古老师，您不会介意吧？"

老古竭力平息了一下自己的心情，轻轻摇摇头说："不会。"

杨小山一仰头，笑着进去了。

# 永远的老师

这天，老古正在门口站着，有个男人低着脑袋走了进来。老古说了句："欢迎光临！"那男人好像吓了一跳，下意识地抬头看他一眼，突然喊了出来："古老师，是你呀？"

老古看了看，不认识。男人忙指着自己，说："古老师，是我啊，李大嘴！"

原来，这人不是别人，正是杨小山小时候的死党李大嘴。这两个家伙当年在各自班上，都是头号捣蛋鬼，李大嘴没等小学毕业就跑了，整天跟一些不三不四的人混在一起。

李大嘴奇怪老古怎么会站在这里，老古脸上一红，正想说什么，李大嘴急匆匆地摆摆手："不妨碍你了，我找杨小山聊会儿。"说罢进去了。

打从李大嘴来过后，杨小山一直怪怪的，整日里一副心事重重的样子。这天，进酒楼的时候，他用很古怪的眼神看了老古一眼，忽然轻声说了句："下班后，你来一下我办公室。"

老古一怔："什、什么事？"

杨小山笑了笑："你教我的时候，放学后不是经常留我下来吗？"

老古心中突地一跳：自己以前是有这么个习惯，放学后要留下成绩差的学生来补补课，不用说，杨小山是被他留得最多的。这小子难道还想留自己补写作业吗？

下班后，老古走进杨小山的办公

室，问他到底什么事。杨小山笑眯眯地说："古老师，别急呀，你先坐下来喝杯茶。"

老古一屁股坐了下来，心说倒要看看你能玩出什么花样来？杨小山却一改以前的态度，恭恭敬敬亲自送上一杯茶来。

老古也不跟他客气，咕嘟喝了一口说："老板，您留我下来，是想继续罚站呢，还是要写什么作业？"说着，老古站了起来。

杨小山脸上一红，上来双手把他按回沙发里去："古老师，我那是跟您开玩笑的，你怎么当真了？"老古又咕嘟喝了口茶，没吭声。

杨小山一脸认真地说："古老师，从明天起你别站门口了，到里面来帮我收钱吧，你要是不敢收钱，就在一旁坐着看看也行。"

老古怔住了，这小子咋一下子变了？这意思不是让自己吃闲饭吗？

杨小山诚恳地说："古老师，我是说真的啊！李大嘴您还记得吧？前段时间他来找过我，说了些莫名其妙的话，还让我照顾他的家里人。哎，也不知道这小子犯了什么事儿，昨天真被抓起来了。"

老古吃了一惊，杨小山叹了口气，又说道："古老师，我昨晚想了整整一夜，吓出了一身冷汗啊！您也知道，当年我和李大嘴是全校出了名的坏学生，可我好歹念完了中学。昨天，

听说他犯事被抓，我就在想啊，为什么我没走上他那样的路呢？"

老古睁大眼，问："为什么？"

杨小山看着老古，慢慢说道"就是因为您经常罚我站门口啊！我虽然屡教不改，可您从来没有对我放任不管，而李大嘴那班的老师，早就对他失望了，连罚都懒得罚了。以前我老记着您罚我的仇，直到昨天我才知道，其实是您救了我啊！您说，我咋能再让您站门口啊？"

老古鼻子一酸，几十年教书生涯的一幕幕涌上心头。他眼眶红红的，脸上却是一副宽慰的笑容，大声说道："小山啊，老师总算没有白教你！不过，我还是站门口吧，我知道，你这酒楼里，就这个位置我能干！"

第二天一大早，老古照旧站在大门口当迎宾先生。杨小山下了车走过来，老古看见了，正要叫出"老板"两个字，却听见杨小山远远地先喊了声："老师好！"

老古的眼泪一下子就出来了。

（题图、插图：谢 颖）

**绿版编辑部各编辑邮箱：**

夏一鸣：gshxym@163.com
邢 悦：simyyue@126.com
王雅静：wyjing833@sohu.com
朱 虹：zhong98305@sina.com
杭 帆：hangfan1102@126.com

如果算盘珠是梅花桩，那算盘王的手，活脱脱就是一个武林高手，在一根根活动的梅花桩上施展绝技。

# 算盘王

□ 曹景建

## 如意算盘

说起老邱，人称"算盘王"，以前是村里生产队的老会计，与算盘打了大半辈子交道。后来在儿子邱小钟承包的面粉厂当会计，这一干又是十多年。

如今，邱小钟见父亲慢慢老了，就想让他回家安享晚年，可老邱总是说自己身体好着呢，硬是不肯走。

这天，邱小钟突然想到了一个好点子，于是找到父亲，又旧话重提。

老邱两眼一瞪："咋，嫌我老了？臭小子，我要是走了，你上哪里去找算得又快又准的会计？"

邱小钟忙笑着说："爸，现在都办公自动化了，您这算盘也该退居二线了。实话说了吧，我正想招个学计算机的大学生来当会计呢！"

老邱一听，火气上来了："少拿电脑吓唬我，我不是吹牛，别看老祖宗留下的这玩意儿土，可算起账来不见得比你那电脑差。"

邱小钟乐了，故意用话激老邱："爸，要不这样，我使电脑，您用算盘，咱比试比试，如何？"

老邱果然上当，鼻子一哼："比就比，还能怕你！那要是你输了咋办？"

邱小钟想了想，说："要是我输了，厂里的会计您照干。不过，要是您输了呢？"

"我当场把这副跟了我几十年的算盘砸了，从此再也不摸算盘！"老邱斩钉截铁地说。

邱小钟听后，兴奋地想：看来自己的这个如意小算盘还真是打对了，父亲终于上钩了。不过兴奋之余，他心里也生出些许担心来。

## 父子斗艺

这天下午的厂会议室里，里三层外三层围个水泄不通，都是来看老邱父子这场好戏的。

邱小钟这时坐在电脑前，心中不禁有点担心：父亲的珠算速度可真不是一般，听说当年计算器刚兴起的时候，很多人拿着巴掌大的计算器来找父亲挑战，结果都一一败下阵来。要是今天自己也输了，那么这个逼父退休的计划就要泡汤了。

比赛的时间到了，担任裁判的副厂长递给老邱父子俩每人一张纸，上面密密麻麻写满了数字。

"开始！"随着副厂长的一声号令，只听键盘声、拨打算盘珠子的声音混杂在一起，此起彼伏。

会议室里的人越聚越多，有的站在邱小钟身后，看他飞快地操作键盘，而更多的则是站在老邱的身边，争睹"算盘王"的风采，大家边看边啧啧称奇。

只见老邱双眼飞速地在纸上左右移动，右手则像一只灵动的小燕子在算盘上轻盈地翻飞着，时而蜻蜓点水般用食指轻轻一弹，时而又把光溜溜

的珠子拨打得似急风骤雨。

时间一点点过去，老邱的眉心处渐渐渗出了汗。大家都知道，老邱这回如此拼命，是在捍卫自己"算盘王"的荣誉！

突然，旁边的邱小钟停下了敲击键盘的手，喊道："我，好了！"

话音刚落，老邱也停下了右手，抹了一把额头的汗水，呵呵一笑："我也算好了。"

说完，两个人都把算出来的数字写在纸上，交到了副厂长的手里。在交答案的时候，老邱看了一眼儿子，笑道："小兔崽子，速度是比我快了那么一两秒，可别忘了，你小子经常是眼高手低，电脑这玩意儿要是按错一个键，可就全盘皆输喽！"

副厂长把两张纸摊在一起，放到大家面前，老邱一看，差点晕过去，只见两张纸上写的数字一模一样。

"你们两个的答案都是对的！"副厂长呵呵地笑了。

此时，老邱的脸憋得通红，沉默良久，他才长叹一声："我输了！"说完，慢慢转身抓起算盘，狠狠摔在地上，珠子顿时散了一地。

邱小钟傻眼了，大叫一声："爸，您这又是何苦呢？这不过是个游戏……"

老邱苦笑道："我愿赌服输，从今往后，我再也不摸算盘了，我真的老了，该回家休息了！"

## 移情别恋

等老邱走后，副厂长悄悄把邱小钟拉到边上，竖起大拇指称赞道："老爷子不愧是'算盘王'啊，真是太神了，幸亏我事先把题目透露给你，要不我看这场比赛还很悬啊！"

邱小钟叹了口气："是啊，要不是为了逼他退休，我也不会出此下策啊！我爸今天摔了跟了他几十年的算盘，那是心里有气，他不服呀！"

可等邱小钟晚上回到家里，却见

父亲正坐在沙发上跟着电视里学戏曲呢，嘴里还"嗯呀嗯呀"地唱上了。

邱小钟像个犯了错的孩子，赶紧过去道歉："爸，今天的事您别往心里去，我真的不该惹您生气……"

老邱呵呵一笑："傻孩子，看你说的，爹有你想得那么小心眼吗？"说着，老邱顿了顿，又缓缓道，"唉，说实话，现在铺天盖地的都是电脑，要不是今天你跟我比了这一场，我真没想到电脑那么厉害啊，我输得心服口服。这下好了，无事一身轻，我可以听听戏，学学曲，多好！"

邱小钟听了，疑惑地看着父亲，心想：老爷子怎么变得这么快，不会是在说气话吧。

可是一连过去好几天，邱小钟发现父亲真的变了，最近没事就往文化站里跑，整天乐呵呵的。邱小钟这下总算放心了，他知道文化站里净是些唱戏、打拳的老头老太，父亲和他们在一起，也就算有伴了。

这天早上，老邱刚吃完饭就要出门，邱小钟见了，笑着问："爸，您这么着急去哪儿？"

老邱神秘地说："我刚在文化站拜了个老师，昨天学的内容我还得赶早复习复习去，我们快要演出了呢。"

邱小钟一听，马上来了兴趣："爸，您学的是啥呀，这样着迷？"

老邱一摆手说："其实也没学啥，我笨手笨脚的也学不好，反正没事闲着也是闲着。"说完抬脚就走。

"爸，别跑啊，您还没告诉我学的是啥呢！"邱小钟在后面喊。

老邱边跑边说："别问了，过段时间，你来看我们的演出就知道了。"

邱小钟乐了，心想：看来父亲真是着迷了，瞧那积极劲儿跟小学生似的，还故意卖起关子来了。

父亲有了新的兴趣和追求，邱小钟也就不再为他担心了，更加认真地投入面粉厂的工作。

## 一生挚爱

这天深夜，邱小钟正在睡觉，突然听到父亲的卧室里传出一阵阵的说话声。邱小钟心想：这么晚了，父亲单身一人是在和谁说话呢？于是，他赶紧爬起身来，走到父亲的卧室门口，侧耳听了起来。

这一听，邱小钟可是吓一跳，隐隐地只听见父亲正哼着什么"568加上986"、"354减去235"之类的。他想：父亲这是干啥呢，大半夜的算什么账？于是，便推门进去。

老邱一见儿子闯进来，赶紧把手上拿着的一张纸藏在身后，吃惊地问道："你进来干啥？"

邱小钟看了看父亲说："刚才我在门口，听您念叨什么数字来着，您在算账吗？"

老邱慌忙摇头，说道："没，没，我又不干会计了，还算什么账啊？"

· 大千世界 众生百相 ·

"那您手里拿的是什么？"邱小钟一边问一边走过去，就要拿父亲身后的那张纸。老邱正想转身去护，可惜晚了一步，已经被儿子拿到手了。

邱小钟展开那张白纸一看，原来上面整整一张纸写满了算式，他突然明白了，眼圈也红了："爸，我知道，这些天您假装天天去文化站，但在您的心里，其实一直离不开您的算盘。我想通了，明天您还是回厂里给我当会计吧，您这个'算盘王'啊，一点不比电脑差！"说完，又哽咽着把那天比赛时自己做手脚的事说了。

老邱听完儿子的话，先是一惊，接着抓住儿子的手，笑着说："傻孩子，你也是一片孝心，我不怪你。不过，厂里我是决不会再回去的！"

"爸，您是不是因为那天比赛输了，觉得脸上挂不住啊？要是这样，我当面向大伙解释清楚不就行了！"邱小钟连忙说。

老邱摆摆手："算了，不管是啥原因，你堂堂一个大厂长骗老爹，岂不让外人看咱父子俩的笑话？"

邱小钟着急地说："可、可是爸您这么想摸算盘，老是憋着，我心里不好受啊！"

老邱哈哈一笑："你以为我念叨那些算式是想打算盘呀，我这是在为我们文化站的元旦晚会做准备呢！"

邱小钟这下糊涂了："您的演出

故事会2008年11月下半月刊·绿版 **29**

和这些算式有啥关系呀？"

老邱嘿嘿地笑了："天机不可泄露，到时候你来看，就都明白了！"

元旦晚会那天，文化站里张灯结彩、人头攒动。邱小钟坐在会场的第一排，老早就来等着看父亲的演出。

节目演到最后，老邱终于出场了，他的表演节目竟然是古琴独奏《阳关三叠》。

老邱走上台来，双眼注视着曲谱

和古琴，那双昔日拨打算盘的手一会儿抹、挑、勾、打，一会儿又剔、摘、滚、拂，只听得一阵浑厚悠远的乐声，如流水般飘过耳际。

一曲终了，台下顿时爆发出雷鸣般的掌声。邱小钟呆呆地注视着台上神采奕奕的父亲，简直不敢相信，这才几个月，父亲怎么转眼间变成古琴高手了？

这时主持人走上台来，对大家说："这位邱大爷大伙都认识吧，他就是赫赫有名的'算盘王'。可大家也许不知道，邱大爷之所以能在这么短的时间里，就把古琴弹得这么好，这里面是有奥秘的！"

台下一阵骚动，大家纷纷议论起来。主持人看了看全场，又接着说："那是因为，古琴有七根弦，而算盘珠子一柱也正好是七颗。邱大爷受到了算盘的启发，硬是把古琴曲谱翻译成了一连串的算式，让两者完美地对应了起来。"

老邱也腼腆地笑了："这全是文化站老师的功劳啊，是他们教会了我节奏感。刚才，我在弹古琴的时候，不但找到了打算盘的感觉，而且觉得比拨拉算盘珠子还要过瘾啊！"

看着这一切，邱小钟激动得泪珠儿在眼眶里直打转，嘴里喃喃地说："爸，在我的心里，您永远是'算盘王'！"

（题图、插图：刘斌昆）

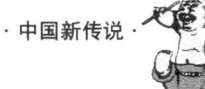

□ 韦 强

# 这车
## 是谁的

着一辆电动小三轮，车上没人，三个车轮子都淹在水里。

二宝围着小三轮转悠了好半天，也没见有人来，心想：这可真是一条"大鱼"啊！虽然明知这车不可能是被大水冲来的，二宝还是把它看成了一条"鱼"，不捞白不捞。他咬咬牙，上前试着拉了拉，嘿，能拉动。于是，不管三七二十一，把车直接拉回了家。

在家填饱了肚子，二宝看着那条"大鱼"，心里终究不太踏实，于是披上雨衣又出去了，打算去侦察一下，看有没有人来找车。

到了那条街，二宝的眼睛一下就直了。咋回事？

原来就在刚才停车的地方，又出现了一辆一模一样的电动小三轮。二宝揉了揉眼，没错，真的又是一条"大鱼"，车上空空的，还是没人。

二宝心里直喊：天啊，不会吧？

农村有个说法，叫"捞大水鱼"，每逢发大水，下游的人就纷纷拿家伙等在河边，看见什么捞什么。二宝虽说住在城里，却也是个"捞大水鱼"的发烧友。

这段时间老是下雨，大雨加小雨，天天下不停，好多街道都成了鱼塘。这下，二宝又有了用武之地。别人都是巴不得呆在家里，他可不，天一亮就冒着雨出去捞"鱼"了。忙活了大半天，果然捞到不少小"鱼"：一只塑料脸盆、半瓶洗发水、三包方便面、五个汽车牌子……

二宝捞得不亦乐乎，越发起劲了，等到了一条积水没膝的街道，他突然眼前一亮，看见街上孤零零地停

这不是要逼着我发财吗？

他犹豫了一会，还是决定一不做，二不休，四下里看了看，便装作若无其事地走了过去。

一推车子，能动！二宝一使劲，刚把车拉离了几步，突然身后响起一声怒喊："住手！"

二宝忙回头一看，后面不知什么时候站了一个四五十岁的汉子，身上裹着一件旧雨衣，只露出一张满是胡子的脸。

汉子怒视着他："干什么呢？"

二宝一惊，下意识地回答说："没干什么，拉车呢。"

汉子哈哈一笑："我当然知道你在拉车。我问你，这车你能拉吗？是你的吗？"说着话，他两只眼珠子瞪得大大的，胡子仿佛也竖了起来，吓人的目光就像刀子一样盯着二宝。

二宝强装镇定，说道："这车不是我的，难道还是你的？"

"当然是我的！"汉子拍拍胸膛，咄咄逼人地说，"早上我就停了一辆车在这里，没想到竟被人偷了，你说，是不是你偷的？"

二宝听他这么说，反倒不慌了，这家伙说先前那辆车也是他的，可现在却无缘无故又把车摆在这里，神经病啊？他冲汉子打了个哈哈道："别吓唬人！大哥，你说这车是你的，有证据吗？"

这一问果然把汉子问倒了。他怔了半晌说："这车不是我的，是我问朋友借的。"

二宝这下完全放松了。自己的车偷了，又把朋友的车借来扔在这里，除非脑子有病！他笑嘻嘻地说："大哥，你别跟我来这套，我知道你也是出来'捞大水鱼'的。这样吧，按规矩，见者有份，怎么样？"

"放屁！"汉子似乎还想吓唬吓唬二宝，"谁跟你一样'捞大水鱼'？这车明明是我借来的，你老实说，之前是不是在这儿偷了一辆，趁早还给我，要不我就报警了！"

二宝鼻子哼了一声，手一伸"你

想独吞啊！好，你说车是你的，拿出证据来！只要拿得出证据，不但这条'鱼'我不跟你抢，还把刚才捞到的那条'鱼'也送给你。"

汉子怔了怔，没说话，只是抬头看看天，这会儿雨终于停了。他把雨衣一脱，喊道："好！我就给你看证据！"说罢，他跳上了驾驶位子，坐了下来，从怀里摸出根皱巴巴的香烟，慢悠悠地抽了起来。

二宝一看，这算怎么回事？汉子却拍拍旁边的座位，招呼他道："兄弟，上来坐坐。"

二宝想：坐就坐，我还怕你不成。便也脱下雨衣挤了上去，顺手接过汉子递来的香烟，嘿嘿笑了："大哥，你到底想清楚了没有？你看，现在雨停了，一会儿人多起来，就不好办了，咱们还是快点把'鱼'捞回去，怎么分慢慢再说。"

汉子吐出一个烟圈，不屑地看了二宝一眼："想发财是要冒点风险的，这点小事你怕什么？"

二宝心想：老子才不怕呢，就算车主找来，我也只是在这里歇歇脚的。

汉子又说："你不是要看证据吗？"二宝不耐烦了："是啊，有就快拿出来啊！"

"不急，"汉子慢吞吞地说，"再等十分钟。"二宝一愣："为什么要再等十分钟？"

汉子笑笑没有回答。二宝耐着性子等了一会儿，把烟头一扔，说："喂，十分钟到了吧？"

汉子低头看看街上，说"再等一会吧。"

又等了一会，二宝坐不住了，跳下车来："现在行了吧？"汉子把一只脚探下去，这时街上的积水已经退了好多，水刚好淹没脚面。

"行了！"汉子说着，便也跳下了车，二宝站在一旁，瞪大眼看着他。

汉子缓缓把车拉开，对着二宝说道："兄弟，我把车摆在这儿是有原因的。你知道吗？昨天我开车经过这，差点就出事，当时我吓出一身冷汗啊，后来一想，咱这次命大是因为自己的车子大，要是骑自行车、摩托车的人呢？看又看不见，摸又摸不着，那还不连人带车一块完蛋啊……"

说着话，汉子把车拉开，回头朝刚才停车的地方看。二宝疑惑地顺着他的目光望去，一看大吃一惊，那儿竟露出了一个吓人的大洞，街上的积水正飞速地向洞口流去。

汉子指指那个大洞，说道："兄弟，这就是我的证据。我刚刚去通知人来维修，走开一下又不放心，怕有人掉进去，就故意把车子停在了这儿，谁知道……"

二宝顿时惭愧不已，憋了半晌，才说道："大哥，我这就去把车送回来……"

（题图、插图：谢 颖）

还是那句老话，善恶到头终有报，只争来早与来迟。

# 三个盗墓贼

□ 叶梓

民国初年，三个盗墓贼进了龙曲山。三人中，老的叫麻龙，小的叫麻小龙，他们是一对父子，还有一个叫李丁的，是麻龙父子的债主。

这次来盗墓，就是李丁胁迫麻龙父子来的。李丁早就听说有人靠盗墓发了大财，十分眼红。一次偶然的机会，他得知龙曲山上隐藏着一个唐朝的陵墓。据说墓主人是个贵妇，头戴珠翠，身披霞帔，冥器更是多得数不胜数。要是盗了这样的墓，下半辈子都不用愁了。

李丁对麻龙父子说："你们两个，跟着我去挖宝贝，真要是挖出来了，你们的债就一笔勾销。"麻龙父子穷得都快揭不开锅了，只好点头答应。

一路上，李丁打着自己的如意算盘，天空却突然下起了大雨，三人只好躲进一个溶洞避雨。令人意料不到的是，这个溶洞占地极大，一孔连一洞，如同迷宫。因为好奇，三人在里面穿梭，越走越远。

不知过了多久，突然，走在最前面的李丁停住了脚步，呆立片刻，他兴奋得大叫起来："这儿有个墓！这儿有个墓！"

麻龙父子跟过去一看，果然，有块墓碑。因为光线太暗，看不清上面的字，但墓碑高大整齐，石头白中泛青，一看就不是普通石料，里面埋的一定是哪朝的达官贵人。

李丁摩拳擦掌就要动手，麻龙老汉一把抓住他："且慢。"说着，麻龙老汉四下里一扫，给李丁使了个眼色。这墓的四周，实在有些古怪，乍看上去像是围了一圈人。麻龙老汉走到近前一看，惊得几乎要叫出声来。

麻小龙赶紧点起火把，走到父亲身边。火把下，那一圈东西清清楚楚地显露出来，竟然是八具尸体！他们一律穿着盔甲，形似武士，团团围坐在墓的四周。更奇特的是，这些尸体也不知存在了多少年，竟然没有腐烂，而是像被抽去了水分的木乃伊。

李丁很是兴奋，啧啧称奇道"这里埋的一定是达官贵人，否则怎么会有八个武士甘愿为其殉葬？"

麻龙老汉呆呆的，不知道在想什么。李丁推了他一下，说："别管那些死人了，我们挖墓要紧。"

麻龙老汉却不动，喃喃地说"看情形，这八个人是以死护主，人家拼死守墓，我们现在却要挖开？"

"你傻啊？这墓里一定会有真金白银的，快动手吧。"李丁往手心里吐了口唾沫说。麻龙老汉依旧不理会，蹲下身看着这些干尸，仿佛下定了决心，对儿子麻小龙说："把他们背出去，安葬了再回来挖墓。让他们盯着，怎么下得了手？"

一听这话，李丁急了，说："我们可是来盗墓的，而不是来收尸的！再说了，这都不知是哪朝哪代的尸首了，管那么多闲事干吗？"

麻龙老汉可不听李丁的，他蹲下身来，用本来想装冥器的白布裹了一具尸体，示意儿子抬出去。麻小龙不敢违拗父亲，弯着腰和麻龙老汉一起抬尸。

李丁简直要气疯了："你这老头，怎么这样一根筋？那几个死人难道是你的祖上？"

麻龙老汉并不理会李丁的冷嘲热讽，和儿子继续进进出出地搬运尸体。

李丁看着这父子俩，说他们真是喝了迷魂汤，成糊涂蛋了！一赌气，他便自己动手挖起墓来，边挖边大声说："等我挖出了好东西，一个子儿都不给你们！不仅一个子儿不给，你们的债还要再加一成！"

不久，外面的雨停了，麻龙老汉和儿子还是一趟一趟往外抬着尸体。溶洞曲里拐弯，好在父子俩常在山里行走，走到哪儿就把路标放到哪儿，才没有迷路。当他们抬完最后一具尸体，已经是两个时辰之后了。然后，八具尸体被放进挖好的土坑里，小心掩埋好，麻龙老汉还往坟头上插了几根高高的蒿草，算是招魂幡。

忙完了这一切，麻龙老汉长舒了一口气，领着儿子再回到溶洞里。可奇怪的是，李丁突然不见了。

"这小子，难道自己抱着宝贝跑了？"麻龙老汉奇怪道。再去看墓穴，早被挖开了，里面被翻得乱七八糟的，看样子，李丁好像拿走了东西。

父子俩分头寻找，没过多大工夫，就发现了倒在地上口吐白沫的李

丁。他的怀里，还紧紧地抱着一个包袱，扒都扒不开。麻龙老汉吓坏了，急忙让儿子背起李丁，自己在后面扶着，赶紧出了溶洞。

麻龙父子将李丁背回了家，马上叫来郎中。郎中看看，说人早死了，身子都冰凉了，还看个啥？李丁无父无母，更无妻女，麻龙老汉便安葬了他。两人的债，就此一笔勾销。

安葬完李丁之后，麻龙老汉想起他到死都抱着的包袱，打开一看，里面竟然是一只巴掌大的镶金龙纹青铜鼎。请行家来鉴定，说是明朝皇帝对当朝立功将领的赏赐。从鼎上铭刻的文字来看，墓主人曾与戚继光一起抗

过倭寇，立下屡屡战功。皇帝不仅赏了鼎，对跟随其左右的八名武士也各有封赏。现在看来，墓中的那八个武士，就是曾追随墓主人的志士了。这个青铜鼎，称得上是价值连城。

得了这笔意外之财后，麻龙老汉再没去盗过墓。他不知道李丁为什么会死，但他相信，自己和儿子没有死，是因为埋了那些尸首，才有了善报。麻龙老汉后来活到九十八岁，临终前，他拉着儿孙的手说："你们一辈子都要记着，善恶有报，毫厘不爽。"

再后来，麻龙老汉的曾孙读了大学，学的是考古。因为从小就听曾祖讲盗墓的故事，便按图索骥，经过几次长途跋涉，终于找到了那个溶洞。

进入古墓之前，他备好了蜡烛、防毒面具，以及锋利的刀具。蜡烛是测氧气的，防毒面具是隔离毒气的，而刀具则是用来防毒虫。在他看来，曾祖扛着铁锹冒冒失失地就去盗墓，简直是送死呢。

考察过后得知，那溶洞长年不通风，里面累积了很多无色无味的毒气。人吸得久了，就会中毒。李丁极有可能就是死于这种毒气。而麻龙父子，因为来来回回地抬尸，不停地进进出出，倒是安然无恙。

麻龙老汉的曾孙是从科学的角度来解释的。但是，后辈人却更倾向于相信曾祖的话：善恶有报，毫厘不爽。

（题图、插图：黄全昌）

一个优秀的特工，带着不为人知的特殊身份，当危险降临时，且看他如何将计就计，跑出一条生路。

# 双面特工

□ 吕崇德

## 身陷险境

苏联卫国战争时，渥伦斯基是苏联红军的一个优秀特工，由于他聪明机智、胆大心细，因此，深得上级首长的赏识。

这一次，上级又派给他一个重要任务，在红军对德国鬼子发起进攻前，弄清楚德军一个机场的飞机数量。渥伦斯基接到任务后，只说了句："请首长放心，保证完成任务！"

临出发前，他与未婚妻娜塔莎依依惜别。渥伦斯基说："亲爱的，你放心吧，我一定会活着回来见你！"两人拥抱在一起，难舍难分。

渥伦斯基乔装打扮偷偷溜进了德军机场，一看，那么多飞机呀，足有几十架，难道敌人已经知道我军的进攻意图而提前做了准备？他暗自吃惊。可再一看，不对啊，那么大的飞机两个德国佬竟然能推得动它？霎时，他明白了，这是假飞机，狡猾的德国佬！必须马上向上级报告，揭穿德国人的骗局！

就在渥伦斯基想要离开时，突然警报声大作，他被发现了。渥伦斯基撒腿就跑，他绕了两个圈子甩掉了追兵，迅速用信鸽把情报传了出去。可之后，没跑出多远，他就被赶来的德国鬼子抓住了。很快，便被送到盖世太保那儿进行审讯。

渥伦斯基对盖世太保的暴行一清二楚，他们应该会狂笑着拔掉他的所有指甲，打得他遍体鳞伤，然后拖出去靠墙站着，用步枪对准他的脑袋"叭叭叭"就是三枪。

但让渥伦斯基感到吃惊的是，盖世太保并没有对他进行刑罚，而是用汽车送他去了一座古城堡改建的监狱。

渥伦斯基一个人住一间，房间虽然不大，但里面的生活设施一应俱全，十分方便。渥伦斯基感到很纳闷：他们这样待我，究竟想要干什么？

第二天，城堡监狱的看守长里斯中校把渥伦斯基找去，对他说："渥伦斯基先生，你想活着走出这里吗？现在我给你一个机会，只要你答应帮我们做一件事。"原来德国佬是想利用自己，渥伦斯基啐了一口唾沫："你们动手吧，休想要我出卖我的国家。"

里斯中校笑了笑，站起身走过来，说："你误会了，这件事情其实很

简单，你只需要帮我们去参加一个马拉松比赛就可以了，这对你来说是举手之劳。"说着，他轻轻地拍了拍渥伦斯基的肩头，"我给你三天的时间，你好好考虑一下。"

## 长跑高手

原来，在战争爆发前，渥伦斯基是苏联著名的马拉松运动员，德国人对他的身份进行调查时发现了这点。

而德军的这个城堡监狱每次参加马拉松比赛都是名落孙山，因此，当看守长里斯中校得知抓到了一个马拉松运动员后，欣喜若狂，马上把他从盖世太保那里弄了过来。

再说渥伦斯基，开始并不合作，他想：德国佬，让我替你们去争名次，做梦去吧！可转念又一想，自己不能死，未婚妻娜塔莎还在等着自己呢，为了娜塔莎，必须活下去！于是，他答应了德国人的条件。

里斯中校非常高兴，他咧着嘴说："俄国佬，你这才像个聪明人！"

此后，渥伦斯基开始了恢复性的训练，他被特批获准在铁丝围起来的户外场地跑步。起初，看守们总是小心翼翼地唯恐出事。后来，他们慢慢地开始欣赏渥伦斯基的矫健身姿，就坐下来看他跑。

渥伦斯基每天赤着双脚，背着一只装满石子的背包，在高低不平的地上奔跑。他的脚底已不知扎进了多少

刺，裂开了多少口子，但他全然不顾。

两个月后，渥伦斯基发觉，自己的体能已经恢复到了原来的水平，这使得他兴奋不已。

当然，德国佬中也有反对的声音，监狱里的盖世太保头子哈特少校就说："比赛中如果出现问题谁负责？还有，谁敢保证这个俄国佬一定能获胜？"

里斯中校却是自信满满："我们已经给他测试过了，他的成绩比去年马拉松比赛的最好成绩还快半分钟，何况他还背着一袋石头！他说要背着这袋石头，来打破自己曾保持过的纪录。"哈特少校听了，这才无话可说。

尽管如此，为了保证比赛时万无一失，里斯中校还是带着渥伦斯基去实地勘察了一下比赛路线。

一路上，渥伦斯基用他的敏锐目光仔细查看着每一处路线和地形，在里斯中校的指指点点下，不住地频频点头表示认可。

## 小试牛刀

比赛那天终于到了。早上七点，城堡监狱里所有的看守士兵整队排列。渥伦斯基来了，他上身套着白色汗衫，下穿一条蓝色运动裤，平常训练时用的那只鼓鼓囊囊的背包，此刻随意地搭在肩头。只见他向看守们一一致敬，德国士兵异口同声地鼓励他："祝你成功，俄国佬！"

比赛的沿线布满了德国士兵，他们除了背着机枪，每个人手里还有一个步话机。

里斯中校和哈特少校就站在比赛的起点，周围是当地伪政府官员和各界头面人物，都是监狱特意邀请来观看渥伦斯基赛比赛的。里斯中校手里也拿着一个步话机，可以随时监控比赛情况。

随着一声枪响，比赛开始了。渥伦斯基的编号是6号，肩上还是背着塞满石头的背包。起跑后，他的位置不太好，落在了大部分选手的后面。

哈特少校有点焦虑，里斯中校倒是一脸轻松，说："别着急，这才刚开始，好戏还在后头呢！"

哈特少校还是不放心，他命令两个手下骑一辆三轮摩托车远远跟着，说："盯着那个6号，别让他从你们的眼皮底下跑了！"

半个小时后，沿线的士兵报告说渥伦斯基已经赶了上来，离领先的几名选手只有大约五十米的距离，况且他的肩上还背着包。瞧那模样，好像里面塞的不是石头，而是一袋羽毛。

里斯中校面露微笑地对哈特少校说："看吧，他不是正在往前赶吗？"

可快要进入市区时，渥伦斯基看起来好像很累，一边跑一边直喘粗气，还对着旁边指指点点着什么。三轮摩托马上开上前来，上面的人问他："6号，你要干什么？"

渥伦斯基指了指干裂的嘴唇，做了个喝水的动作。士兵马上递给他一瓶水，渥伦斯基接过水，大口大口喝了个精光，精神一下好了很多，步子也迈得更加轻快了。

这时，里斯中校好像想起了什么，他立刻对着步话机问："6号，他还背着包吗？"在得到肯定的回答后，里斯中校吼道，"什么？还背着包！告诉6号，马上把包扔掉！"

沿途的德国士兵得令，立即朝着渥伦斯基大喊道："6号，中校让你把背包扔了，背着它，你不可能得到冠军！"

渥伦斯基有点恼火了："你这是在侮辱我吗？如果是这样，那我立刻退出比赛。"里斯中校闻报，也只好听之任之，而哈特少校在一旁，眉头依

然紧锁。

又过了一会儿，士兵报告说，现在有两名选手并肩跑在最前列，其中一位是6号。他看上去精神抖擞，肩上依然背着背包。

这时，哈特少校严肃的面孔也露出了一丝微笑，他转过身子对周围的要员们说："太好了！我们的6号他已经跑到前面去了。"

## 胜利逃亡

转眼之间，领先的选手们已经进入市区。只见穿着6号运动服的渥伦斯基跑在最前面，其他的选手，和他要相差五分钟以上的距离。

只见渥伦斯基跑着跑着，突然手捂小腹向旁边的士兵喊道："哎呦，刚才水喝多了，我得去方便一下。"一个士兵忙指了指路基下的一间厕所说："赶快！"

渥伦斯基闻听飞快地冲了下去。他刚跑进厕所，跟在后面的那辆三轮摩托已"吱"地停在了路旁，车上的盖世太保问道："6号他怎么啦？"士兵忙回答："他想方便一下。"

几个人等了一会儿还没见人出来，盖世太保便对一个士兵说："快去看看，6号怎么回事？"士兵答应一声刚想下去，只见6号已摆弄着衣裤往路基上跑来了。士兵远远地朝他大喊："快跑，后面的人快赶上了！"

离终点还有一千米时，里斯中校

忍不住又问："6号现在怎么样？"步话机中立即传来回答："我现在看不到6号，不过他刚刚率先转弯了。"

里斯中校急不可耐，又问下一个在终点处的士兵："你能看见他吗？"那个士兵回答："我看见选手们朝我这里跑来，越来越近了，领先的穿白色上衣，蓝色裤子。"

里斯中校一阵兴奋，又命令道："告诉6号，把背包扔掉，最后冲刺。"步话机中迅即回答："领先的选手中没有人背着包。"

里斯中校刚想纵情大笑，步话机中又传来了消息："中校，6号第一个到达终点，但是他、他不是渥伦斯基。"

"什么？不是渥伦斯基？"里斯中校像个泄了气的皮球，几乎要哭出来了，哈特少校则铁青着脸一言不发，他们立即驱车赶去终点。

夺得冠军的确实是6号，但是个穿了渥伦斯基运动衣的冒牌货。这个人双手捂着小腹，大叫冤枉："先生，是你们的运动员让我这样做的，他说只要我替他跑步，不仅能海吃一顿，还有奖金拿。"

哈特少校听后勃然大怒："混蛋，还想要奖金？我送你去集中营！"里斯中校也咬牙切齿地说："这个狡猾的俄国佬，一定是趁机逃跑了！"

那么，渥伦斯基果真如水汽一样蒸发掉了？当然不是。

原来，他早就准备好了要在马拉松比赛时寻找机会脱身。之前勘察比赛路线的时候，他就留意到了那个厕所离公交站很近，而且旁边有个流浪汉，好像住在那里的样子。

比赛时，渥伦斯基便假意要上厕所，然后上前拍拍流浪汉的肩，假装呻吟着说："先生，我的肚子疼得不行了，你能不能穿上我的衣服替我跑啊，我告诉你，等你到了终点，会有人给你吃个痛快的，还有奖金呢！"

流浪汉一听，立刻来了精神，一口答应下来。就这样，渥伦斯基换上背包里的便服，随后搭车逃走了。

（题图、插图：佐　夫）

有一种病你恐怕闻所未闻，这治病的方法更是令人瞠目结舌。

# 怪病

□ 张　爽

王员外是镇上数一数二的大户，三代单传，到了晚年才得了个儿子，王员外把他视为心肝。可没想到，这小少爷长到五岁，身上却出了件怪事。

这年春节刚过，小少爷的饭量就见涨，鸡鸭鱼肉一样没少吃，可就是越吃越瘦，而且刚吃完了饭，不到半个时辰，就又开始喊饿。这让王员外焦急万分，他花了重金，把方圆百里的郎中请了个遍，可郎中们一个个敲锣打鼓地来，又垂头丧气地走，别说治了，这病连听都没听过啊。

王员外急得团团转，还是管家给他出了个主意："老爷，不如我们重金悬赏求医，说不定有什么奇人异士能治好少爷的病。"

王员外听了，忙命人在大街小巷张贴告示，说如果有人能治好他儿子的病，就将一半家财双手奉上。告示贴出去没几天，就有人登门了。

来人是个江湖郎中，姓吴。吴郎中也不与王员外多说话，直接要给小少爷诊病，王员外急忙领他去见宝贝儿子。吴郎中见到小少爷，先抬起他的下巴相了相面，瞅了瞅舌苔，又号了号脉，问了一下情况后，他长叹一声，摇了摇头。

王员外看见吴郎中的表情，刚升起来的一丝希望，一下全灭了，绝望地问道："我儿无救了？"

"有救。"郎中答道。

"有救?"王员外一听,忙问,"您既说有救,那为何又摇头呢?"

吴郎中叹口气道:"你儿有救,但这病却不太好治。他的体内有两条虫子,一条为红色,一条为绿色,头上皆有冠,名为红娘子、绿娘子,少爷吃的东西都被它们夺去了,所以吃进去的虽多,却一天比一天消瘦。如今这两条虫子已长成,头在少爷的喉头,尾巴已到了肠子,再不治恐就晚了。"

王员外听到这里,瞪大了眼睛,不敢相信。这种病状可是闻所未闻啊,什么红的绿的还长着冠的。

虽然这郎中言之凿凿,但总不能拿儿子的性命开玩笑。王员外犹豫了半天,最后一跺脚,还是交代管家明天把全镇的郎中都请来,给少爷集体会诊。

第二天,郎中们早早地便都到了。吴郎中手持胡须,把诊断的结果跟大家一说,众郎中听罢马上炸开了锅,没一个人相信。可是又没人能说出到底是什么病,大家便决定先看看吴郎中开的方子,再作决定不迟。

那云游郎中开的方子倒是简单,上面只有两味药,可大家一看都傻眼了。只见上面写着:新鲜牛肉两片,砒霜两钱。要知道,这点砒霜足够毒死两头牛的,怎能给五岁的孩子吃呢,这不是要毒死他吗?

还是王员外先开了口:"这砒霜可是剧毒,虽然听说过以毒攻毒的方法,可这分量是不是大了些?"给儿子求医问药的,王员外对医术也知道了不少。

可吴郎中却语气坚定地说:"只要照着我的法子来治,包管药到病除。"

众郎中左瞧瞧右看看,没人吭声,都想看看吴郎中会用什么方法。

吴郎中咳嗽了一声,又接着道:"找一处黑屋子,门窗紧闭,一丝光都不能透,让少爷一天不进食。第二日,用牛肉包着砒霜做两个肉丸子,让少爷吞下,那红娘子绿娘子饿了一天,必定来抢肉丸子。而接下来的三天最为关键,因为两条虫子中了毒会在少爷腹中折腾,所以定然十分难受。但无论如何,也不能放少爷出来,更不能给他进食,否则必死无疑。"

众人听罢,还是你看看我,我看看你。吴郎中这法子本就稀奇,而且还惊险万分,稍有差池便会送了人命,所以大家都不敢妄下断言。

王员外心里也在打鼓:到底治不治呢?他扫了一眼四周,见众郎中都没什么主意,只有吴郎中气定神闲地看着他,心想不治是死,治了还有一丝希望,想到这里,便冲吴郎中点点头:"好,就依先生说的办,一切都拜托了!"

管家立刻安排人找了一间屋子,将门板和窗户用铁皮包住,一丝光都不透。然后王员外命人给少爷预备了

一桌饭菜。老两口看着儿子狼吞虎咽的吃相，想到这可能真是他的最后一餐了，不禁一边看着，一边偷偷抹眼泪。

吃完饭，小少爷被关进了黑屋子里。半个时辰刚过，他就吵着要吃的。王员外吩咐下人，无论如何不许送吃的。少爷在屋子里又哭又闹，实在饿不过干脆啃起椅子来，下人听到动静，赶紧冲进去，把能啃动的东西统统收走。

整整一天过去了，该是喂肉丸的

时候了。王员外忙命下人打开门，往里一看，只见少爷小小的身子遍体鳞伤，神情憔悴不堪。王员外很是心疼，手里握着肉丸，在儿子身边徘徊了半天，最后一下狠心，把包着毒药的肉丸子送到了儿子的嘴里。

儿子一见肉丸，眼中马上放出光来，一口吞了下去，吃完后，还眼巴巴地望着，希望有别的吃的。

王员外盯着儿子看了许久，一跺脚出了房间，命人立即将门关闭，他怕自己再看下去，也要坚持不住了，心说：只要三天，三天，儿子就会好了。

第一天，少爷好像受了酷刑，不停地嚎叫，又是打滚又是撞墙，差不多整个镇子都听见了他的哀号。

到了第二天，撞击的声音越来越弱，哀号的声音也越来越沙哑。

转眼到了第三天，黑屋子里没有一点动静。一直守在屋外的王员外不禁暗自担心：吃了毒药，又经过这两天的折磨，儿子还活着吗？

王员外忍不住让人打开一条门缝，偷偷朝里望去，只见儿子蜷缩在地上一动不动，脸上已经面目全非。见此情景，王员外疯了一般冲进屋子，抱起了儿子。这时，儿子缓缓地睁开了一双眼睛，张了张口，却没有发出声音，看样子是想要东西吃。

此时，王员外早把吴郎中的话忘得一干二净，看着气若游丝的儿子，他马上命人准备吃的。一见到饭菜，

儿子的眼中有了一丝光彩，吃了一口，马上精神了许多，不一会儿，一桌子饭菜都被吃光了。

看着儿子渐渐精神起来，王员外老泪纵横，抚着儿子的头，一下、两下、三下……

突然，儿子倒了下去，浑身不停地抽搐，最后猛地一挣，再没动静了。

儿子死了，王员外抱着儿子的尸体声泪俱下，他咆哮道："去、去把那野郎中给我抓起来送到县衙，他害死了我儿子，我要他血债血偿！"

下人马上将吴郎中押到县衙。公堂之上，王员外看着吴郎中气定神闲的样子，牙咬得"咯咯"作响。他一指吴郎中，对县官说道："就是这个野郎中，乱开药方，下毒害死了我儿！"

吴郎中捋着胡子缓缓说道："大人，这药方中的确有砒霜，但这是以毒攻毒之法。倒是你王员外，这三天之中，你可给过他吃的？"

王员外愤怒地答道："吃了，他都快死了，是被你害死的，临死前，我给他点吃的，也不行吗？"

"王员外，我可曾说过，这三天最为关键，不可给少爷任何食物，否则必死无疑？"

王员外愣了一愣，随即说"说过又怎样？我儿第二天就已经被你害死了，你根本就不会诊治，这只不过是你的借口罢了，说什么肚子里有红色绿色的虫子，都是谬论，谬论！我要你给我儿偿命！"他越说越激动，几乎就要向吴郎中扑过来。

吴郎中还是神色泰然，说："大人，我相信我的诊断没有错，这点我自己可以证明！"

"哦，怎么证明？"县官好奇道。

"大人，只要验尸便可，那红娘子绿娘子定然还活着。本来它们已经饿了一天，少爷吞下那包着毒药的肉丸子，肯定要被它们抢夺去，只要三天就可毒死它们。但可惜时间未到，它们就得了食物，便把毒排出体外，毒死了小少爷。所以，只消证明少爷肚中确有红娘子和绿娘子就可以了。"

"王员外，这个方法甚好，你可同意？"县官问。

王员外一心想为儿子讨回公道，他睁大了眼睛，冲着吴郎中喊道："那你的意思是说，是我害死了自己的儿子吗？好，验就验，看你还有什么话说！"

县令传来了验尸官。验尸官拿着小刀从少爷的喉部切了下去。刚切开食管，突然，有东西蹿了出来，周围的人都吓了一跳。众人定睛看去，只见从切口处伸出两个虫子的头，一个红色，一个绿色，头上都长着鸡冠似的冠子。

王员外看了，一屁股坐在了地上，捶胸顿足，后悔不已。

（题图、插图：谭海彦）

## 流泪的卡通娃娃

这天，王平出了车祸，送到医院后，医生立即对他进行了手术。还好，手术很成功，挽回了王平的生命。但他的伤势依然十分严重，疼得他整夜睡不着觉，甚至不能正常进食。才几天的工夫，整个人都瘦得脱了形。

雪上加霜的是，手术后的第三天，主治大夫告诉王平，又出现新的情况，次日还需要进行第二次手术。

王平觉得自己被抛入了深渊，不论是生理还是心理，都快要支撑不住了。他吃不下任何东西，又出现了一次休克，亲

人们都慌了起来。

迷迷糊糊中，王平听见一个声音在叫自己。他睁开眼睛一看，是六岁的儿子，正贴在自己的脸上，轻轻唤他。王平一下醒了过来："你怎么来了？"他知道，自己出事，家人是瞒着儿子的。

儿子说："我自己坐公交车来的。今天放学，我没要妈妈接。"王平惊奇地看着儿子，要知道平日里，儿子走五米的路都要大人陪着，而从家里到医院，足足有三十里。

儿子趴在王平耳边说"爸爸，送你一张贺卡，我亲手做的。"说着，他从书包里取出一张对折了的小纸片，双手捧给王平。可王平的手没办法动。

儿子便说："我替你念吧。"接着，他换了一口标准的普通话，念道，"爸爸：祝你快乐。千万别怕疼。妈妈说，我们离不开你。盼你早一点回家，咱们好一起玩拱猪。敬礼！儿子。"

儿子读完，终于忍不住放声大哭起来，他哭得那么伤心，怎么也止不住。护士急忙过来把他抱走了。

只过了一会儿，儿子红着眼睛，努力微笑着，又出现在王平面前："爸爸，我还在贺卡上画了一幅画呢，你瞧瞧画得好不好？"

说着，儿子展开了贺卡，只见上面画了一个卡通娃娃，那娃娃张着大嘴，正泪飞如雨。

王平一下牢牢记住了这幅画。儿

子走后，王平硬是强迫着自己吃了饭。

第二天的手术，已经远远超过预定时间了，可是还没有结束。这时，王平开始心跳加速，头发晕。他便默想着儿子的那幅卡通娃娃，竭力让自己保持镇静。终于，王平挺了过来。

作为一个父亲，王平知道自己没有理由让儿子的卡通娃娃再流泪了。痛苦再巨大，在爱的面前，也是渺小的。

**（作者：张先丰；推荐者：波　波）**

## 外白渡桥的诚信

外白渡桥是上海外滩的标志性建筑之一。2008年4月，这座桥被整体拆移，运到船厂进行维修，上海人称之为"疗养"。一年后，它将以原貌重现黄浦江畔。

但大家也许不知道，之所以决定对这座百年老桥进行"疗养"，这里面是有故事的。

2007年年底，外白渡桥刚刚度过自己的"百岁华诞"。这时，上海市有关部门收到了一封寄自英国的信件。信中说："外白渡桥的设计使用年限为一百年，现在已到期，请注意对该桥维修。"

当时，上海正准备对外滩进行综合改造，收到这封来信后，有关部门立即决定对外白渡桥进行拆移维修。

其实，寄这封信的正是当年设计外白渡桥的英国某公司。这座桥于1907年交付使用，采用的是当时最先进的钢铁结构。

现在，一百年过去了，外白渡桥每天承载着三万多辆汽车的通过，我们甚至都忘记了这座桥其实已经垂垂老矣。谁还会想到有人会对这座桥负责？但一家本可以游离于此事之外的外国公司，竟然记在了心上，并且专门发信来提醒。

很多人知道后，对此进行了评论。

有的说："原来外白渡桥一百年了，了不起啊，用这样简单的技术造起来的桥，竟然可以用上一百年！"

还有的说："一百年后的今天，造桥技术已不可与当年同日而语，可现在，有些桥竟然刚造好就轰然倒塌，看来这里面不是技术问题。"

是的，对于英国的这家公司来说，对自己设计建筑的大桥负责，那是分内之事，是再也平常不过的事情。因为，这并不是技术问题，而是良心问题，诚信问题。

**（作者：流　沙；推荐者：丁　红）**

**（本栏插图：安玉民　梁　丽）**

学写作文，从读故事开始

这个少年不简单，小小年纪，竟要一个人上山去捉野猪。

# 看我

□ 徐树建

## 初试身手

山海家种了十几亩玉米地。这些天，不知从哪里来了一群野猪，把地里糟蹋得一塌糊涂，玉米更是给野猪吃了一半。山海的爸妈想尽了办法，都撵不走这群野猪，急得是火烧眉毛。原本，他们还指望收了玉米换成钱，能贴补山海上大学的费用，现在看来，是没可能了。

可奇怪的是，山海的脸上一点也不见愁容。说起这个山里娃，打小就特别聪明，又能吃苦。这几天，他天天脚步轻快地进来出去，还不时皱起眉头合计着什么。

这天早上，山海爸妈正没滋没味地吃着早饭，山海却稀里哗啦地把一大碗玉米糊倒进肚里，然后放下碗一抹嘴，一本正经地说："爸、妈，我也老大不小了，该为家里出点力了，我决定去捉野猪！"

山海爸妈一听，手里的碗差点没掉地上，两人对望了一眼，山海妈先惊慌慌地开了口："山海，你放心，我们就是拆房子卖血也要供你上大学，你可不能瞎琢磨出什么岔子啊？那我们还活不活了？"

山海爸也是一脸的慌张。山海明白爸妈为什么会这样，去年有个山里娃因为没钱上大学，结果后来头脑有点不正常了，爸妈现在大概以为自己也受了什么刺激。

山海笑着说："爸、妈，我没事，只是这些天我在想，总不能老是让你们为我操心，自己读了这么多年书，也得派上用场是不是？这么一想呢，我还真想出了一个主意。"

山海爸妈见他不像是胡言乱语的样子，这才放下心来，山海妈问道："我儿子一向点子多，说说看，是什么主意？"

山海却一脸神秘地摇摇头，说："天机不可泄漏，以后你们自然明白，不过，我需要你们帮个忙，你们舍不舍得给我一百斤新鲜的玉米棒子？"

山海爸假装举起手作势要打，笑骂道："你跟老子都敢留一手？要一百斤那么多啊，可现在玉米还嫩着呢，割了可惜……"

山海妈一听，瞪着山海爸喊了起来："不就是一百斤玉米棒子吗？现在不收，等着留给野猪吃啊？山海，你马上拿镰刀跟你爸割去，给你用即使是浪费了，也比给那些畜牲吃了好！"

这下山海爸无话可说了，当下爷儿俩就提着镰刀去收割了一大堆玉米，堆放在家里。

第二天一大早，山海就起身了，背了一麻袋香喷喷的玉米棒子准备出门。山海妈问他干什么去，山海笑眯眯地说："喂野猪去，贪嘴的野猪最爱吃这个了。"

山海妈惊得眼珠子差点掉出来，说："小祖宗，你还嫌野猪吃得少啊？还要喂它们？"

山海却说："妈，你这就不懂了，这叫做'欲擒故纵'，是三十六计中的高招，我走了。"

望着儿子精瘦的背影，山海爸在后面大声喊："儿子，小心点，可别撞着野猪。"

山海头也不回地说："放心好了，现在还不是它们的就餐时间。"

一晃十几天过去了，山海每天还是一大早背一麻袋玉米出去，然后带着空麻袋回来。这阵子，山海爸妈忙着四处给儿子借钱上学，便也顾不上问他的事。

这天，山海又一本正经地对爸爸说："爸，从现在开始，你得抽出空来帮我第二个忙，你舍不舍得？"

山海爸痛快地说"行啊，我一百斤嫩玉米都舍得了，还有什么比这更花钱的？"

山海说："爸，还真被你说中了，我要咱家后坡上长的树，你砍一些下来给我用。"

山海爸像被蝎子蜇了似的一跳三尺高，大叫道："儿子，你知道为了你上学的事，我和你妈借了多少债？这些债我们将来拿什么还？就指望那些树成材啦，你、你……也太不懂事了！"

山海却不退缩，说："树砍了还可以再栽，爸，我可声明在先，你要是舍不得，那一百斤玉米就算白白贡献给野猪了，要不，我等妈回来跟她说去。"

山海爸气得呼哧呼哧的，一双眼瞪得有鸡蛋那么大，可末了还是点点头，说："你小子拿你妈压我是不是？我不怕！不过，我还是答应你，帮人

帮到底，谁让你是我儿子呢？"

于是，爷儿俩拿着斧头、锯子，咯吱咯吱地又是砍又是锯，弄倒了几十棵碗口粗的树，然后拖回家码好。

第二天一大早，山海又出门了，左肩依旧扛了一麻袋玉米，右肩想扛几棵树，哪里扛得动？早有人替他扛了起来，是山海爸，他实在搞不懂儿子在玩什么花样，不过今天他要陪儿子进山。

山海右肩也没闲着，又扛了一把铁锹，然后爷儿俩大步进山。到了一大块被野猪吃光的玉米地里，山海说："爸，你把这些树干一根挨着一根深埋进土里，一定要埋实了，我去喂野猪。"

山海爸一头雾水，想问儿子，儿子却已扛着那袋玉米向山里走去，一边走，一边大声唱歌。山海爸听着听着，忽然之间发觉，儿子面对困难好像一下子长大了。

第二天、第三天……以后的几天都是这样，山海天天指挥爸爸，这里那里地到处埋树干，山海爸问："干啥一次只埋几根呢，干脆一下子全埋了多省事！"山海却说不行，然后依旧自个儿去喂野猪。

这天，山海爸忽然发现，不知不觉中，那些树干已经围成了一个大圈，缺口正在一点一点地收缩，就差一个门了。山海又用麻绳把树干一根根地全拴牢了，然后一脸笃定地说：

"下午，您和妈就瞧好吧！"

到了下午，山海忽然"哼哟哼哟"地扛了一个木栅栏门回家，爸妈惊问："山海，这是打哪来的？"山海得意地说是请老木匠打的，然后又拿了一根长长的麻绳进山。

山海走后，爸妈正在家里，一边议论儿子的奇怪举动，一边愁眉苦脸地商量再跟谁借点钱，就在这时，山海忽然狂奔进来，大叫道："爸、妈，我把野猪全捉住啦！"

山海爸妈一听，连忙脚不沾地跟着山海直往山里奔。为了以防万一，还特意叫上了几个村里人，个个手里拿刀带棍的。

到了山里，离着老远就听到一阵又一阵嘶叫声，好像有好多只野猪在愤怒地大叫，那声音吓人极了。山海爸妈的心"咚咚"狂跳，奔过去一看，野猪真的被捉住了！

原来竟有几只野猪被关在了那个用树干围成的圈里，圈门口被木栅栏门给牢牢地堵上了，门上还系着一段长长的绳子，只听山海说："等野猪快吃饭的时候，我悄悄地埋伏在玉米地里，等它们一走进圈里，我一拉绳子，门就掉下来了，门上有活扣，掉下来了就提不上去，所以野猪劲再大也出不来。"

大伙一看，果然，那些发狂的野猪正在拼命地顶着门，可哪里顶得起来。更多的野猪在撞树，可那些树早

已被山海爸深深地埋进了土里，又用结实的麻绳给一根根地拴上了，哪里撞得动半分！

山海妈激动得眼泪都要出来了，大声说："我说吧，我儿子将来是要做大事的，他比谁都聪明！对了，儿子，这些猪怎么肯听你的话，乖乖进这圈里来呢？"

山海得意地说："因为那一百斤玉米啊！我每天把玉米棒子撒在野猪必经的道上，时间一长它们就形成了条件反射，会乖乖地跑来找玉米。然后，我又让爸每天在这儿埋下几根树干，野猪们见没有危险，更加放心大胆了。这样一来，随着树干的慢慢增加，即使咱这圈只剩下一道小门了，野猪照样还是大摇大摆地进来吃玉米，就这样，它们成了瓮中之鳖。"

山海顿了顿，又说："爸、妈，我事先没告诉你们，是因为我想看看自己到底能不能单独干成一件事，我马上就要离开你们了，得学会自个儿闯荡是不是？"

山海爸妈激动得连连点头，说不出话来。

后来，山海爸妈欢天喜地把借的钱全还给了人家，因为有好几家动物园闻讯赶来买走了野猪，学费的大问题终于解决了，村里还有几个穷娃娃也因此上得起学了……

(题图、插图：谭海彦)

王子躲在哪里，你能找到他吗？

# 爱捉迷藏的

□ 杰斯汀

## 王国危机

在遥远的地方有个菩塔黎王国，在那里，人们过着幸福的生活。可是有一天，宁静的生活被打破了，国王生了重病，卧床不起。不久，又传来噩耗，宰相布莱在巡查回来的路上遇刺身亡。

国家的权力落在了野心勃勃的大臣赫鲁手里，他不仅四处安插亲信，还将王子兰比软禁了起来。兰比是国王的独生子，王国未来的继承人，可是他现在只有十三岁，根本没有实力与赫鲁抗衡。

这天早晨，兰比想去看望父王，没想到刚出门就被赫鲁派来的卫兵挡了回来。想到自己连去看望父亲的自由都没有，兰比忍不住趴在窗前，轻声哭泣起来。

兰比的抽泣声引来了他的贴身侍从德米。德米是赫鲁特意派来监视王子的。可赫鲁并不知道，其实德米对王子很忠诚，他将计就计，以监视为名，一直在暗中保护着王子。

看兰比那么难过，德米走过来，悄悄告诉他一个秘密："殿下，这个房间在修建时，其实留了一条秘道，一直通向王宫外面，我们可以从那里逃走。"

可是，兰比舍不得丢下重病的父王，独自逃走。最后，德米劝道："那么，即使不逃走，殿下也可以通过这条秘道，悄悄出去散散心。"听了这话，兰比渐渐止住了哭声。

## 沉迷游戏

过了几天，两人决定去宫外走走。德米在一幅油画的背后找到了开关，轻轻一按，壁炉内侧便打开了一扇小门。德米拿着烛台，率先钻了进去，兰比也紧跟着进去了。两人拐过了好几个弯，终于来到了秘道的出口。原来，出口就设在城镇广场的一尊雕像下面。

德米往外看了看，发现周围没有人，这才带着兰比走了出来。

德米对城里的街道非常熟悉。他带着兰比四处逛了起来。兰比以前可从来没有走出过王宫，对外面的一切都充满了好奇，拉着德米问这问那的，很是兴奋。

这时，兰比看到，有一群孩子聚集在广场的一角，便好奇地拉着德米去看个究竟。可当他们走近的时候，孩子们却"呼啦"一下，全散开了，其中有个跑得太急，还和兰比撞个满怀。兰比刚想说什么，那孩子却头也不回地跑开了。只有一个孩子还留在原地，捂着眼睛在数数。

兰比好奇地问："这些孩子在干什么？"

德米告诉他："他们在玩捉迷藏呢！大家都在规定的范围内藏好，然后由一个孩子去找他们，如果都能找到就算赢。"

兰比第一次听到这么有趣的游戏，跃跃欲试想去参加。

可是一开始，孩子们并不愿意让陌生人兰比加入。兰比想了一下，脱下身上华丽的外套，对他们说："如果谁能找到我，我就把这个送给他！"孩子们商量了一下，同意让兰比加入了。

游戏开始了。兰比迅速地躲进一个花坛里，他想，自己蹲在花丛中，一定很难被发现。可没想到，没一会儿，他就被揪了出来。

原来，那个花坛是新手常常隐蔽的地方，最容易被找到了。兰比虽然输了，但还是高兴地把外套送给了那个找到他的孩子。

这时候，一直在旁边观看的德米走了过来，对兰比说："殿下，我们得回去了，不然会被发现的。"

兰比这才恋恋不舍地离开，临走时，他告诉孩子们，自己明天还会来，而且会准备同样的外套作为奖品。

然后，两人顺着秘道又悄悄地回到了王宫，幸好没有被人发现。

当天晚上，兰比特意嘱咐德米："给我多准备一些同样款式的外套，我有用。"德米也没多问，答应了下来。

## 神秘乞丐

从那以后，兰比每天都和德米一起去广场玩捉迷藏，而且每次都带去相同款式的衣服作为奖品。因为奖品很诱人，渐渐地，差不多城镇里所有的孩子都参加了进来。那些获得奖品的孩子拿到衣服后，更是迫不及待地穿在了身上。

与此同时，兰比在玩游戏的过程中，对城里的街道也越来越熟悉，他发现原来除了街道，房顶也是可以互相连通的。

兰比和伙伴们穿着同样的衣服，在大街小巷四处奔跑玩耍，似乎忘记了烦恼和忧愁。德米在一旁看着，不由得感叹，兰比毕竟还是个孩子啊！

这天，兰比在捉迷藏时，看到路边有个乞丐，觉得他很可怜，就把随身带着的几枚金币都给了他。乞丐笑

了笑，什么都没有说。

第二天，兰比又在相同的地方遇到了那个乞丐，又给了他几个金币，乞丐仍是沉默地笑笑。

到了第三天，兰比又给了乞丐几个金币，乞丐接过来，打量着兰比说道："你虽然衣着华贵，出手阔绰，但是眼神中却写满了烦恼和忧虑，只怕晚上也睡不好吧！"

兰比吃了一惊，渐渐低下头去，说："是的，不过，我会让这些都过去的！"

"那要等到什么时候呢？"乞丐叹气道，"不如，现在就放下烦恼，安心睡吧！"说完，他从身后取出一支竖笛，不紧不慢地吹奏起来。悠扬的笛声传进兰比的耳朵，他顿时觉得身体放松了许多，所有的担忧都烟消云散，只剩下让人陶醉的旋律。兰比感到眼皮越来越沉，意识越来越模糊……

等兰比醒来的时候，发现自己竟然坐在地上。乞丐冲他笑笑："你的烦恼还在吗？"

兰比似乎想到了什么，欣喜若狂地叫道："太神奇了，你果然可以帮助我摆脱烦恼！我请求你无论如何要帮我啊！"

乞丐点点头，道："最后的环节都有了保障，你可以放心地去做了。"

兰比向乞丐行了个礼，跑开了。他跑到广场上，把小伙伴们召集起

来，交代了一番，这才随着德米回宫去。

## 王子除奸

第二天清晨，德米慌慌张张跑到赫鲁那里，报告说王子的房间里有个秘道，随时可能逃跑。

赫鲁一听，觉得事情不妙，赶紧带着卫兵冲过来。可等他们赶到推开门一看，却发现王子早已不在了，壁炉的秘道口敞开着。

德米跑过去，摸了摸王子的被窝，说："还是温的，看来跑不了多远，我们顺着秘道追，肯定能抓住他。"

话音刚落，赫鲁已经带着卫兵冲进了秘道。一行人很快追到了秘道的出口，刚走出来，赫鲁一眼就看见了王子的身影，他还是穿着那件华丽的外套，正飞快地拐进一条街道。

赫鲁立即派一队卫兵前去追赶。可那几个卫兵刚刚追出去，又有一个王子打扮的身影穿过广场，往吊桥方向奔去。

"这小子跑得还真快，又绕到这里来了，我倒要看看，你能不能跑得过我的卫兵！"赫鲁手一挥，又一队卫兵跑去追赶了。可没过多久，前面的小巷又出现了一个酷似王子的身影，赫鲁忙再派人去追。

就这样，很多个酷似王子装扮的孩子在城镇中四处奔走，引得一队队卫兵东奔西窜。可"王子"还是一个接一个地冒出来，有的还跑上了屋顶。

赫鲁终于发觉自己上当了，他正要召回卫兵。可就在这时，兰比王子出现在了赫鲁面前，赫鲁仔细一看，是真的。他一挥手，这才发觉身后一个卫兵也没有，手下的人都被他派出去了。赫鲁也顾不得那么多，自己追了过去。

兰比转身跑进了一条小巷，赫鲁也跟着追了过去。到了小巷口，赫鲁突然放慢了脚步，原来这是一条死胡同。

赫鲁狞笑着，朝惊慌失措的王子走去："乖乖束手就擒吧，等我弄死了国王，就让你继承王位，然后你就是我的傀儡，整个王国都是我的了！"赫鲁得意极了。

忽然间，赫鲁的身后响起了一阵悠扬的笛声，他一回头，看见一个吹着竖笛的乞丐向他走来。赫鲁突然觉得自己浑身上下软绵绵的，使不上劲儿，眼皮也越来越沉，最后"扑通"一下倒在了地上。

德米从一旁闪了出来，冲上去将赫鲁捆了起来，将他扛到了广场上。

兰比吹起口哨，不一会儿，几十个和他穿着同样外套的孩子聚集在广场上，卫兵们也都停止了追逐，围在了广场四周。

兰比指着被五花大绑的赫鲁，对

故事会2008年11月下半月刊·绿版 **55**

## 编读往来：你的问题我来答

**湖南读者方方：**今年10月绿版有个故事《死亡打捞》，里面提到一项叫"潜洞"的极限运动，我以前从没有听说过，觉得十分有趣，能介绍一下吗？

**绿版编辑部：**可以。潜洞是一项近年来才兴起的极限运动。所谓的"潜洞"，就是穿上潜水衣，潜入洞口窄小、满是积水而且伸手不见五指的黑洞里。因为参加潜洞的人，完全不知道所潜入的地洞通往何处，因此会觉得十分刺激。

不过，需要提醒的是，潜洞不是一般人都可以去的。首先要有潜水执照，然后要有20次以上的潜水经历，还要有潜下100米的经验。否则，贸然去潜洞将会十分危险。如果你具备这样的能力，那可以去尽情地享受这项美丽而危险的运动。

**福建读者吴迪：**我最近给《故事会》推荐了好几个作品，自己认为还是不错的，都是从《读者》杂志上摘抄下来的，但为什么没被录用呢？

**绿版编辑部：**你的情况很有代表性。我想，这里面可能有两种情况：第一，你推荐的作品质量确实不错，但是从《读者》《青年文摘》等杂志上摘抄的，因为这些杂志的发行量大，受众比较广，我们一般不会再重复刊登；第二，推荐的作品是小说、散文或者其他类型的，而不是故事作品。另外，提醒你注意一点，选取的故事一定要情节性强，每个都包含有新奇、巧趣或感人的小细节，或能给人知识，或能打动人心。（本栏目欢迎读者提供新鲜活泼、有代表性的问题，一经采用，即致薄酬。）

---

卫兵们说："这个家伙已经被我制服了，我知道你们都是受他的威胁才这样做的，现在，你们再也不用怕他了！"卫兵们都纷纷举起手来，表示要拥护王子。

兰比和德米押着赫鲁回到王宫，见到国王，将经过说了一遍。兰比告诉父王，这一切多亏了德米和乞丐的帮助，他还把乞丐引见给父王。

国王一见乞丐，惊呼道："你、你不是宰相布莱的儿子吗？你还活着？"

乞丐这才告诉国王，那次自己和父亲外出巡查时，遭到了赫鲁手下的暗算，自己侥幸逃了出来，化装成乞丐，伺机报仇。

国王点点头说："你是布莱教导出来的好儿子，有你辅佐兰比我就放心了！"

不久，国王去世了。兰比继承了王位，在布莱儿子的辅佐下尽心尽力地治理国家。他说，自己曾对小伙伴们承诺过，等把国家治理好，还会和大家一起开开心心地玩捉迷藏。

**（题图、插图：佐 夫）**

---

（本栏目欢迎来稿。来稿可从邮局寄发，也可从网上传递。如为电子邮件，请发以下信箱：hangfan1102@126.com）

一真一假，孰能区分，大智大勇的
神探狄仁杰也遇到了麻烦……

# 同面案

□ 马凤文

## 初临险地

半个月前，狄仁杰患了伤寒，这天刚有所好转，仆人侍候他起床，参军洪亮则建议到外面晒晒太阳。狄公伸了伸胳膊腿，还有些倦怠，便摆摆手道："算了，还是看看书吧。"

狄公来到书房，刚要把积压的公文批阅一下，洪亮面带难色地进来，说："老爷，本不想告诉你的，可人命关天，小的不敢隐瞒。"狄公放下手中的公文，道："洪亮，但说无妨。"

洪亮递上一封信函，狄公一看原来是吏部公文，上面说平谷县县令韦

大昌几日前被匪人所害，特命狄公速往追查。狄公看罢，只觉浑身发冷，原来这韦大昌自己再熟悉不过了，还曾共事过，想不到竟死于歹人之手。

狄公忙命人备马，带着洪亮和几个衙役赶到了平谷县衙。只见县衙门前一片萧瑟，守门衙役个个无精打采，见狄公来了先是一惊，仔细一看是官家人，才向里面通禀。

少时，师爷赵丙迎了出来，哭道"狄大人，我家老爷死得好惨啊！您可一定要还他个公道啊！"

狄公安慰了几句，便由众人引进客厅。这时，韦大昌的妻子也来拜见狄公，又是一阵痛哭，狄公稍加安慰，便问案情始末。

原来，就在七天前的一个夜里，盘踞秃鸡岭的土匪突然杀进了县衙，衙役们个个措手不及，死伤不少。韦大昌听见动静，便披衣出来查看，谁知正碰上土匪，竟死在了乱刀之下。

狄公听完，只觉浑身上下直冒冷

·悬念故事·

汗，忙命人带路，去勘验尸体。众人来到后院，只见几具尸体平放在那里，都是惨死的衙役。查看完毕，却不见韦大昌的尸体。师爷向屋子内一指，道："我家老爷的尸体陈放在灵堂内。"

狄公来到灵堂，只见韦大昌由白布罩着躺在花丛中，一股浓烈的草药味扑面而来。狄公便问这是何故。赵丙赶紧解释，原来是怕尸体腐烂便撒了不少草药。

狄公点点头，伸手去揭韦大昌身上的布帘，一看吓了一跳。原来整张脸血肉模糊，甚是恐怖。狄公静默片刻，又将布帘重新罩上。

赵丙上前问道："大人，我家老爷的案子能否侦破？"狄公道："没有侦破不了的案件，不出三天此案可破。"赵丙要留狄公吃饭，狄公婉言谢绝，带领洪亮等人返回驿馆。

## 深夜遇袭

晚上，洪亮见狄公面色难看，便命人给狄公熬了一碗参汤，两人聊起了韦大昌的案子。正聊得投机，突然窗外人影一闪，狄公冷不防被吓了一跳，汤匙差点掉在地上。

洪亮忙提刀追了出去。但见皓月当空，哪来的人影？洪亮前后转了转，便返回去。可刚进屋内，只见参汤洒了一地，窗户敞开着，狄公已然不见。洪亮只觉脑袋"嗡"的一声，料

定中了调虎离山之计，狄公被人劫持了。

洪亮吓得满头大汗，但很快又镇静下来，他走到窗台前仔细检查，只见上面还真留下了足印，便顺着追了出去，但只追出百余步便了无痕迹了。洪亮失望地坐在地上，心想要是狄公有个三长两短，自己也别活了。

正在这时，突然听到一个痛苦的呻吟声。洪亮一惊，寻声音找过去，只见月色下有一个老人。洪亮上前仔细一看，心中大喜，原来竟是狄公！

洪亮赶紧把狄公扶回屋内，只见狄公面色土灰，还受了点轻伤。洪亮忙问方才发生了什么事情。

狄公哑着嗓子，有点生气道："还不是被歹人劫持了，要不是我急中生智，恐怕早成刀下之鬼了。"洪亮赶紧认罪，狄公有气无力地示意他下去。

次日，狄公很晚才起来。洪亮命人熬了碗清火汤，亲自端来。狄公喝了一口，觉得微苦，便冷着脸问道："这是什么东西，你要毒死本官不成？"说完，把碗摔得粉碎。

洪亮有点吃惊，回道："老爷，这不是你常喝的清火汤吗？小人听您嗓子哑得厉害，就命人熬了一碗。"

狄公拍了一下脑门，道："昨夜惊着了，一时什么都忘记了，命人再做一碗来吧。"

洪亮见狄公气消了，这才大着胆子问道："老爷，这回放哪几味药，庵

58

茸可否？"狄公思忖片刻道："可以，你自己定夺吧。"

狄公喝完再次送来的清火汤，洪亮提醒道："老爷，韦大昌的案子该如何处理？"狄公恨恨道："这群土匪甚是凶恶，本官决定先把韦大昌的丧事办理完毕，然后请朝廷出兵剿匪。"

洪亮回道："老爷，最近几日您的身体有恙，不如让小人代您去办理韦大昌的丧事，如何？"

狄公挠着头皮想了一下："也好，我本不愿去那种污秽的地方，想来昨夜倒霉定与见了韦大昌几人的肮脏面目有关，你就去吧。"

洪亮听狄公说得有趣，笑道"老爷所言极是，污秽场所少去为佳，听说在死人周围是有阴魂的。"两人又闲侃几句，洪亮便去了平谷县衙。

## 一真一假

再说平谷县衙里，师爷赵丙正忙着办理丧事，见洪亮来了，赶紧迎上前，并问狄公为何没来。

洪亮道："我家老爷最近患了伤寒，身体还未痊愈，特让我前来代办。"赵丙虽有些失望，可也不便说什么。

洪亮看了一下，来给韦大昌送葬的还真不少，等众人依次哀悼完了，洪亮道："诸位，韦大人之死乃是一桩命案，还有很多证据需要采集，恳请诸位先行回避。"

众人一听与办案有关，便都主动进了里屋。等洪亮叫他们出来时，韦大昌的尸体早已被洪亮命人放入了棺中。赵丙有点不解，问道："洪参军，还有很多法事没做，怎么就……？"

洪亮严肃道："韦大人不是正常亡故，法事就免了，马上把韦大人入土为安吧。我和狄公还要破案，没时间耽搁。"赵丙连连称是，一切照办。

洪亮从县衙出来，没有回到驿馆，而是找个小茶楼喝起茶来，直喝到太阳偏西，这才朝驿馆走去。

狄公正等得心急，见洪亮回来，便怒气冲冲地问道："你干什么去

了？"

洪亮答道："不是奉命给韦大昌那个狗官办理丧事去了吗？大人怎么老糊涂了？"

狄公见洪亮十分无理，正要发作。洪亮突然轻轻一拍手，从外面走进来一人，满面血污，还穿着死人的衣服。狄公见状吓得赶紧让洪亮将其赶出去。

洪亮冷笑道："恐怕要出去的是你吧，韦大昌？"说着，指着来人道，"这个，才是真正的狄仁杰狄大人！"

只见来人把脸一抹，露出本来面目，原来竟又是一个狄仁杰。一时间，屋里两个狄仁杰，要不是穿着不同，还真是难以分清。

见事情败露，假扮狄公的韦大昌顿时恼羞成怒："你如何知道老子是假的？"洪亮得意道："你装得再像也只是形似，狄公没你那般粗鲁无知！"

原来，昨夜洪亮找回来的狄公确实是韦大昌假扮的，可当时洪亮并没有发现，直到第二天送清火汤时才看出破绽。那清火汤是狄公自己配制的，可韦大昌不识此汤，这让洪亮起了疑心，便试探问是否要在里面放鹿茸，韦大昌竟说可以，要知那鹿茸是大热之药，于治嗓哑有害无益，狄公深谙中药之道，怎么可能搞错？接着韦大昌更是破绽百出，还说自己怕尸体周围的秽气，那狄公一生破案无

数，哪会这般迷信？

但洪亮也并不知道假冒之人就是韦大昌，逼问他又怕他狗急跳墙，于狄公不利。踌躇间，忽然想起，狄公提到过一个细节：韦大昌的尸体已隔七日有余，就算是草药处理过也不能没有一点异味。难道这里面有古怪？

于是，洪亮假装主动要求去办理丧事，乘机去检查尸体。这尸体乍一看和昨日没什么两样，洪亮正想直起身子，突然那尸体开口说话了："洪亮，你果真长进不少，竟猜到老夫在这里睡觉。"

原来这里面躺的竟是狄公，洪亮甚是高兴，便问狄公为何在这里，狄公简单说了昨夜的惊魂经过。

## 只身虎穴

原来，昨夜狄公确被韦大昌派人劫持了，劫持者正是附近秃鸡岭的土匪，名叫莫大雄。

此人偷偷把狄公带到韦大昌府上，狄公这才发现，原来韦大昌没死。韦大昌冷冷一笑道："狄大人，没想到吧，我只是诈死。"

狄公十分震惊，问韦大昌为何要这样。韦大昌慢慢道："狄大人，明天你就成了贪赃枉法的韦大昌，而我则成了人人敬仰的狄仁杰，你的前半生全是为本官而活。"

狄公气得两眼发直，身体渐渐栽倒下去，不省人事。韦大昌以为狄公

装死，上前一探鼻息，果真没气了，再摸脉搏也不跳动。

莫大雄在一旁道："韦大人，小人方才偷听得知，狄仁杰好像患了伤寒病，恐怕是被气死了。"韦大昌吓了一跳，赶紧掩住鼻息，站到一旁，命莫大雄将狄公脸上涂上鲜血，抬到灵堂看守。

狄公当然是装死。等到半夜，听到两个守灵的家丁闲聊起来，一个说："还是小心点为好，说不定秃鸡岭的土匪还会杀来。"另一个却说："咱家老爷与秃鸡岭关系向来不错，为何反目了呢？"

"肯定是分赃不均呗。"二人你一句我一句，不觉到了天明，狄公本想找机会逃走，可这时洪亮赶来了，发现了狄公。

狄公便让洪亮太阳偏西时再回驿馆，自己去办另一件事情。洪亮不好追问，便将一具衙役的尸体放入棺内，让赵丙草草埋了。

再说狄公出了县衙，径直去了秃鸡岭，原来他竟要独自去见匪首莫大雄。

此时，莫大雄正在饮酒作乐，喝得一塌糊涂。见狄公来了，还以为是韦大昌，醉醺醺地迎上前道："韦大人，你怎么这副装束就来了？"

狄公学着韦大昌的口气故意言道："哎，那狄仁杰狡猾得很，昨夜他是装死，我们竟没发觉。今早被他手

下人给救走了，现在回过头来要收拾你我兄弟。我情急之下就穿上这身衣服，混在出城的人群里逃到这里来了。"

莫大雄乃是个粗人，一时没了主意，便问如何是好。狄公故作凶狠地说："一不做二不休，现在他们躲在驿馆里，不如我们回去杀他们个措手不及。"莫大雄连声称是。

## 斗智斗勇

再说，莫大雄命人抬着狄公便来到了驿馆。狄公让莫大雄等人在外面

候着，听他的信号，自己则进了屋里。

这时，洪亮已经揭穿了韦大昌的身份，狄公突然现身，更是把他吓得面色土黄，战战兢兢地问："你不是已经断脉了，怎么可能活过来，你到底是人是鬼？"

狄公故作高声道："我是平谷县令韦大昌啊，狄仁杰，你没想到我会回来吧？"韦大昌被弄糊涂了，一时慌了神。狄公冷冷一笑，唤道"来人，将狄仁杰拿下！"

莫大雄等人蜂拥而入，上去就把韦大昌押了起来。狄公拿手帕卷做一团塞在了韦大昌的嘴里，急得他直向莫大雄瞪眼，可一句话也说不出来。

莫大雄一眼看见了洪亮，就要上前拼命，洪亮突然挥起钢刀架在狄公的脖子上，恶狠狠地威胁道："快把刀放下，否则我杀了韦大昌！"

狄公心下暗笑，脸上却是恐惧万分，道："听这小子的，快快放下。这里都是我们的人，谅他也不敢乱来。"

莫大雄想想也是，便命手下将兵刃放下，洪亮让他们退到旁边一个空屋中去。这时，几个衙役冲了进来，莫大雄还以为是救他们来的，不禁放声大笑，哪知那些衙役来个关门打狗，竟把他们都给绑了起来。

兵不血刃，二十几个土匪悉数被擒，莫大雄这才知道上当了。狄公换上官服，就在驿馆内升堂问案。韦大昌见大势已去，不得不从实招来。

原来，这韦大昌为官十余年，贪赃枉法，无恶不作，早有人将他举报到了朝廷。韦大昌自知在劫难逃，忽然生出一计，他想到了昔日同僚狄仁杰和自己相貌相像，一般人很难分辨，同僚们都叫他们同面人。

韦大昌拿定主意，便联合了秃鸡岭的土匪，让他们在夜里杀入县衙，杀了不少衙役，自己则乘乱装死。他知道这一地界大案都由狄仁杰负责，到时候就让狄仁杰替他去死，自己则摇身一变，成了一代清官。

可不想狄公将计就计，将他偷梁换柱的美梦打破了。狄公按律抄没了韦大昌的贪污银两，然后将他连同土匪一同押解京师。

过了几日，狄公病体痊愈，便和洪亮一起外出骑马散心，一老一少并辔而行，好不快意。

突然，洪亮想起一个问题来，问道："老爷，小人到现在也想不明白，您是如何装死骗过韦大昌的，屏息尚可坚持一时，如何能让脉搏停止跳动呢？"

狄公笑而不答，从衣袖中取出一本书来，把它卷成一卷交给洪亮，道："你把它紧压在腋下，看看脉搏还跳不跳。"

洪亮恍然大悟，暗自高兴又学会了一招。

（题图、插图：黄全昌）

# 《故事会》《金色年代》 2009 年征订工作开始了

## 学写作文，从读故事开始！

近年来，《故事会》的学生读者在阅读故事的过程中受益良多：

◆ 2001 年全国高考满分作文《豆角月亮》，引用《故事会》作品《弯弯的月亮》；

◆ 2003 年全国高考满分作文《最美丽的鸟》，引用《故事会》作品《爱的误区》；

◆ 2006 年上海地区高考作文题为《我想握住你的手》，有学生读者说，自己在写这篇作文时，引用了《故事会》上的《我想握握你的手》，取得了不错的成绩。

写记叙文需要会"讲故事"，写议论文需要会"用故事"，写材料作文需要会"解读故事"，这些都能从阅读故事的过程中获得。而且读故事用不着死记硬背，翻阅一遍就能记住其主要情节或细节。因此，学生能从故事中体验轻松阅读的乐趣，并在作文写作中体会快乐教育的真正魅力。而在需要时，藏在意识深处的故事便会成为笔下的精灵。

为了鼓励更多学生加入《故事会》读者的队伍，2009 年我们特制定了以学校为单位的团订优惠项目：

《金色年代》：

一本向你介绍中老年人新的生活方式和生活理念的杂志。

阅读《金色年代》，能把你一生中幸福的日子延伸得更长，痛苦的时间缩得更短。

彩要目：

岁，新生活的开始

星黄金十年 未老先富不是梦

并酒到品酒

代教育，你准备好了吗？

女的婚事 父母的心事

难的时候，我对自己说没事

书相伴——培养一种新的生活方式

了你明天的健康，培养今天的好习惯

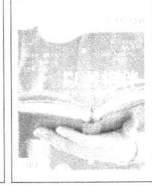

**《故事会》《金色年代》已列入 2009 年中国邮政全国畅销报刊**

在这片神秘的雪域高原，尔虞我诈、是敌是友，一个关于复国宝藏的故事演绎出四个不同的版本……

# 雪魂

□ 翟丙军

## 1. 冰人碎裂

**喀**喇昆仑山是片终年被冰雪覆盖的神秘高原，在这苍莽的山脉中，有一座不起眼的无名小山峰，这个神奇诡异的故事就发生在这里。

这天，寂静的小山峰上出现了一支队伍，他们既不是科考队，也不是极限运动员，而是来寻找传说中失落的宝藏的。

这支队伍由五人组成，头儿叫方季民，是个曾经活跃在中缅边境的毒枭。最近，他遭到警方的通缉追捕，靠走私毒品赚来的黑钱也全部被冻结。走投无路之下，他决定冒险进入喀喇昆仑山，企图找到宝藏，然后逃往海外。

跟方季民同行的，有他的情人叶青，一个长得端庄漂亮的女子。还有两个同伙，一个叫雷猛，一个叫顾文涛。

进入大山后，方季民又托人给找了个向导。这人叫阿布，是个长得英俊帅气的年轻人，他从小在雪山里长大，登起山来，灵活得如同猿猴。

山上狂风凛冽，厚厚的积雪被风卷上天空，形成了茫茫白雾，遮挡住了大家的视线。向导阿布走在队伍最前面，他的腰上系着一根红色"引路绳"。后面的人依次排开，牵着这根绳子，艰难地向山顶攀爬。

接近山顶时，风更大了。狂风呼啸着从山谷中穿过，发出令人毛骨悚然的"呜呜"声。这时，他们爬到了一片异常险恶的地方，前面是陡峭的山壁，几乎无立足之处，身后则是万丈深渊，也没有退路。

阿布一边用雪杖探路，引着大家往前走，一边大声提醒大家小心脚下。可是就在这时，身后突然响起一声吓人的惨叫，这声音在山谷中久久回荡。

发出惨叫的是雷猛，他走在队伍的最后，身上还背着一大包沉重的雷管、导火索等爆破物。本来他是握着红绳末端的，可现在，绳子垂落在雪地上，却不见了雷猛的踪影。

阿布看了一眼雪地上的绳子，皱着眉问走在雷猛前边的叶青："雷猛呢？"

"不知道，"叶青满脸的惊恐，一边喘着粗气，一边说，"我光顾着往上爬了，没注意身后发生了什么。也许、也许他是滑到深渊里了吧？"

阿布刚想再问些什么，旁边的方季民已拧紧了眉头，使劲朝雪地上啐了口唾沫，骂骂咧咧地说："真是耽误事儿，你们快下去给我找找，要是找不到人，能把他的背包找回来也行。如果那包东西丢了，我们就白来一趟了。"

阿布犹豫了一下，说："你们在原地等着，我下去找他。"说罢，阿布卸下身上的背包，坐在雪地上紧了紧脚上的登山靴和靴子上的冰爪，然后小心翼翼地向山下爬去……

时间在一分一秒地流逝，转眼半个多钟头过去了，还不见阿布与雷猛的踪影。

叶青不安地问方季民："他们两个怎么还没回来？该不会是出、出什么意外了吧？"

方季民凶巴巴地说："我哪里知道，这种鬼地方啥样的怪事都能发生。要不是警察追得紧，老子才不来这鬼地方呢！"

方季民正说着，身旁的顾文涛透过茫茫白雾，依稀看到一团臃肿的身影从山下缓缓地爬上来。他高兴地叫起来："老大，雷猛回来……"

可是，他这一声欢叫仅仅叫出一半，便像被什么东西卡住了喉咙，硬生生地将后半句给掐断了。原来，他看清楚了，雷猛不是爬上来的，而是趴在阿布背上，被背了回来。

大家赶紧过去接应，到了跟前才发现，雷猛双眼紧闭，四肢张开，姿势怪异地趴在阿布背上。他的脸上到处是擦伤的血痕，血已经凝固，但那脸却十分怪异：右半边像血一样红，而左半边则像雪一样白。

"阿布，雷猛怎么了？"顾文涛一边帮着阿布将雷猛抱下来，一边紧张地问。

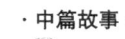

可是，没等阿布回答，方季民便气急败坏地问："背包呢？雷猛身上那一包雷管呢？"

阿布疲惫地摇摇头："没注意。我找到雷猛时，发现他掉在一个冰窟窿里，当时他只是一个劲说身上很冷，也没提背包的事。没过多大工夫，他就昏过去了。我不能丢下他不管，所以就背着他上来了。"

方季民一听，跳了起来，破口大骂："你个猪脑子，刚才我已经提醒过你了，一定要找到雷管，没有雷管我们就没办法炸开山顶的厚冰，也就进

不去洞窟，你怎么……"

就在方季民发火时，雷猛突然呻吟一声，醒转过来。他无力地睁开双眼，眼神里透出恐惧，然后吃力地张开嘴巴，嗓子里发出了如同野兽负伤时的"嗬嗬"声，"嗬"了半天才从牙缝里挤出了一句话："好冷，我好冷……"

"好小子，你醒了就好。"方季民一下子冲过去，一连声地追问，"你刚才怎么掉进冰窟窿里了？你的背包丢到哪儿去了，快告诉我！"

方季民如此不管手下死活，一心只惦记着那包雷管，这让一旁的叶青看着有些不忍，她默默地拉开身上的背包，从里面取出一条羊毛毯子往冻得抖成一团的雷猛身上裹去。

可是，当毯子刚刚裹到雷猛身上的一刹那，恐怖的一幕便发生了。叶青的胳膊肘不小心碰到了雷猛的鼻子尖，只听"咔"的一声脆响，雷猛的鼻尖像一块被打碎的冰砣，落到了雪地上。

叶青一见，惊得"妈呀"大叫一声，向后跳出了一大步。

鼻尖在雪地上滚了好远，却没一滴血涌出，好像雷猛的血液早就凝成了冰。这情景把在场的人都给惊呆了。

雷猛的眼球滚动着，在雪地上寻找自己的鼻尖。当他终于发现了那个苍白的鼻尖时，他痛苦地呻吟一声：

"我的……鼻子……好疼。"

谁知，雷猛一开口说话，便牵动了脸上的肌肉，紧接着他的脸又发生了更加怪异的变化。只见他的额头裂开了一道伤口，那伤口开始浅浅的，但眨眼间越裂越深、越裂越长，而且从额头开始向眼角蔓延，渐渐地伤口爬过了眼角，爬过了鼻梁、嘴唇和脖颈……却没流出一滴鲜血。

看到这情景，叶青一边拼命往方季民身后躲，一边颤抖着声音尖叫："天呐！这是怎么回事？"

这时，雷猛整张脸都变成了雪白色，就连他的黑眼球也变成了白色。他那双白眼球好像看到了什么神秘可怕的东西，显露出极度的恐惧。他吃力地张开嘴巴，发出一声撕心裂肺的惊叫。

随着这声惊叫，他那张雪白的脸像突然被铁锤狠狠砸了一下，顿时碎成了一块块球型冰块，散落在雪地上。紧接着，他的整个身体也开始碎裂，碎成了一个个大小不一的冰球。这些晶莹剔透的小冰球从他的领口里、袖口里和裤管里不断滚落出来，顺着陡峭的山坡，向山下滚去。

"鬼呀！"叶青尖叫一声，丢下背包，连滚带爬地朝山下跑去。叶青的尖叫声把其他三个人也从惊呆中叫醒了过来，一种巨大的恐惧袭遍他们的全身。大家也顾不上什么宝藏不宝藏了，紧跟着叶青，惊慌失措地向山下

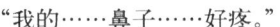

逃去。

## 2.宝藏传说

此时，风依然很大。四个人连滚带爬地跑出了好远，看看身后没什么妖魔鬼怪追来，紧张的心这才稍稍放松了一些。

喘息一会儿后，方季民仍不死心。他想若找不到宝藏，自己就无法东山再起。虽然经过了刚才的惊下，但这家伙赌一把的心理再次占据了上风，他拦住大家，要阿布带大家重回雷猛出事的地方，去寻找丢失的爆破物。

可是，阿布好像被刚才的事吓破了胆，说什么也不肯再去那个冰窟，而是一个劲地嚷着要下山。方季民见硬拦不起作用，便用利诱，许诺说如果找到宝藏，就分一份给阿布，保证他八辈子享用不完。

谁知阿布却不相信方季民的话，他苦笑着说："这一路上，你一直口口声声说上山找宝藏，说得倒挺诱人，可我又怎么知道这是真的呢？我从小在这里长大，从来没听说过宝藏的事情。咱们别宝藏没找着，反倒落个跟雷猛一样的下场，那可就惨了。"

阿布说这番话时，一旁的叶青和顾文涛好像也流露出疑惑的表情。方季民觉察到了，他知道，这个时候必须先稳定住军心。否则，大家全跑了，留下自己一个人在山上什么也干不

·中篇故事·

成。

想到这里，方季民干咳了一声，说："这座山里确实有宝藏，这一点绝对没错。你们要问我为啥这么肯定，我可以跟你们讲一个故事。"

接着，方季民就讲了起来：

原来，喀喇昆仑山在古突厥语中是黑色石头的意思。据说，这座山脉中盛产一种罕见的黑色矿石，这种矿石可以冶炼出坚硬的乌铁，而乌铁可以打造出锋利的刀剑。

很久很久以前，喀喇昆仑山中有一个叫做沙山国的小王国。国家不大，但军事实力却很强大。原因就在于他们国家有黑色的石头，可以生产出无比锋利的乌铁刀剑。

但随着长年累月的开采，这种黑色矿石越来越稀少，打造出来的刀剑也远远赶不上军队的消耗。于是，沙山国的军事实力便渐渐开始衰弱。

而就在沙山国的旁边，有个强大的库车国，一直对沙山国虎视眈眈。两国在多年的交战中，库车国渐渐占据了上风。直到有一天，库车国的铁骑如潮水般杀进喀喇昆仑山脉，沙山国百姓的家园被毁，人民遭到屠杀，土地也沦陷为库车国的征服地。

在国家即将灭亡的前夕，沙山国的老国王找来了自己最信任的大臣，和一位最著名的能工巧匠，将宫中的黄金珍宝运往大山中埋藏起来，准备留给后人复国之用。

大臣和工匠带了五百名士兵，押运着珍宝连夜出城，钻进莽莽雪山里。在工匠的指挥下，士兵们开始在峰顶挖洞。洞挖好后，宝藏被放置进去，工匠又开始指挥士兵在洞内设置暗器机关。

当一切完工后，趁着士兵们欢庆之时，工匠却突然启动了暗器机关，那五百名无辜的士兵便成了这些机关的第一批牺牲品。可是，就在工匠启动机关的同时，一把锋利的剑从背后悄无声息地刺入了他的心脏！刺杀工匠的就是那个大臣，而这一切都是老国王的旨意。

大臣完成任务下山后，赶到友好邻邦去与事先逃到那里的国王的小儿子会合，想要辅佐他招兵买马，复国报仇。不料，这位太子不是当国王的料。他胆小怕事、贪图安逸，早把国仇家恨给忘到了脑后。而且，为了避开大臣的进谏纠缠，他竟悄悄逃离了邻国，从此不知去向。

大臣非常伤心，感觉自己辜负了老国王的嘱托，无颜再留在北疆，从此便隐姓埋名，远走他乡。

讲完这个故事，方季民顿了一顿，得意地说："实不相瞒，故事里那个大臣就是老子的祖先。藏宝的地点，只有我祖先一个人知道，一代一代传到我这里。说实话，原本老子早就想来掘宝了，可因为藏宝洞里暗器

68

机关厉害，怕万一有啥闪失，把命给搭上就赔大本了。但眼下，已经没有别的路可走了，只好拼命来捞一把。这一把要是捞成功了，保管各位人人都成大富翁。"

俗话说：人为财死，鸟为食亡。方季民一讲完这个故事，阿布似乎也有些动心了。他低头犹豫了一会儿，终于一跺脚，说了一句："好，要死要活都豁出去了，我就陪你们再疯一回。"

阿布心想：雷猛失足跌入的那个冰窟距离山顶多四五十米，刚才大家从山顶往下连滚带爬地一阵狂奔，差不多也跑出这么远的距离了，想来那个冰窟应该就在附近。

于是，阿布掏出定位仪搜索了一下自己所处的方位，找准方向之后，便领着大家小心翼翼地向山体一侧走去。走出大约十多丈，眼前出现一片凌乱的脚印。

"就是这里了。"阿布挥手示意大家小心慢行。

这儿的山体也异常陡峭，刚才大家一心想着登顶，没太留意周边的环境。现在经阿布一提醒，大家仔细一看，发现在脚印的不远处，有一个

如洗澡盆大小的冰窟口。

冰窟在山体的边缘，站在冰窟旁，稍不留神，就有可能滑下深崖，摔个粉身碎骨。而冰窟本身，顶多只有两米左右深，里面全是厚厚的冰层，如同一座水晶宫。但可怕的是，冰窟里有很多自然形成的冰柱纵横交错，如同一根根倒竖的象牙，其中有几根冰柱被重物压断了，碎了一地冰屑，上面还沾有斑斑血迹，显然就是刚才被雷猛压断的！

方季民趴在冰窟口俯看下去，果然发现了雷猛的那只红色背包，可是这背包正好卡在了一堆犬牙交错的冰柱中间。要想把它拿出来，得让人钻进冰柱丛的缝隙里去。

这一行人里，只有叶青身材最为瘦小，方季民便命令大家一起动手，用绳子拴在叶青的上身，将她吊送进

冰窟里。

刚往下送了一半，顾文涛突然发现了什么不对劲，忙喊了一声："嫂子小心。"

阿布和方季民急忙停下放绳的动作，叶青也茫然地仰起头来，问："怎么啦？"

顾文涛有些犹豫地指了指叶青身下的冰层，说："你们看，这些冰层的颜色好像有点奇怪呀！"

冰层晶莹透明，看上去没什么异常之处。但经顾文涛一提醒，大家再仔细一看，发现这冰层中隐隐透着一丝青幽的光，好像被人用淡青色的颜料染过一般。

"老大，这冰层肯定有鬼。"顾文涛将脸转向方季民说，"刚才雷猛的离奇死亡，可能跟这冰层有关。"

方季民一脸茫然地问："怎么讲？"

"我听说有一种古老的蛊毒，叫做冰蚕天水，这种毒溶化在水里，水就会变成淡青色，要不仔细看，你根本就看不出来。"顾文涛一副很懂行的样子说，"人要是喝下这种水，或者是皮肤上有伤口，沾上一丁点，马上就会中毒，全身冻僵而死。"

方季民将信将疑地看着顾文涛，说："以前不知道，现在才发现你小子懂得还真不少呢。"方季民虽然没全信顾文涛的话，但他觉得这雪山之中什么样的怪事都有可能发生，还是小

心为妙。于是，便提醒叶青，"你小心着点，别让冰柱划破了皮肤。"

方季民说这话的时候，一旁的阿布若有所思地看了一眼顾文涛，又看了一眼叶青，眼神中闪过一丝不易察觉的笑意。

## 3.夺命银针

叶青小心翼翼地钻进冰柱丛里，一点一点向红色背包移动，大约过了一支烟的工夫，终于够到了背包上的带子。这时，众人才稍稍松了口气。

叶青吃力地将背包拽到自己的身前，缓缓爬出了冰柱丛。就在她马上就要全身而退时，她突然像发现了什么奇怪的东西，整个人一下子僵住了。

方季民看出了叶青的异常表现，忙问："叶青，你怎么啦？"

叶青好像被什么东西给吓呆了，竟忘了回答方季民的问话。直到方季民又大声追问了一次，她才反应过来，慌乱地说："这里、这里好像有什么东西。"

方季民一听，下意识地将脑袋探入冰窟里，顺着叶青看的方向定睛望去。果然，在叶青前方不远的冰壁上，隐约有一处不同寻常的图案。再仔细看看，那图案竟是一道圆型的石门，门上雕着古老的花纹。由于石门隐藏在厚厚的冰壁下面，若非细看，还真不容易被发现。

方季民认定这很可能是藏宝洞口，这一发现，喜得他差点狂笑起来。

那么传说中洞口在山顶的，怎么会在这儿呢？

原来，洞口本来是开在山顶的，但经过几百年山顶上不断积雪，冰层逐年增厚，到现在，已经厚达四五十米了，洞口的位置自然就下降了。

看到洞口，方季民暗暗庆幸，幸亏雷猛不偏不倚失足掉到了这里，自己又坚持要回来寻找雷猛的背包，否则，真不知何时才会发现这个洞口。方季民相信这不只是一个巧合，而是天意，是冥冥之中老天有意让自己发这笔横财。

既然发现了藏宝洞口，就得马上行动。方季民立即指挥顾文涛跟自己一起顺着绳索爬进冰窟。

顾文涛身上带着野外作业用的便携式电钻，非常专业地在冰壁上打了几十个钻眼，然后往每个钻眼里放上一枚雷管，做好炸开这片冰壁的准备。

叶青毕竟是女人，天生胆小，她对冰壁后那道石门好像存有本能的畏惧。她呆呆地望着石门上的古老花纹，眼神里掠过一丝恐惧。

这一切，都被居高临下、留守在冰窟外的阿布看在眼里。他眼神里又一次流露出了一丝不易察觉的笑意。

约摸过了一个多小时，雷管安置完毕，方季民把导火索接到电击发装

置上，设定好引爆时间，然后沿着绳索爬出冰窟，指挥大家往山下的安全地带撤离。

又过了一个小时，大家安全撤离到了半山腰附近。这时，身后突然"轰隆隆"一声惊天动地的巨响，爆炸声在空旷的山谷中回荡，如同天被炸裂了一道口子，令人胆战心惊。

众人抬头望去，只见天空被炸飞的冰雪染得白茫茫一片，碎冰块落地时发出的"噼啪"之声如同擂鼓，声势十分吓人。

如此过了几分钟，周围才渐渐安静下来。众人重新向冰窟处爬去，他

们踩在被炸碎的冰屑上，一步一滑，更加艰难地往上攀爬。

花了近一个小时，才爬到了那座冰窟附近。阿布抬头望去，只见那冰窟已被炸得粉碎，山顶上的半边冰川也被炸毁。就连那道古老的圆型石门也被炸破，门后露出一个黑黢黢的山洞。

方季民小心翼翼地探头往里看去，只见洞内有石阶，笔直向下，通往山体内部，里面黑咕隆咚的，什么都看不清楚。方季民知道这下面有厉害的机关，他不肯冒险先下，而是让顾文涛戴上矿灯帽，率先进去探路。

顾文涛的胆子倒也够大的，他毫不犹豫地戴上矿灯帽，一猫腰钻了进去。洞里多年闭塞，一股腐朽霉味扑面而来，呛得人透不过气来。顾文涛以手掩鼻，一步一步小心翼翼地踏着台阶向下走去，一共走了九十九级台阶，便顺利地来到了洞穴的底部。

底部是个像大型会议厅一般的地方，里面空无一物，既没机关暗器，更没有什么传说中的宝藏，只是山壁四周雕刻着一些神秘而邪门的花纹。

顾文涛一边仔细观察着壁画，一边若有所思。他发现壁画里有一株硕大无比的奇怪花树，几乎占据了半面墙体，看到这里，顾文涛的嘴角边露出一丝古怪的微笑。

顾文涛摘下矿灯，朝洞口晃了晃，又大喊了一声："老大，我到下面了。"

洞口外的方季民看到灯光信号，又听到顾文涛的喊声，这才放心地戴上矿灯帽，带着阿布和叶青钻进了洞穴。

可是当方季民看到藏宝洞里空无一物时，气得一下子跳了起来，"哇哇"怪叫道："这是怎么回事？怎么只有满墙破画，我的黄金珍宝呢！"

"老大，别着急，"顾文涛拍拍方季民的肩头，说，"如果我没有猜错，这里应该是藏宝库的外室，宝物肯定有，只不过都在内室里存放着。"

"什么外室、内室？"方季民有些不耐烦地说，"你小子在胡说什么？"

"你看这个图案，"顾文涛将矿灯照向壁画上的那棵花树，说，"你看那朵花蕊上是不是有个按钮？"

方季民上前仔细看看，在灯光的照射下，果然看到其中一朵花蕊上有一个小小的按钮。这按钮设置得极其隐蔽，外观与花蕊相似，只是微微有些凸起，若不细看，根本就分辨不出来。

"好小子，真有你的，你这家伙啥时变得这么聪明了？"方季民咧开大嘴笑道，"好，你给我按一下这个按钮，看看有什么反应。"

方季民担心这按钮连着机关，他让顾文涛按，自己却远远退到洞口的台阶上。叶青的眼神里也露出一丝恐

72

惧，但她没像方季民退得那么远，仍旧站在顾文涛的身后。而站在她旁边的阿布稍一犹豫，就朝叶青身边凑了凑。

顾文涛厌恶地扫了阿布一眼，皱了皱眉头，然后便伸手按动了按钮。

这一按下，洞穴里突然响起一阵"吱吱嘎嘎"的声音，这声音好像来自远古荒原，显得空洞而神秘。在"吱嘎"的声音中，壁画的花纹上猛然露出了一排排细密的针孔，紧接着从针孔中疾射出无数如麦芒般的银针。

银针铺天盖地般射出，方季民虽然躲在洞口，也没能逃出银针覆盖的范围。他只觉得好像是身陷蜂巢之下，连连遭到叮咬。而奇怪的是，只有那面雕有花树的壁画下没有银针射出，顾文涛和阿布、叶青所站的地方成了一个安全的孤岛。

这一变化实在是太突然了，方季民还没来得及反应，便身中几十根银针。这些银针冰凉刺骨，一钻入身体，就把他的血液给冻住了。

这时，顾文涛又飞快地伸手向花树上另一朵花蕊按了一下，机关再次启动，但听"咚"的一声，阿布头顶上方的石壁突然裂开一道大口子，一个铁笼从天而降，将阿布和叶青牢牢地罩在其中。

直到这时，顾文涛脸上才露出得意的笑容。

而此时，方季民的脸也像雷猛一样，变得一半脸如血一样鲜红，另一半脸却如雪一般洁白。他觉得体内出奇的寒冷，挣扎着想逃离这个鬼地方。但他的血液早已冻僵，只得吃力地说道："这、这是……怎么回……事？"

顾文涛笑眯眯地走到方季民身前："老大，想知道是怎么回事儿吗？我也来讲一个故事好了。"

接着，顾文涛就讲了起来：

那个被沙山国大臣刺死的工匠，的确是位技术盖世的能工巧匠，据说他建造的房屋能追日逐月，随着日月的升落而变换角度，从而使得房屋内始终充满阳光。当他被国王召进王宫，让他和大臣一起去藏宝时，他伤心不已。工匠是个聪明人，深知"匹夫无罪、怀璧其罪"的道理。他知道珍宝藏好的那天，便是自己的死期。

他心灰意冷地回到家里，找出一张机关设计图，交给了怀孕不久的妻子。希望妻子能将这张设计图交给他的后人。他只望后人凭这个设计图，进入藏宝洞，把他的尸骨找出来安葬便可，千万不准打宝藏的主意。

讲完这个故事，顾文涛停顿了一下，才说："其实我就是那个工匠的后人，这里面的暗器机关，洞外冰川里那些冰蚕天水毒，以及洞里这些泮了冰蚕天水毒的银针，都是我的祖先设计安排的。老大，谢谢你把我带到这里来。几百年来，我的先人们虽然握

有机关设计图，却不知道藏宝洞的位置，一直没办法找到这里。想当年，你的祖先杀了我的祖先，今天我用银针取你性命，也算是替祖先报仇了。"

顾文涛说到这里，方季民突然嘶哑地大喊起来："救救我，我……不是大臣……大臣的后人，我……在骗你。"

顾文涛闻言不由一怔。

## 4. 奇特脚印

这时，被关在铁笼里的叶青却接过了方季民的话，说道："是的，我可以证明，他不是大臣的后人。"接着，她神态凄楚地说，"我也来讲个故事给你们听听。"

二十年前，有个善良厚道的卡车司机，他无意中认识了一个毒贩子。开始司机并不知道毒贩的真实身份，直到有一天，毒贩要运送一批毒品过境，便来跟司机商量，要将毒品藏进司机的汽车轮胎里。司机不答应，毒贩就翻脸要杀掉司机。司机说，如果毒贩想发财，自己可以告诉他一个宝藏的秘密。

于是，司机就把祖上传下来的关于沙山国复国宝藏的秘密告诉了毒贩，他以为这样毒贩就会放过他，可没想到，毒贩还是残忍地枪杀了司机。

当时，司机不满八岁的女儿就躲在里屋的灶台旁，她亲眼看到了父亲被枪杀的血腥一幕。多年以后，这个女孩儿长大了，为了替父亲报仇，她故意接近那个毒贩，并不惜忍辱牺牲，做了毒贩的情人。

在取得毒贩的信任后，她偷偷向警方报信，使毒贩的全部黑钱账户被警方冻结。只可惜由于那个毒贩行踪诡秘，多次逃出了警方的布控。不过，现在也无所谓了，因为那个毒贩已经中了毒，死期临近，他再也无法潜逃海外了。想必，那女孩儿父亲的在天之灵也可以安息了。

讲完这个故事，所有的人都愣住了。方季民的眼里几乎喷出了火，他"嗬嗬"怪叫着，想要掏枪杀死叶青。但此时，他的四肢已不听使唤，挣扎了半天也没把手枪掏出来。

"嫂子……不，叶青，真想不到，原来你是因为报仇才跟了方老大的。"顾文涛一脸讨好地笑着说，"我还一直觉得非常可惜，这么好的一朵鲜花插在了牛粪上。这下好了，我替你报了仇，不如咱俩取了宝藏远走高飞吧！我……我一直很喜欢你，我会一辈子对你好的。"

没等叶青回答，一旁的阿布突然接过话来："既然今天大家都这么喜欢讲故事，我也来凑个热闹，讲一个给大家听听。"

这个故事说的还是沙山国的事。有一天小太子正在院子里跟同伴做游戏，突然父王派人来找他。

在王宫的大殿里，父王表情沉重地告诉他，他们的王国即将被可恶的库车国吞并，国王准备留在城中与王国共存亡。但为了保住最后一丝复国的希望，国王命令太子连夜逃往友好邻国。国王还说，过一段时间，大臣会去邻国与太子会合。大臣手中有一笔宝藏，那是复国的资本。而那藏宝洞的大门上有一把特制的锁头，除了他们沙山国王族的后裔，任何人都休想打开。所以，国王并不担心外人会取走宝藏。

但是，让国王没想到的是，他最信任的大臣却背叛了太子，悄悄逃往南方。可怜这位太子在邻国苦等了一年多，身边渐渐聚集起了一大批从故国逃来的忠诚子民，却偏偏不见那个大臣。找不到宝藏便没钱招兵买马，气愤之下，太子带着他的子民们离开北疆，南下去寻找那个大臣。只不过人海茫茫，他们找了好多年，也没找到大臣的踪影。

阿布讲完故事后，沉默了一会儿，又说："我想大家也猜出来了，我就是太子的后人，这笔宝藏是属于我们王族的，你们外人根本就无法取走它。"

顾文涛根本不信，说："你别乱编故事骗人了，今天我就取给你看。"说罢，他再次按动壁画上的一朵花蕊，在发出一串"吱吱呀呀"的声音后，只见那棵花树顿时分成了两半，从中缓缓地裂开一道石门。门里是一条长长的甬道，甬道中散落着一副白骨。无疑，就是那个智慧过人的工匠，也就是顾文涛的先人。但是，顾文涛却没有理会他先人的尸骨，而是一头钻进去寻找宝藏。

甬道尽头，是一扇小门，小门是用坚硬的金刚石锻造出来的，与周围的山石连成一体，门上无锁，门前的青石地面上，刻着一双奇怪的脚印。这双脚印与真人脚掌一样大小，特别惹人注意的是，每只脚掌上都刻了六根脚趾，像花瓣一样松散地排列开

来。

顾文涛见状有些懵了。因为他祖先传下来的那张机关设计图里，根本就没有这一道机关。他想宝藏肯定就在小门里面，可是如何才能将这道门开启呢？不得已，顾文涛只好退出了甬道。

这时，阿布缓缓说道："我说的没错吧，除了我们王族的后人，其他人根本就别想打开它。这道锁不是你的祖先设下的，而是我的祖先留下的最后一道防线。"

顾文涛疑惑地看着阿布问道："你有办法打开它？"

"你把我放出来，我就有办法打开它。"阿布信心十足地说，"否则你就是当场干掉我，我也不会说。"

顾文涛犹豫一下，转身走到方季民身边，一把从方季民腰间掏出了手枪。

顾文涛用枪指着阿布，然后启动机关，将他放了出来，却仍将叶青困在铁笼内。然后，顾文涛押着阿布进了甬道，用枪逼着阿布开启那道小门。

阿布不慌不忙地脱下登山靴和棉袜，露出一双脚掌。一看到这双脚掌，顾文涛顿时明白是怎么回事了。原来，阿布一双脚掌上都生了六根脚趾，形状与地上的那双石刻脚模一般无二。

"看到了吧，这就是开锁的钥匙。"阿布小心翼翼地将双脚放进石

刻脚模里，继续说，"这最后一道机关的建造图纸，是我祖先提供的，工匠根本不知道。只有我们正宗的王族后裔，才会天生一双如此奇怪的脚掌，这就是我们族人的符号，也是我们族人的钥匙。"阿布说这话时，机关已经启动，石门"吱呀呀"开始向上升起，闪出了一道缝隙。

随着石门开启上升，顾文涛眼神中掠过一丝凶光。他想"钥匙"已经用完，接下来就该永远地毁掉这把危险的"钥匙"了。想到这儿，顾文涛悄悄地举起了枪。可就在同时，阿布猛然回身，手里不知何时也端着一把精致的手枪。

"砰"的一声枪响，顾文涛手腕中弹，手枪落地。阿布出手之快，远远超出了顾文涛的想象。这样敏捷的身手，这样准确的枪法，顾文涛连见都没有见过。一个普通的山地向导，怎么会有这么棒的身手？

# 5. 哀哉大臣

顾文涛被阿布用红绳子死死地绑了起来。接着，他把叶青放出了铁笼。

叶青用惊奇的眼神盯着阿布，看了半天才说："你到底是谁？"

"我是谁？"阿布英俊的脸上露出了微笑，这笑容也许让世上任何一个女子见了都会怦然心动，"我当然是王族的后裔，要不然我怎么会有如此奇怪的脚掌。"阿布说着，故意跺了

跺脚。

叶青被阿布的幽默举动给逗笑了，说："不是问你这个，我是问你到底是干什么的？"

阿布收拾起开玩笑的表情，说："我是警察。"

原来，阿布的真实身份是当地的一名警察。当方季民通过黑道上的朋友寻找向导时，他哪里知道他的那位朋友，早已在警方的监控之中。

阿布不仅是警察，还的确是沙山国王族的后裔。他想抓住方季民这个通缉犯，借机搞明白祖先传下来的复国宝藏之谜。于是，他冒险充当向导，陪方季民等人进了雪山。

事情至此，真相大白。阿布真诚地向叶青道谢，感谢她甘冒生命危险协助警方破案。

叶青莞尔一笑，说："要说谢，我还得谢谢你，因为你刚才已经救过我了。要不是你，我想我现在还被困在铁笼子里呢！"

阿布笑了，说："不要客气，在这之前，你也救过我呀！"

叶青一怔。

阿布坏笑道："刚才方季民让你下去取雷猛的背包时，我就看出来，这个顾文涛对你特别关心，还提醒你小心别中了冰层里的冰蚕天水毒。那时候，我一方面觉得顾文涛这人似乎知道很多东西，不可小视，另一方面我肯定这小子对你有意思，他

害谁也不会害你，所以进入洞后，我就寸步不离地跟在你身边。要不是这样，恐怕我现在也跟方季民一样，早就躺在地上等死了。"

阿布刚说到这里，趴在台阶上的方季民突然惨叫了一声，随即整个人便像雷猛一样，碎裂成了一粒粒大小不一的冰球，滚落一地。

这时，甬道尽头那扇小门已经完全打开，阿布猜想里面的腐霉气已释放得差不多了。而赶来支援的警察还没到位，反正现在也闲着无事，倒不如进去看看。于是阿布捡起一盏矿灯，小心翼翼地走进宝库，想看一眼

祖先留下的宝藏究竟有多么丰厚。

小门背后是一间黑黢黢洞窟，面积大约有一个篮球场大小。里面满地都是白骨。看着这堆白骨，阿布暗想：自己的祖先也不是什么善人，害得这五百条无辜生命白白葬身于此。这么一想，他不由心生愧疚。

除了满地白骨，里面空无一物，哪有半点黄金珍宝的踪影。

这怎么可能？莫非大臣根本就没有将黄金珍宝放进洞穴，而是携宝潜逃？想到这，阿布疑惑地朝叶青望去，却看到叶青在抿嘴偷笑。

叶青见阿布一脸茫然地望着自己，收起笑容说："你是不是觉得很奇怪？其实没什么可奇怪的，因为我爸爸给方季民讲的那个故事是假的，真正的故事不是这样的。"

接着，叶青讲出了那个真实的复国宝藏的故事。

沙山国有个正直的大臣，他忠心耿耿地辅佐国王治理王国。可是，他们的死对头库车国打来了，王国面临灭亡的生死存亡关头。这时，老国王找到这位大臣，交给他一个非常特殊的任务。

老国王让大臣带着一名工匠和五百士兵进山，对外宣称是埋藏黄金珍宝，留作复国之用。实际上，沙山国连年征战，国库极度空虚，哪来黄金珍宝。老国王之所以这么做，其用意是要拯救众生。

老国王知道，在王国灭亡后，忠于王国的太子和子民们肯定会急于报仇复国。这些流亡的子民们与强大的库车国对抗，无疑是以卵击石。到那时，王国不但不能复国，连最后一点血脉也会绝迹于战场之上。

老国王前思后想，决定让这位大臣背上千年的骂名，吸引众人的注意力，以保存王国的最后一点血脉。

这个计划是这样的：首先让大臣掩埋完这些根本就不存在的宝藏，然后再让他隐姓埋名，逃往南方。这样一来，大家就会群起而攻之，纷纷离开北疆，南下去寻找大臣，从而远离库车国的追杀。并且，在找到大臣之前，大家便不会再生举兵复国的念头，王国的最后一丝血脉也就可保存下来了。

讲完这个故事，叶青轻轻叹了口气："世上原本就没有那笔复国宝藏，有的只是我们祖先的一片苦心。"

阿布的眼角湿润了。山洞外寒风呼啸，满天雪舞。山洞内两颗年轻人的心也不平静，他们注视着眼前的累累白骨，耳边的"呜呜"风声也仿佛幻化成祖先吹响的号角，那"呜呜"声是那么沉重，那么苍凉……

**（题图、插图：杨宏富）**

（本栏目欢迎来稿。来稿可从邮局寄发，也可从网上传递。如为电子邮件，请发以下信箱：hangfan1102@126.com）

## 世界500强面试题

### 看谁速度快

还记得今年6月绿版的一个故事《妖刀》吗？故事里有许多和电脑病毒比速度的打字员。如果2个打字员在2分钟内能打2页，那么，一份18页的文件要在6分钟内打完，需要多少个打字员呢？

（推荐者：开　心）

## 福尔摩伍的问题

### 血手印

在一所公寓里发生了凶杀案，一个画家在卧室里被人用刀刺死了。卧室的墙壁上清晰地印着一个鲜红的手印，五个手指的指纹都清晰可辨，连手掌的纹路也很清楚。看起来是凶手逃跑时，不小心把沾满血的右手按到了墙壁上。

福尔摩伍赶到现场时，见到老熟人巴特警官正在小心地搜集上面的指纹。福尔摩伍仔细观察了一下，笑着对巴特说："你还是看看有没有其他线索吧！"

巴特依然小心翼翼地做着自己的工作，头也不抬地说："这些指纹难道不是重要的线索吗？"

福尔摩伍耸了耸肩："但这个血手印很可能是罪犯伪造的，目的就是要误导警察。"

巴特转过脸，好奇地问："你怎么知道的？"

福尔摩伍说道："你试着用右手在墙上印个手印，就知道了。"

你知道福尔摩伍是怎么看出手印有问题的吗？

### 超级视觉
#### 奇妙的自行车

看看这个骑车的老人，他的自行车有什么奥妙吗？注意看车的轮子，你会产生什么感觉？

---

**超级视觉的答案**

当你看着转动的轮子，车子就好像真的在前进。其实这是我们的眼睛的错觉，当眼睛看着图案这样转动时，就会把图案的转动看成是车子前进的动作。

**福尔摩伍的答案**

揭示福尔摩伍的问题：血手印是伪造的。因为正常人按手印时，五个手指的指纹不可能都那么清晰。当你把沾满血的右手掌印在墙壁上时，右手是凹着的，所以五个手指的指纹及手掌上，有的地方深，有的地方浅。而图中手印各个指纹都那么清晰，所以是伪造的。

**世界500强面试题答案**

6个。每个打字员在一分钟之内可以打完半页。

# 不能借的车钥匙

□ 黄　胜

**如**今生活水平提高，许多朋友都买了汽车。有了车，第一要安全驾驶，第二呢，要防盗防抢。除此之外，还有一条很重要，那就是一定要保管好你的车钥匙。最近，我们这儿就发生了一个跟车钥匙有关的案子。

有个叫刘飞的小伙，在一家企业做销售工作，最近，他买了一辆车。刘飞对自己这辆车视若珍宝，谁也别想从他手里借出去开。有一回，他的顶头上司销售经理跟他借车，刘飞照样不借，还说："经理，我这车太小，怕您坐着不舒服啊！"

经理一听便明白了，怒气冲冲地说："你小子不借拉倒，找什么借口？"

瞧，把经理都得罪了，以后有他小鞋穿的。

这是外话，不说了。其实，刘飞不借车给别人，除了怕把车弄坏外，最主要的原因是怕出交通事故。他在报纸、电视上看到过，一旦出了交通事故，他这个车主也要承担连带责任的。

但百密也有一疏啊。"十一"的时候，刘飞参加一个同学聚会，有了车，自然要开去炫耀一番。聚会上，有同学向刘飞提出要借车出去兜兜风，刘飞当然不肯答应。

席间，刘飞去洗手间的时候，就有同学将他放在桌子上的车钥匙拿起来，冲着大伙说："有没有谁想去玩刘飞的车啊？这小子不让玩，咱们就偷着玩。"男同学们嘻嘻哈哈，纷纷举手赞同。当即，三个同学一起下楼，将车开上了马路。

刘飞从洗手间回来后，因为忙着敬酒、唱歌，也没注意到车钥匙被拿走了。正当刘飞引吭高歌时，接到了同学的电话："出事了，撞死了人！"

事后，刘飞才知道，三个同学偷偷拿了他的车钥匙，将车开到马路上，一不留神，把一个老人给轧死了。

接下来的事就麻烦了，刘飞要接受公安部门的调查，要与死者家属沟通，要请事假去保险公司、汽车维修厂等，更要命的是，死者家属将肇事者和刘飞一起告上法庭，提出了巨额的赔偿要求。

刘飞对于自己当被告，感觉非常冤枉，他说根据法律规定，若是被盗的机动车肇事，车主不用承担责任。肇事者是趁他不在偷走了车钥匙，他根本就不知情，当晚聚会的同学都能证明这一点，肇事者自己也承认了，所以，刘飞觉得他不应该承担连带责任。

但法院认为，肇事者拿走车钥匙的行为并不是盗窃，而事实上，正是因为刘飞对车钥匙保管不当，致使朋友有机会轻松拿走钥匙，这才发生了车祸。刘飞作为车主，没有尽到对车辆妥善保管的责任，依据有关法律，法院认定刘飞承担连带赔偿责任。

最后，法院判决，刘飞作为车主，与肇事者一起，赔偿死者家属15万元。由于肇事的那个同学经济拮据，这些钱只能由刘飞先行垫付。为了赔偿，不得已，刘飞只好打落牙齿和血吞，忍痛将爱车卖掉。

就这样，刘飞因为一时疏忽，将车钥匙忘在了桌子上，十分"冤枉"地背上了巨额赔偿。

这个教训不可谓不深刻啊，各位车主朋友，可千万记住了，一定要保管好你的车钥匙呀！

### 律师点评

本故事涉及到的有关法律条文是《最高人民法院关于审理人身损害赔

# 由量变到质变

哲学上说，当量变达到一定程度的时候，就会引起质变。生活中，就有很多这方面的爆笑例子，有时虽然差之毫厘，却有天壤之别：

◆ 一个人领导是精明强干，两个人领导是相互协作，三个人领导是各有分工，十个人领导是机构臃肿。

◆ 一根弦是独弦琴，两根弦是二胡，三根弦是三弦琴，四根弦是电线杆。

◆ 体重五十公斤，需要保持；体重一百五十公斤，需要减肥；体重五百公斤，需要申报吉尼斯世界纪录。

◆ 说一遍是陈述，说两遍是反复，说三遍是排比，反反复复说个没完是在开会。

◆ 穿得少是天热，更少是前卫，一丝不挂是在澡堂子。

◆ 第一个把姑娘比作花的是天才，第二个把姑娘比作花的是庸才，第三个这样比喻的是蠢材，第四个……

是姑娘她妈。

◆ 一个和尚挑水喝，两个和尚抬水喝，三个和尚没水喝，十个和尚是重男轻女的必然结果。

◆ 信息传播速度：电视快，网络更快，女人最快。

◆ 打一个喷嚏代表你长命百岁，打两个喷嚏是你被人思念，打三个喷嚏说明你感冒很严重。

◆ 娶淑女你会成为艺术家，娶泼妇你会成为哲学家，娶女人你要按时回家。

◆ 由固体变成液体是溶化，由固体变成气体是升华，由固体变成固体是捏橡皮泥。

**（推荐者：郝翠英）**

---

偿案件若干问题的解释》，其中第三条规定："二人以上共同故意或者共同过失致人损害，或虽无共同故意、共同过失，但其侵害行为直接结合发生同一损害后果的，构成共同侵权，应当依照民法通则第一百三十条规定承担连带责任。"

结合上面的故事，我们可以明确以下几个法律问题：1、车主不能轻易出借自己的车辆，否则，如果产生什么法律后果，就要承担连带赔偿责任；2、假设肇事车辆确是被盗的，那么，由肇事者承担赔偿责任，车主不承担连带赔偿责任；3、本故事中的车主为什么承担了法律责任呢？关键问题是车主本身主观上存在过错。显然，因为刘飞的疏忽大意，随手把车钥匙放在桌子上，才使得他的同学能够轻易获得车钥匙，导致了这起交通事故的发生，所以他必须要对这个结果承担相应的责任。当然，刘飞在承担连带责任而作出赔偿后，仍可向具体肇事者追偿。

**（题图、插图：刘斌昆）**

# 一分钟

## 好眼力

□ 逄坤煜

三只眼是个贼，专门在别人取钱时偷看银行卡的密码，练出了一双火眼金睛。最近，他报名参加了一个"一分钟好眼力"大赛，比赛要求在最短时间内数清规定物品的数目，优胜者可得到巨额奖金。

三只眼眼力出众，无论是数夜空里的星星，还是池塘里的蝌蚪，他一路过关斩将，顺利进入了决赛。决赛要比的是在大草原上数马。前面的比赛都是数相对固定的物体，而马却是不停地在动，一跑起来，就算有十只眼也数不清呀！三只眼有点犯愁。

决赛前一天，三只眼在草原上游荡，突然听到一阵悠扬的歌声，原来是牧羊的巴烟老汉正在唱催奶歌，只要他一唱歌，草原上的羊群和马匹都会驻足聆听。三只眼大喜，忙上前搭话。

巴烟老汉却对他不理不睬。三只眼眼珠一转，掏出一个数码相机摆弄起来，还说："这可是件宝物呢！"说着，对准巴烟老汉"咔嚓"了几下，巴烟老汉接过相机啧啧称奇。

三只眼教会巴烟老汉如何拍照，还教他把图片放大，巴烟老汉高兴极了，连声说："不错不错，这确实是件宝物！"

三只眼提议以相机交换催奶歌，巴烟老汉点头同意了。三只眼非常得意，心想：舍弃这点小钱，可以换到巨额奖金呢！

决赛那天，几名选手都骑着马在场上等候。裁判一声令下，几十匹马从宽大的布帷后冲出，在草地上奔跑起来。选手们立刻冲入马群，有的像西部牛仔一样套马，有的在地上设置了绊马索，一时间人和马乱做一团，好几个人都被踢翻挂了彩，先后退出比赛。

三只眼却不着急，只见他清了清

# 决不原谅

□ 黄　冈

罗比是一个著名的足球守门员。在输掉了一场关键的比赛后，他的心中充满不安。为了求得心灵的安宁，这一天，他决定到教堂去忏悔，乞求上帝的原谅。

今天前来忏悔的人还真不少，罗比是第一次来，他站在队伍中，顾虑重重，深怕自己罪孽过于深重，无法得到上帝的宽恕。

不过，他很快就打消了这种顾虑，因为那些带着满腹心事走进忏悔室的教徒，出来时，都一扫脸上的阴霾，个个步履轻松、满脸兴奋。罗比好奇地拦住一个刚出来的教徒，问道："上帝原谅你了吗？"

对方点点头。罗比说："你犯的一定是小过失吧。"

这人却摇摇头，满脸感激地说："仁慈万能的上帝啊，真是宽宏大量！

喉咙，突然展开歌喉。听到催奶歌，有几匹马停了下来，但三只眼毕竟功力还浅，大部分的马还是继续在场内奔跑。三只眼急了，扯着破锣嗓子大吼，直到他唱得脑袋缺氧的时候，终于数清了马匹的数量。

比赛结束了，三只眼心知巨额奖金即将到手，迫不及待地等待上台领奖。可是结果却令他目瞪口呆，原来冠军并不是他，居然是巴烟老汉！

主持人问巴烟老汉是如何在二十秒内数完马匹的。巴烟老汉高兴地举起手里的相机说："我就是用这个宝贝，数马相机数马就是快！只要一按按钮，草地上的马就都照进来了，连天上的飞鸟都数得清！"

他说只要我能真心悔过，就可以原谅我的偷盗行为。"

罗比听了，心中顿时一松，连盗窃这样的罪过都能原谅，自己这点罪孽，一定也会得到原谅的。

过了一会儿，忏悔室里又出来一个彪形大汉，满脸的欢喜表情。罗比好奇地问："你一定也得到了上帝的原谅吧？"

大汉喜极而泣，激动地在胸口比划着十字，喃喃道："仁慈万能、宽宏大量的上帝啊，谢谢您的宽恕，我向您保证，从今往后，我再也不会杀人了。"

罗比吓了一跳，天哪，这大汉竟然是杀人犯！不过很快他又高兴起来，连杀人都能得到上帝的宽恕，自己这点罪孽，简直不值一提。

罗比的心完全放了下来，还没进忏悔室，他差不多已经得到解脱了，所以，等轮到他的时候，他迈着轻松的步伐就进了忏悔室。

神父坐在旁边的小木屋里。罗比坐下后，从小木屋传来慈祥的声音："我的孩子，你有什么罪过尽管向上帝忏悔吧，只要你真心悔过，上帝一定会饶恕你的。"

罗比说："仁慈的上帝啊，我错了，在上周六的比赛中，我不该漏掉那一球，致使球队蒙羞，输掉了关键的比赛。请您宽恕我吧！"

神父的声音低沉："我可怜的孩子，那不是你的过错。有些球，就是上帝也不一定扑得出来，上帝一定会原谅你的。哦，孩子，你是足球运动员？"

罗比说："是的，我是海豹队的守门员。"

神父又是"哦"的一声。

罗比继续忏悔："可是，那个球是我故意漏进去的，因为我下了赌注，赌我的球队输掉比赛，为了钱，我只好……上帝啊，我错了，请原谅我吧！"

神父半天没有说话，小木屋里传来粗重的喘息声，声音越来越急促。

罗比的心提了起来，不安地问："神父，你病了吗？"

就在这时，小木屋的门突然开了，神父双目圆睁，怒气冲冲地一步冲进忏悔室，还没等罗比反应过来，一记重拳砸在了罗比的脸上。

罗比只觉眼前一黑，疼得他捂住眼睛，委屈地大叫："为什么？你为什么要打我？上帝连盗窃、杀人都可以原谅，为什么不肯原谅我？"

神父气喘吁吁，拳来脚往，边打边咆哮道："就是上帝肯原谅，我也决不原谅你！"

罗比倒在地上，绝望地问："这到底是为什么啊？"

神父老泪纵横："卑鄙无耻的家伙，我……我上周也下了注，赌你们赢……那是我一生的积蓄啊！"

**黄**大富教五岁的儿子认字，可儿子老是记不住，上午教的，下午就忘记了。

朋友告诉黄大富："要用实物配合教学，比如教'水'就带他去玩水，教'纸'就让他摸摸纸。"黄大富照着做了，儿子果然记住了。

这天，黄大富教儿子认识"井"字，可说破了嘴皮子都不管用。突然，他想起别墅后院里，有一个坑是准备栽树用的，便找人把这坑挖成一口井的样子，儿子看了，果然就记住了。

第二天，黄大富正在谈生意，突然接到妻子的电话，说儿子不见。黄大富急忙赶回家，把里里外外都找遍了也没有，情急之下，只好报警。

警察在后院的坑里找到了儿子。原来儿子不小心掉了进去，给摔晕了。黄大富看着儿子满身的伤痕，很是心疼，立即让人把这害人的坑给掩埋掉了。此后，儿子再也不敢到后院去玩了，还总是喊着："井——有井。"

过了一个星期，儿子的伤好了。黄大富便带着他出门去散散心。

半路上，黄大富去加油站加油，顺便上趟厕所，便让儿子呆在车里。

从厕所出来，黄大富打开车门一看，儿子不见了。他急忙问工作人员，大家都说没看见有小孩从里面跑出来。这就邪门了。黄大富又仔细看了一遍，突然，他发现后座在轻轻地晃动，过去一看，只见儿子满脸苍白缩成一团，在不停地颤抖。

"咋啦？把你吓成这样？"黄大富一把抓住儿子的手，可儿子却死死扒在座椅上不肯松手，还哆嗦着说："有井，加起来一共有280口井！"

"这里哪来的井啊？"黄大富奇怪道。"你看！"儿子伸出手指了指。黄大富顺着小手指的方向，回头一看，只见加油站的计价牌上贴着的，分别是93#、97# 和90#。

280

口井

□黄昆鹏

·幽默世界·

# 关键的一撞

□ 顾 金

老李是秀水区的卫生局长。这天，他刚上班，屁股还没坐稳当，就接到区长的电话："老李啊，最近辛苦你啊，卫生检查还是要抓紧啊……"

老李挂了电话，觉得很闹心。最近全市开展卫生大检查，区长因此天天盯梢似的盯着他，老李不敢马虎，一有空就在大街小巷到处抽查，还挽起袖子和清洁工人一起打扫。

检查前一天，老李终于拍着胸脯向区长保证没问题。区长却说："现在是干净了，可是全区几十万人，万一检查的时候，正好有人扔果皮纸屑，那这些天的辛苦不就白费了。"

这话让老李很头痛，想了半天，唯一的办法就是让检查团转的时间尽量减少，这样，发现的问题就会更少。

第二天，区长正准备带人去迎接检查团，突然有人跑来说："李局长受伤住院了。"区长一听生气了："这么重要的日子，他怎么回事嘛？"

不想检查团刚出门，老李就风风火火地赶来了，头上还缠着纱布。区长问他怎么回事？老李笑笑说："一不小心撞上了玻璃门，破了个口子。"

检查团里有人问："那么大的门，你咋没看到呢？"老李不好意思地说："的确没有看到，玻璃擦得太干净了，跟透明的一样。"大家全都乐了。

一路上边走边看，检查团都说秀水区的卫生好，老李和区长会意一笑。原来，这一切都是他们事先安排好的，老李这关键的一撞，就是要先争取一个好印象，用"干净"堵上检查团的嘴。

几天后，卫生大检查的结果出来了，秀水区竟和优秀无缘，检查团的意见是：卫生很重要，可是安全更重要。为什么所有的玻璃门上都没有提醒标志，贵区的文明还有待加强。

老李看完两眼一黑，没想到自己这关键的一撞，竟把文明给撞落了。

# 这下可扯平了

□ 刘玉杰

**抗**战时期，国民党部队有个团长叫郭大全，是个大老粗。

有一次，郭大全带着警卫逛庙会，正看得开心时，只听背后一声炸雷响，吓得他差点从马背上跌下来，回头一看，原来是当地一个绰号叫"豆腐黄"的小伙计，他刚才吆喝了一声："豆——啊——腐！"

郭大全跳下马，一把抓住这个豆腐黄大骂了起来。警卫员连忙暗示豆腐黄赔不是，谁知这豆腐黄也是个犟脾气，扯着大嗓门喊道："就算吓着你怎么着？又不犯法？吓着你活该！"

郭大全气死了，命令警卫把豆腐黄押回团部。几天后，部队要打仗，郭大全在操场誓师，豆腐黄被押了来绑在旗杆上。这下豆腐黄吓得不轻，以前听人讲过，出师之前要找人祭旗的。

果然，郭大全提着一把手枪走了过来，豆腐黄浑身哆嗦，连求饶的话都说不出来了。眼看着郭大全就要扣动扳机，豆腐黄痛苦地闭上了眼睛。

"啪"的一声枪响了，豆腐黄感觉全身一热，两腿湿漉漉的，但脑袋还在，睁眼一看，全身好好的，就是吓得尿裤子了，原来这一枪是朝天放的。

郭大全哈哈大笑，对着全团人说："这个卖豆腐的，嗓门真大，差点儿把我吓傻了。我刚才也吓他一下，我们算是扯平了！记着，谁都不许欠我的，吃我的饭，战场上给我好好干！"士兵们全都欢呼起来。

警卫员上前解开绳子，豆腐黄一下瘫倒在地，有人过来搀起他，让他拄着棍子，颤颤悠悠地回家。

晚上，豆腐黄躺在床上，想想不是道理："我就喊一嗓子，你打一枪吓我？这算扯平？我亏大了！"

谁知第二天才糟呢，几个酒楼老板说这几天都不见豆腐黄，他们便另找了豆腐坊，豆腐黄越发生气了。

过了一个月，部队得胜归来，正

在开庆功宴。豆腐黄气鼓鼓地闯了进来，开口便骂："我吓你一小跳，你吓我一大跳，你现在有吃有喝，我的饭碗被你搞砸了，这叫扯平了？"

郭大全气得一拍桌子："丢了饭碗还想找我要，你以前一个月拿多少？"豆腐黄道："能拿四块大洋！"

"敢跟我叫板，来人呀！"立马上来几个彪形的警卫，郭大全喝道，"想要我每月赔他四块大洋，没门！给他送到炊事连，每个月偏要给他六块大洋，看你扯不扯得平！"

这豆腐黄不用扳手指都算出来了，这下子是有得赚了，管他扯不扯得平，他喜滋滋地捡了这个便宜。

一天晚上，日军来偷袭，郭大全刚从屋里出来，便是一阵枪击，帽子都给打飞了。他正要找地方躲，有人一下把他按在了地上，紧接着又一阵机枪扫射，郭大全心里叫道："完了完了！"

却听得"啪啪"响，脑袋还在，前面有个小石磨挡着子弹火星飞溅。原来豆腐黄推着石磨盘挡到了郭大全的前面，郭大全连忙老老实实地伏下身子躲在后面。不多时，敌人就被击退了，豆腐黄坐在石磨上，得意道："你不过是给我个饭碗，我这次把你吃饭的家伙保住了，看你怎么算这个账！"

郭大全无话可说，愤恨地呸了一口。后来战事频繁，豆腐黄有一次被八路俘虏了，他也懒得做饭，愿意穿上八路的军装当兵打仗。

解放后，豆腐黄成了省城的一名干部，郭大全和老伴则在农村种庄稼。这年，郭大全的女儿小敏考到省城读大学，他生怕女儿没人照应，就写信让她去见豆腐黄。

这个豆腐黄有个儿子，见到小敏就有了好感，两人偷偷谈起了恋爱，小敏毕业那年，两人决定要结婚。

小敏于是往家里打电话，和妈讲了这事，当妈的晚上又给郭大全讲了。郭大全一听，"砰"的一声放下了饭碗。老伴心想：糟了！老头不愿意让女儿嫁给豆腐黄的儿子！

只见郭大全怒气冲冲地拨通了豆腐黄的电话："你不过就救过我一命嘛，有啥了不起？好！我这亲闺女就送给你们了，这下咱们可扯平了吧？"

# 赚外快

□ 风 云

大丘的老婆平日里总骂他无能，想不到赚外快的门路。大丘不服气，两个人你一言我一语吵了起来，老婆一气之下摔门而去。

老婆走后，大丘想想老婆的话也不是全无道理，可怎么赚外快呢？大丘看见电视里正在播拳击比赛，灵机一动，便有了主意。他找来一个硬纸卡，在上面写道：本人愿意当生气人的出气筒，拳击手的活靶子，论时计费，每小时五十元。然后，又写好了

联系方式，便高兴地挂了出去。

谁知道挂出去没多久，便有人登门，来者人高马大，是个拳击手。大丘一看吓出一身冷汗，心说这还不得被打死？拳击手把钱往外一亮，说："只要你肯陪练，我给你一百。"

一见到钱，大丘就不怕了，不就是挨打嘛，又不会往死里打，而且人家还给准备了防护装备，应该没问题。

哪知，赚钱没那么容易，虽然穿上了装备，可大丘还是觉得拳头像石头似的落下来，把自己打得晕头转向，一小时感觉竟比一年还漫长。

好不容易送走拳击手，大丘正在揉伤，又来了一位，气势汹汹地说："让我出出气！"说完，便开始对大丘暴打。这位虽然没有拳击手健壮，可一通乱打，也差点要了大丘的命。

一直熬到对方消了气，大丘已是筋疲力尽，心说等老婆回来了，看到我赚的钱一定很高兴。刚想到这，老婆就回来了，见大丘鼻青脸肿的，忙问发生了什么事。大丘一指桌上的钱，老婆吓得一捂嘴："你去抢劫了？"

大丘摇摇头，把当活靶子的事说了。老婆听完顿时大哭，大丘说："受点罪没什么，这也算是生财有道嘛！"

老婆哭着说："我心疼你是一方面，最主要是你这顿打算是白挨了，我刚花钱打了别人一通，一小时两百呢……"

**（本栏题图、插图：顾子易 王 俭）**

# 428 2008 SEMIMONTHLY 上半月版 12月

STORIES

欢迎登录本刊主办的"故事中国网"(www.storychina.cn)

**故事会**

**2008 年 12 月**
上半月·红版

主　编：何承伟
常务副主编：吴　伦
副主编：姚自豪（上半月·红版）
副主编：夏一鸣（下半月·绿版）
本期责任编辑：郑继文
电子邮箱：zjw002@vip.163.com
红版发稿编辑：
姚自豪 吕 佳 周 吟 叶小萌
特约编辑：
范大宇 崔新三 申之珉
美术编辑：李宝强
电脑制作：郭瑾玮
通　联：归依玲
本社办公室电话：021-64375030
上半月刊编辑部电话：021-64332325
下半月刊编辑部电话：021-64336469
（上海市绍兴路 74 号 邮编：200020）
主管、主办：上海文艺出版总社
出版单位：《故事会》编辑部

制作、发行总监：张 凯
电话：021-64313938
广告业务：上海故事会文化传媒有限公司
广告总监：张 淮
广告业务：021-34010383
广告投诉：021-64333738
广告经营许可证
沪工商广字 3100320050022 号
发行：中国图书进出口上海公司

# 这总行了吧

小王夫妻俩一起出门买东西，妻子去买饮料，吩咐小王到水果摊上买些苹果。小王买好苹果，看见妻子走过来，便举起装苹果的袋子，冲妻子喊道："我买了两斤苹果，你看是不是少了点啊？"

卖苹果的小贩看到小王妻子正走过来，马上慌张起来，连忙抄起两个苹果，塞进小王的袋子里，说："大哥，你喊她来干什么？我少你秤直接跟我说嘛！得，我给你再添俩，这总行了吧？"

（李 纳）

（本栏插图：包丰一）

# 修理打印机

办公室的打印机坏了，经理给一家修理店打电话，接电话的人很热情，说打印机其实清洗一下就可以了，如果请他们上门清洗，得收100元，他建议经理自己动手。

经理十分感动，关心地问："老板如果知道你这样推掉生意，会不会不开心？"

那个人答道："这就是我们老板的主意呀！我们先让人自己修理一下，等他们修不好请我们上门时，收费就高了。"　　　　（焦淳朴）

# 可怜的妈妈

有一户人家搬进十分宽敞的新住宅，妈妈问小儿子："你对新家满意吗？"

小儿子说："是的，妈妈，我很满意。不过，我觉得你很可怜。"

"为什么呀？"

"我和哥哥、姐姐都有自己的房间，可你仍然得和爸爸睡一个房间。"　　（吴享莲）

# 图方便的后果

在动物康复中心，记者采访了一只受伤的老鹰。这只老鹰刚从昏迷中醒来，生活不能自理。

记者同情地问："你不是空中之王吗？谁把你弄成这样的？"

老鹰说："唉，俺捕猎时内急，飞了几百里也没找到个公共厕所，实在憋不住，就图了个方便，直接在天上尿了……"

记者："这没什么呀……"

老鹰："俺尿的时候，没看见下面是高压电线！"

（林元硕）

# 你在哪儿

老张和老伴一起到外地旅游，不小心走散了，老张急忙拿出手机和老伴联络："喂，你走到哪儿了？"

老伴回答："我刚刚走上'黄泉路'，你到哪儿了？"

"我已经过了'奈何桥'，马上就到'鬼门关'。"

"那你在'鬼门关'等我吧。"

"不行，这儿太拥挤了，我看咱俩还是在'阎罗殿'会合吧！"

"那好，'阎罗殿'上见。"

原来，他们是在丰都鬼城景点旅游。

（宋　敏）

# 还没修好

这天，约翰清理阁楼时，发现一张11年前的修鞋票据，他记起那双鞋还在修鞋店，没有取回来。于是，约翰带着这张票据去了修鞋店，想看看那双鞋还在不在。

修鞋店营业员接过票据，走到后面，不一会儿，里面传出营业员惊奇的喊叫："天啦，太不可思议了！11年了，这双鞋还在！"

接着，营业员走出来，两手一摊，对约翰说："对不起，你那双鞋还没修好，请你星期四再来取。"

（焦淳朴）

## 叮谁好

一只蚊子在女儿跟前飞来飞去的，妈妈连忙赶蚊子走，一边赶一边笑嘻嘻地说："蚊子，你别叮我女儿，要叮就去叮她爸爸。"

女儿一听，急忙摇头，说："不好，我不要蚊子叮爸爸。"

妈妈打趣地问："那你想蚊子叮谁呢？难道要它去叮爷爷奶奶吗？"

"我也不要它去叮爷爷奶奶，它要是想叮人，就让它去叮外公外婆好了。"

这下妈妈不开心了："为什么呀？"

女儿得意地说："因为外公外婆家住得远，蚊子飞呀飞，还没飞到就先累死了！" （何　丹）

## 懂事的儿子

这天，家里轮到大伟洗碗了，他想偷懒，便嚷着腰疼，独自跑进房里，躺在床上。儿子见了，连忙说："爸爸，别急，我来帮你。"

不一会，儿子端着个大脸盆走进卧室，对大伟说："爸爸，我给你把碗都端过来了，你下不了床，就把身子侧到床边来洗吧。" （张海妃）

## 优　惠

有位阑尾炎病人住进医院，临上手术台前，他问医生："我是冲着医院的广告才来的，你们的优惠条件能落实吗？"

医生晃了晃手中的手术刀，问："你想怎么落实呢？难道要我开一刀，再送一刀？" （吴享莲）

## 爱秦腔

单位里新来了位姓刘的同事，喜欢吼秦腔，老王也是个喜欢秦腔的人，就专门找了个时间，约小刘出来，准备好好切磋一番，小刘一听，马上红了脸，说："我哪是喜欢秦腔，实在是没法子啊！在家里老婆冲我吼，在单位领导冲我吼，只有在唱秦腔时，我才能扯着嗓子乱吼几声，发泄一下。" （焦淳朴）

# 降夫十八掌

三个好朋友相遇了，每个人头上都缠着绷带，伤痕累累，怎么会这样呢？相互一问，原来每个人都有一肚子苦水。

小张说："我真是太惨了，我老婆在书店看到一本《降夫十八掌》，就买回来，将里面的招式全用在我身上，把我弄成了这个样子。"

小李说："你这叫惨吗？告诉你，那本书是我老婆写的！"

小王一听，很是不以为然，说："你们再惨，也没我惨。老婆修理我后，深有体会，现在正写《论〈降夫十八掌〉的精华与不足》。"

（铭 靓）

# 长得太像

一对夫妇在看球赛转播，妻子惊讶地对丈夫说："亲爱的，你长得很像那个裁判！"

丈夫得意地说："是呀，确实很像！"

过了一星期，丈夫听说那个裁判要到这里来执法，便专门跑到现场看球，想顺便见见那个裁判，哪知回来时，丈夫被人揍得鼻青脸肿，妻子大惊，忙问怎么回事，丈夫擦了把鼻血，气愤地说："想打那个裁判的人太多了，幸亏我跑得快，不然就回不来了！"

（林元硕）

# 有人介意

肥胖的妻子用了许多减肥方法，全都无效，忽然觉悟过来，对丈夫说："其实胖点也没啥，等我岁数大了，做了奶奶，再怎么胖，也不会有人介意。"

丈夫说："不对，还是有人会介意的。"

"谁？"

"爷爷！"

（宋 敏）

本栏欢迎来稿，读者、作者可将有新鲜感、有精彩细节的笑话佳作投寄给我们。来稿一经采用，最高稿费为一则100元。本期责任编辑电子信箱：zjw002@vip.163.com。

# 一只碗的
# 故事

这一天，席先生一到董事长家就感到气氛有点异样，出出进进的人全都屏息静气的，王夫人也坐在客厅的沙发上默不做声，原来董事长正在为儿子的事发脾气。

等董事长平静下来，席先生走进了卧室，董事长见了他，叹了口气，说："都怪我以前不懂得怎样把孩子教育好，家庭教育，从娃娃抓起，至理名言啊！"

说起家庭教育，席先生讲了这么一个故事——

早些年，有些农户家里有一种碗，特别大，所以又叫作"海碗"，陶制的，装得下三斤水。这种碗，在一些农户家里，常常是家庭地位的象征，谁是这个家里的"顶梁柱"，出力最多，贡献最大，谁就有资格用这个海碗吃饭。

胡妈家的海碗，原本是丈夫使用的，丈夫生病故世后，她就让大儿子用海碗吃饭，因为老大读书之余，还要帮着她干农活，而老二，用的是一般的小碗。那年月可不像现在，粮食紧缺，老二用普通的碗盛饭，吃完一碗，再想去盛，锅已经见底了，可老大的海碗里还有饭呢，每当这个时候，老二就会眼巴巴地盯着海碗，对着娘直嚷嚷："我哥为什么总是用海碗吃饭？"

胡妈说："你哥是老大，老大为家里出力多，就该多吃点，就该用海碗吃饭！"

· 经典界面 天下传闻 ·

老二委屈地嘟囔着："那我哪天才有资格用海碗？"

胡妈说："你等着太阳从西边出来吧！"

那时候老二只有七八岁，后来他渐渐长大，也渐渐明白了一个道理：我是老二，要想用海碗吃饭，只有等太阳从西边出来，认命吧。

往事心酸，不堪回首，春回地暖，今非昔比，如今的胡妈家，早就吃喝不愁了，而且，老大当上了村里的一把手，老二在重点高中读书，每当有人当面夸赞时，胡妈总是掩饰不住内心的开心，眉飞色舞地说："我听人家有学问的人讲——'推动摇篮的手，就是推动世界的手'。孩子有没有出息，就看当妈的从小咋教育了！"

这年年初，老大又升职了，当了镇上的二把手。这个镇有几万人口，老大可以说是一人之下、万人之上，说有多体面就有多体面，胡妈乐得嘴都合不拢，人前人后越发扬眉吐气了。

半年以后，让人意想不到的事情发生了：老大栽赃陷害一把手，犯了诬陷罪，锒铛入狱了！胡妈痛不欲生，她到监狱去看望老大，铁窗内外，母子俩泪眼对着泪眼，胡妈痛哭起来

"我的儿，为什么会是这样啊……"

老大说自己走到这一步，全是因为心里憋屈："我在村里当一把手时，要风得风，要雨得雨，天大的事都是我一个人说了算，到了镇上，官虽然做大了，却是二把手，凡事都要看一把手的眼色……"

胡妈哭着责怪老大："你就是再憋屈，也不该栽赃陷害别人哪！"

老大说："要是往根子上说，这怪不得我。"

胡妈止住了哭，问："不怪你，怪谁？"

老大支吾了好久才说："往根子上说，只能怪你！"

胡妈大吃一惊："这……这怎么能怪我？"

老大说："小时候，你不该只让我用海碗吃饭。"

胡妈一抹泪眼，问："海碗？海碗怎么了？"

胡妈还想问个明白：儿子犯罪，和这海碗有啥关系？就在这时候，狱警过来说探监的时间到了，母子俩的对话不得不终止。

老大成了阶下囚，胡妈不得不把希望寄托到老二身上，老二原先书读得挺好的，可老大出事后他再也不能专心学习了，他受不了别人的冷嘲热讽，后来干脆自动辍学，每天猫在家里不见人。

胡妈为老二的前途发愁啊！就在这个时候，当地政府组织劳务输出，用工单位是一个大城市里的一家大公司，不但薪酬优厚，而且很有发展前途，胡妈就鼓励老二去报名，希望他能到外面混出个模样，有朝一日衣锦还乡，也好让自己的脸上光彩光彩，她对老二说："哪里的河水都养鱼，儿啊，去吧！"

没想到老二却畏畏缩缩，不愿报名，还嘟嘟囔囔地说："命里注定一担水，挑一辈子都不满缸，我不想等太阳从西边出来。"

见老二如此没出息，胡妈哭成了泪人，又是骂又是求，老二好歹最终还是去报了名，到千里之外的一个大城市打工去了。这以后，胡妈盼星星盼月亮，盼着老二能出人头地。半年过后，她接到一个陌生电话，电话是从老二务工所在的城市打来的，说是收容所的，他们告诉胡妈：老二到公司半年，干啥都没信心，干啥啥都不成，走马灯似的换了七八个岗位，最后，公司不得已把他辞退了。老二没了生活来源，便沿街乞讨，蓬头垢面，形同乞丐，已被收容所收容，要胡妈前去领人……

胡妈听了，如同晴天霹雳，她千里迢迢地来到了那个收容所，母子相见，抱头痛哭，胡妈千言万语、万语千言并成了一句话"我的儿，你为什么会走到这一步呀？"

老二先是支吾了半天，后来又吞吞吐吐地说起了往事，说起了那个海碗，言外之意很明显：他今天走到这一步，没出息，没骨气，窝窝囊囊，唯唯诺诺，这是从小养成的脾气，因为他轮不到用海碗吃饭，只能认命！

胡妈带着老二离开了收容所，一路上哭哭啼啼，凄凄惨惨，到了家里，胡妈心灰意冷，万念俱灰：自己早年丧夫，原指望后半生依靠两个儿子，眼下靠山山崩，靠水水断，她觉得这日子没法过了，便打算抱块石头跳河去。

这天，胡妈梳洗一番，准备出门去寻短见，可恰恰就在这时，家里来了一个陌生人，这是一个小伙子，西装革履，一表人材，小伙子问明胡妈的姓氏后，竟然"扑通"一声跪下，说"妈，我是你的老三哪！"

"老三？"这一声"老三"，又使胡妈想起了一段往事：她生下第三个儿子不久丈夫就病逝了，家贫如洗，胡妈怕养不活三个儿子，狠了狠心，把襁褓中的老三遗弃在村外，旁边压了一张纸条，留有胡妈的住址、姓名……二三十年过去了，一直杳无音信，胡妈以为"老三"早不在人世了，哪里知道老三还好好地活着呢，只是因为收养老三的那户人家不愿泄露真情，才隐瞒至今。但纸里包不住火，风言风语听多了，老三相信自己另有生身父母，读完研究生后，他好说歹说，向养母讨到了生母的住址、姓名，这就找上门来认亲了……

母子俩抱头痛哭，胡妈哭诉了老大、老二的遭遇，说了"海碗"的事，老三听了一愣，他说，养父母家也是三个孩子，养父死后，海碗没固定给家里的老大用，而是采用"轮流法"：谁的学习成绩好、谁帮母亲干活多，海碗就让谁用，老三说："现在我们姐弟三人，大姐是工程师，二姐大学毕业后留校任教……"他还告诉胡妈：自己的大哥因为自小用惯了"海碗"，总以为是"老大"，老子天下第一，受不得一点憋屈；二哥从小因为用不了"海碗"，滋生了不图进取、安居现状的心理，今天的结局也是在情理之中……

胡妈没听完就哭晕过去了，苏醒后她说的第一句话是："天哪，我过去咋就不明白这个理儿呀！"

**（本期作者：尹全生）**

（题图、插图：安玉民 梁 丽）

### 征稿启事

"新一千零一夜"是本刊"红版"2008年新推出的栏目，希望广大读者能够喜欢。该栏目的来稿，优稿优酬，"红版"编辑部热忱欢迎作者惠赐原创佳作，要求：1.题材不限，能以较新的视角反映生活，立意独到；2.核心情节新鲜、奇巧、生动；3.篇幅在2000字左右。来稿可从邮局寄发，也可发电子邮件，请在信封或电子邮件的主题栏内注明"新一千零一夜"字样。"红版"编辑部各编辑邮箱见第85页。

# 老板的
# T恤衫

□ 任黎明

**我**在一家网店买了件浅紫色T恤衫，兴冲冲穿着来到公司。

一进公司，我便发现自己成了焦点，大家的目光全朝我身上看，我正暗自得意，老板从他的办公室走出来，特意多看了我几眼，才回到自己办公室。天哪，他穿的那件浅紫色T恤衫，跟我这件一模一样，我居然和老板撞衫了！

过了一会，老板将我叫到他的办公室，笑呵呵地说："小任，你这T恤看起来很不错嘛，花多少钱买的？"我心里一紧，知道他介意了，连忙说："我这件是在网上订购的，只花了五十块钱。"老板听了我的话，哈哈大笑几声，走过来拍了拍我的肩膀，说："年轻真好啊，穿什么都好看。你看看我，穿着八百多块的衣服也不行！"

我顿时浑身不自在，好不容易等到中午下班，连忙打的回家，把身上这件T恤换了下来。这时女友杜艳正好回来，奇怪地问："你穿着挺好看的，为什么要换下来？"我将跟老板撞衫的事说了，杜艳说："看来你们老板是一个等级分明的人，你这衣服更不能换了！你只有让公司的同事都明白，你和老板的衣服在价格、档次上是完全不同的，他心里才会舒服。"出门前，杜艳抱了我一把，让我别担心，只管上班就是。

来到公司，进门没走几步，同事小张就从后面赶上来，拍拍我的肩，说："哥们，这T恤五十块一件？"没走几步，同事小赵也笑着对我说："帅哥就是不一样啊，五十块的T恤也让你穿得这么好看。"这也太怪了，于是，我故意在公司走了一圈，呵，好几个人在说我五十块一件的T恤。这时，老板从我身边走过，我向他打招呼，他竟然开心地点点头，朝我笑了笑。这时，清洁工阿姨走到我身后，问我："小任，哪儿买到这么便宜的衣服？"哇，连清洁工阿姨都知道了？她看着我吃惊的表情，笑着从我背上撕下指甲盖大小的一个标价签，说："你也太粗心了，连标价签都不撕就拿出来穿。"我笑了，原来杜艳用的是这个法子。

我以为事情过去了，没想到，快下班时，小张却愁眉苦脸地走过来，悄悄对我说："糟了，我们几个要倒霉了。"我忙问怎么回事，他看了我一眼，说："还不是因为你这件T恤！老板刚才都看到我们发在群里的话了。"

小张说，公司几个要好的年轻同事建了个QQ群，经常就公司的一些事发发议论。刚才，他们几个在QQ群上讨论了我和老板撞衫的事，有人说，小任和老板穿的是同样的T恤，他下午故意露出五十块的标价签，这不是让大家知道老板也穿五十块一件的衣服吗？有人说，那也不一定，小任买是五十块一件，老板要是出手，不是上千，至少也得大几百，虽说是同样的东西，要是给他出五十块的价，他肯定掉头就走，这些有钱人呀，也不知他们是真聪明还是真傻……刚才

小张上了趟厕所，老板也不知怎么回事，就坐在他的位子上，用他的电脑，而小张正把那个QQ群开着，老板只要点开一看，就能一字不漏地看个清楚明白。

小张这一说，我也吓了一跳，连忙溜到厕所，给杜艳打了个电话。杜艳真是有点子，马上对我说："别急，你想个招儿，请你们老板跟大家晚上一起到我打工的火锅店就餐……"

快下班时，公司几个年轻人一起拥进老板办公室，说今天有喜事凑了份子，要在外面撮一顿，请老板赏脸相陪。老板见年轻人下班吃饭还想着自己，十分开心，就跟着我们一起进了杜艳的火锅店。我挨着老板坐下

来，点好菜，有一搭没一搭地跟老板聊着，这时，一身服务员打扮的杜艳端着油碟走过来，来到我和老板身后，装作脚下一滑，几碟子油全洒在我和老板的身上，我一下跳起来，嚷道："有你这么端东西的吗？你洒我身上也就算了，怎么连我老板也洒呀！"

火锅店值班经理听到我的嚷声，连忙赶了过来，吩咐杜艳拿来两件白衬衫，给我和老板换上，又让她把我和老板洒了油的T恤拿去洗干净。

过了一会儿，杜艳怯怯地走过来，小声对我说："先生……真对不起！我……我刚才用饭店的热水洗T恤上的油，没想到其中一件有点缩

水，变形了……"我一听，又跳了起来，嚷道："什么？怎么又变形了？是哪一件？大的还是小的？"她低着头，说："是……小的那件，大的那件，一点问题都没有。"我舒了一口气，故意大声说："算你走运，变形的是我那件，不值什么钱，要是把我们老板的那件弄坏了，你就亏大了，八百多块呢！"这时，老板拍拍我的肩，示意我安静下来，又转过头笑眯眯地对杜艳说："算了，你也挺不容易的，下次注意点儿。"杜艳听他这么一说，如蒙大赦，朝老板深深鞠了一躬。

我又夸张地发了一阵感叹："真是一分价钱一分货，五十块就是没法跟八百比啊！"同来的几个家伙马上跟着附和，不停地说："是啊是啊，还是老板有档次！"

虽说是档次不高的火锅，老板却吃呀喝的十分高兴，又特地要了一瓶茅台，最后全部由他掏钱买了单。临走时，杜艳把两件T恤送过来，我一看，老板那件虽然没变形，但上面的油污也没洗掉，就对老板说："我知道怎么处理这种顽固性油污，你就交给我吧。"老板点点头，放心地说："行！"

我拎着两件T恤回了家，杜艳接过T恤，将那种洗碗盘的洗洁精滴了几点在衣服的油渍上，揉搓了一会，油渍果然洗掉了，想不到的是，去油渍的地方，却留下很大一块白斑

## 十分有才的播音员

有个村子的广播员突然生病住院了，为了救急，村主任临时找了一个热心人顶替，没想到，这个热心人实在太有才了，一上任就闹出一大溜笑话，让全村的听众一个个捧腹大笑。现摘录一二，供读者一乐。

◆ **广播一**：今晚七组的张二栓结婚，给大伙放露天电影，片子叫《中国式离婚》。请锁好门，自带凳子前往，张二栓还有瓜子给大家吃，过后不补！

◆ **广播二**：明天乡里来我村进行油菜生产大检查，请大家明天主动到地里去，见到检查组请主动打一下招呼，免得他们心里不舒服！

◆ **广播三**：据气象部门通知，明天白天可能有雨，望大家做好下雨的准备！

◆ **广播四**：注意啦！有一头黄牛正在五组李思思的油菜田里吃油菜，请牛主赶快牵回去，要不然李思思就发现了啊！

◆ **广播五**：县精神文明办后天要来村里视察，不论是张龙、赵虎，还是王朝、马汉，你们都要把麻将桌藏好，不要影响了我村的光辉形象！

◆ **广播六**：我明天请假休息，需要明天广播的请后天和我联系！

（推荐者：栀子花）

---

点，再也没法去掉了！杜艳跟着也愣了，说："我以前都用这法子的，现在咋就不灵了呢？"

T恤这个样子，怎么向老板交待呀！我急了，心一狠，说："看来只好自掏腰包，花八百多块钱再买一件，赔给老板！"杜艳瞪了我一眼，说："再花八百多？都顶你大半月工资了，不行！"她让我打开电脑，找到那家卖T恤的网店，一查，果然有老板的那个尺寸，她二话没说，马上就花五十块钱买了一件，并要求次日送达。

第二天，我收到了网店送来的T恤，果然跟我们老板那件一模一样，杜艳对我说："你把这件还给你们老板去！"我担心地问："老板要是知道

我掉了包，会不会狠狠地修理我？"杜艳说："没事儿，你们老板就是知道了，也不会把你怎么样的。"

第二天，我把这件T恤交给了老板，他呵呵一笑，看也没看就放在一边。

一晃过了大半年，我再也没看到老板穿那件T恤，他也一直没提这件事，有时见了我还朝我笑一笑。

有一次，我跟杜艳说起了这件事，杜艳说："你们老板才不会在乎你有没有掉包呢。在下属面前，他要的是身份和尊重，不会把区区一件T恤放在心上的。再说，你们卖力使劲为他创造的财富，哪止一件T恤呀！"

我恍然大悟。

（题图、插图：安玉民　梁　丽）

## 有一种需要叫不需要

这天，一位富豪邀请几位朋友到一家酒店用餐，酒店老板频频上前敬酒，十分殷勤地与这位富豪套近乎，想拉住这个不可多得的客源。没想到，富豪走后，一位伙计对老板说，那个富豪不会再来了。

一个月过去了，那富豪真的没来，酒店的生意也越来越差，这时，老板想起了那个说富翁不会再来的伙计，决定让他当一个月主管试试。

小伙子上任以后，生意一天好似一天，回头客也一天比一天多了。老板暗中观察，那个伙计对任何客人都是微微一笑，点点头，从来不向客人敬酒。老板问伙计为什么这样做，伙计说，客人是来吃饭的，去敬酒实际上是在打扰他们，这绝不是他们所需要的。还有，同一宴席上，来宾有主次之分，你在向主宾敬酒的同时，其实也在向同一桌上的其他宾客做暗示：我不在乎你们！这样，另一拨潜在的客户也被推出了门。

老板这才恍然大悟，原来客人们的很多"需要"中，有一种叫"不需要"。

（作者：陈亦权；推荐者：聂　勇）

## 相不相信

在一次演出中，一位杂技高手要通过两座山之间的一条钢丝，从这边走到另一边，他顺利地走了过去，围观的人群响起热烈的掌声。

接下来，高手用绳子绑住双手，用同样的方式又走了过去，所有的人都报以热烈的掌声。接着，高手又把眼睛蒙上，还是走了过去！人群几乎沸腾了。但表演还没结束，高手从人群中拉出一个孩子，大声说"这是我的儿子，我把他放到我的肩膀上，再绑住双手、蒙住双眼，照样走到钢丝的另一边，你们相信吗？"

观众都说"你一定可以走过去！"

高手又问："你们全都相信吗？"

"相信你！我们真的相信你！"

高手放下孩子，说："那好，既然你们相信我，那我换上你们的孩子，有愿意的吗？"顿时，整座山上鸦雀无声，再也没人敢说话了。

置身事外，问题往往会看得简单，如果换一个角度，就可能作出完全不同的判断。

（作者：佚　名；推荐者：田春生）

（**本栏插图**：安玉民　梁　丽）

学写作文，从读故事开始

# 偷渡真相

<big>我</big>是一名边防军战士，和战友一起值守着界河边的一个边防哨所。一到开春，界河的水就特别浅，偷渡者趟着水就能跑过来。班长说，这是重要时期，睡觉也得睁一只眼睛。

就在这时，哨所的警犬贝贝生下了五只小狗，但这五只小狗出生后没有一点气息。原来，贝贝在怀孕期间发了高烧，导致这几只小狗胎死腹中。

贝贝连续三天三夜搂着这几只小狗，不吃不喝，只是低声呜咽着，到了第四天，它在哨所的树林旁边用爪子扒了个坑，把小狗一只只叼过去，全都埋了。

这件事过了不久，哨所附近突然出了情况，每到半夜时分，站岗的战士总能听到河里传来哗啦哗啦的趟水声，拿手电照过去，却看不到人影。为此，班长专门给大家开了会，让我们严密注意界河情况，重要时刻得鸣枪警告。

这天轮到我站岗，我屏气凝神，盯着河面，到了后半夜，界河果然又传来哗啦哗啦的趟水声，我急忙冲向河边，打开手电，仔细搜寻，发现一个黑影正向河对面趟去，我大声喊："不许动！不然开枪了！"但对方对我的警告根本不予理睬，继续往对岸趟，我端起枪，冲着河面开了几枪，在哨所熟睡的战友听到枪声，也纷纷拿着武器跑出来。

我说了刚才的情况，大家打开探照灯，照了半天，啥也没看见。

第二天，我去给贝贝喂食，走近贝贝时，突然发现它正浑身颤抖，我走上前，伸手要摸它，它却站起身跑开了，腿一瘸一瘸的，左后腿有道明显的伤痕，血凝在皮毛上，结了一大块，我急忙到卫生室拿出医药箱，给贝贝包扎伤口。这时，班长也过来了，

问我"你看贝贝的伤口像什么？"

我恍然大悟："贝贝的伤口很像子弹擦伤！"

班长说"对，昨天偷渡的那个黑影就是贝贝！"

这一说，我想起以前我们夜里站岗时，贝贝都会陪着我们，这段时间却看不到它了。

班长担心贝贝被间谍分子在身体里面安装了装置，就叫卫生员仔细检查，卫生员检查了半天，除了后腿有子弹擦伤，其他都正常，末了，卫生员还加了一句："贝贝还有一点跟以前不同，它有奶水。"

奶水？我们再一看，果然，贝贝的乳房胀胀的，轻轻挤压，就流出白色的乳汁。奇怪，贝贝的小狗已经死去半个来月了，它怎么还有奶水呢？

为了防止贝贝再次偷渡国境，我

们用链子把它拴了起来，刚拴上，它就无比愤怒地开始挣扎，疯狂地咬着链子，把牙都咬出了血，跟以前那个乖巧听话的贝贝天差地别，我们都看得愣住了。

到了半夜，我还是觉得不安心，就走到拴着贝贝的地方一看，贝贝果然不见了，拴着铁链的那根胳膊粗的木桩断了，上面留着斑斑血迹，很显然，贝贝咬断木桩，拖着铁链跑了。

焦急地等了一个早上，贝贝没有回来，在边境线上，任何一点小疏忽都可能给国家外交带来不良影响，于是，班长决定把这件事上报。

这件事一层层报上去，一直报到了师部，师部感觉这不是小问题，一面致函邻国说明情况，一面给我们哨所下了命令：为防止引发边境纠纷，将贝贝就地击毙！

这天晚上，贝贝没有回来。我们大家都松了口气，班长也嘟囔着说："回来干啥？既然跑了就别回来，爱跑多远跑多远……"

又等到天黑，贝贝还是没有回来。

熄灯后，全班战士都没睡觉，全都盯着河面，拿着枪，等待着贝贝回来。我握枪的手全是汗，心里不住地默念着："贝贝啊贝贝，你千万不

18

要回来！"

半夜的时候，界河里又响起哗啦哗啦的趟水声，有人忍不住喊了一声贝贝，马上被别人捂上嘴。趟水声越来越大，我的心跟着吊到嗓子眼儿。

哨所的探照灯亮了起来，我们迟迟不肯扣动扳机，可这时枪声却炸豆子一样响了，原来邻国方面已经朝着贝贝开了枪，贝贝看着对面的我们，哀鸣了一声，又回头看了看对面，慢慢倒了下去。

第二天下午，团部来了命令，说对面的邻国军方要交还贝贝的尸体，要我们在哨所列队等候。

邻国军方代表在团长的陪同下，来到哨所，郑重地向我们移交了贝贝的尸体。

贝贝被包在一个干净的睡袋里，紧闭着眼睛。

邻国军方代表声音低沉，悲伤地说："我们很遗憾。接到贵方照会后，为了防止不必要的纠纷，决定射杀这只狗，但是，今天上午，我们在营地旁的草丛发现了一窝小狗。"接着，他的手下将抱在怀里的两只毛茸茸的小狗露了出来。

原来，不久前，邻国军方的一只巡逻犬在营地附近的草丛生下了一窝小狗，接下来，这只巡逻犬参加一场军事演习，在意外事故中死了，邻国军方没有人知道草丛中还有一窝小狗。而刚刚失去自己孩子的贝贝对小狗的叫声极为敏感，知道对岸有一窝嗷嗷待哺的小狗，就在每天晚上偷偷趟过界河，去给那窝小狗喂奶。邻国军方射杀了贝贝后，为了知道一只训练有素的军犬为什么会偷渡越境，就顺着贝贝活动的踪迹查看，终于找到了那窝小狗，真相大白。

看着安详躺在睡袋里的贝贝，两国军人不约而同地举起手，向它行了个庄重的军礼。

**（作者：乌娜姬；推荐者：林宜颖）**

**（题图、插图：谢 颖）**

·本刊信息传真·

**"第一推荐"面向全社会征稿**

本刊"第一推荐"栏目面向海内外读者征集"最好听的故事"。除发行量较大的文摘类杂志（如《读者》、《青年文摘》、《特别关注》等）外，凡公开或内部发表的作品均可推荐。推荐作品要求故事性强，有口传性，能引起读者的兴趣。推荐稿务请注明原作者、出处，一经采用，每篇付稿酬100—200元。

来稿方法：1. 从邮局寄发，请在信封上注明"第一推荐"字样，本刊地址：上海市绍兴路74号《故事会》杂志社，邮编：200020。2. 从网上传递，可直接发至各责任编辑的电子信箱，请在主题上注明"第一推荐"字样。本期责任编辑的电子信箱：zjw002@vip.163.com。

# 跟船主过招

□ 闵凡利

## 这趟货我走了

闵滕州是个做煤炭生意的商人，这次，他又订了一千吨煤的购销合同，对方把价钱压得很低，如果还是像往常那样用火车运，不光挣不了钱，只怕还得贴本，于是，他决定改用船运，把运费省出来。

闵滕州不熟悉船运，便带着一位姓张的朋友来到胡家码头找船。码头上一片繁忙，好多船都在忙着装卸，只有一艘一千多吨位的大船停在河汊，显得冷清，闵滕州正要上前去问，老张连忙拉住他，说："那人的船不能租。"闵滕州忙问为什么，老张就拉开了话匣子。

原来，那条船的船主叫刁德喜，遇事爱使个心眼儿，算计人，码头上的人都叫他"刁德一"，用他的船走货，十有八九要亏吨数，又查不出他动的手脚。因为货主怎样封的仓、怎么打的签，交付时都维持着原样，让货主无话可说。去年，老张用刁德喜的船走了一千吨的货，足额足吨上的船，可交到货主手里时，硬是给亏了五十吨。说起来，老张跟刁德喜还是远亲，刁德喜得管老张叫表舅，却照样少吨数，还让老张说不出二话。闵滕州问老张："你怎么没安排个押船的？"老张说："安排的，押船的还是我亲侄子呢！可他刁德喜只要想偷你的煤，你就是有十个押船的，他一样把他们打发了，照样得手！"

闵滕州点点头，对老张说："就冲他这名声，我这回就用他的船了！我倒要看看，他怎么能亏了我的吨数！"

老张摇摇头，苦笑一声，带着闵滕州去见了刁德喜。这刁德喜四十来岁的样子，个子高高的，一看就是个精明人。听说闵滕州想租他的船走货，就说："租我的船，当然好，可你就不怕我少你的货吗？"

闵滕州没想到他这么开门见山，就说："我听人说过，你经常少货主的货。"

刁德喜一听，眼睛发了亮"你知道了还敢租我的船？"

闵滕州像没那回事似的笑了笑，说："因为你不会少我的货。"

"为什么？"

"因为我有办法，让所有偷吃我东西的船主把货吐出来！"

刁德喜哈哈大笑，说："闵老板，就冲你这话，这趟货我走了！"

## 你认识这个吗

这批煤炭从矿上提出来，装车过磅，再到码头，再装上船，每个环节闵滕州都一直跟着，煤全部装上船后，闵滕州拿了个保险箱放在船上，封仓时，他让刁德喜离开一会，刁德喜知趣地走了，闵滕州围着货舱转了一圈，做好了机关，封完仓，打上封签，这才拿着个盒子，对刁德喜说："老刁，这一千吨的提货单你也看到了，这是进入码头的过磅单。我交给你的是足斤足两的一千吨。到了南边交完货，如果交货单上也是一千吨，就说明我的货没有亏吨数。"刁德喜说："你亲自封的仓、打的签，只要你的封没动，签没破，你说亏吨数，我不承认！"闵滕州一笑，指了指手中的盒子，把盒子放进保险柜里，说："到底亏没亏吨数，到时候，这盒子里的东西说了算！"刁德喜说："好，只要你有证据，你亏多少，我赔多少！"

接着，刁德喜问："怎么押船的还没上来？"闵滕州大手一挥，说："我不用押船的，就把这一千吨货交给你老刁，我倒要看看你怎么给我亏吨数！"

当天下午船就开了，到晚上下起了雨，断断续续下了好几天，这中间，闵滕州只打了一个电话，问刁德喜情况怎么样，刁德喜说一路正常。半个月后，船到达目的地，闵滕州已经在码头等着了。

刁德喜带着闵滕州上船，指着船舱完好无损的封签，说："封签好好的，吨数不会少！"

闵滕州围着开了封签的船舱走了一圈，回头就对刁德喜说："这船货肯定亏了吨数！"

刁德喜连连摇头："封签好好的，怎么会亏吨数？"

闵滕州晃了晃手中的盒子，说："它告诉我的。"接着，闵滕州围着舱

里的煤堆，给刁德喜指出是在哪几个地方少了，说得刁德喜眼都直了："你怎么知道得这么详细？这盒子到底装的什么宝贝？"

闵滕州指了指煤堆上长着的一种小植物，问："你认识这个吗？"

刁德喜说："这谁不认识？小油菜苗嘛。"

闵滕州一听就笑了，给刁德喜打开手里的盒子，刁德喜一看，原来里面装的全是油菜籽，这下全明白了：原来在封仓的时候，闵滕州把这些油菜籽偷偷撒在煤堆表面上，船从胡家

码头到终点站走了半个多月，这半个多月里，油菜籽在煤堆上发了芽，长成了油菜苗。有没有偷煤，看看油菜苗长得齐不齐就知道了。

这一来，刁德喜没话说了，乖乖地给闵滕州补了亏吨数的钱。

## 没想到这一点

没过多久，闵滕州又在宁波订了份煤合同，忙给刁德喜打电话，刁德喜的船正好回到胡家码头，一听闵滕州要用，一连声地说行。

闵滕州还像上次那样把煤运到码头，装上船，封仓时，闵滕州又让刁德喜离开一会，回来的时候，刁德喜看了看闵滕州手中的盒子，笑了一下，问："可以封仓了吗？"闵滕州说"老刁，上次亏了吨数，这次，我不希望再亏了！"刁德喜又笑笑，说："有了上一次，我还敢吗？"

封仓时，闵滕州看到刁德喜偷偷抓了一把煤，放到了口袋里。

闵滕州把盒子当着刁德喜的面放进保险柜，又问："老刁，这次要是再亏吨，你说怎么办？"

刁德喜说："要是再亏吨，我不光赔亏吨的钱，还不要运费！"

闵滕州说："那好，口说无凭，咱们立个字据吧！"

两个人找了码头上的几个熟人作为中间人，立好字据。到了下午，刁德喜的船就走了。

半月后，船到了宁波港，闵滕州上了船，问刁德喜怎么样，刁德喜说："你就放心好了，这次我没搞小动作，绝对不亏吨。"接着，两个人打开封签。掀开帆布棚，闵滕州只看了一眼，就摇摇头，对刁德喜说："你又搞小动作了，并且，还不止一个地方。"闵滕州把刁德喜偷过煤的地方一一指出来，刁德喜的脸当时就长了，说："你怎么知道的？又是油菜苗告诉你的？"

闵滕州说："是的，是油菜苗告诉我的！"

接着，闵滕州从保险柜拿出盒子，说："我知道你抓了把煤放到口袋里，你一定清楚我这次做暗记还是用的油菜籽。"刁德喜点点头。闵滕州又说："可你没想到，我这次用的是炒熟的油菜籽，不能出芽。而你偷卸完煤后，肯定会补上油菜籽，那些油菜籽会出芽，也就是说，煤堆上只要是长着油菜苗的地方，都是你动过的。"

刁德喜后悔得不停地摇头，说："我怎么就没想到这一点呢！"当然了，这次亏的吨数他又给闵滕州如数补上了。不过，闵滕州没有穷追猛打，还是把运费如数给了刁德喜。

## 不信赢不了你

没过多久，宁波的客户又让闵滕州送一千吨煤去，闵滕州想到的还是刁德喜，一打电话，刁德喜又来劲了，

马上应承下来。

闵滕州又在码头见到刁德喜了，刁德喜告诉闵滕州，他是推掉一单生意，来接闵滕州的生意的，话里的意思很明确，给闵滕州运煤，他感觉有意思；还有一层意思，闵滕州也明白，刁德喜连输两次，他不甘心！

还是和前两次一样，煤炭装好要封仓的时候，刁德喜很知趣地自己走开了，闵滕州却叫住刁德喜，当着他的面，把种子撒在煤堆上。刁德喜也不客气，直接从煤堆上抓起一把煤，

拣出里面的种子，用两个拇指盖一挤，看了眼流在拇指盖上的绿汁水，说："这次你没炒熟嘛！"原来，炒熟的种子一挤，会淌出油来，生的种子淌的就是绿汁水。

封好仓，闵滕州说："老刁，我最后信你一次。"刁德喜把胸脯拍得山响，说："这回你要是能找到亏吨的证据，我愿付双倍亏吨的钱！"闵滕州一看又斗上了，就说："还是立个字据吧！"

这次船在路上赶上了大雨，耽搁了几天，二十多天才赶到宁波，刁德喜见了闵滕州，就说："这次一粒煤也没少你的。"闵滕州笑笑，说："现在说，还有些早。"

闵滕州掀开仓，一看煤堆上长着的油菜，就说："老刁，这次又亏了，亏得还不少！"

刁德喜说："怎么会呢？你从哪看出的？"闵滕州说："还是油菜苗告诉我的。"接着，他把刁德喜偷煤的地方一个个全指了出来。

刁德喜纳闷了："不对呀，我动过煤的地方都撒上了油菜籽呀！"

闵滕州说："这次我撒在煤堆上的不光是油菜籽，还有一半是小白菜籽。"闵滕州告诉刁德喜，白菜籽和油菜籽看上去差不多，没种过菜的人根本分辨不出来。但发芽后就不同了，油菜苗发绿，叶片是圆的；白菜苗有些发白，叶片是长的，一下就能看出来！煤堆上如果哪儿只有油菜苗，没有白菜苗，那地方肯定被动过了。

刁德喜懊恼地一拍头，长叹一声，说："怪不得人们说，南京到北京，买的没有卖的精。老闵啊，我是彻底服你了！"

打这之后，刁德喜再也不敢偷货主的货了。

**（题图、插图：魏忠善）**

## 法律知识故事征文启事

本刊在与司法部连续举办三届法制故事征文的基础上，推出新栏目"法律知识故事"，通过发生在我们身边的、短小而具体的个案，生动、形象地宣传法律知识。这些知识注重现实性、实用性，真正起到解剖一个案例、明白一个道理的作用。

为鼓励作者深入生活，写出高质量的法律知识故事，我刊决定面向全国征文，优秀作品除在《故事会》发表并参加评奖外，还将结集出书（具体评奖方法稍后公布）。

本次征文也欢迎读者和法律界人士提供相关素材、案例，一经录用，即付稿酬。

来稿方法：1. 从邮局寄发，请在信封上注明"法律知识故事"字样，本刊地址：上海市绍兴路74号《故事会》杂志社，邮编：200020。2. 从网上传递，可寄以下信箱：wulun@vip.sohu.net，请在主题上注明"法律知识故事"字样。凡已和我刊编辑有联系的作者，稿件可继续投给联系编辑。

# 谁敢比我

□ 罗 红

刘毅是龙城一家商贸城的老板，这天，他接到一个电话，打电话的人自称万三，说有件事，要跟他当面聊聊。

刘毅听说过万三这个人，知道他老是摆出一个黑道老大的架势，经常蛮横无理地乱耍威风，像刘毅这样的规矩生意人，从来不跟万三这种人打交道，于是，刘毅说："真不好意思，今天晚上我另有安排。"

万三就像没听见刘毅说的话，继续说："见面地点在孔雀娱乐城，我的专用包厢，晚上七点半，不见不散。"

一说完就挂了电话，根本不给刘毅插话的空隙。

刘毅想，是福不是祸，是祸躲不过。虽然万三这种人不值得打交道，但闹僵了也可能会带来意想不到的麻烦，还是去看看，见机行事吧。时间一到，他赶到孔雀娱乐城，迎宾小姐把他带到万三的包厢，一到包厢门口，便见里面坐着好几个面相凶恶的家伙，就像电影里的黑社会，打头的是个又黑又高的家伙，一见刘毅，马上站起来，粗着喉咙喊："刘老板，久仰，久仰！"一把将刘毅拉到身边坐下，好像刘毅是几十年没见的老朋友。

万三亲自拿起酒瓶，哗啦啦就倒了满满两杯，递了一杯给刘毅，自己端起另一杯，一仰脖子全喝下，说："刘老板，喝了这杯酒，咱俩就是哥

们，今后，这龙城谁敢找你的茬子，就是和我万某人过不去！"

刘毅看了看跟前的酒，没动手，只是客气地问："万老板，平日里难得见你一面，今天怎么有空跟我联系啊？"

万三见刘毅没动酒，脸上先是闪过一丝不快，接着是一阵哈哈大笑，说："刘老板生意做得这么大，我哪有不见的道理？来，来，来，你先把酒喝了！"

刘毅拿起酒杯，勉强抿了一口，

万三一见，猛地拍起掌来，大称痛快，接着，他把桌子猛地一拍，一位侍应生连忙跑过来，问有何吩咐。

万三说："你去把丽丽叫来，让她来给这位客人陪酒。"掉头又对刘毅说："丽丽是这里最漂亮的小姐……"

刘毅非常厌恶，说："我还有事，马上要走。"

万三把身子往后一靠，冷冷地说："刘老板一来就说要走，看来真是不了解我万某人啊！"接着，又把桌子猛地一拍，朝飞奔着赶过来的侍应生喝道："丽丽怎么还没来？"

这位侍应生结结巴巴地说："刚才小王去叫了，丽丽也许马上就到，我这就去催催……"

不一会，这个侍应生一路小跑着过来了，赔着笑脸说："三爷，丽丽正在二楼陪客人喝酒。"

万三打断侍应生的话，抬高了声调："你没告诉她是我万某人要她过来？老子说了话，她竟敢不来？"

侍应生咕哝一句："我说了，丽丽也想来，但那位客人不让……"

万三冷笑一声："好啊，在龙城，竟然出了个不怕我的狠人。"

刘毅在商场征战多年，见多识广，知道万三这时候有一多半是在虚张声势，演戏给自己看，所以故意不拆穿他的把戏，只想这场闹剧快点结束，好早点走人，于是拍拍万三的手，说："来，我们喝酒吧，别为一个女人生气,不值得的!"

万三拼命地摇着头,说"女人算个屁!但我万三要的东西,竟然有人敢不给我,我倒要看看,谁敢比我狠!"说罢,又问侍应生:"你亮了我的牌子,那混蛋怎么说?"

侍应生结结巴巴地说:"那个人一听三爷的名字就笑了,还说,龙城谁都怕万三,唯独我不怕他。"

万三听侍应生这样一说,不再暴跳如雷,反而笑了起来,笑过一阵子,扭头对身后一个五大三粗的手下说:"过山虎,你过去看看,那个比我还狠的家伙长着几颗脑袋。"

那个叫过山虎的人早就在摩拳擦掌了,听万三这一说,一阵风般冲了出去。

眨眼工夫,过山虎回来了,不过,神态不太自然,还露出些惊慌失措的表情,他俯在万三耳边,咕哝了几句,万三一听,脱口就骂了起来:"你怎么这样毛手毛脚的?这下闯大祸了!"

过山虎哭丧着脸,说:"我上去了,他一点也不害怕,我问他怎么就不怕三爷,他竟然像只公鸡,'咯咯'直乐,我气不过,这才拎起酒瓶,照他头上就是一家伙,哪知他这么不经打,哼也不哼就栽在地上……"

万三狠狠踢了过山虎屁股一脚,掏出一沓钞票,扔给过山虎,说:"有多远你就滚多远,最好跑到西伯利亚,就算老得做爷爷了,也不准回来!"

接着,万三冷冷地把现场每个人扫视一番,说:"我们刚才在好好喝酒,过山虎为啥跑出去,跑出去干什么,我们一概不知!"他这么一说,除了刘毅,现场没一个不点头的。刘毅没想到这帮人竟然这样为所欲为,站起身就要走人。

万三一把将刘毅拉到凳子上坐下,点燃一支香烟,慢条斯理地说:"我们正事还没谈呢!"

刘毅知道万三要进入正题了,就说:"到底是啥事,你快说!"

万三吐出一口烟圈,说"是这样的:我有个宝贝儿子,这几年在外地读书,马上要回来了,我想给他找份活儿。这两天我听说你的商贸城治安情况不太好,甚至有人晚上往里面扔土炮,还有打架闹事、写恐吓信的,看来得加强治安管理。我想,不如你干脆把你那家商贸城的治安包给我儿子。只要他一上任,包管那些小毛贼一个个抱头鼠窜,再也不敢来给你找麻烦。"

嘿!这不是明着收保护费吗?这段时间,老是有人来刘毅的商贸城寻衅闹事,警方查来查去也没头绪,今天刘毅总算明白过来,那些事肯定都是万三指使小混混干的,就说:"商贸城是股份公司,我回去开个董事会,商量一下,再跟你联系吧。"

万三没丝毫不悦,反而拍拍刘毅

的肩膀，说："没关系的，我相信你不会让我失望。听说你儿子在市七小读书，我这个做伯伯的没东西好送，过段时间就去看看他。"

刘毅一听，气坏了：这分明是警告我，如果我不就范，他就要对我儿子下手！难道他就没有儿女？这种事都做得出来，你万三还算是个人吗？他绷着脸，掉头就走出包厢。

刘毅走到二楼时，发现二楼已乱作一团，警察赶了过来，在出事的包厢门口拉起了警戒线，刘毅悄悄停下来，想看看那个跟万三斗狠的到底是什么人。这时，万三也下到二楼，跟

在现场警戒的一位警察打了个招呼，凑上前，装出一副好奇的样子，问："不要紧吧？没出人命吧？"

警察没理万三，指指旁边的警戒线，示意万三站远点。万三偏偏站在警戒线旁，伸着脖子朝包厢里看，这一看不打紧，他猛一下撞过警戒线，直接冲进包厢，突然发出撕心裂肺的嚎叫："儿子啊，怎么是我儿子啊！你说好明天回的，怎么今天就到了这个鬼地方啊！过山虎，你这个王八蛋，你竟敢杀死我儿子！老子要拆你的骨，扒你的皮！"

接着，刘毅看到万三不断打自己耳光："我糊涂啊，我怎么就想不到，连我都不怕的，除了我儿子，哪里还有别人呀！"

刘毅悄悄走下楼，走出娱乐城，一直走了很远，还能听到万三野兽般的嚎啕大哭。

**（题图、插图：魏忠善）**

您手中有没有得意之作？本刊辟有二十多个原创性栏目，如中国新传说、我的故事、情感故事、16岁故事和中篇故事等；您读到或听到什么有趣事可以和大家一起分享吗？3分钟典藏故事、第一推荐、外国文学故事鉴赏和快乐辞典等都是本刊推荐性栏目。热忱欢迎来稿，可从邮局寄发，也可从网上传递。邮寄地址：上海绍兴路74号《故事会》杂志社，邮编：200020；如为电子邮件，本期责任编辑信箱：zjw002@vip.163.com。

# 再打一眼

□ 彭霖山

## 报恩打井

**做**人得知恩图报，不论现今的社会上有多少千奇百怪的变化，这个做人的道理是世世代代永远不能变的。

单说皇天村有个后生仔，名叫曾小山，他从小死了爹妈，在村里吃百家饭长大。这两年，曾小山外出打工赚了点钱，他想：皇天村祖祖辈辈缺水，村民们得走很远的山路到山坳打水，很不方便。于是，他特地在打工的城市请了位专家，回到家乡，决定自己出资为村里打一口井。

曾小山领着那位专家连续干了半个多月，勘探了十多个点，终于在村里的曾二牛家门前勘探出一眼水源，村民们得知消息，十分高兴，大伙儿齐心协力，经过千辛万苦，皇天村有史以来的第一眼水井终于问世了。从井里打上来的水晶莹透明，喝一口，津甜爽口，甜透了心房。老辈人说，这是从地底石头缝里挤出来的水，胜过了甘霖雨露，喝了能延年益寿呢！

从此，无论清早、中午、黄昏，曾二牛家门前都热闹极了，到这里打水的大人小孩、男人女人，前脚走了，后脚又来。众人的嬉笑声、压水杆"吱呀、吱呀"的欢叫声、井水流进桶里的"哗哗"声，汇成一支欢天喜地的大合唱，滋润着皇天村村民一个接一个的好日子。

水井打好了，曾小山功成身退，又拎起行李准备外出打工。临行前，

他特意找到曾二牛，挺严肃地说："二牛哥，这水井虽然打在你家门口，但我们有言在先，必须让全村人共享这眼水井，任何人不得独自霸占！我就拜托你作为监督执行人，行么？"

曾二牛不傻，知道曾小山这话是冲着他来的，便拍着胸脯，"嘿嘿"笑道："老弟，你放一万个心，这水井虽说打在我家门口，但是你出的钱，我两个不霸占，谁还敢来霸占？"

曾二牛说是这么说，其实他早就对家门前的这眼水井动起了歪心思，打起了小九九。他这人生得一张油嘴，能说会道，是个无利不起早、有利盼鸡鸣的"尖尖钻"。他早就在算：如果把这井圈起来，村里人花钱来买水，一桶水收3角钱，10桶水就是3元，100桶水30元。全村25户，平均每户每天用6桶水，每天卖水的收入就是45元，一个月就是1350元，一年多少，算都算不过来了！乖乖，长此下去，自己就坐着收钱了！

## 妙手夺井

曾二牛知道不能蛮干，只有采取"软索套猛虎，灯草捆将军"的法子，瞅个机会合情合理地将这眼水井控制起来，再慢慢施展手段，将水井变成"钱井"。

机会还真来了。转眼到了夏秋交替之际，今年久旱不雨，山下河滩干涸，山间溪水断流，皇天村的这眼水井也开始供不应求，每天早晨只打上来四五桶水便见了底。村民都是厚道人，一见这种情况，全都主动挑着水桶到山坳里去挑水，把井水让给那些老弱病残的村民。

这些天，曾二牛可没闲着，一直在等机会，如今机会来了，他急忙从城里买来台水泵，连夜请人安装。

第二天，曾二牛家便开始用起了自来水。只要把开关一拉，井下的水便"呼"地一下输进了楼顶的蓄水池，再沿着管子进入厨房、洗澡间……凡是需要用水的地方他都装上水龙头，方便极了。

紧接着，曾二牛贴出一张"安民告示"：在井下水源充足的情况下，欢迎大家从我们家楼顶蓄水池里放水，并请自觉缴纳抽水上楼的电费。

这一招，一下将全村人镇住了：你如果说曾二牛霸占了水井，他却欢迎你从他家楼顶取水，取了水当然得交抽水的费用，他有理由呀！可这电费究竟得交多少呢？人家又没有明码标价。少了不好意思，多了承受不起。村民们心里不痛快，但也无话可说，就当这眼水井白打了！你不是要收钱吗？我们宁愿每天到山坳里去挑水，也不上你家买水！

这事很快传到在外地打工的曾小山那里，他立刻匆匆赶回村里，一瞧，还真有这事，当即找曾二牛理论。曾二牛这张嘴多少能说呀，几个回合下来，他的收钱理论反而占了上风。曾小山说不过曾二牛，发了偏性子：你曾二牛霸了这眼井，我就动手再打一眼井！

## 清洌甘甜

曾小山把自己的想法跟村民们一合计，大伙一齐响应，不蒸馒头蒸（争）口气，这会就是打遍皇天村每一寸土地，也一定要打出一眼井来……

曾二牛听说曾小山又带着全村人在打井寻水，便"扑哧"一声偷着乐了。找水，那么容易的事？皇天村祖祖辈辈为这事吃了那么多的苦，去年托我曾二牛的福，总算打成了这口井，这会又想瞎猫碰死耗子，做梦吧！不过，曾二牛毕竟做了亏心事，不敢出门，每天派小儿子去外面打探消息。

消息不断传来，村里人没白天没黑夜地干，可到头来半滴水都没找着，曾二牛好不高兴，他就等着卖水收钱。

也许是皇天村村民的努力感动了老天，这天，曾小山终于在村口不远处打出了一眼水井，而且只打了十来米，地下水便像喷泉似的往上冒。虽说比到曾二牛家门口那眼井取水远，但比起到山坳下取水，不知方便多少。曾小山专门为这眼井建了间房子，安装了抽水泵，在屋顶砌了一个

密封的大池子，每天晚上预先把水蓄满水池，第二天，来取水的村民只要打开下面的水龙头，便能取到甘甜透亮的井水了。

曾二牛闻讯，猛抽一口凉气，倒在竹躺椅上半天说不出话来。他知道，在天旱年能打出这么多水来的井，那水一定是取之不尽的。换句话说，足够全村二十余户人家长年累月用下去！而自己"卖水"发财的美梦也就彻底破灭了！

# 2009年"《故事会》最有影响力的故事"征文启事

为鼓励多出优秀作品,《故事会》杂志社决定继续举办2009年"《故事会》最有影响力的故事"征文大赛,并对优秀作品实行四大奖励措施:

1. 入选作品除在杂志上发表外,还将收入《第一推荐·最具人气的故事D》一书; 2. 入选作品可得两笔稿酬: 在《故事会》杂志发表的作品,首发稿酬每千字400元; 获"《故事会》最有影响力的故事"优秀作品奖,再追加每千字1000元; 3. 入选作品均颁发奖励证书; 4. 本刊将邀请有关作者参加年底的颁奖大会,所有费用均由编辑部承担。

征稿范围: 1. 具有现实感、新鲜感且可读性强的中短篇(包括超短篇)原创作品; 2.故事性强、有口传性、能引起读者兴趣的推荐作品。

超短篇(如"幽默故事")的字数一般在1500字以内,短篇(如"中国新传说")的字数一般在5000字以内,中篇故事的字数一般在15000字以内。

来稿方法: 1. 从邮局寄发,请在信封上注明"征文大赛"字样,本刊地址: 上海市绍兴路74号《故事会》杂志社,邮编: 200020。

2. 从网上传递,可寄各责任编辑信箱,请在主题上注明"征文大赛"字样,本期责任编辑的邮箱是: zjw002@vip.163.com。

这天,曾二牛的小儿子从外面挑了一担水回来,曾二牛一见,就大骂儿子没出息,小儿子撇撇嘴,说:"你倒是喝喝看,这水又甜又清冽,比咱家的强十倍。"于是,曾二牛取了碗水,喝了几口,嘿,不试不知道,这水真比自己家的强,喝着舒畅极了! 原来,自从他家单家独户享用这眼井水以后,他发现井里的水逐渐发生了变化,再也不像从前那样晶莹清亮,而是变得越来越浑浊,喝着还有股苦味。曾二牛在心里暗暗叫苦: 难道真是做了亏心事,老天爷要报应么?

曾二牛心里有了这个结,便偷偷跑到邻乡向一位打井师傅请教。打井师傅问明情况后,点点头,笑着说: "你这真是聪明人办了糊涂事啊! 实话告诉你吧,一眼水井至少要有十来户人家经常用,才能把井里的水用活。你独家独户霸着一眼水井,能喝多少? 能用多少? 这水不活就成了死水,就会腐烂变色变味儿。道理就这么简单! "

曾二牛满脸羞得通红,他耷拉着脑袋,张大着嘴巴,半天才吭出一声: "我真不该动这歪心思! "

**(题图、插图: 刘斌昆)**

(本栏目欢迎来稿。来稿可从邮局寄发,也可从网上传递。如为电子邮件,请发以下邮箱: zjw002@vip.163.com)

# 不怕你钱多

□ 老　聘

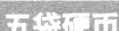

老板和员工斗，谁赢？老板赢？未必。你有你的关门计，我有我的跳墙法，不怕你钱多，胜败的关键在心计。比方说宾大发这个人吧，他是个老板，开了家厂子，平日里趾高气扬的，看着挺神气，可没想到这几天突然没了精气神儿，为啥？都是一个叫王新的人给闹的。

这王新本来是宾大发厂里的工人，前段时间，他左手两根指头被厂里的冲床轧断了，一下花了厂里近万元医药费，宾大发很恼火，等王新一出院就把他炒了，想不到王新告到了法院，要求工伤补偿，一场官司打下来，法院判宾大发赔偿八万元。那王新打赢了官司不说，还一本正经地到处传授维权"经验"，现在倒好，厂里

的工人遇上针尖大一点事儿也要维权啦！

宾大发火死了，他觉得一个打工仔竟然闹出这么大的动静，让他这个当老板的颜面无存，这也太不像话了，于是决定好好治治那个王新。这一天，宾大发让人通知王新，让他来厂财务科领那八万元补偿款，王新一来，宾大发就拿出领款条，往桌上一拍，皮笑肉不笑地说："签字吧，八万元，一分不少。"

王新瞅瞅领款条，问："钱呢？"

宾大发笑嘻嘻地伸手一指，对着堆放在财务室墙角的五只大麻袋，说："钱在那儿放着呢，你签上字，那钱就是你的了，你马上拿走，不然，我概不负责！"

王新一瞅那五只大麻袋，马上明白了宾大发的意思，不用说，里面装的全是硬币，老板是存心要我好看呀！王新走过去，伸出那只好手，拎

住一只麻袋角,试了试,沉沉的,根本拎不动。这五大麻袋硬币,他只怕把吃奶的劲儿全使出来,今天也休想拿回家去!

宾大发看着王新为难的样子,更得意了:"咋样啊?你不是要钱吗?现在给你了,你拿呀,拿呀!你不拿我可要收起来了,别说我没给!"

王新气坏了,脸涨得通红,憋一肚子气,他盯着五只大麻袋看了半晌,说:"谁说我不要?但这么多钱,不能由你一个人说了算,我总得清点清点吧?清点无误,我才能签字,不然,我要向法院申请强制执行。"

宾大发脸上挂不住了:"难道我一个大老板会少你的钱?"

"那可说不定,要不是法院判决,我只怕一个子儿也拿不到。"

宾大发恼了,说:"好,你现在就给我清点,点清了马上拿走,我不会给你当保管的。"

这个时候,王新已经平静下来了,他不急不恼,从口袋拿出一张报纸,往地上一铺,一屁股坐下去,打开一只麻袋,拿出钱来,一五一十地数了起来。宾大发见王新开始数钱,便走出财务室,捂着嘴儿直乐"好你个王新,你就慢慢地数吧,那硬币有一元的,也有五角、一角的,后来又加进好多一分、两分、五分的,这八万元数下来,不把你那只好手数残才怪!"

## 数来数去

这么一想,宾大发别提有多高兴了,他吃过中午饭,便迫不及待地来到财务室,一看,见那王新慢腾腾的,一点也不着急,竟然只数了小半袋子,这怎么行?这样数下去,数到明天天亮也数不完!今天数不完,明天一上班,又得重新数,宾大发急了,催促道:"你倒是快些数呀!"

王新两手一摊:"要怪就怪厂里的那台断命机器,坏了我一只手,要不,我倒是能数得很快的呀!"

宾大发瞪了王新一眼,说"你数不完,就叫几个人来帮你数!"

王新一听,马上出去打了个电话,不大工夫,一下来了十个人,全是来帮王新数钱的,你想,这财务室能有多大?这么多人一站,立刻像筑起了人墙,垒起了人堆,马上没空地儿了,外面的人进不了财务室办事,财务室的人也没法正常上班,整整一个下午,都在看王新的人数钱。

快下班时,宾大发又来了,他见财务室里挤了这么多人,头都大了,拉长着脸,说不出一句话来,可王新一见宾大发就开口了:"这些钱刚数完,只有七万七千块,少了三千块。"

宾大发马上朝财务科长喊:"怎么回事?你怎么只取了七万七千?"

财务科长说:"没少呀,我们昨天还清点过,不多不少正好八万。"

王新说:"我说七万七,你说八

万，两下说不拢，那你来数数嘛！"

领来的钱要是少了，得经办人负责，而且名声都要搞坏的，财务科长当然不答应了，但到了下班时间，总不见得家也不回连夜数钱，科长说："明天你们再来，我们一起清点。"

第二天，王新带着十个人又来了，而且连馒头和方便面都带来了。这次财务科的人先数，不多不少正好八万，然后再让王新他们数，数来数去，还是差了三千，这样一来二去的，又是一天过去了，这下可好，财务科除了数钱，啥事也没干！

这一下宾大发真急了，这样下去，只怕一年都数不清到底是多少钱，他王新有的是时间，可宾大发却陪不起，而且这些人每天在财务科里折腾，把财务科弄得昏天黑地，都没法做事了，但如果不给王新硬币，而给大钞，他王新更要在外面吹嘘：老板是怎么被一个打工仔击败的，商场上的那些人还不把他宾大发笑死？

## 输得更惨

宾大发左思右想，又想出了一个法子，他对王新说："这样吧，这八万块你不要一次拿，数一点，签好字，拿走一点，这样大家方便。"

王新一听，也同意了，说"好吧，我每次想领多少就领多少，你不能拒绝的。"宾大发点头同意了，他心想，就算你一次领一千块，也要你跑八十

次，非得把你的腿给跑细了不可！两人谈妥，当天，王新便点好两百元硬币，签好字拿走了。接下来几天，王新每天都来，每次都只领两百元。

就这样过了一个来月，王新每天来领两百元，风雨无阻，时间久了，宾大发已经不太关心这件事了，没想到这天中午，门卫室打来电话，说："老板，不知怎么回事，省电视台、市电

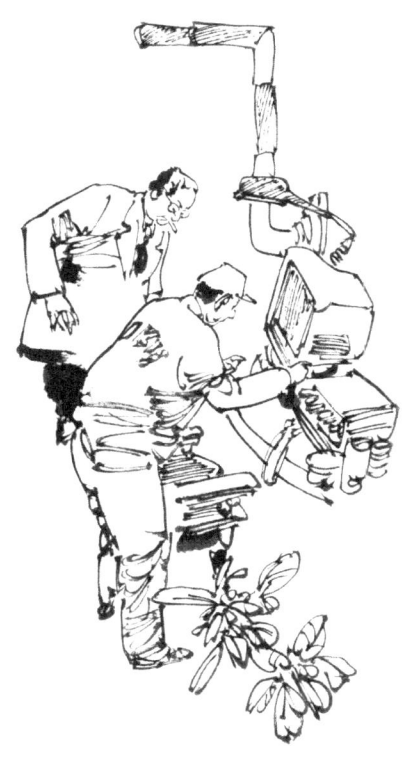

# 编读聊天室：众手浇开故事花

**湖南澧县雷霖：**我喜欢《故事会》完全是受我妈妈的影响，她在上学的时候就开始买《故事会》了，后来一直在买，到我上三年级的时候，她就让我看《故事会》了，从此一发不可收，我每期必买，成了《故事会》的忠实粉丝，你们一定要继续努力，编得好看一些，再好看一些。

**辽宁大洼潘莹莹：**《故事会》是一位知识渊博的好老师，我认识它已经三年了。最近，我身边发生了一件非常感人的事，我把这件事写出来，希望你们能发在"感动中学生的故事"这个栏目。

**编辑部：**看了你写的故事，内容的确比较感人，但这类感人的事件，在我们的日常生活中比较多见，就不用了。感谢你对我们工作的支持！

**河南新乡张莉：**我是一名下岗女工，生活不尽如人意，这天，我刚跟我那口子吵完架，心情烦躁，拿了本8（上）的《故事会》随手乱翻，翻到一篇《特别夫妻档》时，不由得看了下去，被深深感动了，想生活那样困难的一对残疾夫妻，都能相濡以沫，恩恩爱爱地过下去，我又有什么理由不好好过呢？

**北京大兴张广哲：**一口气看完10（上）《故事会》的中篇故事《捕大雁》，连忙绘声绘色地讲给了儿子听，儿子听得津津有味。讲完了，我仍意犹未尽，得意地对儿子说："关于捕大雁的传说，还有一个版本，也非常有趣……"

视台都来人了，在我们厂大门口拍新闻呢。"宾大发一听，急忙来到门卫室，只见大门口黑压压地围着一堆人，几个电视台的摄像机都在拍这些人，宾大发忙问门卫怎么回事，门卫说，这一个来月，每天中午这个时候，厂门口都会聚拢好多人，估计这件怪事引起了省市电视台的注意。

宾大发连忙调出门卫室的监控录像，一看，这些人全是打工的，人群中间的那人正是王新，他正一五一十地跟别人换钞票，把手里的硬币换出去，收进一张张面值十元、二十元的钞票，王新一边跟他们换，一边说："每天只换二百元，想换的记得每天中午过来。"

这时，省电视台的记者采访了一位换硬币的打工仔，问他为什么不去银行换硬币，这个打工的说："银行当然能换，但到这里换更好，不仅能换到零钱，还能看热闹，能看到为我们打工仔长脸的王新，说不定还能看到那个故意刁难王新的老板。现在这事在我们打工仔中都传开了，大家有空就跑到这里来……"

宾大发看到这里，差点没瘫在地上："上回打官司只是输了脸，这回厂子在电视上这么一曝光，只怕连裤子都要输了……"

（题图、插图：刘斌昆）

# 开门见喜

□ 湛鹤霞

## 风水问题

王革新是公路局的职工，前段时间，他认识了一位高人，此人名叫周老三，上知天文，下通地理，说起话来，两三个小时不用打草稿，从嘴里往外直溜。这还不算，这周老三最能的是看风水，随便挑一个地儿，都能位置朝向运气文脉说上一大套，

把个王革新听得一愣一愣的，也跟着周老三学了不少道道。周老三还对王革新说，这风水的讲究大了，风水好了，家里诸事顺利，神清气爽，要是风水坏了，喝口凉水都能磕下两颗牙来。

昨天，王革新像是遇见了鬼，大清早一出门，竟然撞在邻居朱大石家的墙角上，头上起了好大一个包，怎么会出这种事呢？他实在想不明白，再一细看：不好，朱大石家的房子，挡住了自己家的风水！

原来，朱大石家的房子砌在王革新家的左前方，王革新一开门，就看见朱大石家房子的墙角。今天王革新瞅来瞅去，怎么看朱大石家的墙角都像一把刀，正对着自己家，有这么一把刀立着，家里的日子能太平吗？

王革新心里没底，又把周老三请过来帮着掌掌眼，周老三看了，老半天不做声，只是神情严肃地点了点头，烟也没抽就走了。

这下王革新火了：好你个朱大石，怪不得我家从去年开始，老是出事，先是大伢子下岗，再就是二妹子离婚，接着，我的关节炎也犯了，老太婆的腰椎间盘也出了问题。唉，反正是坏事不断，好事无一样。不行，我得想个法子，破了他的阵。

王革新想啊想，终于把他的脑门

子给想亮了：他不是给咱立一把刀吗？你用刀，我就用斧头！咱就在堂屋门口安一把斧头，他的刀砍过来，咱的斧头一劈，他的刀就是一块废铁！

王革新赶紧跑到集市上，买回一把大斧头，将它绑在门廊的柱子上，斧锋正对着朱大石家的墙角。为了防止被外人发现，王革新还在斧头上涂上水泥浆，只露出一点斧锋。

## 针锋相对

再说朱大石，他闲来无事，先是跟熟人打打麻将，慢慢觉得打麻将无聊了，也对风水发生了兴趣，他买了好多风水书，一本本看过来，感觉学问大增，估计自己差不多也能顶个风水先生了。这天，朱大石看见王革新在门廊的柱子上绑斧头，一下就看出名堂来了：好你个王革新，居然用斧头对着我家砍，坏我家的风水，我朱大石也不是省油的灯，你用斧头砍，我就用大炮轰！他赶紧上街，在玩具店买回一个大炮，不声不响将它安装在屋顶上，炮口正对着王革新的屋子。

过了几天，王革新的孙子从城里过来了，那孩子调皮得不得了，像只小猴子到处爬来爬去，这天竟然爬上门廊前的那根立柱，碰到了那把斧子，只听"哎哟"一声，那小子从柱子上跌下来，两手都是血。

王革新赶紧从屋里出来，扶起孙子，给孙子包上创可贴，想想这些都是朱大石招来的，气得盯着朱大石的屋子就骂，骂着骂着，他突然停下来，盯住朱大石家的屋顶，把眼睛瞪得像两只乒乓球：怪不得孙子又出事了，原来朱大石对着咱家装了一门炮呀！

王革新心里这个气呀，第二天就到五金店买回好多东西，亲自动手，接起水管，一直把水管接到自家屋顶，朝着朱大石家装了一个水龙头。他得意地想：我这边水一喷，你那大炮就成哑炮了，哈哈哈！

## 一团和气

朱大石一看，识破了王革新的招数，气得吹着胡子瞪起眼睛，把家里那几本风水书全找出来，翻啊翻，翻了七八遍，也没找到应对之策。他心里这个急啊！

这时，朱大石的二妮子从学校放暑假，回到家，她见爹闷闷不乐，忙问出了啥事，起先朱大石不肯说，因为说出来，二妮子肯定不信，还会嘲笑他迷信，但二妮子是心理学研究生，可会察言观色了，三问两问，终于明白了来龙去脉，笑了，说："这有啥，你看我的！"

到了下午，二妮子去了趟花木市场，买回几十株爬山虎苗，围着自己家的墙根种下去，种好了爬山虎，二妮子对朱大石说："爹，我听说风水是

要养气的，不能急，气养好了，啥都好了。"

接下来的日子，二妮子对这些爬山虎细心养护，三天两头浇水施肥，比做学问还用心。那些爬山虎就像是领会了她的深意，一个劲往上蹿，不过四十来天的光景，就爬到了墙顶上，那个被王革新看成一把刀的墙角，全部被爬山虎围了起来。

这天，二妮子搬了个凳子，站在对着王革新家的那面墙跟前，扎了一个上午，用红头绳在爬山虎上扎了一朵朵小花，那些小花串成了四个字："开门见喜"。

暑假结束，二妮子要回学校了，她把朱大石拉到窗前，悄悄指了指王家，说："你看看，看出啥来没有？"朱大石一看，嘿，王革新绑在廊柱上的那把斧子不见了，装在屋顶的那个水龙头不知啥时早卸了，自己摆在屋顶的那门大炮，这会儿正摆在二妮子的床头柜上。朱大石恍然大悟，怪不得昨天下午遇上王革新时，那家伙朝着自己傻傻地笑呢。

第二天，朱大石跑到镇上的土管所，租了一小块地，决定发挥专长·种植花木。他办好手续，兴冲冲地跑到自己租的地块上，一看，愣了：旁边的一块地里，王革新正在上面种花呢！这王革新见朱大石也来了，竟然冲着朱大石"呵呵"直笑。

（题图、插图：谭海彦）

·中国新传说·

# 深山鼓声

□ 范大宇

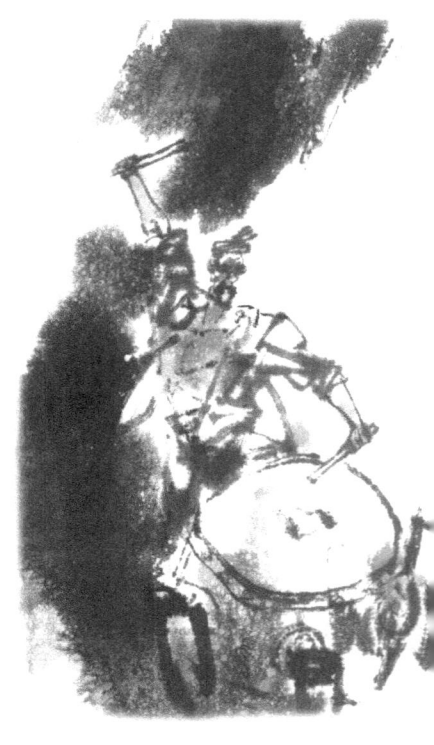

百里哀牢山深处，有个六十多户人家的村庄，村主任叫张大江，今年已经七十多岁了，身子板还硬硬朗朗的。

这一天半夜时分，突然下起了暴雨，张大江睡不着觉，就爬起来，一步步走到楼上。楼上放着村里的镇村之宝，一只三尺直径的牛皮大鼓。张大江将窗户关好，又一遍遍地抚摸着大鼓，看看鼓架子结实不结实，看看它是不是被雨水浇着了。这鼓还是明朝时，村里的先人们随大军屯边时带来的，它曾经在战场上鼓舞战士们冲锋陷阵，取得了一个个胜利。

按村里的老规矩，这大鼓只能放在村里德高望重的族长家中，而且大鼓是不能随便敲的，只有每年的除夕夜、端午节、中秋节，才能由族长亲自击鼓庆贺。平时，只有遇到紧急事，才能击鼓，鼓声一响，全村人就会聚集到族长家门前的空场上，听候指派。

张大江正沉浸在回忆中，突然，他听到一阵窸窸窣窣的声音，这声音来自底楼，在雨声中显得非常轻微。张大江悄悄摸到底楼，猛地拉亮电灯，一瞬间，一个熟悉的身影立在他的面前。

"你，文才！你怎么回来了？"

来人是张大江的儿子张文才，他在城里当官，这会儿显然受了惊吓，他慌乱地脱下雨衣，勉强地笑了笑，说："爸，我有点事。"

"你的司机呢？"

40

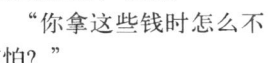

"我自己开车回来的，没带司机。"

"车呢？"

"雨大，进不了村，停村外了。"

张大江审视着儿子，总感到哪点不对头，问："你遇到难处了，是吧？说出来，爹帮帮你。俗话说：姜还是老的辣嘛！"

张文才看着爹，半天，才吞吞吐吐地说："其实也没啥。我给你们二老存了点钱，可、可是我的政敌要在这件事情上陷害我。"

张大江点点头，盯着儿子的眼睛，一字一顿地说："你——贪污了？"

张文才脸一阵白，不自然地摸了摸身上的口袋。

"掏出来吧，一共多少？"

张文才不情愿地从怀中掏出21个存折。就着灯光，张大江点了点，天，总共有472万元。这一刻，张大江的脑袋"嗡"地大了，他看着儿子，心里说：这真是他干的？这就是自己引以为豪的儿子？

张文才躲避着父亲的目光，低声哀求："爸，您得帮我过了这一关。我不再这样了，等风头一过，我就辞职，我回家伺候您和妈妈。"

张大江摇摇头，吐出三个字"去自首！"

"不，不，不！"张文才紧张地一个劲往后退，说："我会被判重刑的，

会被枪毙的，我怕！"

"你拿这些钱时怎么不害怕？"

"爸，我错了，以后我再也不敢了！"

张大江冷冷地又重复了一次："去自首！否则你就不是我的儿子！"

张文才终于忍不住了，冷笑了一声，说："想不到，你竟要大义灭亲。哈哈，好啊，我死了，你们也绝户了。可是，我不想死！对不起，你既然不帮我，我也不再认你这个当爹的了，咱们大路朝天，各走一边。"说着，穿起雨衣，就要走。

"站住！你要上哪儿？逃跑吗？让公安通缉你吗？你想罪上加罪吗？"

"哼，我今后是死是活和你没有关系！"说罢，张文才撞开屋门，冲进风雨之中。

短短儿分钟发生的事，像是经历了一个世纪，像是一场梦。张大江掐掐大腿，痛，生痛，说明不是梦。他感到身后有人，谁？回头一看，是老伴。老伴已经吓得直打哆嗦，战战兢兢地说："文才怎、怎么……"

张大江痛苦地蹲下身子，不知下一步怎么走。好一会儿，他站起来，走到酒缸前，舀起一碗酒，一仰脖，"咚咚咚咚"地灌了下去。然后一抹嘴，看了看身边的老伴儿，像是下了很大的决心似的"唉"了一声，抬起腿，"噔

噔噔"地上了楼，他看着大鼓，自言自语地说："鼓啊鼓，我得借用你一下了！"说罢，抄起鼓槌，运起全身的力气，一下接一下地击打起大鼓来。

鼓声穿透雨幕，像是一声声惊雷，在村庄的上空炸响。不是年不是节的，突然响起鼓声来，这可是多少年也不曾发生的事。在这暴风雨之夜，大鼓的响声惊醒了全村的人，不消一刻，张大江家屋前的空场上，已经聚集了上百号人。人们披着蓑衣、雨衣，一个个站在雨水中，你看看我，我看看你，谁也不知发生了什么重大的事，他们静静地等候张大江发号施令。

张大江出来了。他没有披雨具，任雨水打在身上、脸上。他扫了一眼全村的人，提高嗓音说："乡亲们，今天，我张大江破例击鼓了，为什么？因为我家出了个逆子张文才。大家知道，他在城里当官。可是，他变了，他不为咱老百姓办事，他成了一个贪污犯！刚才，他回来了，可是又跑了。"

人群中出现一阵骚动。

张大江"哗"地扯开自己的衣服，露出胸膛，拍了拍胸口，对天一指，说："今天，我要当着乡亲的面，当着老天爷的面，说出一件压在我心头几十年的事，那就是：张文才不是我的亲生儿子！"

人们的眼光齐刷刷射向张大江，看他是不是说胡话。

张大江说："我说的是实话。大家都知道，45年前，我在外省干得好好的，却突然回来了，村里人都认为我是故土难离，其实不是。那年，我的上司，一个县长贪污了5万块钱，我

这个县长秘书呢，也贪污了6千块钱。在法律面前，我主动坦白，受到了宽大处理。可是，那县长拒不交代，结果被判了死刑！县长临死前，把他的儿子托付给了我，这个孩子就是张文才！"

啊！张文才原来是那个县长的儿子！

这时，张大江的老伴儿走到他的身边，对众人说："大江说的全是实话。我就是文才的亲娘！"

众人又是一阵骚动。有人喊"大爹，你要我们干什么？说吧！"

张大江痛苦地摇摇头，说"我希望大家帮助我，立即下山，去路上拦住文才，把他送到检察机关！千万不能让文才再走他爹的绝路啊！"

这话就是一道命令，众人一下子散开，准备下山，走小路，拦住张文才。

看着远去的乡亲，张大江哭了，他对着雨幕中的苍天，说："老天啊，别让悲剧再重演了！"

突然，夜空中又响起了鼓声，这鼓点又急又乱，没有节奏。这是谁跑到家中，擅自敲响了大鼓？

鼓声将人们再一次召回来，就在张大江和众人不知所措时，屋门大开，张文才握着一把菜刀，跌跌撞撞走出来。原来是张文才击鼓了。

张大江看着张文才，他怕儿子做出危险的举动，伤害乡亲们，于是，一步上前，死死地抱住了张文才。

"爸，放开我！"张文才的脸刷白刷白，他将菜刀扔到地上，说："你说的话我全听到了。我拿刀不是要杀人，只是想让自己流点血，向乡亲们表明我的态度：我决定去自首！我要重新做人！"

人群中鼓起了掌，有人喊："这才对呀！"

又有人喊："文才，我们送你去自首！"说着，晃了晃手上的火把。

张文才"扑通"一声给张大江跪下了，说："爸，谢谢您的养育之恩！谢谢您的教育之德！我去了！"

"等等！"张大江说，"让我击鼓为你送行！"

哀牢山的雨夜，一阵阵响彻云霄的鼓声在大山中回荡，一队由火把、手电组成的队伍在大山中穿行。雨声、雷声、鼓声、火把，伴着张大江老伴儿的泪水，让张大江感叹不已：历史不会重演了！

（题图、插图：黄全昌）

# 说不清的关系

□ 李宗儒

西江化工厂是家国营老厂，效益不太好，一直在勉强维持，今年稍有起色，没想到，昨天来了个坏消息，厂里最大的客户明华公司放出话来，不准备要西江化工厂的货了。

厂长一听这消息就急了，马上叫来销售科长老常，问是怎么回事，老常说："我们销售科也在犯嘀咕，明华公司这样的客户，我们平日太上皇似的侍候着，丝毫不敢马虎，价格、质量、售后服务，他们都没提出问题，怎么说不要就不要了呢？"

厂长点点头："明华公司现在只是敲边鼓，看来还有挽回的余地，你再了解一下，他们是不是有另外的目的。"

第二天一早，老常兴冲冲来了，说："明华公司果然另有目的，他们老板江强说，我们西江厂把事情做得太绝了，竟然让一个女劳模下了岗！"

厂长一听就皱起了眉头："让女劳模下岗？他说的是谁？"

老常说："这我也打听到了，江强说的这个人就是后勤科的李娟。她的确是多年劳模，丈夫病故了，孩子正上大学，现在让她下了岗，日子的确不好过啊！"

厂长摇摇头，说："你说的肯定不对，江强如果想帮李娟上岗，直接打个招呼就是，虽说李娟是厂里一刀切，跟一批人同时下的岗，但让她再上岗也不是什么难事，用得着这样故弄玄虚吗？这样吧，你给江强打个电话，就说我约他明天在松鹤楼聚聚。"

没想到，第二天快下班时，老常又来了，说"糟了，江强根本不赴约，还说我们西江厂没人情味。"

厂长理不出头绪，头都大了："这个江强，到底玩的什么把戏嘛？"

老常凑上来，说："江强不肯直接说，肯定是有原因的。你想想，要是江强和李娟有某种说不清的关系，他这么直接一说，那就是不打自招呀！再说，李娟单身，人又漂亮，虽说年纪大点，可气质风度都在，我们西江厂就有不少人在打她的主意！江强和她撞出情感的火花来，那是完全有可能的。"

厂长看老常说的挺像那么一回事，就说："这样吧，为了不让其他下岗的工人有意见，咱也不说让李娟复岗，干脆你们销售科直接聘她当销售员，直接负责与明华公司的业务，再看看江强的反应。"

第二天，老常就笑呵呵地跑来，说："成了！江强一听说李娟进了销售科，就连夸我们西江厂有人情味儿，还说，上回没能赴约，实在抱歉。"

厂长说："那你再约约江强，让李娟也一起参加。"

老常这次一约，江强马上就答应了，厂长带着老常、李娟一起到了约定的酒家，哪知一碰面，厂长傻眼了：江强和李娟根本不认识，李娟也根本不知道江强帮了她，只是不停地向江

强敬酒，一口一个"江总"地喊着。

江强问李娟："你认识许桃吗？"

"许桃？"李娟想了老半天，摇了摇头，说："我从来没听说过这个人。"

江强大吃一惊，手上的筷子都掉到了地上。

厂长和老常对望一眼，江强为一个根本不认识的人使这么大的劲，这唱的是哪一曲嘛！

再说江强，他回到家，火冒三丈，冲着妻子许桃嚷起来："你说你让我做的啥事呀？你要我帮李娟上岗，还不让我明说，告诉你，我的确让李娟上了岗，她今天还跟我一起吃了饭，可她却说根本不认识你，这八杆子也打不着的事，你那么起劲干啥？弄不好，西江厂还会对我瞎猜疑。"

许桃一听，捂着嘴巴笑起来，说"你们今天见面不是不认识吗？他们怎么会瞎猜疑？你尽瞎想。"

江强更加恼了："笑什么笑？出我洋相，你觉得很好玩啊？"

许桃忍住笑，说："啥叫不相干？李娟跟咱们的关系，那可不一般，说也说不清呢。"

江强糊涂了："她跟咱们有说不清的关系？我从来没见过她，她也不知道咱们，有啥关系呀？"

许桃笑嘻嘻地揪了把江强的耳朵："没关系？20年前，是哪个急吼吼地到处找对象？"

江强一听，愣了："20年前？我不是跟你一见面就对上眼了吗？"

许桃叹息一声，说了原委。

原来，20年前，江强还在部队服役，在驻藏部队当连长，一直没处上对象，连指导员回来探亲时，委托自己的表姨为江强介绍个对象，表姨对指导员说，这对象甭到处找了，我外甥女就挺合适，她不仅相貌好，为人

更好，对你们连长的情况也非常满意，你让他来相相吧。指导员回去一说，江强也很乐意，又正好有假，就以探亲为名赶了过来，两人一见面，一见钟情，处了半年就结了婚，转眼间，已经和和美美地生活了20年。

许桃对江强说："告诉你吧，当初你们连指导员的表姨要介绍的姑娘并不是我，而是李娟。李娟长得比我漂亮，为人又特别好，你要是见了她，哪里还有我的份？也是你们没缘分，你来了，她却被厂里派到上海去学习了，临走时她对她老姨说，人家当兵的大老远过来一趟不容易，不见上面两个人心里都不踏实，还是另外找位姑娘跟他见见吧，如果相不中，她再交往看看。于是，李娟的老姨就找了我，结果促成了咱俩的姻缘。"

江强得知了事情原委，很是感慨，李娟和自己两口子的关系，一下子还真说不清呢。

许桃又说："要不是当初李娟心眼好，咱俩能认识吗？现在她有了难处，你说，我们要不要帮她？"

江强愣怔着没回答。

许桃戳了下江强的脑门："你咋不说话了，想啥呢？"

江强一把抱住妻子，激动地说："李娟心眼好，但你的心地更善良，虽然我错过了那段缘分，但能跟你过一辈子，是我最好的运气。"

**（题图、插图：谭海彦）**

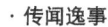

# 寡妇头上冒紫烟

□ 翟怀舒

故事发生在民国时期。

这天，赵家村来了一位相命先生。此人瘦高个儿长马脸，鼻梁上面架副眼镜，手提一面小铜锣，阴阳怪气地喊着相命。

村头刚好聚了群女人，见相命先生过来，便都围了过来，有个绰号叫"喇叭"的女人双手叉腰，冲着相命先生嚷道："喂，相命的，看你一副神叨叨的样子，那你说说看，我们这些人中，哪个是寡妇？说准了，我们都请你相命；说错了，别怪我们不客气，请你走远点。"

相命先生一听，并不接"喇叭"的话头，只见他干咳了两声，眼珠子一转，敲了几下小铜锣，拉长声调，说道"铜锣敲起声连声，寡妇头上冒紫烟。"他话音刚落，女人们的目光就齐刷刷地投向田寡妇，看她头上是不是真的在冒紫烟，把个田寡妇窘得满脸通红。这一来，相命先生心里有数了，但他还要做戏，继续故弄玄虚，先是把女人们一个个看过去，接着又是掐又是算的，嘴巴里念念有词，然后一指田寡妇，果断地说："她是寡妇！"

这也太神了！女人们面面相觑，不得不信，于是一个接一个找相命先生算，有的问婚姻，有的问财运，有的问健康，相命先生摆出一副高深莫测的架势，察言观色，摇头晃脑地说一些八竿子打不着、又让人觉着伸一把就够得上的话，在这群妇女身上骗了不少钱，这才心满意足地走了。

过了几天，这位相命先生又来到钱家村。这钱家村离赵家村不远，男人们大都外出打工，村里多是些女人家，这天，刚好七八个女人在帮着给

一户人家盖房子。相命先生向来是哪儿人多往哪儿凑，很快就凑到这群女人旁边，"当当当"地敲起了手里的铜锣。有个叫钱桂花的姑娘被他敲得烦了，停下手上的活计，故意说："你老是在我们这一带窜来窜去，听说连哪个是寡妇都看得出来，那你倒是说说看，我们这群干活的妇女当中，谁是寡妇？"

相命先生看看钱桂花，又摆出一副仙风道骨的样子，不吱声。钱桂花接着说："那好，你要是能在我们这群人中指出谁是寡妇，我们每一个人都找你相命。"

相命先生微微一笑，他早就心里有数了。原来，这一带每个村子的男人几乎都在附近的一座大矿山里下井采矿，这么些年下来，几乎每个村子都有男人在矿难中丢了性命，每个村子都会有一两个年纪不大的寡妇，他针对这个情况，揣摩出一套蒙骗女人的特殊方法，百发百中，从未失过手。今天又遇到这个不服气的女子向他挑战，正是他求之不得的事，只见他扬起小铜锣，敲了两下，又故意拖长声调，慢悠悠地说："铜锣一敲声连声——"

一位大婶抢过话头，接着说："寡妇头上冒紫烟！"在场的女人"轰"地一声大笑起来。相命先生明白了，肯定是赵家村的人泄露了他的手法，他在心里暗暗冷笑一声，语气一转，仍旧拖长调子，慢悠悠地说："铜锣一敲声连声，寡妇脚下踩着钉。"

这里正在修建房子，少不了会遗落几枚钉子在地面上，相命先生想，我这一说，这群女人为了证实说得对不对，肯定都会朝那个寡妇的脚下看，这一来，谁是寡妇就一清二楚了。哪知道，这户人家刚开始做门窗，钉子用得并不多，巧的是，给木匠师傅打下手的是钱桂花，她刚刚从镇上买了几斤钉子回来，如果有钉子，也只有钱桂花脚下才有，于是，大家的目光齐刷刷都盯着钱桂花脚下。

相命先生见了，得意洋洋地朝钱桂花一指，说："她是寡妇！"

相命先生话音未落，钱桂花上前就给了他一巴掌，女人们大骂："混账东西，人家是黄花大闺女，还没出嫁呢，你瞎眼了！"

一位大婶一边骂，一边脱下脚上的布鞋，握在手里，扬起来便朝相命先生头上砸："打死你这信口雌黄的，打死你这招摇撞骗的，打死你这胡说八道的！"

相命先生双手抱着头，缩着身子，像一只过街老鼠，到处乱蹿，突然，他蹲下身子，抱着左脚，发出一声杀猪般的惨叫。

原来，他只顾了头上，忘记了脚下，正好一脚踩在一块木板的铁钉上……

（题图：黄全昌）

# 奶奶
## 来了

□ 刘建东

王阿婆有个孙子叫阿建，村里人都说阿建有出息，能挣钱。最近，村里人又在议论，说阿建在城里开了个网吧，生意火得能烫死人。王阿婆听了，不放心，一大早就坐上头班车，进城去看孙子阿建。

班车不一会儿就进了城，这时天刚蒙蒙亮，街道上空荡荡的，商店全都关着门。王阿婆下了车，这边走走，那边逛逛，走了不少辰光，来到一家"飞速网吧"门口，这家网吧门半开半掩，里面亮着灯，王阿婆就径直走了进去，她这一进去不打紧，吧台里急忙走出个服务员来，上前拦住她，说："阿婆，你怎么跑这儿来了？这里不是你来的地方，快出去吧！"

王阿婆瞅瞅服务员，说："姑娘，你们这不是做生意的地方吗？做生意

的地方还有不让人来的？"王阿婆这一说，服务员没词了，只好让王阿婆在一旁的凳子上坐下。

王阿婆坐了没一会，又站起来，走到网吧的第二道门口，看着在里面上网的人，服务员连忙跑过来，把王阿婆扶回座位，说："阿婆，你想呆这儿就好好呆着，不要乱跑、乱看。"王阿婆一听不乐意了，说"瞧你这姑娘说的，啥叫乱跑乱看？我看我孙子在不在呢！"

服务员问王阿婆："你怎么知道你孙子在这网吧？"

王阿婆头一扬，说"我就知道他在这网吧！"

服务员不吱声了，王阿婆却问她："你们这网吧老是这样开到天亮？里面的人全都是熬通宵的？唉，也不知那个混小子啥时才出来。"

服务员想让王阿婆早点走，让一

个老婆婆一大早就在这儿守着，老板知道了会不开心的，她问王阿婆："阿婆，你孙子叫啥名字？我帮你喊他出来。"王阿婆说："你别管他叫啥名，你要是想帮我，就朝里面喊一嗓子，那混小子就会出来！"

服务员也熬了个通宵，脑子有点昏沉沉的，也没多想，就在门口喊："谁的奶奶来了？快出来！"

这一喊，里面马上跑出几个学生模样的小孩，手上都拎着书包。

王阿婆看了这几个孩子一眼，摇摇头，说："他们不是我孙子，要不，麻烦你再到楼上去喊喊？"

服务员知道这一喊，肯定又跑掉好几个，就说："阿婆，我不能再喊了，把客人都喊跑了，老板会炒我的。"

王阿婆不答应了，喉咙马上响起来："老板炒你？我还炒他呢！你不喊，我就跑到大街上，站在你们网吧门口把他喊出来！"

服务员一听慌了，忙说："好，我给你上楼喊去。"果然，服务员这一喊，楼上又跑下来好几个孩子，服务员又小心翼翼地问："阿婆，你看，已经出来这么多人，里面没一个是你孙子，你是不是再到别的网吧看看？"

王阿婆摇摇头，坚决地说："我孙子就在你们网吧里，你再给我喊，喊破天也要把他给我喊出来！"

服务员被王阿婆缠得头都大了，偷偷找了个地儿给老板打了个电话，

回来端出一盘瓜子果仁，送到王阿婆跟前，苦着个脸，说："阿婆啊，我要是再一喊，里面的客人全跑光了，你这样弄几回，就没人再来我们这里上网了。来，你吃点东西，垫垫肚子，然后到其他地方找你孙子吧！"

王阿婆拿起一粒瓜子，一嗑就吐了，说："苦的！"拿起一块果脯，往嘴边一放又扔了："过期的！"她把盘子还给服务员，突然从怀里拿出个手机，说："你给我去喊，里面所有孩子的奶奶都来了！你要是不把他们喊出来，我就把我儿子叫来，我估摸着文化局这会儿也该上班了！"

天啦，这阿婆还知道文化局管着网吧，看来她儿子就算不是文化局的人，也跟文化局有不小的关系，上面三令五申未成年人不得进网吧，这事闹大了可不是玩的，于是，服务员拿起喇叭，走到门口，大喊："网吧里所有未成年人注意了，你们的奶奶来了，请你们马上出来！"

她这一喊，一大群孩子接二连三地出来了，王阿婆满意地点点头，踱到门口，见里面还有个小孩在电脑跟前，就走过去，问："你奶奶在门外等着呢，怎么不出去？"那小孩子头也不抬，说："我奶奶早死了！"王阿婆弯下腰，猛一下拔出电源插头，吼道："我说你奶奶来了，她就来了！"

正在这时，外面急匆匆跑进一个人来，服务员迎上去，喊了声"老板"，

朝着王阿婆指指点点，老板急巴巴地跑过来，一把抓住王阿婆，直把她往外拉。

王阿婆使劲打老板的胳膊，骂道："你这个臭小子，放开我！"

老板一直把王阿婆拉到门口，才说："奶奶，你不在家好好呆着，一大早跑这里来干什么？"王阿婆说："干什么？你以为我呆在乡下啥都不懂？我天天看电视，听新闻，啥都知道呢！村里人一说你开的网吧火得不得了，我心里就犯了嘀咕，猜你小子准没干好事，打听到你开的叫'飞速网吧'，过来一看，果然有那么多小孩泡在里面通宵上网。你这不是坑人吗？"

原来，网吧的老板正是王阿婆的孙子阿建，他从小没娘，是王阿婆一手带大的，奶奶的话他不敢不听，就说："要不，我马上就关了这网吧！"

王阿婆瞪一眼孙子，说"看你臭

小子直眨巴眼睛，我就晓得你在蒙我。这么赚钱的生意，你真的肯关？"

老板被奶奶看破了心事，苦笑一声，说："奶奶，那些孩子又不是我抓他们来，逼他们玩通宵的，他们都是自觉自愿的嘛！"

"孩子年纪小，会任着性子玩，你难道也是孩子？你这是祸害人呢，你就不觉得？我跟你说多少回了，不该赚的钱，坚决不能赚。你要是还想开这网吧，就得听我的，一不能让学生娃进来，二不能开通宵，行不行？"

阿建见奶奶真的生气了，连忙答应："行，我听你的，按你说的办！"

王阿婆四下瞅了瞅，好像还想说什么，一时又没想起来，阿建马上凑过来，说："奶奶，你是在想，我这网吧变了章程，得让别人知道，是不？其实刚才我已想出招来了，这就给网吧换个名儿，让别人一看，就知道我在规规矩矩做生意。"

"哟，啥名儿这么管用？"

"嘿嘿，以后我这网吧呀，就叫'奶奶来了'，小孩一看，不敢进来 我看了，做生意不敢动歪心思……"

王阿婆满意地点点头，说："臭小子，招牌上的字要写得大点儿！"

说完，她得意洋洋地回去了。

（题图、插图：佐　夫）

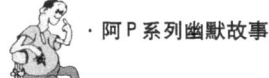

# 阿P 卖卤菜

□ 花 剑

阿P下岗后，弄了辆流动售货车，在街头卖起了卤菜。

这天中午，售货车前来了个乞丐，他左瞧瞧，右望望，最后笑嘻嘻地对阿P说："大哥，车上那几只鸭屁股你反正也卖不掉，就送给我吧？"

这乞丐身上臭哄哄的，在摊位上一站，这生意还做不做啊？阿P皱起眉头，粗着嗓门吼道："去！去！我这里经销的都是高档商品，没你乞丐的份！"

乞丐不乐意了："哟，瞧你高档的，不就是沿街卖卤菜嘛，装什么大款？"

阿P怎能让乞丐小瞧，他胸脯一挺，像个领导一样做起了报告："没文化到底不行啊！什么叫卖卤菜的？你以为卖卤菜容易啊？我告诉你，我卖卤菜，不仅解决了就业，还养活了一家人，连我老婆都觉得我光荣、正确、伟大！"

乞丐白了阿P一眼："你就吹吧，一点善心都没有，还伟大呢，哪天要是你不卖卤菜了，还不如我呢！"

阿P跟着也瞪了乞丐一眼"不卖卤菜就不如你？做梦！怎么我也比你个乞丐强！"

乞丐眨巴几下眼睛，不再跟阿P争吵，换了一个地方"营业"。

第二天，乞丐又来了，这次他把营业场所直接摆在阿P对面，跟阿P隔着条马路遥遥相对。这时快到中午了，阿P闲得没事，便看着乞丐那边的营业状况。想不到今天乞丐的生意

出奇地好，不时有人往他碗里扔硬币，小半天就有几十元的进项。这时，又过来个酷哥儿，阿P的卤菜车他看也不看，却走到乞丐面前，"啪"拿出一张五十元大钞扔进碗里。那乞丐连忙拿起大钞，对着太阳照了又照，然后喜滋滋地揣进怀里，看得阿P眼睛直朝外冒火。

这还不算完，就在阿P气得还没缓过劲来的当口，只听对面又是"当"的一声响，一个纸包着的东西被扔进了乞丐的碗里。只见乞丐好奇地打开纸包，从里面抽出一张纸，颠过来倒过去看了老半天，也没看明白上面写的是啥。

好奇心使阿P不由自主地走到乞丐面前，乞丐把纸递给阿P，问："大哥，我不认字，这纸上写的是什么？"阿P接过乞丐手里的纸条，一看，只见上面写着："炒股失败了，老婆跑掉了，房子充公了，那辆破车我也不要了，谁拿到是谁的，我要安心地走了。一个绝望的人！"

此刻，阿P的大脑像装了一只电风扇，"呼呼"地转个不停，他已经看清楚乞丐手里拿着一把汽车钥匙，这钥匙，一按就能自动开门，再一按就能自动关上，并能发出"嘟嘟"的叫声。阿P心里在暗暗叫冤，这乞丐运道就是比自己好，坐在那里都

有人送钞票。一个不想活的傻瓜硬是把自己的车送给他，他却啥也不知道。阿P一边想，一边拿过乞丐手中的钥匙，在上面摁了一下，不远处竟然真的传来几声"嘟嘟"。阿P放下钥匙，故意淡淡地说："这纸上说，他家房门换锁了，旧钥匙没用了，送给你玩玩。"乞丐听了大怒，一把撕了纸片，说："一把旧钥匙有什么好玩的，这不是耍人嘛！"

阿P连忙说："算了算了，和这种没素质的人生气不值得。这钥匙让你看了生气，不如我帮你处理掉吧？"

乞丐连连摇头，他拿着车钥匙，抛上去，接住，抛上去，再接住，就像是在逗蟋蟀，把个阿P逗得心痒难忍，最后阿P一咬牙，从怀里掏出一张五十元大钞来，说："我今天也慈善

一回，我花钱买，总行了吧？"乞丐从阿P手上拿过钞票，又摸又照弄了好半天，这才点点头，把钥匙交给了阿P。

阿P把钥匙揣进裤兜里，对乞丐说："你帮我看着我那摊子，我去上个厕所就来。"说完，就往刚才发出声音的方向走去，转过一个街角，前面是条大马路，马路对面停着一长溜小汽车，阿P拿出钥匙一摁，"嘟嘟"的响声就在前面！阿P的心都要跳出来了，他要找的车就在这排车里！他一下一下摁着，终于把声音源锁定在一辆白色小轿车上。阿P看着这辆豪华漂亮的轿车，猛地吞了口口水，伸手便拉车门。

突然，后面传来声大喝："你要干什么？"阿P转头一看，一个时髦姑娘圆瞪双眼，冲他嚷道："你是谁？为什么碰我的车子？"阿P吓得赶紧往边上一避，那姑娘打开车门钻进去，"呼"地一下就把车开走了！

找错车了！阿P连忙又摁钥匙，"嘟嘟"的响声继续在响，好像就在跟前，再一看，就在刚刚那姑娘停车的空地上，那里也停着一辆车，正发出"嘟嘟"的响声，不过，这是一辆很小很破的玩具车！再细细打量手里的钥匙，跟这辆玩具汽车是配套的，原来是一把玩具车钥匙！

五十元得卖多少鸭屁股啊！阿P好不沮丧，他慢吞吞地朝自己摊位走

去，找了半天，没找着自己卖卤菜的流动车子和满满一车卤菜，再找乞丐，连影子都没了。到这时，阿P才发现自己是中了乞丐的调虎离山计，他不由得抱着头蹲下来，叹了一口气，说："我阿P真是聪明一世，糊涂一时，见过多少大世面，竟然识不破这种小骗术！"

阿P像是只泄了气的皮球，蹲在街边，这时老婆小兰正好来送饭，见阿P连魂都丢了的样子，连忙上前问缘由，阿P一说，小兰就骂道："好你个阿P，有你这么笨的吗？售货车丢了，应该赶紧报警啊！"

阿P这才醒过来，连忙打110报警，110的值班人员一接电话就乐了，说："我们刚才已经接到一个报警电话，说虹兴路口出现一辆流动售货车，里面满是卤菜，正在等着失主认领，你去看看是不是你的。"

阿P连忙和小兰一起赶往虹兴路，一看，正是他们家的那辆流动售货车，里面的卤菜一样未少，不过，车里多了张纸条，上面写着："阿P未必聪明，乞丐未必呆傻，尊重别人，快乐自己！"

阿P一看就乐了：这乞丐挺会开玩笑的，下次见到他，一定要送几只鸭屁股给他，交个聪明的乞丐朋友不丢人！阿P暗暗为自己的想法喝彩，又得意洋洋地去卖他的卤菜了。

(题图、插图：顾子易)

## 轧死了一只狗

□孙一农

栓子是大王庄的年轻后生，这天，他开着四轮车，拉了车红苕到城里来卖，没想到，一只狗突然从一个窄胡同里冲出来，栓子慌乱中躲闪不及，竟把那只狗轧死了。

马上，一个人冲着车子跑过来，扯住栓子不放。这个人歪眉竖眼，敞着个大胸脯，露出一身的横肉，一看就知是个"惹不起"，栓子连忙打拱作揖，这时，后面又跟着跑来几个不三不四的角儿，嚷着要栓子赔钱。

栓子连忙掏出烟，一根根敬过去，结结巴巴地说，他在正常行驶，这只狗突然冲过来，实在来不及处理。

"惹不起"朝着栓子冷笑一声："照你这么说，我这狗是自己想寻死了？难道它跟着我每天吃肉啃骨头的，也会活腻烦了？"

栓子脸上堆着笑，说："你问问刚才看到的人，看我可有半句假话？"

"惹不起"瞪起牛眼，朝周围看热闹的人溜了一圈，扯着嗓门问道："你们哪个看到了？啊？"周围的人被他这一嚷，一个个吓得连连摇头。

"惹不起"更来劲了："哪会有自己找死的狗？你说谎太没水平！"接着他把手一伸，说："看你是庄户人，没钱，就拿五千块算了，不然，连车带人一块扣了，交警队里的都是咱哥们！"

几个跟着"惹不起"的也一连声喊栓子赔钱。

栓子有理没处讲，说又说不过，赔又赔不起，要是动手更明摆着要吃大亏，火从心里腾腾地朝外头冒。

正在这时，忽见人群一分，一个

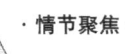

戴着墨镜的老人拄着拐杖走过来，问："这儿发生了什么事？"这老人看来有点身份，人们见他来了，马上让开了一条路，"惹不起"一伙摸不准这老人来路，说话的声音低了几分。栓子见这老人戴着墨镜，拄着拐杖，急中生智，连忙上前拉住老人，故作惊喜地叫了一声："伯呀，你老人家咋才来呀？你要是再晚来一会，我可就有冤没处申了！你快说两句公道话吧！"

这老人猛听栓子喊他伯，迟疑了一下，问："你是咱村谁家的娃？这些年我不太回去，遇见本村的后生都叫不出名儿来了！"

栓子连忙说："伯呀，你忘了？我十岁那年，你回去过春节，我娘叫我给你送碗饺子，你还发了我十块压岁钱呢！"他故意把时间说得非常遥

远，糊弄老人。

老人拍了会脑袋，凑近脸把栓子反复打量，又朝"惹不起"几个看看，这才像猛然记起来似的，说："噢，是有这么回事。你，你不就是我族里老六媳妇跟前那个谁嘛！你不在家里服侍你娘，怎么跑到这儿跟人吵架？"

"伯，是这么回事……"栓子见老人认错了人，心中窃喜，连忙把刚才出事的经过说了一遍。

老人听说轧死了一只狗，脸刷地白了，忙让栓子引自己察看，老人手颤抖抖地把死狗摸了又摸，见真的没一点气了，站起身，气愤地扬起拐杖，照着栓子屁股就是两下："我打死你，你这闯祸的东西！你知道这狗多名贵吗？赔两万块也不为过。没说的，赔，给人家赔！拿不出现钱把你这车货给人家卸了，伯从来认理不认人，你可别说伯不帮你说话。"

"惹不起"一听这话，得意洋洋地将拇指一跷，说："小子，这下没说的吧？掏钱！"

栓子见老人这么给他主持"公道"，气得一跳老高，说："伯呀，你咋胳膊肘朝外拐？怎么反帮外人说话了？这车红苕得派大用的，我要卖了给我娘去治病呢！卸了这车红苕，就是要了我娘的命！"

老人听了这话，说："怨只怨你把车乱开。你伯眼不

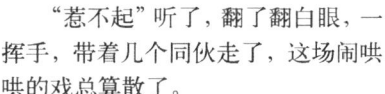

好，难道你的眼也不好？放着这么宽的街道不走，硬朝着人家的狗窝开？该赔还是得赔，没钱你到我家里拿去。"

栓子大声说："伯，你看看，这么宽的街道，咋就成了他家的狗窝？你难道连街道跟狗窝也认不清了？"

"啥？这儿是街道？"老人拿手托住墨镜，俯下身子，朝脚下的地面和周围瞅了又瞅，长出一口气，把手中攥着的一根绳子往地上一摔，说："嘿！真是人老不中用了，头昏眼花的，我刚才还当这儿是人家的狗窝呢！既然是街道，那你小子还呆这儿干啥？自古道，鸡有笼，狗有绳，猪有圈，这只死狗把脖子上的绳子挣断了，胡乱钻，死了怪不得你！你快走吧！有理走遍天下，无理寸步难行，城里人遇事也得按理来！"

"惹不起"见老人跟栓子一会哭一会笑的，老半天也没看明白，一见栓子要走，连忙拦住，问："你就这样走了？钱呢？"

老人拿拐杖在地上一扒拉，找到了刚才扔在地上的那根绳子，把它捡起来，朝"惹不起"抖了几下，说："你还是要钱吗？那你先问问这绳子，它肯给不？如果它不肯给，你还想要，就找我家大小子要去！"

"惹不起"瞅瞅绳子，不甘心地说："你家大小子？他是谁呀？"

围着的人一听，"哄"地全笑了，一位小贩说："大爷的儿子你都不知道呀？他是咱县里的公安局长！"

"惹不起"听了，翻了翻白眼，一挥手，带着几个同伙走了，这场闹哄哄的戏总算散了。

栓子把红苕送到批发市场，开着车回来，忽然看到那位老人还蹲在路边，身旁躺着那只轧死的狗，老人抚着狗的尸体，就像失去了一位亲人，非常伤心。栓子连忙找个地方把车停下，走到老人身边，蹲下身子，问道："大爷，我还没好好向你道声谢呢，你这是怎么了？这狗——"

老人叹了一口气，说"这狗陪了我三年，我是大半个瞎子，它一直是我的眼睛和拐杖啊！"

老人说，他才是狗的真正主人，一直靠这只狗给他引路，这狗平日不知有多乖，这两天可能正好到了发情期，今天挣脱绳子从家里跑出来，撞到了栓子的车轮下，正好被"惹不起"一伙看到，惹不起便冒充狗的主人，想狠狠敲栓子一笔，老人找狗正好到了这里，帮着栓子脱离了困境。

栓子恨不得给老人跪下，他涨红着脸，说："大爷，你开个价，我赔！"

老人摇摇头，苦笑一声，说："赔？你两部小四轮也抵不上我这只导盲犬啊！算了，你还是快点回去，忙自个的营生吧！"

**（题图、插图：谢 颖）**

# 到底谁傻

□ 刘祖光

## 牛马不如狗

**这**天，两个死刑犯被处决了，他们一个是贪官，一个是杀人犯。贪官为了敛财，把工程搞成了豆腐渣，害死了不少人；杀人犯本来是个老实巴交的农民，一念之差，杀了一个人，也断送了自己性命……

贪官和农民被处决后，在黄泉路上结伴而行，眼瞅着要见阎王了，贪官心眼活，偷偷塞给身后的小鬼一沓钱，打听投胎的事，小鬼见钱眼开，告诉他，由于他上辈子作孽太重，按照阴司律法，他将转世为牲畜。贪官一听，吓得浑身哆嗦，又往小鬼手里塞了一把钱，小鬼挤挤眼睛，说："虽说是做牲畜，差别也挺大。现在阎王手里有两个名额，一个是做狗，一个是做马，你赶紧争取第一个名额吧。"

贪官哭丧着脸，说"做狗还不如做马呢，个大，吃得也多……"

小鬼朝贪官脑袋上拍了一下："你脑子进水了?做了狗，起码还有做宠物的机会，做马行吗？你见过谁拿马当宠物养？"

贪官恍然大悟，但怎么才能争取到做狗呢？小鬼不说话，又朝贪官头上拍了拍，贪官恍然大悟，笑道："我晓得了，干这个是我的拿手好戏！"说完，贪官转过头看看农民，见农民正哭丧着脸，还在为自己的罪孽忏悔，根本没考虑到投胎的事。贪官这下放心了，他摸了摸口袋里的钱，放

心大胆地往阴司走。

进了阴森恐怖的阎罗殿，阎王一翻两人的生死簿，大怒，马上判贪官转世为马，农民转世为宠物狗。贪官赶紧跪下，问阎王为啥这样判，阎王怒气冲冲地说："你搞的豆腐渣工程害死一百多号人，他才害死一个人，判你做马，你有啥可冤的？"

贪官赶紧把口袋里的东西掏出来举到头顶，说："阎王，这就是我冤枉的证据。"小鬼把"证据"接过来，递给阎王，阎王一看，是厚厚的一沓钱，马上眉开眼笑，说："你小子真是个猴精，若不是你犯了大罪，我真想让你留在这里做小鬼。"

于是，阎王大笔一挥，把贪官和农民的投胎对象给换了。不过，阎王毕竟做了亏心事，对农民有些愧疚，就问："你要是不愿意做马，可以再等两天，狗的名额快有了。"

农民摇摇头，说："我愿意做马，我上辈子作了孽，下辈子要当牛做马补偿，好好下气力赎罪。"

阎王很感动，就说："做马也有很多种选择，有干死力的，有在游乐场供人骑着玩的，有专门用来拍电视电影的，我就让你做拍电影的马吧，没准还能当明星呢。"

农民又摇摇头，说："我犯的罪过太大，只有做干活的马，才能安心。"

出了阎罗殿，到了奈何桥，贪官一个劲笑农民傻，农民说："咱俩到底谁傻，现在还说不定。"

## 变化不由人

贪官还想嘲笑农民，小鬼在后面将他猛一推，推下了奈何桥。很快，贪官成了一个有钱人家的宠物狗，这狗一生下来，就围着主人汪汪叫，主人好生喜欢，给它安排专门的房间，专门从美国花高价买回狗粮，狗渐渐地长大了，主人怕它惹乱子，把它给阉

了，狗成了太监，连想死的心都有，但好死不如赖活，每天还是对着主人强颜欢笑，但主人把它玩腻了，就把它送给了情人。不久，主人把情人也玩腻了，不要情人了，那个情人对主人恨之入骨，便拿他的狗出气，把狗身上剪得光秃秃的，抛出门外。

这时正是冬天，天寒地冻的，浑身光秃秃的狗给冻了个半死。它每天在垃圾堆里找食吃，经常被野狗欺负。有一天，一群小子抓住这只狗，把它揍了个半死，弄瞎了它的一只眼睛。狗眼看在城里混不下去了，就想到乡下看看，它一步一挪走出城，天上又下起了大雨，狗饿得头晕眼花，被淋得气息奄奄，突然，它看到那个农民投胎转世的马，正朝自己这边走过来，那匹马身上盖着雨衣，它的主人自己却在雨里淋着。狗非常羡慕，马居然有这样的待遇，就说："老兄真是走了狗屎运，做马也能这么幸福！"

马"嘿嘿"一笑，说："当时我申请做马，是因为我知道马是农民的宝贝，虽然干的是重活，但农民们对马比对自己还好……"

这时，突然跑来几个年轻人，抓住这只狗，把它杀了，美美地吃了顿狗肉。狗受了那么多罪，又这样死了，阴魂不散，就偷偷跟在马后面。

这天，人带着马外出驮东西，走在崎岖的山路上，马身上的东西并不重，但它的主人宁肯自己走路，也不骑它，更舍不得用鞭子抽它，狗的鬼魂嫉妒死了，从山上推下一块大石头，砸在马身上，当场就把马砸死了。马的主人哭得很伤心，说："马啊马，你是咱家的一口人呀，你死了，我回家都不知咋跟孩子们交代……"接着，他挖了个坑，将马埋了。

狗的鬼魂惊呆了。自己和马受到的待遇相差太大了，自己享受的是短暂欢愉，却要用半辈子的苦难来偿还；马虽然干了很多活，流了很多汗，但它过得那样快乐，还得到了主人的爱护。同样是死，自己变成美味进了人的肚腹，马却能埋进坟墓。

狗和马又一起由小鬼押着，到阴司报到，由阎王判决它们再次转世投胎。这次，狗因为死的时候是只流浪狗，没人给它烧纸，所以手里没有钱，而马的主人给它烧了很多纸，带着很多钱，狗既眼红又无奈，就跟马商量说："老兄，借我一点钱吧？"

马毫不犹豫，将口袋里的钱全给了狗。狗很开心，又拿钱来贿赂小鬼，小鬼向狗通风报信，说，阎王准备判它们来世做人，不过，阎王家正准备盖楼房，还缺一个监工……

狗一听，监工？肥差啊！

见到阎王后，阎王对他们说，目前手里只有一个投胎做人的名额，但这人是穷人，经过奋斗，后来成为富人。另一个名额要等些时候，在这段等待的时间里，可以给他家当监工……

狗一听，赶紧说自己愿意做监工，阎王笑笑，说："阴司里完全没有娱乐，上班下班全是面对小鬼，再说，给我当监工，那是完全没有油水的，你可要想好。"

这下狗又犹豫了，它想，给阎王做监工，那油水刮起来难度太大，还不如先去做人，刚开始虽然很穷，但毕竟后来能当富人。于是，它选择了做人，为了让阎王高兴，它还说，这次虽没给阎王当监工，以后还会为阎王服务的。

阎王不理它，大笔一挥，让狗马上投胎去……

### 有债就得还

接下来，阎王对马说："我给自己的楼房找监工，第一个想到的是你。"

马奇怪地问："为什么啊？狗以前干过工程，这方面是专家啊！"

阎王摆摆手，说："他干过工程不假，可干出来的全是豆腐渣！监工这样的活，还是老实人可靠。你放心，房子盖好后，我为你安排个好人家，马上让你投胎转世。"

马说："要是转世为人，我很想再见见那位狗兄弟。"

狗投胎到了一个穷人家，从小就吃尽了苦，一直勤扒苦做，整整苦干

了三十年，终于成了富翁。就在他成为富翁这一天，老婆正好为他生了一个儿子，奇怪的是，儿子刚满月，富翁就得了场怪病，死了。富翁气坏了：吃苦一辈子还没享受就死了，儿子啥也没干，就把他所有的财产接收了，这太不公平了！一见阎王，富翁就把这些话对阎王说了一通，阎王笑呵呵地说："我这样做，就是为了满足你的愿望啊！"

# 豆花铺的秘密

□ 梅纪国

## 奇怪的老人

**清**朝康熙年间,云州城有一家"朱记豆花铺",掌柜朱秉文凭着精明能干,硬是把三文钱一碗的豆花汤做成了云州城的第一块招牌。

这天晚上,朱秉文忙了一天生意,正要让伙计们打烊,一位老人却在这时走进店里,朱秉文连忙吩咐伙计给老人盛上一碗豆花。

不一会,伙计就端上来一碗热腾腾的豆花,老人点点头,先是不紧不慢地用鼻子一闻,点点头,接着低头喝了一小口,细品了一下,又微微点了点头。过了好大一会,老人才把这碗豆花喝完。朱秉文掌柜见这老人吃得如此认真,就走过来问道:"老先生吃得可好?"

老人沉吟了一会,说:"掌柜的,

富翁一愣:"愿望?啥愿望?"

阎王说:"你上次想给我当监工,没当成,临走时还说以后要为我出力,我一直记着呢。这次阴司的下水道堵塞了,疏通下水道是个大工程,需要一名监工,我第一个就想到了你……"

富翁气得差点晕倒:在下水道里做监工,那还不如在阳间做个穷人

呢!就说:"马做监工不是挺好的吗?咋不让他继续做呢?"

阎王叹了一口气,说"马说有人欠他钱没还,他要求转世到人间讨债。这不,他上个月刚转世做人去了。说起来你们还真有缘分,他投胎到你家,成了你儿子……"

(题图、插图:黄全昌)

恕我直言，这碗豆花虽说葱姜佐料很正，但豆花里却隐隐有一股霉腐味，不知是何缘故？还有，那豆花入口即化，如果能多点筋道，就好了……"

朱秉文一听这话，就知道老人是个大行家。原来，制作豆花时，他让伙计在原料中掺进一些已经发霉变质的黄豆，而豆花筋道不足，则是在制作时加了过量的水。这些当然不能跟老人说破，又一时摸不清这老头是何来路，为三文钱一碗的豆花这么讲究，万一他在外面一说，"朱记豆花铺"这块金字招牌没准就给他砸了。于是，朱秉文对老人说："这些豆花都是早上制的，放到现在，的确有点失味了，您如果有兴趣，明天早些来，尝尝我们刚刚制好的豆花，如何？"

老人点点头，说："那好，明天早上我一定过来。"说完，他付了三文钱，走出了豆花铺。

## 五文钱一碗

第二天一早，朱记豆花铺刚开门，那位老人就来了，朱秉文给伙计使了个眼色，那伙计慌忙迎上前去，招呼老人说："老先生您又来了，来，里面请！"他把老人引到一个空位坐下，跑到后堂，端上一碗冒着热气的豆花。

老人还是先用鼻子闻了闻，然后低头喝一小口，细品好一会，大声说："好！不愧是云州一绝！"说着，

便三下两下喝完，还有滋有味地咂着嘴。接着，老人喊来伙计，从兜里摸出五文钱的铜板，放在桌上，便往店外走。伙计连忙喊住他，说："老先生，您多给钱了。我们店的豆花是三文钱一碗，您却给了五文。"

老人头也不回，边走边说："朱记豆花名不虚传，五文钱一碗，值！"

伙计把情形给朱秉文一说，朱秉

文想了一会儿，说"这老头是个大行家，为了咱朱记招牌，以后他来时，都给他盛小锅里的特制豆花，结账时，他爱给多少就收多少。"

自那以后，老人每天都来，伙计按照朱秉文掌柜的吩咐，每次都给他开"小灶"。老人也不含糊，结账时一律付五文钱。

这样过了没几天，有些食客见老人喝一碗豆花付五文钱，以为朱记豆花涨了价，也跟着付五文钱。伙计不得不大费口舌，给他们解释朱记豆花没有涨价，但还是有些人，喝完豆花后也不喊伙计，直接把五文钱往桌上一扔就走人。这样一来，在同一家店里喝碗豆花，有的人花的是五文钱，有的人却只花三文钱。

朱秉文掌柜从来没遇上过这样的事儿，不过有人愿意多送钱，对他来说总是好事儿，说明朱记豆花的金字招牌，在云州城没人能比，把豆花按五文的价钱卖，看这架势一点也不会影响客源。于是，他找来笔，写了个牌子，对伙计说："你把这个牌子挂到店门口去，把价格统一起来，不要弄乱了。"伙计接过牌子一看，上面写着朱记豆花，五文钱一碗，童叟无欺！

牌子挂出后，那个老人就再也不来了。过了几天，来朱记豆花铺喝花的客人少了一些，但由于豆花已经涨到了五文钱一碗，朱记豆花铺赚的钱反而比以前多了。

又过了一些时候，朱记豆花铺的生意突然急转直下，食客越来越少了。朱秉文掌柜急了，这一天，他在

街上拉住一位以前常来光顾的食客，问他怎么不来喝豆花汤了，那人看看朱秉文，说："原来你不知道啊？云州城又开了一家豆花铺子，那家铺子的豆花只卖三文钱一碗，味道却比朱记豆花还要好。"

## 又一家铺子

朱秉文大吃一惊，连忙赶往那家新开的豆花铺，一看究竟，他刚走到新开的豆花铺门口，掌柜的便迎出来了，一看，朱秉文顿时愣住了："怎么是你？"

掌柜的正是以前那位每天都去朱记豆花铺喝豆花的老人，老人笑呵呵地朝朱秉文作一揖，说："不错，是我！为了开这个小铺，我特意到你那里品尝朱记豆花，喝了你做的豆花，觉得绝对要值五文钱一碗，所以，每次结账时我都付五文钱。"

一听这话，朱秉文简直哭笑不得，因为那晚差点被老人看出选料和做工上的破绽后，老人再去时，朱秉文每次都让伙计给他盛"精制豆花"，那是专为云州城的达官贵人准备的，是他朱秉文下最好的料、花最大的精力制作的，这种豆花不在店里卖，而是专门送到达官贵人的府上，每碗豆花要收二十文钱，这才是朱记豆花的真家伙。

老人又说："朱掌柜既然肯来赏脸，何不进来喝一碗我做的豆花？我

的豆花三文钱一碗，绝对货真价实、童叟无欺！"

朱秉文正想探个究竟，就硬着头皮进了铺子，老人马上让伙计端上一碗豆花，朱秉文只吃了一口，马上就叫起来："这、这不就是我给你喝的豆花吗？"顿时，他心里雪亮，啥都明白了：这老头先是激他拿出最好的豆花，吃了一段时间后，这老头就把朱记精品豆花的配料、诀窍全摸到了，掌握这个诀窍后，他又故意每次多给两文钱，引诱朱秉文涨价，他自己就趁着这个机会开出一家豆花铺，以低价入市，把云州城喜欢吃豆花的食客逐渐吸引过来。

朱秉文气得满脸通红，却又无法发作，老人一看，给朱秉文施了一礼，说："朱掌柜，不出此下策，我的豆花铺在你眼皮底下不可能开出来。承蒙朱掌柜容让，让我有机会站住了脚跟，朱记豆花树大根深，你只要重整旗鼓，何愁生意不旺？到时我们两家遥相呼应，保管云州城吃豆花的人越来越多……"

朱秉文回到店里，马上让伙计把那些低价买进的发霉变质的黄豆全都处理掉，在门前重新立了块牌子，上面写着：朱记豆花，三文钱一碗，童叟无欺！

过了没多久，朱记豆花铺的生意又好了起来。

（题图、插图：黄全昌）

在那个年代，柔弱的女子别说救人，连自保都是痴人说梦。可是，偏偏有这么一位流落异乡的奇女子，不仅保全了自己，还救出了情郎……

□范国清

# 乞丐新娘

## 1. 老翁纳妾

清朝光绪年间，广济县薛家村有位薛员外，他年过花甲，家财万贯，膝下却没有一儿半女，为了有个后人养老送终，继承香火，他真是动足了脑筋。这不，这段时间，他竟然又打起家里一个丫环的主意。

这天下午，本来安静的薛府突然闹腾起来，两个家丁连拖带拽的，将一个丫环拉到院子里，吊在院子的皂荚树上。薛员外吩咐家丁："她啥时应承了，就啥时放她下来。"说完，转身回了屋。

薛员外刚进屋，员外婆便走出来，解开绳子，把那个丫环放了下来。

薛员外在屋里听到响动，急忙走了出来，见员外婆放下丫环，十分恼怒，喝令家丁再把丫环捆上，那丫环一听，拔腿就跑，眨眼工夫，便冲出了薛家的高墙大院。

薛员外连忙带着家丁追出来。

那丫环像只燕子，不一会就跑出村子，跑上了村外梅川河边的官道，薛员外带着家丁在后面穷追不舍，毕竟女孩子气力不及，眼看薛家人越追越近了，这时，前面突然来了一顶官轿，丫环见了，不管三七二十一，往前猛地一蹿，一下钻进了官轿。

官轿里坐着广济县古县令，他正眯着眼儿打盹，忽见一个女子冲进轿子，吓了一跳，定睛一看，这女子有点眼熟。原来他数次到薛员外家做客，见过这个丫环，这才定下心来，问："你不是薛家的丫环吗？这是干什么？"

丫环喘着粗气，说："大人救我……"

古县令眨巴下眼睛，想，姓薛的那家伙是这方圆几十里的首富，连个后人都没有，那万贯家产，好歹得有个着落。现在帮这丫头一把，没准以后就是颗有用的棋子。

这时，薛员外带着家丁追了上来，一见是古县令的轿子，顿时放下心来，喊道："大人，我家丫环跑到你轿里了！"

古县令把头伸出轿外，故意拿腔捏调地说："哟！这不是薛员外吗？你们几个大男人把一个小丫头撵得满天飞，唱的是哪一曲呀？"

丫环在一旁气愤地说："他为老不尊，竟然想要我做妾！"

薛员外见势不妙，连忙打躬作揖，说："大人，请到寒舍说话。"

古县令跟着薛员外到了薛家，到客堂上坐了，薛员外叹了一口气，说："大人，我膝下无子，只想再续一室，生下一男半女，让我老有所依！"

古县令瞅瞅薛员外

一张堆满皱纹的老脸，拼命忍住笑，说："薛员外呀，我听说你年轻时就纳过几房妾，都未生育，后来把她们一个个全赶走了。现在你黄土都埋了半截子，难道老枯枝还能再发新芽？"

薛员外嗫嗫嚅嚅，说："苋菜越老越结籽，葫芦越老越开花，兴许现在就能……"

古县令哈哈大笑："你真是做梦娶媳妇，尽想美事儿。那丫环可怜见的，死也不从，真要闹出什么事来了，你的名声也不好听。我看，你就给我一个面子，放过她吧！"

听了古县令的话，薛员外心里直犯嘀咕："这家伙向来是见钱眼开的主，平日一来我家就想着打秋风，今天怎么像个正人君子呢？"不过，想归想，县太爷的面子他不能不给，只

得答应不再逼那丫环为妾。

古县令见薛员外还是一脸闷闷不乐，就说："你们家高门大户的，怎么连个唱小曲的都没有？"

薛员外说："这个丫环倒是吹得一手好曲子。"转头又对丫环说："你就给县太爷吹一曲吧。"

丫环连忙起身，回屋拿出支乐器，朝古县令行了个万福，便吹了起来。她吹得悠扬婉转，十分动听，古县令十分受用，问："你这吹的乐器叫啥名儿？你怎么吹得这么好？"

丫环说，她吹的乐器叫葫芦丝，是她老家云南那边的乐器，她叫"葫芦"，是云南人，从小死了母亲，她父亲受当地土司欺压，无法栖身，就用背篓背着葫芦，离开云南，一路上靠吹葫芦丝讨口饭吃，这样一年年过去，葫芦渐渐大起来，也跟着父亲吹起了葫芦丝。去年，十七岁的葫芦跟着父亲来到薛家村，薛员外把葫芦父女俩叫到家里，让他们一齐吹葫芦丝，吹一曲赏一个铜钱，一个上午吹完，薛员外仍觉不过瘾，让他们下午接着吹，想不到葫芦的父亲吹着吹着，突然倒在地上，再也没能起来。葫芦跪下求薛员外赏一口棺材，薛员外答应了，但同时给了葫芦一张卖身契，葫芦在卖身契上摁下手印，从此成了薛家的丫环。

葫芦在薛家住了一年，长得越发水灵。薛员外见了，忍不住动起了歪心思，想纳她为妾，葫芦却宁死不从。

送走古县令，薛员外又为子嗣的事生起了闷气，员外婆走过来，说："老爷，我们还是找一位义子吧，只要找到个有良心的，让他继承薛家香火，为我们养老送终，胜过亲生。"

薛员外说："你到哪里找有良心的？良心又不会贴在脑门上，你怎么看得出来？"

"我有个法子……"

## 2. 卖身为奴

员外婆说，要想找到有良心的人，最好的法子是隐瞒身份，装成老无所依的乞丐……

薛员外认为这个主意不错，他为员外婆找来一套又破又脏的乞丐衣、一根打狗棍、一只破碗，写了块"卖身为奴"的牌子，挂在员外婆胸前，给了她几两散碎银子，让她出了门。

员外婆先赶到六十里外的一个大镇子，四五天过去了，没见员外婆回来，薛员外有点坐不住了，就对葫芦说："看来还得我亲自出马，等夫人回来了，你让她在家里好好呆着，不要再到处乱跑。"说完，他也把自己装扮成乞丐，偷偷出了门。

再说梅川河边的杏花村，有个年轻的货郎叫周小发，这天挑着担子到县城采买货物，忽然看见街头坐着个老年乞丐，胸前挂着个"卖身为奴"的牌子，不少人围着当稀奇看，但看了老半天，没见人上来买，就又渐渐散了。这时，一个公子骑着马过来，看到了薛员外挂在胸前的牌子，突然张大嘴巴，"呸"的一声，把一口浓痰吐到薛员外身上。

薛员外几时吃过这样的亏！他骂道："市井小儿，你这个鬼德性，怎么能给人做儿子？"

公子见乞丐竟敢骂人，一跃从马上下来，飞起一脚，踢倒薛员外，骂道："你这个缺德鬼，一大把年纪了，想别人买你回去养老送终呀？"

薛员外梗着脖子还要骂，这公子见他还不服软，又一脚踩住薛员外，说："你喊我一声爹，我就饶了你。"

周小发见薛员外被公子踩着，动弹不得，一张脸涨得通红，看不下去了，就对那公子说："他虽是个乞丐，也有一大把年纪了，你何苦这般作践他？"

公子抬起脚，冲着周小发说："你算哪根葱？就你良心好？怎么不把他买回家？"

周小发冷笑一声，说"你还别激我，要是我和他投缘，买他回去当爹也说不定。"他放下货郎担，上前扶起薛员外，问："你怎么想把自己卖了呢？"

薛员外难过地闭上眼睛，不吱声。

公子在一旁哈哈大笑："你快买

了这没用的老东西吧，快呀！快把他买回去当爹供起来，给他养老送终！"

公子这一说，货郎心思还真活络了，想：我从小就没爹，一直盼着有爹娘好让自己来尽孝，再说，我经常跑在外面做生意，有个老人在家里守着也挺好的。他再看看老乞丐，长得胖胖的，身子骨也挺好，就说："他好歹也是个人，咋就不能当爹了？只要他同意，这爹，我认了！"

公子笑得跳起脚来"哈哈，你买他做爹，你得给钱啊！对爹你还得有礼数，得用轿子把他抬回去！"

薛员外瞅瞅周小发，点点头，说

"好，我就收你作义子。"

货郎从怀里掏出一两银子，说："我钱不多，过会还得去采买货物，这一两银子你要是不嫌少，就收下，告诉我住址，明天我抬大轿子去接你！"

薛员外接过银子，说："我住在梅川河边薛家村外的土地庙，你明天早点来接我！"

公子没想到自己一番胡闹，竟然真的让老乞丐把自己卖给别人当了爹，气得破口大骂："老不死的东西，你就等着吧，到时你这破儿子不是把你气死，就是将你活活整死！"

第二天，周小发起了个大早，租了个轿子，赶往薛家村，到了土地庙前，吓了一跳：只见庙前站着一大堆人，昨天自己认爹的那个老乞丐身着绫罗绸缎，站在前面，旁边一位丫环迎上来，介绍说："这是我们家老爷，人称薛员外。"周小发一听，顿时变了脸色，好一会才缓过神来，掉头要走。薛员外走上来，拉住周小发，说："怎么话都不说，就想走了？"

周小发结结巴巴地说："原来你、你是薛员外——"

薛员外笑呵呵地说："我看你这孩子良心很好，你就来我们家吧，给我养老送终，以后，我家的产业全是你的。"

薛员外赏了轿夫几个铜钱，带着周小发进了家，让葫芦领着周小发里里外外走了个来回，然后把周小发叫过来，说："过几天我要大请宾客，好好庆贺一番，但你娘到外面找义子，到现在还没回来，你去把她接回来吧。"刚说完，又想到周小发刚来，还不认识夫人，就对葫芦说："你陪着少爷去把夫人接回来，我们这一带只有你会吹葫芦丝，你边走边吹葫芦丝，夫人一听，便知道你在找她，就会过来找你们。不过，夫人外出这么些天，没准明天就自己回来了，所以你们不要乱跑，最多找三天，找不到就先回来。"

接着，薛员外找出一套上好的衣服，让周小发穿上。

周小发和葫芦沿着梅川河堤走，葫芦一边走，一边吹着葫芦丝，周小发却想着心事。原来，周小发的爹是薛家的佃户，周小发八岁那年，梅川河发了大水，庄稼颗粒无收，但一到秋后，薛员外照样派家丁下去收租，周家交不出租子，薛员外便要把小发娘拉去抵租，刚烈的小发娘不堪其辱，跳进了梅川河，小发爹连忙下河去救，结果两个人一起被河水卷走了。想不到，他自己稀里糊涂做了仇人的义子。周小发在心里暗暗发誓：将计就计，等将来时机一到，一定要为父母报仇……

葫芦吹了半天的葫芦丝，见周小发一声不吭的，就说："少爷，你怎么不说话？是不喜欢我吹的葫芦丝吗？"

周小发这才回过神来，说"你吹得很好听！"

葫芦说："你要是真的觉着好听，那我就专门给你吹一曲吧。"说完，她吹起一个新曲子，那曲调像一缕轻烟绕来绕去，长久不散，周小发问："这叫啥曲子？听得我眼泪都出来了。"

葫芦回头一看，周小发真的眼睛红红的，不禁心里一动，说："它叫《葫芦花开》。少爷，你肯买乞丐当爹，真是个好心人，以后给你当下人，你一定不会让我们受屈的。"

周小发连忙打断葫芦的话，说："你别叫我少爷，我还是觉着叫我货郎耳顺。"

葫芦捂着嘴，轻轻笑着喊："货郎哥哥……"

到了下午，周小发要到河堤下小解，便让葫芦先走，他小解完走上河堤，便见三个骑马的男子挡住了葫芦，急忙上前一看，打头的正是昨天羞辱薛员外的那个公子，他骑在马上，笑嘻嘻地跟葫芦说："你吹的是啥玩意儿呀？真是好听，我想请你到我家中，吹它三天三夜……"

周小发上前一步，站在葫芦跟前，说："怎么又是你？上回欺负一个乞丐，这回又欺负一个姑娘，你还是不是人？"

那公子也认出了周小发，乐得哈哈大笑："哈哈哈，你昨天打抱不平，打得给乞丐当儿子，这回又打抱不平，难道还想再给这小娘子当儿子不成？"

公子的两个手下也跟着起哄。

周小发故意大声喝道："休得胡言，她、她是我的娘子！"

公子一看两人悬殊的衣着，笑得直不起腰来："你在骗鬼吧？她要真是你娘子，你敢当着我的面抱住她，香香地亲她一口吗？要是不敢，你小子就别逞能！"

周小发一言不发，一把抱过葫芦，亲了一口，说："亲就亲，她本来就是我的娘子嘛！"

那公子见他们真的抱了亲了，只好带着两个手下走了。

葫芦满脸通红，说："货郎哥哥，你做做样子不就行了，怎么真的使劲亲我啊？"

周小发抱紧葫芦，说："你是个好妹子，我好喜欢……"

薛员外在家里等了三天，员外婆、周小发和葫芦都没有回来。到了第三天下午，就跑到村口朝官道张望，这一看不打紧，只见周小发和葫芦并肩走着，一副亲热样，气得他掉头就走。

到了深夜，薛员外多了个心眼，悄悄爬起来，走出屋子，蹑摸到周小发窗根，果然听到房里传来轻声低笑，正是葫芦和周小发的声音。他气得要发疯了，悄悄退回自己房间，大

骂葫芦："好你个小贱人，前些时候让你做小，宁死也不从，这才三天工夫，就勾引我义子！瞧我怎么治你！"

第二天一大早，薛员外叫过两个家丁，指着葫芦，说："你们今天把她卖到妓院去！"

葫芦一听就傻了，哭着说："老爷，我卖给你们家是当丫环的，你不能把我推进火坑啊！"

薛员外抖抖手里的卖身契，说："有用时你是个丫环，没用时，你就只是个换钱的东西！"

葫芦脸色惨白，气得浑身发抖。

这时，周小发说："爹，你要是卖葫芦，就让我去卖吧。"

薛员外朝周小发看看，说"你去也好，卖了她，记得带一百两银子回来！"

## 3. 大祸临头

周小发带着葫芦出了薛家村，走到梅川河边，突然停下来，问："葫芦，我把你卖到妓院去，你不恨我吗？"

葫芦恨恨地说："哼，我倒要看看，我的货郎哥哥怎么亲手把我推进火坑！"

周小发"扑哧"一声笑出来："你倒是看看，这是去县城的路吗？"

葫芦一看，两人不知什么时候已离开了去县城的官道，就问："你这是把我带到哪儿去啊？"

周小发告诉葫芦，薛员外逼死了他的父母，他不会跟他同流合污。现在他要把葫芦带到他家里藏起来，等薛员外死了他执掌家业后，就把她接出来。

葫芦没想到周小发跟薛员外中间有这么大的仇恨，心里又兴奋又着急，说："你没有银子，怎么向那老东西交代？"

周小发说，没有银子可以到县城去借，这些年他做货郎，跟城里好几家杂货铺老板熟，他现在是薛员外的义子，将来要继承薛家产业，只要多付利息，那些杂货铺老板肯定会把银子借给他。

葫芦听周小发这么一说，高兴得一下扑到周小发怀里，说："货郎哥哥，我就知道你不会把我卖了……"

接着，葫芦跟着周小发来到杏花村，到了周小发家，周小发带着葫芦在三间茅屋里走了几个来回，说："葫芦，以后你就在这里住着，缸里有米，灶下有柴，我隔段时间就偷偷跑回来看你……"

葫芦眼里闪着泪光，看着这几间茅屋，虽然破旧，却能挡风遮雨，像是自己的家一样，安生、自在，心里好生喜欢，只想一生一世都住在这里……

周小发安顿好葫芦，出了家门，到县城去借银子。他上了梅川河堤，走了不远，便听到堤下传来微弱的呼救声，连忙走下河堤，看到一位破衣烂衫的老婆婆躺在堤下，满脸血污，幸亏被一棵防浪树挡住，才没滚下梅川河。他蹲下身子，问："大娘，你怎么躺在这儿了？"

这位老婆婆气息奄奄地说："孩……子，救……救……我……"话没说完，又昏了过去。

周小发弯下腰要抱起老婆婆，突然看见她身下还压着一块牌子，上面写着"卖身为奴"几个字，不禁一怔，难道她是员外婆？那得跟葫芦商量一下。于是，他放下老婆婆，急急忙忙跑回家，把葫芦拉了出来。

葫芦赶来一看，连忙扶起老婆婆，喊道："太太，你这是怎么了？"转过身又对周小发说："货郎哥哥，太太是个慈善人，对我挺好。有一次，薛员外把我吊在家里的那棵皂荚树上，她还解开绳子救了我，你快过来救她……"

周小发听葫芦这一说，压住心里对薛家人的厌恶，和葫芦一起把员外婆抬上了河堤，葫芦急切地想把员外婆送回家，周小发说："他正要把你卖到妓院去，你怎么能再回去呢？还是我送吧。"

葫芦摇摇头，说："你要是送回去了，老东西问你要卖我的银子，你怎么办？"

看来两个人现在都不能回薛家村，周小发一时作了难。这时，一位老人赶着辆驴车过来了，葫芦连忙喊住老人，说："大爷，你把这位老婆婆送到薛家村吧，她是薛员外的夫人，你送到了，薛员外会重重赏你的。"赶驴老人瞅了瞅昏迷不醒的员外婆，问是怎么回事。周小发掏出一点散碎银子，说："一下子说不清楚，你把她送到就是。"赶驴老头看看员外婆还有气，接过银子，就赶起驴车，把员外婆送往薛家村。

周小发又嘱咐葫芦回家呆着，然后自己迈开大步，朝县城赶去。

赶驴老人把员外婆送到薛家，薛员外一见员外婆竟然这个样子，大吃一惊，连忙让人请来村里的郎中救

治，又问赶驴车的老人怎么遇上员外婆的，老人把在杏花村边梅川河堤上遇到两个青年男女，委托他送回员外婆的情况说了。

薛员外忙问两个青年男女的长相，赶驴老人一说，薛员外的眉头皱紧了：这两个青年男女长相穿戴很像周小发和葫芦，周小发是去县城把葫芦卖掉的，他们跑到杏花村干什么？

这时，村上的郎中把员外婆救醒了，薛员外忙过去问原由，员外婆说，她外出这些天走了好多地方，不仅没找到有良心的义子，连腿都快跑断了。那天走到杏花村附近，一个骑马的人突然从后面冲过来，撞得她身子一歪，滚下了梅川河堤，撞在一棵树上，昏了过去，后来发生的事，全都不知道了……

一直等到天黑，薛员外也不见周小发卖了葫芦回来，到了第二天上午，还是不见周小发回来，薛员外又想起赶驴老人说的那两个青年男女，越想越像是周小发和葫芦，难道周小发连义子都不当，带着葫芦私奔了？他心里吃不准，便带着几个家丁，坐上马车，赶往杏花村。

再说葫芦。周小发走后，她一个人在周家住了一晚，到了第二天，眼看就是晌午了，周小发还没回来，便出了门，站在梅川河堤上等着周小发。哪知周小发没等到，却等来一辆大马车，上面坐着薛员外和几个家丁，她心里一惊，慌忙转身跑回家，"砰"的一声关上了大门。

车上的家丁已经看到了葫芦，他们直接把马车赶到周小发家门口，停了下来。

薛员外让家丁上前把门推开，葫芦在里面用身子顶着木门，就是不开。这时，一位上了年纪的家丁跟薛员外说："老爷，你不记得了？这间屋子是当年那个跳河死去的佃户的，12年前，他还不起租子，老婆跳了梅川河，那个佃户跟着下去救，也被河水冲走了。那家还有个小儿子，要是活到现在，应该成年了……"

薛员外一看，猛一下也想起来了，不禁浑身打个寒战：葫芦是外乡人，必是周小发把她带到这里藏起来的，难道说，周小发是那个佃户的儿子？

他把头一摆，说："给我撞开！"两个家丁抬起门边的一块石头，猛地往门上一砸，大门"吭"的一声，轰然开了，顶着门的葫芦被震倒在地。

## 4. 再收义女

薛员外留下两个家丁在杏花村守候周小发，他领着剩下的人将葫芦带回家，锁进柴房。

下午刚过，周小发回到了薛家，一见薛员外，脸上马上堆起笑容，递上一百两银子，说："爹，我把葫芦卖了……"

薛员外接过银子，一数，一百两分文不少，冷笑一声，说："真是个孝顺儿子。来人呀，给我把这孝顺儿子拿下！"

话音刚落，马上冲进几个家丁，一起将周小发扑翻在地，用绳子捆起来，薛员外朝着周小发破口大骂："你这个没良心的东西，竟然害你义母，只怕再过两天，就要动手害我了！"

周小发大吃一惊，叫道："爹，你一定弄错了，我怎么会把娘推到河里呢？是我和葫芦租了辆驴车，把她老人家送回家的。"

薛员外这下更加确信周小发是那个跳河死去佃户的儿子，是自己的仇人。他哼了一声，继续说："别装了！当年，你爹娘还不起租子，跳了河，你不恨我，却跑来喊我爹，鬼才信你！"

周小发没想到薛员外已经知道了自己的底细，他想起死去的爹娘，羞辱和愤怒顿时涌上心头，再也忍不住，脱口骂道："老东西，你当年逼死我爹娘，这个仇我一定要报！"

薛员外刚才只是试试周小发，没想到一试周小发就把话说开了，他叫人捆了周小发，亲自带着家丁将周小发带到县城，到了晚上，他跑到古县令家，一下拿出五根金条，摆在古县令面前。

古县令一看金条，眼睛就亮了，但眨巴了几下，又把金条推了回去，

说："薛员外，你摆这么大个架势，总得说个理由吧。"

薛员外就把这些天发生的事原原本本跟古县令讲了，又说："他刚进门，便把我那老婆子推下了梅川河，接下来，只怕就要我死无葬身之地，现在是有他没我，有我没他……"

古县令像听故事一样，听得津津有味，他笑了笑，说："你那义子只是个小货郎出身，怎么会骑着马撞你太太？这事说出来难以服人呀！"

薛员外又从怀里掏出五根金条，说："老爷，我就知道，这天下没有你办不下来的案子……"

古县令这才收下金条，说："这案子疑点太多，只怕不好判，不过，你太太的确是被人撞伤的，案子好立，只要立了案，抓一个疑犯，关进牢里，牢里再病死个把犯人……嘿嘿！"薛员外一听，顿时佩服得五体投地，忙说："大人高明，高明呀！"

古县令又看看薛员外，说："案子不判，但也得像那么回事，接下来的事，你得听我安排……"

薛员外鸡啄米似的，连连点头。

古县令先让衙役把周小发关进牢里，第二天，又亲自赶往薛家村，见了躺在床上的员外婆，问了几句活，随后，他问薛员外："那个叫葫芦的丫环？怎么没见她？"

薛员外恨恨地说："她跟那小子是一伙的，我把她也关着。"

古县令连连摇头，说："不妥！不妥！有人害，就得有人救，你得找一个救你太太的人，不然，这案卷文书没法写。救你太太的就是葫芦，为了报答她，你得认她作义女！"

薛员外皱着眉，不吭声。

古县令拍拍薛员外的肩膀，说："你肯定在想，你一会儿要她做妾，一会儿又要卖她进妓院，现在认她做义女，肯定不妥，但你还得想想，不给她点甜头，她怎么会站在你这边呢？案子办下来，少不得她的呈堂证供，你将来再给她找个好女婿，让她心满意足的，她能不对你好？以后生的孩子也算你薛家的种，你薛家也算后继有人嘛！"

薛员外还是梗着脖子，不点头。

古县令见薛员外拐不过这个弯，

便让人把葫芦带上来，问："你是怎么发现你家夫人，又把她送回的？"

葫芦说："是周小发先看到太太，然后叫上我，我们一起请一位赶驴车的大爷把太太送回的……"

古县令一摆手，让葫芦先下去，又对薛员外说："你看，她这么一说，案子还能办下去吗？"

薛员外这才说："那就让我们家老太婆认她作义女吧。"

古县令点点头，又把葫芦叫上来，说："葫芦，我多方查实，周小发看见你们家太太身上挂着'卖身为奴'的牌子，猜出是她，便将她推下河堤，他后来良心发现，又害怕，这才去喊你来救了你们夫人。"

葫芦听得目瞪口呆："这、这怎么可能？"

古县令一笑，说："他已经招了。"

接着，古县令一脸威严地说："葫芦，你不要听那小子的花言巧语。你救了夫人，你们老爷和夫人都十分感谢你，想收你为义女，你快答应吧……"

葫芦听说要当薛家义女，先是反感，后来一想，如果货郎哥哥是冤枉的，当了薛家义女，就有机会为他申冤了，便应承下来。古县令当即写下文书，让薛员外、葫芦都在上面摁了手印。

员外婆听说葫芦成了薛家义女，十分高兴，便把葫芦喊到床前，葫芦又问起她摔下河堤的事，员外婆说，她当时突然往河堤下直滚，心里非常慌张，到底是谁撞的，确实没有看清。

第二天，葫芦来到县牢，买通了禁子，进去一看，只见周小发被打得血肉模糊，歪躺在一堆稻草上，眼睛肿成了一条缝，葫芦上前，抱着周小发号啕大哭，说："货郎哥哥，你怎么会把夫人推下河堤，她是个好人啊？"

周小发已经气息奄奄，听了这话，挣扎着说："葫芦，你别听他们栽赃，他们这是想整死我呀！"

葫芦哭着说："货郎哥哥，你一定要挺住，只要我活着，一定想法把你救出去！"

葫芦回到家，便见客堂坐着个衣衫光鲜的女人，正跟薛员外说话，她一见葫芦，便上前拉住葫芦的手，不停地夸葫芦长得漂亮，难怪县太爷会托她来给公子说媒！葫芦一怔，问："县太爷？哪个县太爷？"

女人说："嘿！还有哪个县太爷，就是古县令古县太爷嘛！"

女人说完，将带来的礼物放在桌上，屁股一扭一扭地走了。

薛员外也不送客，坐着发了好一阵呆，这才傻傻地笑着，说："我说姓古的怎么对一个丫环这么有善心呢，原来他早就瞄着了我的万贯家产！"

这一下，葫芦什么都明白了，古县令想得到薛员外的家财，把她当成了一粒棋子！

薛员外明白古县令这时候提亲的厉害：如果他应了，就会把周小发整死在牢里；如果不答应，古县令就把周小发放出来，让薛员外寝食难安。古县令捏着薛员外的死穴，他不得不应！

没几天，古县令便让儿子带着一队人马，吹吹打打来薛家下聘礼。薛员外站在大门口，见到一个油头粉面的公子从马背上下来，顿时像见了一个鬼，他浑身发抖，指着古公子，说："你……你……"往后一倒，人事不知了。

顿时，薛家上下一片大乱，葫芦跑出来扶起薛员外，一看古公子，这不是上次在梅川河边调戏自己的那个花花公子吗？她气得指着古公子直骂："你、你竟然有脸登这个门？"

古公子见势不妙，赶紧放下聘礼，带着人马走了。

薛员外时而昏迷，时而清醒，嘴里不停地嘟囔着："作孽……作孽……"到了半夜，他又醒过来，见葫芦还在旁边照料自己，就挣扎着坐起来，说："孩子，古家是狼窝，全是

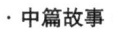

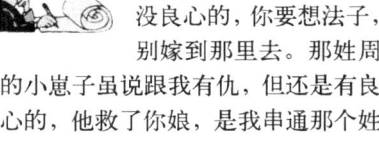没良心的，你要想法子，别嫁到那里去。那姓周的小崽子虽说跟我有仇，但还是有良心的，他救了你娘，是我串通那个姓古的在害他……"

薛员外话没说完，突然吐出几口鲜血，死了。

# 5.葫芦花开

没过几天，古公子又来催婚了。员外婆硬撑着从床上起来接待，古公子见员外婆，先是一愣，接着便厚着脸皮，要葫芦赶紧嫁过去。

员外婆说："我家老爷临终时说了，周小发是冤枉的，你回去让你父亲先把周小发放出来。"

古公子回家跟他父亲一商量，古县令就传话过来说，葫芦先进洞房，周小发随后就能走出牢房。

这样一来，双方商定一个月后举行婚礼。

举办婚礼的日子转眼就到了，这天，古公子带着一大队迎亲人马从县城出发，浩浩荡荡赶往薛家村。晌午时分，队伍来到薛家门口，没想到门口冷冷清清的，连个大红喜字都没贴，古公子拦住一位路过的村民，问："薛员外家的人哪去了？"

村民说："你说的是葫芦吧？她把这所宅院分给了乡亲们，自己和员外婆搬到了土地庙。"古公子大吃一惊："分了？她把这么大一个宅院给分了？"

"她不光把宅院分了，还把家里所有的金银财宝拿出来分给了穷人，把地契全烧了……"

古公子连忙跑到土地庙，只见葫芦穿一身打着补钉的衣裳，坐在一只小凳子上，吹着葫芦丝，脚前放着一只破碗，分明是在乞讨。员外婆也穿得破破烂烂的，挂着根打狗棍，拿着个破碗，像个老乞婆。员外婆一见古公子，便说："女婿呀，你娶了我女儿，可得为我养老送终啊！"

古公子吓得直往后退，喊道："两个疯子！"一挥手，带着迎亲队伍返回了县城。

古县令家高朋满座，连顶头上司春江府知府都来了，大家正在翘首企盼，想不到迎亲队伍空着轿子回来，听说那个新娘子散尽家财，让自己变成了乞丐，顿时满堂哗然。

正在这时，一首曲子从外面飘了进来，那曲子如泣如诉，一下就让满堂客人安静下来，只见葫芦吹着葫芦丝，从外面一步步走进来。

古公子一见葫芦，气不打一处来，喝道："快滚！"

葫芦像是没听见，边走边吹，一直把这曲《葫芦花开》吹完才停下来，问古公子："今天这酒席为谁而开？满堂贵客为谁而来？我是这场婚礼的新娘，你竟然叫我滚？"

知府正恼火古县令让大家白送了

一份礼，一看葫芦这架势，乐得看一曲好戏，便问葫芦："听说你做了新娘，却散尽了家财，这是为何？"

葫芦看一眼知府，说："大人，古家是大户人家，我嫁到古家，定然有屋住，有饭吃，有衣穿，我父亲留下的万贯家财，留着无用，就全部送给了乡下的穷人。今天我带着母亲嫁过来，就是为了我们母女在县太爷家吃一碗饱饭，想不到古公子竟然空轿而归。我倒想知道，古家到底是娶我，还是娶我家的金银？"

古县令气得满脸通红，却又碍着堂上的一干同僚，放不下斯文样子，发作不得。

葫芦放下手中的葫芦丝，又从怀里掏出一只破碗，说："看来今天做不成新娘，只好当乞丐了，我刚才吹了一曲，堂上众位大人听得倒也入神，请赏我一碗婚宴上的鸡汤吧！"

知府故作不解，问："这满桌饭看，你想吃便吃，为何独要鸡汤？"

葫芦突然跪在知府面前，泪水滚滚流下："这鸡汤是为县牢里一个垂死的囚犯讨的，他因为和葫芦两情相悦，给自己招来了杀身之祸……"

古县令再也忍不住，喝道："胡说，那周小发害人性命，证据确凿，你休得为他狡辩！"

葫芦转过头，朝外面喊道："娘，你进来吧！"

门外走进乞丐打扮的员外婆，葫芦站起来扶住她，说："娘，你告诉堂上各位大人，周小发是怎么害你的？"

员外婆声泪俱下，大声说："撞倒我的，是个骑马的公子，周家那孩子只是个小货郎，哪会骑马？要不是他和葫芦救我，我早死在梅川河边了！"

葫芦说："当事人都说不是周小发推的，县太爷怎么就把他关在牢里呢？"

知府没想到突然冒出个周小发来，再看古县令，一张脸已经变成了

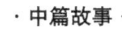

紫茄子，连忙把古县令拉到一边，问："那案子你判了吗？怎么没见你送来案子的文书？"

古县令擦了把头上的冷汗，张口结舌，却一时说不出话来。知府见古县令这个样子，心里明白了好几分，就说："还愣着干啥？你不看看这么多人正看着，还是赶紧放人吧！"

古县令说："放……马上把他放出来……"

葫芦接口说："我现在是个乞丐，配不上你们古家高门大户，快叫你家公子给我一纸休书！"

古公子巴不得这个乞丐早点滚蛋，当下研墨铺纸，写好休书，扔给葫芦。

葫芦收好休书，端起那碗讨来的鸡汤，跟员外婆一起，出了古家客堂，

刚走到县牢门口，便见周小发从牢里走出来，葫芦端着鸡汤，走到周小发跟前，哽咽着说："货郎哥哥，快喝了这碗鸡汤，带我去杏花村，让我做你的新娘！"

员外婆满眼是泪，跟着颤巍巍走上来，说："孩子，薛家让你从小没了娘，孤单单过了这些年。以后，让我这老婆子给你做娘，像亲娘一样疼你……"

葫芦告诉周小发，为了救他，员外婆让她散尽家财，逼得古县令就范。周小发听了，猛地跪在员外婆跟前，重重地叩了一个响头，喊道："娘！"

葫芦扶起周小发，带着员外婆，三个人挨得紧紧的，一起朝杏花村走去……

（题图、插图：杨宏富）

·本刊信息传真·

## 用手机看《故事会》

《故事会》与海南移动合作推出的手机版故事会已经正式上线，全国的移动用户通过手机登录移动梦网－书城－e拇指文学，或通过短消息发d到10658001即可获取阅读地址。

目前《故事会》手机版每月4期，除了包含刊物上的故事以外，还有故事中国网上的精彩笑话和《金色年代》杂志上的内容精选，欢迎大家使用阅读，让故事随时随地跟着你走！

2008年，故事中国网（www.storychina.cn）开设"故事点评"和"咬文嚼字"两个栏目，前者欢迎大家对每期《故事会》的作品进行点评，凡入选在网站发布的故事评论将获得50到100元的稿费，优秀评论还有机会在《故事会》上发表；后者则是将你在《故事会》中发现的任何语言文字上的错误，通过网站"举报"，就有机会获得《故事会》的合订本。

此外，故事中国网优惠销售故事会公司的各种图书，并提供2007年起单期《故事会》的零购业务，让你不再因为缺少某期《故事会》留下遗憾。

· 感动中学生的故事 ·

# 黑夜里的光

□ 曾宪涛

小悦是个幸福的新娘，前不久，她和丈夫一起走进了婚姻的殿堂，住进了两个人的小世界。哪知没过几天，住在新房的小悦突然不自在了，这是为什么呢？

原来，这天半夜，小悦突然推醒丈夫，紧张地说："快看，那是什么？"

丈夫被小悦从睡梦中弄醒，勉强睁开眼睛，看到新房的墙上有一束光，泛着蓝色，一闪一闪的，马上松了一口气，说："那是外面照进来的灯光，没事儿。"

小悦不干了，说："灯光哪有蓝色的？你去看看到底是啥。"

丈夫下了床，站在窗口，撩开窗帘一看，原来是一辆警车停在街道对面那幢房的楼下，车顶上蓝色的警灯一闪一闪的，灯光射过来，正好照在他们新房的墙上。

丈夫跟小悦一说，又躺下睡了。小悦却不干了，说："警车深更半夜的闪着灯干什么？这不是扰民吗？"她

怎么也睡不着，盯着墙上闪烁的蓝光，虽然不再害怕，但感觉怪怪的，那墙上的蓝光就像是两个精灵在跳舞。

第二天晚上，那辆警车的光又显现在墙上，小悦没法入睡了。丈夫看她痛苦的样子，就说："明天我把家里的窗帘换了，弄个厚重的，肯定能把蓝光遮住。"

小悦一听，马上反对："不行，这窗帘是我花了好几天时间才挑到的，你换个厚重难看的，把新房搞得黑咕隆冬的，那有什么味道？你得想个别的法子。"

丈夫说："能有什么法子？那是警车，是维护社会治安的。"

小悦说："警察维护治安，总不能扰民吧？你下去跟他们说说，让他们把警灯关了嘛！"

丈夫虽说不情愿，还是穿好衣服，下楼去了。他来到警车旁，红着脸跟警察说了新婚妻子因为光睡不着的事，那位警察一听就哈哈笑了，说

故事会2008年12月上半月刊·红版 **81**

自己也是新婚，理解，他接着解释说，这一带发生过几起刑事案件，为了震慑罪犯，公安局特地安排一辆警车在这里值守。说完，警察就把警灯关了。

丈夫一到家，就看到墙上的蓝光消失了，松了一口气，小悦终于睡了个好觉。

没想到，过了没几天，那束蓝光又在深夜里出现了，小悦跟着又睡不着了。她下床走到窗前，掀开窗帘一看，正是那辆警车的灯又亮起来了。小悦穿好衣服，推醒丈夫，气呼呼地说："我要下楼去问问警察，为啥要一再扰民。"

丈夫急忙穿衣起床，和她一起走下楼。

两口子来到警车旁，那位执勤的警察还记得小悦的丈夫，一见他们来了，便下了车，"啪"地一个敬礼，说："实在对不起，又影响你们休息了！"

小悦不高兴地说："你前几天不是把警灯关了吗？怎么又打开了？"

警察说："开警灯是很费电的，我这样一直开着，其实是违反规定的，但是，你们这里有特殊情况……"

警察说，小悦他们那幢楼隔壁单元有位大姐，一年前，她丈夫被歹徒杀害了，这位大姐带着七岁的儿子生活，很不容易。她是医院的护士，经常要上夜班，但每逢她上夜班，儿子就不敢一个人在家睡觉，她不是把儿子放到这个熟人家里，就是把儿子放到那个亲戚家里，但自打警车停在这儿后，儿子看见那束蓝色的灯光射进自己屋里，就再也不害怕了，只要能看到警灯上的蓝光，哪怕妈妈上班去了，他也敢一个人在家睡觉了。他说那蓝光就像动漫片中的宝剑，警察叔叔拿着剑在保护他呢。前几天警灯关了，这位大姐的儿子不乐意了，今天轮到大姐上夜班，于是，她找到警察，请求警察将警灯打开。

说到这，警察满是歉意地对小悦说："本想跟你们商量商量的，可又不知道你们住在哪个房间，实在是对不起了！知错犯错，我也是不得已，给局里的检查都写好了。其实，开警灯也就这一两天的事，那位大姐说了，她乡下的一位亲戚很快就能过来陪那位小男孩。要不，等再晚一些，估计那位小男孩睡着了，我再把警灯关掉，你看好不好？"

小悦正被那位小男孩的故事深深打动着，听了警察的话，连忙说"不，不！你千万别关了警灯，就让它一直亮着吧。"

说完，小悦拉着丈夫回了家，她躺在床上，看到那闪烁的蓝光时，再也不觉得那是两个在跳动的精怪，现在她和那位小男孩一样，觉得那是一把富有魔力的蓝剑，正在守护着自己的安宁幸福……

（题图：安玉民　梁　丽）

# 凭什么
## 分家产

□ 何　伟

**我**的朋友老张和夫人从小青梅竹马，两人相亲相爱，携手一路走来，正想高高兴兴跨入耳顺之年，没想到夫人突然得了绝症，没多长时间就驾鹤西去，丢下老张一个人，当然是苦不堪言。

听说好朋友这桩事情后，我的同情之心油然而生，赶紧去老张家看望。前后一个多月不见，老张形态憔悴不说，连外形都小了一圈。这天，我除了说"想开点"三个字，其他任何安慰的话，都说不出口：走掉了夫人，不是丢掉了钱那么简单，不痛苦才怪！我陪他闷坐了半天，老张终于开口了："你有空经常来来！"

这句话，是老张对我的信任。男人之间，真正信任的朋友是不多的，所以，我隔一段时间就去他家看看，聊聊。转眼两三年过去了，老张的情绪也渐渐平复下来。

国庆长假，我又来到老张家，突然觉得他的气色不对了，看得出来，今天老张的情绪，不是悲伤，而是气愤。上了年纪的人，绝对不能生气，最好的办法，就是要让他把这股气放出来。没想到，我还没有引，他已经开始放了："都是你惹的祸！上次你来，要我去找对象，我还不好意思跟儿子说，我儿子、媳妇却提出要分家产！我和夫人辛辛苦苦做了一辈子，是积了不少钱，还有这套房子，产权证上，还写着我和她的名字。没想到，昨天他们竟然对我说：老爸，老妈都走了好几年了，家里的钱也好分一半给我们了，产权证上，也该把我们的名字写上了。做父亲的，送点钱给他们，还说得过去。但我想不通的是，我还活

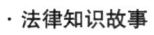

着，他们凭什么要分我的财产？"

我的屁股绝对是坐在老张这一边。但说实话，除了像相声演员似的当配角，呼应几句外，也实在没有高招。最后，我只得说出我心里透底的话了：

"老张，以前有事，就找领导，找组织。现在这类事，好像组织和领导管不了呀！难道咱们这些老老实实一辈子的人也要上法院？也要打官司？"

老张说："他们就是这么说，要是我不同意，就通过法律程序解决。这事，肯定是我有道理，但家丑不能外

扬呀！打官司，有什么光荣？再怎么样，也是我的儿子媳妇，亲情难舍，我可以骂他们，但我实在是不忍心告他们！"

没想到，老张今天是遇到难题了，看来，这气是又想出，又没法出。我只好劝他说："谁让我们做父亲呢？但这件事情，以我之见，你即使再忍气吞声，只怕也难以息事宁人！"

我也不知哪里来的勇气和智慧，蹦出了最后两句绝话。说完，两个老男人，不由得面面相觑，一时无话可说。

老张的事就是我的事。上法院不易，打官司更难，我建议先找个律师问问。但两个人找遍关系网，搜遍联络图，就是没有干这一行的。

真是天无尽头，地无绝路。后来总算发现，有个朋友的朋友的儿子是律师。这天，老张跟着我到了朋友的朋友的儿子那里，把事情来龙去脉一说，这位律师开口就说："你儿子、媳妇这样的做法，确实对你的伤害很大。"

老张听了，当然顺心。

"但是，按照法律规定，如果老两口一方去世……"

老张很敏感，意识到"但是"后面有问题：

"但是怎么了？"

"法律规定，如果老两口中一方

去世，这一方的财产就由另一方和子女平分。你儿子、媳妇提出这样的要求，有法律依据，但我也感到，真的这样做，对你的伤害很大。"

"现在，我就不能用法律的条款保护自己吗？"

"现在，只能依据法律的条款，根据实际情况来处理这件事。中老年人要学会用法律来保护自己，但必须早作准备。比如说，在你们老两口身体好的时候，就应该先立下遗嘱，说清楚，万一谁先走了，就把财产留给另一方，或者事先跟子女先行协商后，做好公证，等两个老人都走了之后，再继承老人的全部遗产。这样，对活着的老人来说，生活就有更大的保障。"

"不行不行，"老张听了两手直摇，"人还没走，怎么立下遗嘱？这样做多不吉利？感情上又怎么受得了？"

律师像是料到老张会有这样的反应，笑笑说："其实，想通了就是这么回事，感情是代替不了法律的。如果，你的夫人在走以前立下遗嘱，你就不会有今天这样的事。她要是知道你今天这样的处境，究竟是高兴还是难过呢？"

老张无言以答，看看我，我对这方面的法律一窍不通，说上一句搭界的话。两个老男人，在法律知识面前，就像两个小学生。好在门关着，屋里只有我们三个人。律师看着我们的窘相，笑着说"有事尽管来找我，因为我是你们朋友的朋友的儿子。"

从此，我和老张多了个朋友，这个朋友带给我们的，显然不仅是友情，更多的是法律知识。

**律师点评：**

这个故事中提到的"朋友的朋友的儿子"就是我，作为律师，我想对老年朋友说几句话：一、以前我们习惯于有事找领导、找组织，其实生活中的很多事不是领导、组织能解决得了的，而应该找律师、找法官，依据法律办事；打官司不丢人，家丑该外扬还得外扬；二、老年人要学会用法律来保护自己，要多向法律工作者咨询，这点很重要，故事中的老张夫妇如果事先立好遗嘱、做好公证就不会有这样的家庭纠纷了；三、有一点法律知识必须记住：夫妇双方中一方去世，这一方的财产就由另一方和子女平分。

（题图：安玉民 梁 丽）

**红版编辑部各编辑邮箱：**
姚自豪：yaobianji@126.com;
郑继文：zjw002@vip.163.com;
周 吟：keyin118@163.com;
吕 佳：lujia411@yahoo.com.cn;
叶小萌：xiaomeng.ye@gmail.com。

# 可恶的鸭子

□ 华登喜

一个胡子拉碴的男人走进一家小饭馆，冲老板娘喊道："给我来盘酱板鸭、白斩鸭、鸭脖子、辣鸭掌、炒鸭肝……"老板娘一听就乐了，怎么全跟鸭有关啊！就问："大哥，你很喜欢吃鸭啊？"

男人眼一瞪："喜欢？我最讨厌的就是鸭子！今天是我出狱的第一顿饭，一定得好好吃一顿鸭子！"

菜上来后，男人咬牙切齿，对着

那几道鸭子菜狼吞虎咽，不一会，桌上就堆了一大堆鸭骨头，男人舒了一口气，说："十年呀，可恶的鸭子害我坐了十年牢！"

男人的话又一次激发了老板娘的好奇心，她凑上前，问道："大哥，鸭子怎么能让你坐十年牢啊？"

男人点了根烟，说："十年前，我是镇里一家饭店的厨师，这天，老板让我到乡下买一只鸭子，我骑着自行车，跑到乡下买好鸭子，回来的路上，眼看就要到镇上了，那只鸭子却突然从我的自行车筐里跳出来，一下跑到对面的水塘里，我跳进水塘去抓，那鸭子游来游去，根本逮不着。这时，我看到旁边的农田有台水泵在抽水……"

老板娘叫道："你就把水塘的水抽干了？"

男子摇摇头："我扯下水泵马达上的电线，一把扔到水里，冲鸭子大喊：'叫你跑，我电死你！'"

老板娘朝男子跷起大拇指："你这个办法真好！"

"好个屁！我话音刚落，就听到坡下一阵惨叫，这不，给我换来了十年徒刑……"

老板娘瞪圆眼："又怎么了？"

男子摆了摆手："别提了，那水塘连着坡下面的一座游泳池，游泳池里有几个人正在游泳……"

（本栏题图、插图：顾子易 包丰一 王 俭）

# 郭师傅的

□农 秋

## 包子

　　大刘最喜欢吃包子，经常到楼下郭师傅的铺子买包子吃。但最近，大刘发现了一个问题：郭师傅的的包子虽然好吃，但这个人大大咧咧的，卫生意识不强，他还爱抽烟，右手两个指头被熏得焦黄，老是用这只手直接给客人拿包子。从这以后，大刘吃郭师傅的包子时，总觉得里面有股烟味儿，别提多别扭了。

　　这天，街上新开了一家早点铺，也有包子卖，店主是位五十多岁的大妈，大家都称她为田嫂，这田嫂不但待人热情，而且干净利索，很讲卫生，包子都用不锈钢夹子夹着，放在盘子里，再递给客人，瞧着都心里舒服，跟郭师傅相比，高了不止一个档次。大刘试着买了只包子一尝，觉得比郭师傅做的包子好吃！从此，大刘每天宁肯多走几步路，也要到田嫂的早点铺

吃包子。

　　这天，大刘有事要提前赶到单位，天还没亮就到了田嫂的早点铺，准备买两只包子带着路上吃。田嫂满是歉意，说："包子还没好，还得等一会⋯⋯"

　　哪知田嫂话没落音，就听门外有人粗着嗓门喊："田嫂，包子送来了，快拿蒸笼来！"

　　大刘抬头一看，送包子的竟然是郭师傅，大刘疑惑地看看田嫂，田嫂不好意思地说："店里人手不够，忙不过来，我的包子都是从郭师傅那里批发的⋯⋯"

　　大刘再看郭师傅，只见郭师傅接过田嫂的蒸笼，打开袋子，一只手拿两只包子，左右开弓，把包子往田嫂的蒸笼上摆，一边摆一边还念念有词："四个、八个、十二个⋯⋯"

# 谁最损

□ 马新敏

大张和老陈是公司的老油子，没少被老板修理，这天，他们又被老板叫去训了一顿，心里不爽，就相约去喝点小酒，半路上，他们遇上了同事小李，便把他也拉上了。

三个人都是好酒量，不一会，两瓶老白干就见了底，大张和老陈又开始编派起老板的不是，小李听了，说

"不对吧？大伙儿都觉得老板人很好呀！"

正说着，大张的手机响了，他设定的手机铃声是个彩铃："老爸，快接电话！老爸，快接电话……"大张按了接听键，问："老板，你找我？"

等大张接完电话，小李说："你小子可真够损的！让老板管你叫爸！"

老陈大着舌头说："他这点小聪明还叫损？我做的那才损呢！"

大张不服气了："你有啥更损的？说来听听！"

老陈得意洋洋地说："一年前，有个外地老板来咱公司订了批十多万的货，后来又退货了，直到现在还堆在仓库没卖出去，你们知道这是为啥？"老陈手往腿上一拍，"那是因为我偷着给订货的老板打了电话，说这批货质量有问题，把他吓跑了，后来，老板又找了几个买家，都被我私底下搅黄了，直到现在，老板还被蒙在鼓里呢！哈哈哈！"

大张跟着也哈哈大笑，笑完了，瞪着双红眼睛，对小李说："你也说说，你对老板用过啥损招？"

小李说："我没啥可讲的！"

"不行，老陈都讲了，你也得讲。要不然，这顿饭你请客！"

小李不乐意了："真要讲吗？"

老陈和大张同声说："要讲！"

"我刚才把你们讲的用手机录下来，发给老板了……"

# 不花钱办大事

□ 黄德贵

这天早上，小区居民老李刚起床，便看见邻居老张走到公厕旁的一块空地上，直接小便，方便完了，老张又蹲下身子，对着地上那摊小便瞅上老半天，像在看一件艺术品。

老李气坏了：旁边就是免费的公厕，偏不去，这人太不讲道德了！

第二天一早，老李又看见老张故伎重演，忍不住咳了一声，老张扭过头看了一眼，又转过头去，继续盯着他撒在地上的"作品"。

老李心里这个窝火呀！你老张每天一大早给我现宝儿，不行，哪怕你脑子进了水，我也得给你提个醒！

次日一早，老张正晃着身子，很是享受地排泄着，老李突然在他身后猛喝一声："干什么？"老李的声音像炸雷，震得老张差点摔一跟斗，好半天才认出是老李，不由埋怨道："你一大把年纪了，狂喊乱叫什么呀？"

老李指着地上那摊小便，说："你看看你做的啥事嘛？"老张双手一摊，委屈地说："这不是没地儿吗？"老李更火了，指指公厕，说："那不是地儿？走几步你会累死？"

老张连忙解释"唉，我说的不是那地儿，你看这城市都是水泥地，找块泥地不容易。"

老李听不明白了，问："什么水泥地烂泥地的？"老张讨好地朝老李笑笑，说："你瞧，只有在这块泥地上，才有蚂蚁。"老李越听越糊涂了，他怀疑老张脑子出了问题，问："你是不是有病啊？怎么跟蚂蚁也扯上了？"

话音刚落，老张一把握住老李的手，激动地说："谢谢您的关心，这段时间，我怀疑自己得了糖尿病，去医院检查得花钱，听说糖尿病人的小便会招来蚂蚁，就找了块空地撒尿，看会不会招来蚂蚁，虽说这样费劲，可不花钱啊！"

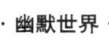

# 困难户

□ 陶百军

上级给向阳村拨来8万元扶贫款，村里专门召开村民大会，确定救济对象，申请补助的困难家庭可以在会上发言。

第一个发言的是坐着轮椅的锁柱："我的情况乡亲们都知道，自从六年前出了那场交通事故，我就丧失了劳动能力。现在我的低保金每月200元，基本就是全部收入，勉强度日。现在，我家的房子也该维修了，是不是能给我一点照顾？"

接着提申请的是养鸡户大壮：

"前些日子，咱这里闹禽流感，我的4000只鸡全部被扑杀，现在，我的养鸡场缺少再生产的资金……"

第三个提出申请的是翠花："今年春上，我家的四轮车被盗了，到现在案子还没有破，那可是两万多块钱的新车啊！"

这三人一说，大家以为没人再说了，想不到，这时老韩站起来，要求补助，让大伙儿大出意料。原来这老韩自己开着米面加工厂，每年至少有一两万元收入，几年前他儿子考上大学时，村里给孩子送去5000元助学金，老韩硬是不要："村里困难的娃娃还有很多，我家这个大学生，我可以供他念完！"他今天这是怎么了？

老韩未曾开口，先抹了把泪："我供儿子读四年大学，他去年毕业，在省城买了套60平米的房子，70多万，我出了10来万的首付款，花光了所有积蓄，剩下60来万块，都是银行贷款，儿子每个月把工资全贴上还不够，还得我补齐。这几十万的债，哪是个头啊……"

老韩一席话，把在场的村民全打动了。最后，锁柱、大壮、翠花一致表示：坐轮椅的困难、禽流感的困难、被盗的困难，和老韩家在城里买房的困难相比，都是小困难，救济金应该发给老韩……

429 2008 SEMIMONTHLY 下半月刊 12月 STORIES

欢迎登录本刊主办"故事中国网"（www.storychina.cn）

故事会

2008年12月
下半月刊·绿版

主 编 何承伟
常务副主编 吴 伦
副主编 姚自豪（上半月·红版）
副主编 夏一鸣（下半月·绿版）
本期责任编辑 朱 虹
电子邮箱 zhong98305@sina.com
绿版发稿编辑：
夏一鸣 邢 悦 杭 帆
特约编辑
范大宇 崔新三 申之珉
美术编辑 李宝强
电脑制作 郭瑾玮
通 联 归依玲
本社办公室电话 021-64375030
上半月刊编辑部电话 021-64332325
下半月刊编辑部电话 021-64332469
（上海市绍兴路74号 邮编：200020）
主管、主办：上海文艺出版总社
出版单位：《故事会》编辑部

制作、发行总监：张 凯
电话 021-64313938
广告业务：上海故事会文化传媒有限公司
广告总监：张 淮
广告业务 021-34010383
广告投诉 021-64333738
广告经营许可证
沪工商广字3100320050022号
发行：中国图书进出口上海公司

·笑话·

## 吃白食

小李要去参加朋友聚餐，临出门，往口袋里塞满了烂纸、烟盒、信封等东西。老婆见状，惊讶地问"你装那些东西有啥用？"

小李神秘地一笑，说："用处可大了！"

老婆一脸鄙夷地说："那些破烂会有啥用，你别丢人了！"

小李得意地说："这你就不懂了吧？每当和朋友吃完饭结账时，我便走到前面喊'我来结！'然后从口袋里往外掏烂纸，掏烟盒，还没等到掏光口袋里的东西，别人已经把账结清了。"

（李传胜）

（本栏插图：包丰一）

## 怕什么

小兰一向胆子很小。一天，她和新认识的男朋友出去约会，天快黑时，两人走到一个公园门口。男朋友提议进公园散散步，小兰显得犹豫不决。

男朋友见状问道："你究竟怕什么？要是怕别人，有我；要是怕我，有别人。"

（黎义全）

## 短　发

小菲把一头乌黑的秀发剪了，同事赵哥问道："我听说女孩子剪短发都要经过激烈的思想斗争。小菲，你斗争了几天呀？"

小菲端着镜子照了照，说："我没斗争。"

赵哥惊讶地问："这么坚决？"

小菲笑道："嗯，我跟我男友领完结婚证出来，他对我说：'宝贝儿，咱把长发剪了吧。因为，从今天起，你拉直、烫发、染发都不是花男友的钱，而是花家里的钱了。'我就同意了。"

（曲　阜）

4

# 幸运数字

汤姆一直相信"3"是他的幸运数字，因为他生在3月3日，有3个儿女，住在三藩市第三大街33号。

这天是汤姆的33岁生日，他兴高采烈地去看赛马比赛，并特意挑选了第3场比赛中的3号赛马，押了33333元赌注。

比赛结束，那匹马果然得了第三名，可惜赛马比赛只取头名，汤姆的33333元全打了水漂！ （谢小英）

# 处变不惊

杰克在高尔夫俱乐部打完球后，匆匆离开。在路上，警察拦住他，问："20分钟前是你在第16洞开的球吗？"杰克惊讶地点点头。

警察继续追问："你打了一个左曲线球，结果球飞过了树丛，飞出了球场，是吗？"

杰克更诧异了："是啊，没错！你怎么知道？"

警察严肃地说："你打出的球飞到了高速公路上，砸穿了一位司机的挡风玻璃。车子失去控制，撞上了一辆消防车。消防车没能赶到火场，结果失火的大楼被烧成了平地。说吧，你打算怎么办？"

杰克想了想，答道"我想我的站姿要再收紧些，握杆再紧些，右手大拇指再放低些。" （董 行）

**预付款**

有个老乞丐天天守在大富翁贝尔纳的家门口，请求施舍。贝尔纳心地善良，每天都会给老乞丐一张小额钞票。渐渐地，贝尔纳有些受不了了，可又不忍心赶走老乞丐。

终于有一天，贝尔纳走到老乞丐身边，从钱包里掏出一张大额钞票，老乞丐一看，惊喜不已。

贝尔纳把钞票放到老乞丐的帽子里，说："我明天去诺曼底休假，要在那儿呆两个月。这钱是预付给你用两个月的，你也有休假的权利。"（王传生）

## 抓现行

小王在办公室写材料，突然听见外面传来一阵熟悉的脚步声。看样子是隔壁的小张来了，这人爱贪小便宜，经常到小王的办公室里拿走吃的，还死不承认。

小王灵机一动，赶紧拿了一包饼干放在显眼处，然后趴在桌子上，假装睡觉。

脚步声越来越近，已经到了小王的身边。小王边"睡"边想：哼，小张肯定以为我睡着了，等他拿饼干出门时，我来抓个现行！

突然，小王被人拍了一下，睁眼一看，顿时吓坏了，原来是领导。领导沉着脸说："上班睡觉，可让我抓个现行，扣你100块奖金。"

（张朝元）

## 牛奶喂鸡

小丽第一次去菜场买菜，她从农妇手里买了一只老母鸡，还让农妇当场帮她杀好。农妇把鸡剖开，小丽一看，鸡的肠胃里有不少石头和沙子，她气呼呼地说："你这鸡有问题，我不要了。"

农妇莫名其妙地问："这鸡好好的，哪有什么问题？"

小丽用手一指，说："你仔细看看，这鸡的肠胃里全是石头和沙子，怎么没问题？"

农妇解释说："鸡本来就吃沙子，那是为了便于消化啊。"

小丽生气地说："你别骗我了，当我是傻子啊！电视上天天在说，最近发现奶粉里掺有三聚氰胺，小孩吃了身体里都长石头。你肯定是用牛奶喂鸡了，让鸡吃了长石头，好增加重量赚黑心钱！"

（赵文利）

## 错字歪解

老陈常写错字，这回，他把"四十不惑"写成了"四十不获"。

同事见了，笑问他怎么解释这四个字。老陈大笑一声，轻蔑地摇了摇头："这有什么不明白的！我今年四十多岁了，到现在还没有一官半职，没半间商品房，没一辆私家车，这就叫'四十不获'！"

（杨　有）

# 报 复

夫妻两人去旅游，坐了三天的火车，到达目的地后，丈夫拿出一个小盒子，妻子一看，里面居然装着一只蚊子。

丈夫解释说："我在火车上看见这只蚊子叮你，就把它抓住了。"

妻子不解地问："那你当时为什么不直接打死它，还带到这里？"

丈夫笑笑答道："哼！打死它太便宜它了！我要在这儿放了它，让它飞回去，三天的路程，足够累死它了！"

（西江月）

## 深受其害

老婆穿着吊带衫，在窗前玩电脑。

大张从厨房里探出脑袋，说："你能不能多穿点？对面楼里不少男人在厨房做饭，他们都在看你呢。"

老婆满不在乎地说："徐娘半老的，谁爱看谁看，损失不了什么。"

大张着急地说："你这样会害了别人的。"

老婆奇怪地问："为什么？"

大张叹了口气，说"你知道为什么前几天我把菜做糊了吗？就因为当时对面楼里有个女的穿得太少，在我眼前晃来晃去，我光顾着瞅她去了。我现在不是怕你被老爷们看，是担心你害得人家把菜做坏了。"

（戚 霞）

## 就医及时

晚上，小美发现老公背上起了一小片红斑。

老公得知后很紧张，想马上去医院。小美好不容易才说服老公第二天再去。

第二天一大早，小美就陪老公去了医院。医生检查了一下，慢条斯理地说："你要是晚来两天……"

老公一听，险些从椅子上滑下去，小美的心顿时也悬了起来，着急地问："晚来两天怎么啦？"

这时，只听医生继续说道："你要是晚来两天，恐怕它自己就好了。"

（向天歌）

（本栏目欢迎来稿。来稿可从邮局寄发，也可从网上传递。如为电子邮件，请发以下信箱：zhong98305@sina.com）

我们的生活中，是否就缺了这样的一声招呼、一个微笑？

# 难打的

□ 刘超

**我**搬进新房子后，头一件事，就是把远在千里之外的老娘接来享福。

没过几天，我刚下班进门，一眼就看见妻子坐在沙发上生闷气，见了我就嚷嚷："我说，你得好好说说你那个疯疯癫癫的老娘了，别人都以为咱们家有个精神病呢！"

我一听就火了："你瞎嚷什么呢！我娘一向好好的，谁说她有精神病？"

"整个小区的人都说了！"妻子不甘示弱，把声音抬高八度，"你知道这几天你老娘闹了多少笑话吗？她见人就喊'你好'，这也不打紧，喊就喊了呗，别人说个'你好'就得了，可

她不干，还要不清不楚地跟人家说话，谁听得懂她在说什么呀？人家问她，笑她，骂她，她也听不懂，只是一个劲笑笑笑！你说，这不是有毛病是什么？我每天一出门，就有好多人用那种眼光看着我，都晓得我家有个精神病呢！"

听完妻子一顿急风暴雨般的控诉，我明白是咋回事了。这也是我当初接老娘来新家最担心的地方。老娘在山沟沟里窝了一辈子，除了家乡话，别的话一概听不懂，而在这里，人们都说普通话，我只勉强教会了老娘说"您好"、"谢谢"、"再见"这几个

词。老娘不是精神有问题，只是嘴巴闲不住，而且把老家的习惯带到了这里来。

我没好气地冲妻子说："行了，行了，他们那些人才有毛病呢！我娘呢？"

妻子一撇嘴："吃了饭就出去了，谁知道她到哪儿疯去了？"

我掉头下楼找老娘，在楼下广场见到了她，原来她刚才上街转去了。我和老娘回到楼梯口时，刚好从上面走下来一位男邻居。这人拿着个公文包，脸上戴着眼镜，一副文质彬彬的样子，不过平常难得碰上一回面，直到现在，我也不知道他究竟姓什么，做什么工作。

就在这时，老娘忽然冲他喊道："您好！"男邻居一愣，也说了句"您好！"

老娘接着问道："去上班呀？"当然，老娘的普通话达不到这个水平，她说的是家乡话。男邻居自然听不懂，问道："您说什么？对不起，我没听明白。"

老娘脸上笑呵呵的，说道："是啊，回去吃饭，刚在外面转了转。"我一听，老娘答的话根本就是驴唇不对马嘴，不禁暗暗着急：行了，娘，别那么多废话了！

男邻居一脸奇怪，看我一眼，又把眼光转回到老娘身上："您有什么事吗？您找谁？"

· 敞开心扉 诉说真情 ·

我脸上一红，急忙跟他解释，这是我母亲，刚从乡下来，不会说也不会听普通话。他长长地哦了一声，母亲又莫名其妙地说道："是呀，这是我儿子。"

男邻居笑了："大娘，我听不懂你的话呀！"老娘还是自顾自说着："咳，哪里呀，跟他老子长得一个模样，黑木炭头一根，见了人也不会叫人，呵呵！"

我发现男邻居看母亲的眼光变得异样起来，似乎在看一个不可理喻的疯子。我不禁扯了一把母亲，用家乡话说："行了，行了，咱上去吧！"谁

知老娘说急什么呢，打个招呼耽误多少事？

可人家已经十分不耐烦了，丢下一句："对不起，我要上班了。"从我们身边走了过去，背后又传来一句嘟哝，"真是莫名其妙！"

"好，好！"老娘扭转身，眼光追着男邻居的背影，大声说道，"一定去，一定去！"说完，满面笑容地抬腿上了楼。

我看着老娘开心的笑脸，既感到好笑，又感到心酸。刚才老娘和别人这一番对答，在旁人看来，根本就是鸡同鸭讲，全不搭边。老娘也真是的，明知道自己不能跟别人交流，说句"您好"就算了吧，却偏要说那么多话，别人听来就像在自言自语，也难怪人家会怀疑。

回到家，我把门"砰"的一声关

上，一屁股坐到沙发上，瞪了老娘半天。考虑了很久，最后我还是冲老娘说道："娘，以后你别见人就打招呼了，当他们全不认识行了。其实，我们谁也不认识谁呀，用不着这样，再说，人家也会烦的。"

老娘一听，似乎感到很意外："怎么会呢？俗话说得好，'伸手不打笑脸人'呀！明明是熟人，见面哪能不打招呼？我不相信，哪有打个招呼也嫌烦的人？"

"可人家说什么你听得懂吗？"我一下提高了声音，"你根本就不知道人家在说什么，人家也不知道你在说什么，他们都以为你有精神病呢！"说完这句话，我猛地站起来，走进了房间。

过了半晌，我才从房里走出来，悄悄一看老娘，只见她呆呆地坐着，脸色灰暗，仿佛一下就老了几岁。我心中不忍，颤抖着说："娘……"

老娘摆摆手："不用说了，我都明白了。"

这之后，我陪老娘上楼下楼，再也没见她跟谁乱打招呼了，连"您好"也不说了。遇见邻居，她就把脑袋低下来，

我看了又觉得难受，母亲这副模样像是做错了什么事似的。

过了没多久，老娘就提出要回老家，而且说不出理由，只喃喃地说："在家里好，在家里好。"

我本来还想劝她，但一看老娘黯然惨淡的脸庞，心下一惊，自己把老娘接来是想让她享福的，可现在事实证明，老娘只怕是来受罪的。不得已，我只好同意了。

我请了假，送老娘坐了火车，又坐汽车，风尘仆仆回到了老家。一踏上老家的土地，老娘精神为之一振，脸色居然一下红润了好多，她如释重负地吁出一口气，说："终于到家了！"

从镇上到村里，还要走一段路。经过一个小店铺时，我看见店里有个跟老娘一样年纪的阿婆，正坐在小椅子上摇扇。我在家的时间很少，说实话好多人都不认识，人家也不认识我。老娘脸上喜洋洋的，冲里面的阿婆喊："六姐！吃了没呢？"

里面的阿婆站了起来，笑着问："哦，是八妹呀！刚吃了，你回来了？"

"是啊，回来了！"老娘眉开眼笑，"我去儿子家住了几天。"

阿婆看着我问："这就是你儿子呀？"

老娘说："是呀，他就是我儿子！"

阿婆笑着说："哎呀，我都不认得了，小伙子长得真精神哟！"

老娘乐得合不拢嘴"哪里呀，跟他老子长得一个样，黑木炭头一根，见了人也不会叫人，呵呵！"

阿婆热情地喊着："有空来聊聊啊，好久没见你哩！"老娘说："好，好，一定去，一定去！"

老娘欢欢喜喜地走过了小店铺。接下去，碰见的熟人越来越多，老娘见了熟人，都要停下来跟人说二几句。走着走着，我呆呆地站定了，望着前面老娘的背影，眼眶红了：老娘真的没有精神病，她在城里跟人家打招呼，说的那些驴唇不对马嘴的话，其实应该是最搭边的，只不过她不知道，对方的回答并不是她预想中的那样……

**（题图、插图：安玉民 梁 丽）**

您手中有没有得意之作？本刊辟有二十多个原创性栏目，如中国新传说、我的故事、情感故事、16岁故事、海外故事和中篇故事等；您读到或听到什么有趣事可以和大家一起分享吗？3分钟典藏故事、开卷故事、财富故事、第一推荐、外国文学故事鉴赏和快乐辞典等都是本刊推荐性栏目。

热忱欢迎来稿，可从邮局寄发，也可从网上传递。邮寄地址：上海绍兴路74号《故事会》杂志社，邮编：200020；如为电子邮件，本期责任编辑信箱：zhong98305@sina.com。

根据美国著名小说家麦金利·坎特创作的小说《无痛》改编。

# 牙医的
# 手段

□ 悠　悠　改编

这天下午，沃尔医生的牙科诊所空无一人。沃尔医生觉得有些无聊，就拧开了收音机，听完新闻，不由得骂了一句，然后伸手准备关掉收音机，突然，一把手枪抵住了他的腰部，接着耳边响起一个阴森森的声音："我想，你应该猜得出我是谁！"

沃尔医生脑子一转，关掉收音机，低声说道："是的。"

刚才，沃尔医生从新闻中听到一个杀人犯越狱的消息：当时在医务室，监狱的牙医给他补完牙洞后，他用藏匿的手枪杀死了牙医，然后挟持了一名人质逃走，路上，他竟把人质推下车，造成人质伤势严重，接着就发生了哈利斯镇惨案……

这时，沃尔医生的冷汗冒了出来，他问道："你，想让我做什么？"

杀人犯用低沉的声音说道："我现在牙齿痛得要命，也许是牙洞太大了。""你要我补牙吗？""是的，但不许你耍花招！你知道，我看过不少牙医，牙医哪一步该做什么，我都一清二楚！听着，你要先给我打上几针。""是打麻醉吗？""是的，但你别想让我喝掺了麻醉药的酒，要是我感到腿脚有一点松弛，就马上让你尝尝整夹子弹的味道！"说着，杀人犯把枪晃了一下，一屁股坐到手术椅上，张开了大嘴。

"那当然，当然。"沃尔医生鸡啄米似的赶紧点了点头，拿出反射镜朝里照了照，"有四个洞。"接着，他开始扎针，杀人犯两眼圆瞪，一眨也不眨，很快就点头说，他感觉下巴有些沉，舌头上也有刺痛感。

然后，沃尔医生熟练地用牙钻清理四个洞，他一边钻着，一边想着那个叫哈利斯的小镇。前两天，就是这个杀人犯开车经过那里，因躲避警察的追捕，他一路狂奔，结果撞死、撞伤了好几个在路上玩耍的孩子，想着想着，沃尔医生越钻越深……最后，沃尔医生将填充物塞进四个牙洞里，又将表面打磨光滑。

"补好了！"沃尔医生终于长吁了一口气，"漱漱口，就可以走了。"杀人犯张开嘴照了照镜子，满意地笑了，然后把枪塞进了口袋……

晚上七点，小约翰医生来诊所上晚班，发现沃尔医生被五花大绑在了椅子上，嘴里还塞着东西。他赶紧给沃尔医生松了绑，问出了什么事。

沃尔医生稳了稳神，这才告诉小约翰医生下午发生的事。小约翰医生听完，失声叫道："这怎么可能？那个杀人犯已经死了，离这儿有五十里路，我是刚从网上得知这个消息的。"

"没错，"沃尔医生低声说，"不过，是我杀了他。"

小约翰医生哈哈一笑，不以为然地说："算了吧，沃尔医生，他是自杀！有人看到他举止疯癫，在路上来回地跑，有人报了警，他举枪四射，可什么都打不到，最后他恼羞成怒，朝自己脑袋开了一枪。"

沃尔医生点点头，似笑非笑地说："是我杀了他。""是吗？那你是怎么干的？"

"那个杀人犯要我给他补牙洞，我在填充物里放了麻醉剂。"沃尔医生凝神望着远方，一字一顿地说，"我把汞和银放在牙髓的角质里，每一个都深入到牙髓腔，四根神经每一根都被汞和银压迫。麻醉剂一旦失效，他会痛不欲生的！我想，为了躲避警察，他此时只能呆在没有医生的荒郊野外……"

小约翰医生恍然大悟："哦，我明白了！"

沃尔医生喃喃地说着"当时，我满脑子想的都是哈利斯镇的事，那些可怜的孩子——啊！"

（题图、插图：安玉民　梁　丽）

# 走村串户的生意

阿才是小镇上专门给人打造首饰的工匠，靠着祖上的手艺，打出来的首饰锃亮，凡是找他打过首饰的人无不赞不绝口。

但说来也怪，几年来，阿才的生意却一直不温不火。空闲的时间，阿才喜欢拿锡、铜等金属熔化后再打造成戒指：这种戒指成本很低，有客人时拿出来推销一两个，就这样勉勉强强过日子。

这天，阿才一位在外地工作的同学回来后，看到阿才的手艺，就给他提了一个建议：把小镇上的摊位退掉，到乡下去。

阿才将信将疑，但觉得再这样死守着摊子也不是办法，于是就接受了同学的建议。

第二天，阿才就带着打首饰的工具，在一个村子中央的榕树底下扎营了。意想不到的是，生意竟然非常火爆。村里的姑娘、妇人、老太太，甚至孩子，一下子就把阿才围了个水泄不通。许多人在看了阿才打出来的戒指后，都要他打上几个。

到了晚上收工时，还有许多人没有轮到，阿才就和他们约好明天再来。回到家，阿才把当天的收入一合计：好家伙，竟比在镇上一个月的收入还要多。

当天晚上，阿才把同学约出来，酒过三巡后，把今天的生意情况一说，同学微微一笑，说："你做的是小本生意，这种非真金真银的东西，小镇上的人家一般看不上。到村子里去就不同了，一来现在的农村人也有一些空闲时间，你一去刚好给他们带来新鲜的娱乐；二来那些农村妇女对戒指的质量要求并不是很高，花很便宜的钱打一个假的戒指，对她们来说只是图个新奇而已。"

阿才点点头，从此结束掉小镇上的摊位，开始了走村串户的生意，竟也赚了不少钱。

**财富启示**：一个经营模式的转变可以带来意想不到的收获。

（作者：陈云丽）

街头是社会的一角，这不，前些日子还流行着跳街舞，这会儿，又出现了下街棋……

# 街棋王

□ 于永军

## 棋逢对手

老李从局长位子退休后，整天遛遛鸟，散散步。这天下午临出门，老李发现皮鞋后脚跟磨偏了，就用个提兜装了皮鞋，打算去修鞋摊钉个鞋掌。

一会儿工夫，老李就来到了前大街。在前大街的拐角处，有一个修鞋摊，修鞋摊旁围了三四圈人正在下象棋。老李一阵手痒，他可是象棋高手，在局里参加整个市机关的比赛，也是少有对手。

老李走到摊前，修鞋的是个黑瘦的瘸老头，胸下吊着一个皮围裙，身旁放着一把拐杖，看到老李提了鞋过来，满脸堆笑，谦卑地点点头："您，修鞋？"

老李把鞋递过去，说："就钉两个鞋掌！"

修鞋老头接过鞋，递给老李一个磨得油光发亮的小板凳："您坐会儿，马上就好！"

"不用，我看看棋！"老李从人缝中往里瞅，里面坐着的竟是自己局里退休的副局长张胖子。只见他悠闲地敲着两个棋子，哼着黄梅小调，很显然棋盘上占了上风。果然，不一会儿，对手就败下阵来，起身离开了座位。

"谁来，谁再来？"张胖子显然来

了兴致，大声招呼围观的人。

老李一阵好笑，就张胖子那两把刷子，也敢在这称雄，他一挽胳膊，当仁不让地坐下，说："我来！"

"是你？"张胖子看到老李，有点吃惊，两人以前工作时矛盾不少，说话不免有些带刺，"你这大领导也来接触群众了？"

老李也不是省油的灯："你张大领导能来，我咋不能来！"

张胖子笑道："我可不如你，你可是正处级啊！我知道你下棋厉害，不过我老张这两年可没闲着，天天练，现在你恐怕不是我的对手了！"

老李呵呵一笑："是骡子是马拉出来遛遛！"

两人很快摆好棋盘厮杀起来，还真别说，这两年张胖子棋艺真的提高不少，但终是略逊老李一筹，连下三局全都败北，张胖子一张胖脸全是汗水，再也哼不出黄梅小调。

老李嘿嘿笑了两声，说："我知道你这辈子没服过我，不过下棋你不行，总比我差两步！"话中有话，明是说棋，实是说人，张胖子比老李早一年上班，可职级总比老李差一级，心里一直不太服气，工作的时候，两个人就爱顶牛儿。现在听老李这么说，张胖子气得脸红一阵，紫一阵，说不出的难受。

突然，张胖子跳出人圈，抱住正

在修鞋的瘸老头的胳膊："老马头，你和他下！"

老马头连连摆手："不，不，你们玩，我还要修鞋呢！"

张胖子请兵不成，就来激将："嗬，我告诉你，人家老李可是正儿八经的象棋高手，打遍市机关无敌手，你要是不下，手不痒心可别痒！"

听张胖子这么一说，老马头心里还真有些痒："那好，等修好这双鞋就来一局！"

老李刚从棋盘和精神上给了张胖子双重打击，心情十分舒畅，棋瘾也勾了上来："这位老同志，哦，老马，我的鞋不着急修，来，咱们下两盘！"

老马头想了想，答应道："那就来一盘！"于是，放下手中的活，挪着板凳移了过来，坐到了老李的对面。

老李说："你红你先！"这是街头象棋不成文的规矩，弱手先行。

"哦？"老马头有点吃惊。

张胖子冷笑道："老李，这是街头，不是你的局机关，这里可是藏龙卧虎，什么能人都有！老马头是这儿鼎鼎有名的街棋王，咱做人还是谦虚点好！"

"是啊，这里还没人敢让老马头先的！"围观的人一阵嘲笑。

老李这才明白，敢情老马头是大家公认的街头象棋高手，只是他们不知道自己的厉害，当下呵呵一笑，道："好，我执红，我先行！"

两人很快摆好棋，老李提起子来，正要走棋，却听张胖子叫道："且慢！"说着，转身从老马头修鞋的工具箱里拿出一个铁钉来，冲老马头说道，"要不要上个栓儿？"

老马头摇摇手，不好意思地说："上栓儿，呵呵，人家刚来，不太好吧！"

"客气啥！"张胖子道，"也让他这机关无敌手见识一下什么是山外有山，人外有人！"说完把铁钉儿冲着老马头的'将'按下去，老李这才发现，在"将"这枚棋子中间和棋盘上都有一个洞儿，铁钉一按下去，就把"将"这枚棋子栓在了棋盘上，动不了了。

老李一看，奇怪地问："这是什么意思？"

"什么意思？"张胖子道，"这就是说，下棋的过程中，不管你怎么将，老马头的'将'都不能动，动就算输了！"

"岂有此理！"老李心中的怒火一下子蹿了上来，心想：这老马头也太狂了吧，真是门缝里看人——把人看扁了！

"您别介意！"老马头道，"这都是我们平时闹着玩的，当不得真，我们就来一局，要快啊！"

"快就快！"老李怒火中烧，一个当头炮开局，老马头跃马应对。一来一往，两人落子如飞，很快老李就感到了老马头的厉害，实战磨砺出的街头象棋没有一点花哨，凶狠老辣。老马头旋风般一阵狂攻乱杀，杀得老李阵脚大乱，还没来得及"将"上老马头一军，就败下阵来。张胖子见老李落败，乐得直晃脑袋，又哼起了黄梅小调。

老马头"嘿嘿"一笑，说："承让，承让了！"移动板凳就想离开。

"不要走！"老李一把抓住老马头的胳膊，"我们再来一盘！"

老马头说："等一会儿我干完活，我们再玩！"

"不行，刚才是我大意输了，我们重来，重来！"老李自觉得窝囊，拉住老马头的胳膊不放，执意再来。

老马头无奈地说："那就再来一盘！"又坐下身来，道，"还是快棋！"

## 鏖战连连

两人布局再战。知道了老马头的厉害，老李谨慎了很多，心想：先不求胜，拔了这根铁"栓"再说！于是，下棋不再和老马头纠缠，不惜舍了几个"兵"，一心一意去将军，一边将，一边嘴里还叫道："我看你动不动！"

老马头左遮右挡，就是不动"将"儿，嘴里也叫道："不动，就是不动！看你有什么能耐！"

两人的棋子儿很快纠缠到一起，老马头瞅准机会，抢先兑子，噼里啪啦一阵兑子，两人大子尽失，老马头却多出三个卒儿，不慌不忙跨过汉界，直奔大帐，擒下老李的"帅"。

张胖子幸灾乐祸地笑道："真是棋如人生，谁能想到臭皮匠一样的小卒竟擒了正处级的老帅！"老李听了，气得脸色发青。

老马头"嘿嘿"一笑："不好意思！"移动板凳又想离开，却又被老李抓住胳膊："老马，我们再来，最后一盘！"

老马头恳求道："真的不行啊，李局长……我还靠这个吃饭呢！"

"我多给你钱！"老李发狠话了，"你陪我下最后一局！那双鞋钉两个脚掌，我给你二十块钱，行不行？"

"李局长，我不是这个意思……你看……"老马头咬了咬牙，说，"我不会多收你的钱，咱们今天就下这最后一局！"

"行！"老李大喜过望，"就一局，咱说话算话！"

两人布局又战。老李心想：自己不能再输了，再输这老脸可真让张胖子羞掉了。老马头下快棋厉害，自己就在慢棋上磨死他。老李每走一步都小心翼翼，还不时和围观的人商量商量。观棋的人大都侠义心肠，见老李连连落败，七嘴八舌，群策群力，都想帮他撼动老马头的"将"儿。这样一来，每走一步棋就要花好长时间。

老马头受不了，连叫："快啊，快啊！"老李却不紧不慢，道："老马，你别急嘛，象棋就要'相'嘛，不'相'就不叫象棋了！"老马头急得直跺脚。

这时，一个老太太提着一双鞋走了过来，大声喊道"老马头，老马头，修鞋人呢？"

"在这，在这！"老马头急忙应着，头从人缝中伸出来，叫道，"修鞋啊，张婶，您先把鞋放在摊上，我立马就给您修！"

张婶又喊道："老马头，下棋能当饭吃啊，你老婆病好啦？亏你还有心思下棋!"张婶的嘴真厉害，两句话就弄得老马头慌了神，下棋也心不在焉，几招过后，竟露出破绽，被老李抓住机会拔了"栓"儿，丢了"将"儿。

老马头"嘿嘿"一笑，道："认输，认输!"丢了棋子，急忙修鞋去了。

老李长长吁了一口气，这面子总算挣回来了一点。不想，张胖子却凑过来，讥讽道："李大局长可真会磨棋，人家是故意输给你的，还美! 羞不羞?"

"张胖子!"老李怒道，"不服你和我下，我的'将'上栓儿!"

张胖子冷笑着说："我不和耍赖的人下!"

老李这个气啊，正想和他理论，手机响了，老伴让他赶快回去。老李见自己的鞋没修好，就丢在老马头那儿让他接着修，自己气呼呼地回了家。

## 艺高惹祸

一到家，发现女儿一家都过来了，女婿王平还提了个大蛋糕，老李这才想起，今天是自己的生日。很快，老伴张罗了一桌好菜，一家人围坐在一起吃饭。

王平倒了两杯茅台酒陪老李喝酒，却发现老李有点神不守舍，闷闷不乐，忙问老李发生了什么事。老李就把下棋的事给说了，提起张胖子，

免不了又是一肚子的气。王平急忙安慰一番，说："爸，您何必和这些小人物闹气，这事交给我处理好了!"由于老李心情不好，这顿生日宴一家人吃得很不开心。

第二天上午九点多钟，老李正要到前大街去取鞋，刚出门，就撞上了气喘吁吁跑来的张胖子。"老李，你可真不是东西! 你下棋下不过人家，就让你女婿去收人家的摊，你这样欺负

一个瘸腿老头，还算是个人吗？"张胖子指着老李的鼻子骂。

老李被张胖子骂得莫名其妙："我说张胖子，你咋乱骂人？我收谁的摊了？"

"装什么糊涂，局长大人，"张胖子冷笑道，"谁不知道你女婿在城管局，肯定是你指使他把老马头的摊给收了！"

老李一愣："老马的修鞋摊让城管给收了？"

张胖子又是一阵冷笑："装，你就装吧！"

老李强压住怒火，当即拨通了王平的手机："是你们把前大街老马的修鞋摊给收了吗？"王平在电话里说："爸，是我让把他的摊收掉的，谁让他伙同张胖子惹您生气，再说他那个摊摆在前大街也确实影响市容……"

"放屁！"老李怒不可遏，冲着话筒吼道，"你马上把老马的摊给我拉回来，少一个钉子，我就没你这个女婿！"

"老李，"看到老李这个样子，张胖子知道自己搞错了，有点不好意思，"我以为……"

"哼，你把我给看扁了，怎么说我也是个国家干部！"老李道，"我对不起老马，我去给他道歉！"

老李和张胖子赶到前大街，发现老马头正缩在街角，左胳膊上擦了一大片，淤出了血，手里紧紧抱着一双皮鞋，看到老李他们走过来，急忙挂着拐杖站起来，弓着腰，毕恭毕敬地说："李局长，昨天是我太不懂规矩，惹您生气了，您大人有大量，千万别跟我计较，我听老张说，您女婿……您可千万别让人收我的摊，我是个瘸子，干不了别的，摆这个摊快三十年了，老婆子又长年有病，求，求您……这是您的鞋，我修好了，他们要没收，我哪能让他们收客人的东西，就硬拽了下来，还摔了一跤……"

看着老马头这个样子，老李感到一阵心酸"老马，我真没让人收你的摊，是一些自以为是的人办的混账事，不过始终是我拖累了你，对不住啊，老哥！我已经让他们把你的摊给送回来了！"

一旁的张胖子拍了拍胸脯，也保证道："你放心吧，有老李和我给你撑腰呢。"

正说着，王平让人把老马头的摊送了回来，老李和张胖子急忙帮他把摊摆好。老李摆起那副棋盘，然后紧紧握着老马头的手说："老马，从今以后我天天到你这里下棋，看谁再敢收你的摊！"

（题图、插图：刘斌昆）

（本栏目欢迎来稿。来稿可从邮局寄发，也可从网上传递。如为电子邮件，请发以下信箱：zhong98305@sina.com）

在特别的地方，特别的时间，有时还真需要一点特别的眼光……

# 长远目光

□ 宾 炜

## 苦不堪言

大庄带着老婆到上海打拼，没几年，做生意就发了，两口子就计划着要买辆车。可这年头，在上海买车不难，但买了车停哪里？真难！

当初买房的时候，小区有车库，而且价格也就在六七万之间，大庄却犯了鼠目寸光的错误，想等到买了车再买车库，可没想到上海的有车族发展得这么快。如今为了停车库的事，大庄绞尽脑汁，人都瘦了一圈。

这天早上，大庄下楼的时候，见对面楼的一个男人正在开他自家的车库门。大庄不禁羡慕地多看了两眼。那男人把车库门打开，大庄看见里面只停放着两辆摩托车。

大庄眼前一亮：咋的，这家伙还没买车？他一边想着，一边不由自主地走了过去，笑眯眯地给那男人敬上一支烟，问："大哥，贵姓啊？"

那男人留一对八字胡，不客气地接过烟，说："我姓胡。"

大庄借机问道："噢，胡先生，这车库是您的？"

"嗯，我的。"胡先生言语中透着一股自豪劲儿。

大庄看看车库，又问："胡先生，您的车呢？"

胡先生脸上微微一红："还没买呢……先买个车库，车呢，总有一天会买的吧。"

这话触动了大庄的心事，他不禁由衷地赞了一句："胡先生，你的眼光可放得真远，咳，要是当初我们也像

你一样看远点就好了。"

胡先生被夸得精神大振，他眉飞色舞地说道："不瞒您说，我和老婆五年前就想得很清楚，上海是什么地方？寸土寸金，今后汽车越来越多，所以就是砸锅卖铁也要把这车库买下来。当时吧，我们买了房就剩下几百块钱了，最后求爷爷告奶奶，借遍了亲戚朋友，硬是咬牙把车库买下来了。"

大庄一听，得，这家伙眼光够"毒"的，五年前就算到了今天的事，如今让他把车库卖掉，那还不是让太

阳从西边升起。大庄心里大失所望，打了几个哈哈，悻悻地走了。

尽管没有车库，但老婆对有车生活的热情一天天加温，大庄万般无奈，一跺脚，最终还是把车买了回来。

大庄终于成了有车族。头一天晚上，他小心翼翼地把车开进小区，花了足足半个小时，才将车停在自家楼下的楼梯口旁边。虽说车子上了锁，警报器也是最先进的，可这天晚上大庄两口子仍睡得不踏实，竖着四只耳朵注意下面的动静。

也不知什么时候，大庄迷迷糊糊中听到下面突然警笛声大作，他一个激灵从床上跳起，穿着裤衩直扑阳台，探头向下面大喝一声："谁啊？"

下面有个声音大声应道："我！"接着又小声嘀咕，"谁把车停这儿呀？还装个破警报器，吓我一跳。"

大庄听出来是自己楼上的那个女孩，大概约会回来不小心碰到了车，这才松了口气。返回床上才睡一会，下面又是警笛声大作，大庄光着脚趴在阳台上一看，原来是楼下那个染一头黄毛的小伙子，正拿手"咚咚咚"地敲着他的车哩。

大庄好不心疼，忙喊："别敲别敲，那车是我的！"

黄毛仰着脖子嚷："知道是你的车，那也不能停在这儿啊！这不挡道吗？"正说着，下面有人推开窗户，朝上喊："喂，你那警报器快关了，人家

明天还要上班哩。"

如此过了几天，大庄两口子就像生活在地狱里，都快被折磨成了神经衰弱。大庄想，长此下去不是办法呀。他便又把目光对准了对面那个胡先生的车库，如今几栋楼就他的车库还空着，怎么着也得把他的车库算计过来。

**投石问路**

从那以后，大庄就没事找事，故意和胡先生套起近乎来。抽了几包中华烟，两人很快就称兄道弟起来，大庄趁机把他家的底摸了个一清二楚。胡先生家现住四个人，他、老婆和儿子，另外一个是他乡下的岳母。胡先生是个小公务员，老婆是个教师，收入中等，除了要还房贷，乡下两头的老家还要接济，照他们的经济水平，至少五年内应该还买不起车。胡先生这人呢，也想找点赚外快的路子，可就是找不着门路。

摸清了对方的底，大庄有信心了。有一天他特意拉胡先生下馆子，一边喝着，一边跟对方大谈赚钱的门道。胡先生果然对这个特别感兴趣，急巴巴地问道："兄弟，你赚钱的门路真多，能不能也给我指条路啊？"

大庄早料到他会这么问，心里也早想好了，就假装考虑了一下，指点他可以做代理这门生意，保赚不赔，自己可以帮忙找个品牌给他做，本钱

呢，也不用多少，十万八万的就能起步了。

胡先生两眼一亮，接着又不停地摇头："兄弟，我就是没本钱啊！"

大庄心下一喜：有戏！忍不住说道："没有本钱，就找本钱啊！必要的时候，就得去搏一把，比如说你那车库吧，放在那闲着，等于把钱钉死了，卖了，不就有本钱了？"

哪知道，一说到车库，胡先生更像吃了摇头丸似的直晃脑袋："不行不行，饿死不吃种粮，说什么也不能打车库的主意。"

大庄不甘心，继续鼓动了半天，结果胡先生仍然摇头不止，最后一拍桌子道："兄弟，我跟你说实话吧，我们两口子发过誓，不到万不得已的时候，车库万万不能放手。我现在加上一句，就是我丈母娘她老人家住进医院，等着钱救命，我也不会动！"

大庄一下张大了嘴巴，见他把话都说到这份上了，知道这场战争再打下去也不会有结果，只得作罢。

这么过了一个来月，有一天半夜里，大庄被一阵刺耳的警报声惊醒。他一个箭步冲到阳台，往下一看，还好，不是自己的车，再一看，对面的楼梯口停着一辆救护车。

过了一会，从大楼里匆匆抬出来一个病人，后面跟着一男一女。大庄瞪大眼一瞧，这不是胡先生两口子嘛。

等救护车开走,大庄回到房间,抑制不住兴奋地对老婆说:"太好了,对面那家的丈母娘生病了!"

老婆骂道:"真缺德,人家生病,你高兴什么呀?"

大庄没理睬老婆,捂着嘴巴偷乐"老婆,咱家的金凤凰很快就有梧桐树了!"

第二天,大庄悄悄观察,看见胡先生和他老婆走马灯似的从家里进进

出出,脸上一副焦急的神情。他瞄了个空,见胡先生提了个饭盒匆匆要去医院,就拦住他问道:"大哥,你丈母娘病得不重吧?"

"老毛病了!"胡先生一抹脸上的汗,"说重也不重,说不重也重,治不好,就得去见阎王了!"

后来几天,大庄一直留意胡先生家的动静。一个星期过去了,胡先生的丈母娘也没回来,大庄心想,老人家肯定病得很重。又过了一个星期,胡先生的丈母娘还是没能回来。

## 如愿以偿

这天刚吃晚饭,大庄忽然听到对面楼"乒乒乓乓"一阵乱响。仔细一听,响声好像是从胡先生的家中传出来的。他来了兴趣,趴在窗子前瞧,隐约看见胡先生家两条人影扭在一起,估计两口子正在干架呢!

大庄想了想,忍不住跑下楼,悄悄走到胡先生家门外,把耳朵贴在门上偷听。只听见里面胡先生怒道:"你就不能再忍忍吗?卖卖卖,告诉你,现在还不能卖车库!"

他老婆不甘示弱:"不卖车库,咱们明天就离婚……""离就离,就算你娘明天要死了,我也不同意卖!"

大庄听明白了,大概是他丈母娘等着钱救命,他老婆要卖车库,谁知胡先生居然说到做到,全然不管丈母娘的死活。他怕听下去会被人家发

觉，便转身蹑手蹑脚下了楼。回到家一想，大庄心里满不是滋味，他盼着八字胡把车库卖了救丈母娘，可又觉得自己未免有点趁火打劫，就算买到了车库，好像也不太光彩。想了一夜，大庄决定了，如果胡先生真的不愿意卖车库，自己就把钱借给他们算了。

第二天一早，大庄下楼时刚好撞见胡先生，就说："大哥，你……"

胡先生两眼通红，头发乱蓬蓬的，挥手打断他的话"不用说了，兄弟，我知道你想买我的车库，你说吧，你愿意给多少钱？"

大庄一怔，还没说话，胡先生又说："我这次是真到了万不得已的时候了，要不说什么也不会卖的。"

大庄没想到，一夜工夫，胡先生就向老婆臣服而改变主意了，心想机不可失，时不再来，当下脱口说道："一口价，我给你二十万吧！"

"成交！"八字胡一拍大腿，"一手交钱，一手交货！"

大庄生怕有变，掉头就去银行取了二十万块，然后回来塞到胡先生怀里。胡先生点点头，把车库门钥匙递给他，不无感慨地拍拍车库门："兄弟，这车库就是你的了！明天咱们去物业办手续吧。"

大庄终于有了车库，虽说这几年车库价格翻了几番，大庄好不心痛，但一想到从此晚上可以睡个安稳觉了，心里多少平衡了一点。

那天下班，大庄刚走进小区，就听后面传来一阵汽车喇叭声，回头一看，只见胡先生从一辆新车上钻下来，他容光焕发，别提多精神了。大庄的眼当场就直了，问："大哥，这车是你刚买的？"

胡先生说"嗯，就用卖车库的钱买的。"大庄愣了："你丈母娘咋样了？""好了呀！""好了？那……这车？""哦！"胡先生呵呵笑着说，"老人家没什么大碍，住了几天医院就好了，直接从医院回乡下了，说是城里住不惯。"

大庄愣了，他以为胡先生卖车库是为了给他丈母娘治病呢。

胡先生笑了笑，解释说：他老婆老说占着一棵梧桐树，可连金凤凰的毛也没落过一根，丢死人了。这不，要死要活，非要抢在高中同学聚会前实现买车梦。他卖车库就是为了买辆车。

大庄开始心痛起那二十万了，可转念一想，他又有点幸灾乐祸地盯着胡先生，问："那，你们打算把车停哪儿呢？"

胡先生从口袋里摸出一串钥匙，径直走到另一间车库前，"啪嗒"打开了。大庄看着这一幕，差点傻了，这家伙竟然还有第二个车库？胡先生得意地笑道："我们的眼光还算放得远吧，早就想到了以车库换小车……"

**（题图、插图：魏忠善）**

最关心我们的人往往就在身边，
然而我们都忽略了……

# 父亲的
## 故事

□ 魏 炜

这天，油漆匠柳大宝干完一天的活，疲惫不堪地刚回到家，就听到儿子柳晓晓的欢快叫声："爸，快给我一百块钱，我要参加作文比赛，前十名奖电脑呢！"

柳大宝一下瞪大了眼："啥？报个名要一百块钱？"他赶紧跟儿子打听比赛的情况。原来这是市级的小学生征文比赛，比赛前十名的奖品是电脑，而且得奖的学生还有机会进市重点中学。

柳大宝不禁又喜又忧。喜的是，如果儿子真得了奖，就能得到他梦寐以求的电脑了；忧的是，这一百块差不多是他们父子俩半个月的伙食费，万一得不到，这一百块不就打了水漂？柳大宝左思右想，还是从口袋里掏出几张皱巴巴的票子，数了数，塞进儿子手里，然后叮嘱儿子一定要好好比赛。柳晓晓笑嘻嘻地答应了。

从那天开始，柳大宝就盼着儿子比赛了。这天晚上，柳大宝回到家，儿子无精打采地递过一张参赛通知。柳大宝一看，重重地叹了口气。这次比赛的题目是《我的父亲》，要求内容真实感人，还有一点特别说明：大赛组委会将对作文的内容进行核实，如果发现是虚假的，将取消参赛资格。柳晓晓抬头看着柳大宝，问："爸，你有啥感人的故事？"

这一问，可把柳大宝给问住了。柳大宝不过是一个油漆匠，每天从早到晚地忙乎，挣着很少的一份工钱，其中的大半要寄回老家给父亲看病，剩下的一点勉强够他跟儿子生活。这样平平常常的一个人，哪来的感人故事？

柳晓晓嘟着嘴巴说："爸，你没有故事，我又不能瞎编，这作文怎么写呀？这个比赛，我还是不要参加了。"

柳大宝想了想，对儿子说："你先别着急，等着我给你整出故事来。"

从那天开始，柳大宝没事就上街转转，想找个机会做点好事，给自己整出一点故事来，好让儿子的作文有点内容。但他找了好多天，都没碰上做好事的机会。

眼看就要到比赛的截止日期了，柳大宝还没找到故事，柳晓晓彻底绝望了，再也不提比赛的事了。柳大宝急得像热锅上的蚂蚁，干脆跟工头请了两天假，满大街地晃着，可还是没找到故事，柳大宝也渐渐失望了。

就因为自己没有故事，竟耽误了儿子的比赛，耽误了儿子的前程，柳大宝觉得愧疚极了。这天，他特意翻出几张票子，赶到菜市场，买了一条鱼、一块肉和一瓶可乐，跑回家就烧起菜来。突然，雷声大作，天空下起了瓢泼大雨。柳大宝想着儿子没带雨具，就穿着雨衣，夹着雨伞，到学校门口去接他。

柳大宝刚来到学校门口，就有一个中年男人跑到他跟前，亲热地对他说："老柳，你可让我找得好苦呀。"

柳大宝仔细地打量着他，觉得有点面熟，但想不起来在哪里见过。

中年男人往柳大宝怀里塞了一条好烟，笑嘻嘻地说："想不起来了吧？我是你做活儿的那家楼上的。"

对方这一提醒，柳大宝才想起来，不久前，他到一家雇主家里干活儿，楼上有个邻居到雇主家来看过几次装修，好像姓赵。柳大宝把烟塞还给他，说："赵先生，有话你就直说吧。"

赵先生说："我有很重要的事要和你说。可这儿不是说话的地方，咱们还是到你家去说吧。"

柳大宝迷惑了：对方跟自己非亲非故的，能有什么重要的事？但他再三追问，赵先生还是不肯说，只说自己女儿和柳大宝儿子是一个班的。柳大宝想了想，还是同意了。然后，柳大宝接上了柳晓晓，赵先生也接上了他的女儿菲菲，四人一起来到柳大宝的家。

柳大宝让柳晓晓和菲菲在房间里写作业，自己就跟赵先生在厨房里谈开了。赵先生拿出一篇菲菲的作文给他看，柳大宝一看，不由得大吃一惊。菲菲的作文题目就是《我的父亲》，也是参加比赛的，但她写的却不是她父

亲赵先生，而是柳大宝。特别是柳大宝的那个小秘密，竟被她写得活灵活现。柳大宝看了以后先是心酸，然后就是感动了。

原来，柳大宝为了不让儿子自卑，总是想尽办法在儿子的同学面前给儿子挣面子。他每次去接儿子时，都要换上一身干净的衣服，还要换上一双新皮鞋，而他的皮鞋，是他用油漆刷出来的。有一次，菲菲跟着她父亲一起去看楼下那家的装修，正好看

到柳大宝在刷皮鞋，就好奇地问他在做什么，柳大宝随口就说了，想不到竟被菲菲写进了作文里，还写得这么好。

柳大宝不禁夸赞菲菲眼力好，心思好，文笔好，写出来的作文这么有感情，一定能获奖。

赵先生却愁眉苦脸地说出了他的心事：菲菲这篇作文，他已经请几位资深语文老师给看过了，评价都不错，获奖应该没有问题，但现在涉及到一个问题：不真实。不真实的作文，是没有资格参加这次作文大赛的。他曾让菲菲重新写过，但效果都不如这一篇，现在他想到了解决这个问题的一个好办法，就是让柳大宝认下菲菲这个干女儿，这篇作文就能光明正大地去参加比赛了。

柳大宝愣住了。

赵先生忙说，柳大宝这个干爹，不会白当。他愿意出两千块钱，只当是女儿认下这个干爹的见面礼。

柳大宝一听，只要他点个头就能拿到两千块，不觉动了心。那两千块，可是他累死累活干两个月才能挣得来的呀。但他转念一想，又坚决地摇了摇头："我不能答应你。"

赵先生一愣："为什么？"

柳大宝说："我那些故事，都给我儿子留着呢。要是都让你闺女写了，我儿子还写啥呀？"

赵先生想了想，就说："那把你儿

子的作文拿出来看看，有没有我家菲菲写得好？他要是比菲菲写得好，我就啥也不说了。他要是写不好，那不是白白浪费了吗？"

柳大宝张了张嘴巴，却说不出话来。这么多天，儿子一直嫌他没故事，一个字也没有写啊。这时，柳晓晓忽然推门进来，他对赵先生说："叔叔，你们两个人说的话，我都听到了。只要你答应我一个条件，我就让我爸认下菲菲这个干女儿。"

赵先生一愣，接着又笑了："什么条件啊？你快说说。"

柳晓晓不紧不慢地说："我们不要您的钱，只要您的故事。"

赵先生听了，慌忙摇了摇头"我身上哪有故事啊？要是有，就让菲菲写了，何必让她认你爸当干爹呀？"

柳晓晓却倔强地摇了摇头："我没从我爸爸身上找到故事，菲菲却找到了。我就想，或许我们更容易从陌生人那里找到故事。我就想看看能不能从您身上找到好故事。"说着，他就细心地观察起赵先生来。忽然，他惊喜地叫起来，"叔叔，您额头上这个大包是怎么回事？"

赵先生摸了摸额头上那个青紫的大肿包，叹了一口气说，其实不光他们这样的外地人生活困难，城里人也都不容易呢。他家住的房子，是贷款买的，他为了尽早还上贷款，除了正常上班，还要做一份兼职，每天都要

做到凌晨一点多钟。昨天夜里，他做得太累了，不知不觉竟睡着了，不小心磕到桌子上，磕出这个大包。

突然，菲菲推门进来，凝视着父亲，眼圈儿一红，轻轻拉住了赵先生的胳膊："爸爸，对不起。我不知道你晚上是去做兼职，还以为你是出去玩呢。我不认这个干爸爸了，我就写您——我的亲爸爸！"说着，她从柳大宝手里抢过那篇作文，撕了个粉碎，然后拉着父亲走了。

等赵先生和菲菲一走，柳大宝慌忙去捡那些碎纸屑。柳晓晓却拦住了他，柳大宝说："这篇作文写得这么好，拿去参赛肯定没问题。"

柳晓晓摇摇头，说："我一定要写一篇更好的作文，让更多的人看到我亲爱的爸爸。"

柳晓晓边说，边拿过柳大宝那双溅满泥水的皮鞋，认真地看着。他这才发现，爸爸那双皮鞋已经很旧了，也很破了，鞋上打着好几块补丁，还刷过了很多遍油漆，每一种油漆，都是爸爸精心调制的很自然的颜色……

（题图、插图：刘斌昆）

**绿版编辑部各编辑邮箱：**

夏一鸣：gshxym@163.com
邢 悦：simyyue@126.com
朱 虹：zhong98305@sina.com
杭 帆：hangfan1102@126.com

· 中国新传说 ·

"甜不甜，家乡水，亲不亲，故乡人。"
再大的城市也淹没不了那一份浓浓的老乡
情……

# 大都市
# 小老乡

□ 杨金凤

### 犹豫不决

**大**学毕业后，阿力来到上海，好
不容易找到了一份工作。公司
的管理十分严格，对员工的要求非常
苛刻，试用期出点小差错，马上就得
卷铺盖走人。阿力每天上班，心里总
是打着鼓。下班走出公司大门，才能
长出一口气。

这天，阿力走在下班回家的路
上，忽然看见前面一根电线杆下坐着
个乞丐。那个乞丐披头散发，又黑又
瘦，光着上身，裤子开了一个大口，露
出一截黑乎乎的大腿，脚上更好看了，
左脚穿着一只拖鞋，右脚却穿着一只
烂皮鞋。阿力看到乞丐的脸，暗暗吃
了一惊，这个乞丐好像是个熟人啊！
他怔了怔，再仔细看看，差点张嘴喊

了出来：这不是村里的三狗叔吗？

阿力当场就懵了：这三狗叔没有
老婆，家里就他一个，老实巴交，还
带点二愣子，连县城也没去过，怎么
会跑到大上海来了？

阿力接着又想起来，三狗叔有时
候脑子会犯病，一发病就不分东南西
北到处乱走，不用说，看他的样子，肯
定是又发病了。

想到这儿，阿力松了口气，三狗
叔犯病的时候，通常是"六亲不认"
的。阿力犹豫着向他慢慢走过去。果

30

然，三狗叔只是表情呆滞地瞧他一眼，就把脸转过去了。

第二天来到公司，阿力瞄了个空档，偷偷给家里打了个长途。他仍是信不过自己的眼睛，不相信三狗叔竟然会出现在离家千里迢迢的大上海。电话是老爹接的，阿力随便说了几句，然后装作不经意地问老爹，村里最近有什么大事。

老爹说："有啊，三狗丢了。"阿力心一沉，忙问怎么丢的。老爹告诉他，三狗半年前跟村里人出去打工，到了浙江，忽然就犯了病，不知跑到哪儿去了，大伙儿找了两个月也没找着。现在，村里其他人早就回来了，三狗仍不见踪影，乡亲们都在担心着呢。三狗他孤身一人，既没有钱，也不认字，估计这辈子都别想回到家了。

阿力拿着话筒，说不出话来。老爹接着说道："阿力，你在上海，有时间就多留意一下吧，说不定三狗跑到上海去了。"

阿力慌乱地嗯了几句，然后就挂了电话，心烦意乱地想：中国这么大，他怎么偏偏就跑到上海来了呢？上海这么大，怎么偏偏就碰上了我了呢？阿力心里说不清是一种什么滋味。

按理说，能在这么大的城市遇到一个老乡，那该是件多么高兴的事啊。可三狗叔这副模样，阿力怎么高兴得起来？不管吧，三狗毕竟和他是一个村子里的人，按辈分得叫一声叔；管吧，自己和人合租了那么一间小屋，除了放张床，连站的地方都没有；送他回家吧，自己刚到上海还没站稳脚跟，哪敢向公司请这么长的假。

## 寝食难安

第二天上班，阿力走到昨天那段路时，又看见了三狗叔，他正靠着一堵墙半躺在地上，茫然地望着街上，看样子好像好几天都没有吃过东西了。

阿力心里一酸，停下脚步，走上前去用家乡话轻轻问道："三狗叔，你饿不饿？"

听到他的话，三狗叔失神的眼睛突然闪过一丝喜色，连连点头："饿啊，饿啊，你家有没有糍粑？"

阿力一听，三狗叔还不知道这儿是上海，还以为在村里哩。他掏出五块钱放到三狗叔面前，说："你饿了，就拿去买点东西吃。"说罢看看时间，担心会迟到，急匆匆走了。

下午，阿力下班回到那段路，看见三狗叔又换了个位置坐着，手里还抓着那五块钱。阿力一阵过意不去，三狗叔就算不犯病，在这里他也不会自己买东西吃啊。他急忙上前叫三狗叔把钱给他，然后跑去附近一家小店买了两块面包和一瓶水。三狗叔接过吃的，埋头就狼吞虎咽起来。

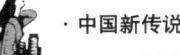

阿力默默地说了句："三狗叔，你也别怪我，我现在也是自身难保啊，帮不了你。"三狗听不懂他说什么，一边往嘴里塞东西，一边哦哦哦地胡乱应着。

这之后，阿力每天路过那里，都会给三狗叔买点吃的，每天两块、三块的，好歹养着他那一条命，也算是尽一点老乡情义吧。

可这一天，阿力下班路过的时候，却没有看见三狗叔。第二天上班，他一路仔细留意着，哪知一直走到公司，还是没有发现三狗叔的人影。看来，三狗叔一定是跑到别处去了。

阿力心里既松了口气，又隐隐觉得不安。三狗叔怎么跑，也跑不出大上海，可在别处，没有他的照顾，还不知要饿成什么样子。

就这么过了两个多月，阿力再也没见过三狗叔，可他心里却一直放不下这事。有时候就一个劲往好处想：说不定三狗叔的病突然又好了，自己回家了呢。有一天，家里来了个电话，他向老爹问起了三狗叔："爹，三狗叔找到了吗？他回家了吧？"

老爹叹口气说："没呢，怎么回家？唉，三狗看来注定要死在外面了。"说罢，又叮嘱他几句，随时留点心，三狗也许就在上海也说不准。

阿力犹豫了几次，最终还是没有勇气把见过三狗叔的事说出来。

## 情真意切

一次，阿力的部门经理带他出去办事。经理姓王，是阿力的顶头上司，对手下管得严不说，对自己也十分严格，是个工作起来就不要命的拼命三郎。

两人一前一后在街上走着，阿力突然看见前面有个乞丐，一下子站住了：天啊，那不是三狗叔吗？

王经理见他站住了，眉头一皱："怎么了？"

阿力回过神，忙说没事没事，装作若无其事地走过去。可快走到三狗叔身边时，只见三狗叔的眼睛紧紧盯在他身上，脸上神情一变，好像居然认出了他。

阿力暗自吃了一惊，微微低下脑袋，正想快步走过去，这时，三狗叔冲他大声喊了起来："蛋蛋，蛋蛋！"并且还用一只手指着他。

三狗叔说的是家乡的土话，而且喊的是他在村里的小名。阿力听到这两声喊，身子一颤，怎么也迈不动步子了。他扭头向三狗叔看去，张了几次嘴，终于又惊又喜地说了出来："三狗叔，你的病好了？"

三狗叔却不理会他的话，自顾自地向他招手道："蛋蛋，你来，你来。"

阿力不由自主地向他走过去："三狗叔，你怎么在这里啊……"

三狗叔看样子脑子还没醒，说道："蛋蛋，你到哪儿去？是不是你娘骂你了？别怕，今晚到我家睡，你娘找不到你，我给你糍粑吃……"

一听这话，阿力的心像被人刺了一下似的，热泪夺眶而出。三狗叔没有老婆，自然也没有小孩，可他对村里的孩子十分好。小时候，谁犯了错怕挨打不敢回家，通常都是躲到三狗叔家过夜。三狗叔每次都很高兴，不仅管吃管喝，还帮孩子向大人求情。阿力记得，自己有一次在三狗叔家躲了三天，把他家好吃的都吃光了，老娘来接他的时候，三狗叔还有点依依不舍呢。

三狗叔仍在自顾自地唠叨着，阿力又是心酸，又是惭愧，顿时百感交集，不顾一切地握住三狗叔脏兮兮的手，大声说："三狗叔，你放心，我会送你回家的！"

说完，阿力回头一看，王经理怔怔地站在后面看着。刚才他们说的话，全是家里的方言，王经理似乎还不明白眼前的一切。

阿力擦了下眼睛，指了指三狗叔说："王经理，这人是我村里的。"

王经理长长地哦了一声。阿力知道耽误的时间够多了，忙说："王经理，我们快走吧。"又冲三狗叔说，"三狗叔，你在这儿等我，不要走开啊，晚上我来找你！"

"慢——"王经理想了想，说道，"这样吧，这人既然是你村里的，你就不用去了。"说罢，拍拍他的肩头，一个人走了。

阿力愣了一下，王经理这么通达人情，这可跟他平时的作风不相符啊。当下心里也不知是喜是忧。可事情到了这地步，也顾不了那么多了。阿力拿出手机给家里打电话，开口就说："爹，我碰到三狗叔了！"

老爹惊喜交加："真的？阿力啊，你把他送回来吧，你小时候挨打，他还收留过你哩，记得吗？"阿力哽咽着说："我记得。"

打完电话，阿力再也没有丝毫迟疑，把三狗叔从地上拉起来："三狗叔，走，我带你吃饭去。"他先买来饭

让三狗叔吃饱肚子，又想办法给他洗了个澡，剪了头发，然后从地摊上买了套便宜的衣服给他穿上。这么一来，三狗叔看起来像个人样了，可接下来怎么办，阿力一下也为难了。路费他可以拿出来，可王经理会同意他请假吗？

正烦恼时，王经理突然给他来了个电话。阿力忐忑不安地把手机放到耳边，王经理却说要请他吃饭，并且

还交代，要他带上他那位老乡。

阿力摸不透王经理的意思，硬着头皮带三狗叔到了饭店。王经理一改往日严肃刻板的神情，脸上笑吟吟的，等他们坐下来后，眼睛在他们身上瞄来瞄去，忽然开口说道："阿力，我是水鸣镇王屋村的。"

阿力差点从椅子上跳起来。王经理说的竟然是一口地道的家乡方言，而他说的地方，就是和自己邻近的一个镇，王经理竟然是自己的老乡！可自己在他手下已经干了几个月，他怎么就没说过一句呢？

王经理脸上露出羞愧之色，低下头沉吟半晌，这才说道："其实我一看你的简历，就知道咱们是老乡了。在上海，我也只能说是刚刚站稳脚跟而已……"

阿力一听，明白了，王经理是担心认了他这个老乡，会给自己增添不必要的麻烦。

王经理脸上红红的，望着三狗叔说道："可今天，你连这样的老乡都认了……"他感慨万千地叹口气，眼里顿时闪着泪光，端起酒杯道，"甜不甜，家乡水，亲不亲，故乡人啊！明天你就先送咱们的老乡回家，车费我出！"

阿力一仰头，把满满一杯酒灌了下去，眼泪同时也流到了嘴里，舔一舔，甜的。

**（题图、插图：魏忠善）**

# 绝处逢生

□ 张一杰

马丁住在城市的贫民区里。他和妻子有五个孩子，全家就靠马丁在超市打工的微薄薪水来维持生计。

可最近，马丁赖以生存的小超市倒闭了，老板还欠了他三个月工资。马丁不得不开始疯狂地找工作。可一个月下来，马丁仍然一无所获，而且已经身无分文了。

这天早上，马丁正在睡觉，突然，孩子的哭闹声把他惊醒了，原来孩子们都饿了。他把家里所有的箱子和抽屉都翻了个底朝天，也没找到一点吃的，只找到几个硬币，数一数，正好两美元。他拿着钱急匆匆地出了门。

马丁本来想用这两块钱给孩子买面包充饥，可走到小商店门外时，他却没有停步，嘴里念叨着："今天能找

到两块钱，那么明天呢？"他就像个傻子一样，一边念叨着，一边毫无头绪地继续往前走。也不知走了多久，突然，马丁眼前一亮，在一间彩票投注站前停了下来。

马丁虽然没有买过彩票，可他却听说过不少中奖的新闻，尤其是一些走投无路的穷光蛋，用最后的一点钱买彩票而中了大奖的事，更是让他怦然心动。在这之前他一直相信，人一旦到了绝境的时候，往往就会有奇迹发生。可惜，自己并没有这样的机会。

马丁把手伸进兜里，紧紧地攥着那几个硬币，心想：我现在不是已经具备了发生奇迹的条件了吗？在投注站外站了半天，他还是坚定地迈步走了进去。

老板是个秃顶的中年男人，鼻子

尖得就像一把锥子。马丁把钱掏出来，放到他的桌面上："老板，请你帮我买一张彩票。"

老板算了算他的钱，抬起头笑道："这只能买一注。""是的，我就买一注。"

老板呵呵大笑起来："亲爱的伙计，你要知道，我们的头奖已经半年没有人中过了，奖金高达一亿三千万。可是，中奖的概率也超过了一亿分之一，这么大的头奖，你就买一注？"

马丁面无表情地回答说："是的，因为这是我最后的两块钱。我本来要拿它给我的孩子买面包的，可现在我决定拿它来赌一把，如果不中，我们

全家就会被饿死。"

听了马丁的话，老板顿时露出惊喜的笑容，急切地问道："这真是你最后的两块钱？你确定吗？"

马丁说："当然，这是我好不容易才找到的。"

老板又问："如果不中，你们一家都会被饿死？"

马丁默默地低下了脑袋："是的，我已经失业。我没有亲戚，没有朋友，没有人可以救我们……"

"太好了！"老板欣喜若狂地用手猛拍他的肩膀，"伙计，你找我这里算是找对了，我不得不提前祝贺你！你知道吗？我这个投注站是全国最有名的奇迹之店，十几年来，一共有八十六个走投无路的穷光蛋，在我这里中了大奖，他们都是用最后的钱买了一注彩票。"

说着，老板激动地把马丁拉到了一堵墙下，让他往墙上看。马丁仰起头一看，墙上挂着一排照片，下面贴着一些文字。第一个是个三十多岁的男人，名叫路易斯，下面写道：二零零四年八月十九日，路易斯在失业、贫病交迫的情况下走投无路，萌生了自杀的念头，但他在自杀之前，做出了人生中最为明智的一个选择——在此用最后的两块钱买了一注彩票，中得头奖七千万美元。

马丁差点喊了起来，没错，就是这个家伙，他记得当时在报纸上读过这条消息。那时候，他不知有多羡慕这个家伙，没想到，他的奇迹竟然就是在这里发生的。

马丁一路看下去，心情越来越激动，这里展示的都是像路易斯这样的奇迹者，最少的也中了五万美元。他仿佛觉得中奖已经是十拿九稳的事情了，身子禁不住微微颤抖起来。他迫不及待地对老板说："请告诉我，他们是怎样买最后一张彩票的？"

老板告诉他，中大奖的人都有一个共同之处，就是用自己或者家人的生日作为最后一张彩票的号码。

马丁想了想，说："那，就用我妻子的生日吧！"

拿到了彩票，老板笑眯眯地对他说道："伙计，祝你好运。现在是星期一，请到星期四的时候来兑奖，我感觉你能发生奇迹！"

马丁小心翼翼地把彩票放进兜里。现在，他一心想的就是怎样熬到星期四。于是，他跑回到自己居住的那片区域，找到商店的老板，请求老板赊点食物给他，并保证说自己会在星期四还清。商店老板半信半疑，但还是把食物赊给了他。

回到家，马丁并没有把自己买彩票的事告诉妻子，他想，还是等到星期四再说吧。

好不容易等到星期三，那天晚上马丁怎么也睡不着。天亮后，经过漫长难熬的等待，他突然一点信心都没有了，感觉那根本就是不可能发生的事。他不停地想：怎么办？如果不中奖，家里再也找不出一分钱了，而自己又欠了商店很多债。

出门的时候，马丁抱着妻子吻了一下，说了一句话："亲爱的，如果我在中午十二点之前还没有回来，你就不必等我了。"说罢匆匆离去。

来到那间奇迹投注站，马丁在门外徘徊了好久，才鼓起勇气走了进去。

老板一眼就把他认出来了，笑着喊道："嘿，伙计，快把你的彩票拿来。"

马丁哆哆嗦嗦地把彩票交到老板手上，心脏几乎要停止跳动了。

老板对了一遍，激动地喊了起来："奇迹又发生了！"

"什么？"马丁差点要晕倒了，"我中了吗？"

老板说："不过，你只中了五等奖，一千美元。"

马丁狂喜过后，又不禁有点失望。他接过老板递来的一千美元，反复地抚摸着。突然，他把二百美元塞进兜里，然后把剩下的八百美元扔回桌上："老板，请帮我买下一期的。"

老板吃惊地瞪着眼："你要全部买光？"

马丁坚定地点点头："现在，我的运气来了，为什么不好好利用呢？"

接着，马丁用一家的生日凑了几组号码，交给老板，说他会在下星期一来兑奖。

然后，马丁立刻还清了商店的欠债，又买了一大堆食物，甚至还买了一瓶酒回家，一家人开开心心大吃了一顿。

等到开奖那天，马丁兴冲冲地跑到奇迹投注站，进门就嚷："老板，快告诉我，我中了什么奖？"

老板淡淡地说："我已经对过了，你这次一分钱也没中。"

"什么？"马丁只感到一阵眩晕，"这怎么可能呢？我买了那么多……"他失魂落魄地在桌子前站了一会，突然想起了什么，从兜里摸出所有的钱，啪的一下压到桌上："这是我最后的几块钱，都帮我买了吧！"

老板又问："这真是你最后的一点钱？"

马丁咬牙切齿地说："是的，我保证！如果不中，我们一家就要饿死了！"

这回，老板却没有一丝高兴的笑容，叹口气道："你省省吧，伙计。你以为上次你真的中奖了吗？其实，并不是每次都能发生奇迹的。"

马丁吃惊地张大嘴巴："你说什么？"

老板冷冷地看着他，说："实话告诉你吧，你的号码根本就没中奖，你中的奖是路易斯给你的。当初他在我这里中大奖后，留下了一笔钱，他说，如果有谁像他当时一样来买彩票的话，就从这笔钱里抽出一千块奖给他，让他能够继续生活下去。可是，有很多人都会选择再来赌一把，就像你一样。"

马丁顿时目瞪口呆，带着悔恨和羞愧不已的心情走出了投注站。

突然，老板把他喊了回来，递给他一把钞票："这是你的八百美元。"看到马丁惊讶的目光，老板解释道，"路易斯还定了一个规矩，这一千块钱不能再用来买彩票！"

马丁接过这失而复得的八百美元，感动得哭了。后来，他用这些钱挺过了人生中最艰难的日子，直至重新找到了工作。当然，他直到现在还保守着这个秘密。

（题图、插图：佐　夫）

# 神奇的

## 红豆丸

□ 曹景建

口,往往吃一筷子就让下人拿走。这下可急坏了李员外和李夫人,他们费尽周折请到了扬州城最好的厨师,一天一个花样,可小姐对这些美食还是无动于衷。

李员外一看此招不行,就赶紧把扬州城最出名的"赛华佗"给请了过来,可这"赛华佗"经过一番仔细诊断之后,也查不出小姐身体有丝毫的异样,这下李员外更是心急如焚。

这天,突然下起了大雨,令李员外感到意外的是,女儿竟然破例吃了满满一大碗米饭,可是等天一放晴,女儿又吃不下饭了。

接下来的日子,李员外终于渐渐摸清了女儿厌食的规律:只要天一下大雨,女儿的食欲就恢复如初,可大雨停了,过不了几个晴天,女儿就又开始厌食了。李员外问女儿为什么会这样,李小姐说自己也不知道怎么回事,说完便低着头不再言语。李员外

## 闺楼怪病

**明**朝嘉靖年间,扬州城郊外有个大庄园,庄园主李员外家财万贯,老来得女。如今李小姐已出落得亭亭玉立、端庄贤淑,到了快出阁的年龄。只是,她性格内敛,每日只在二层闺楼上描红刺绣,做得一手好针线活儿。

转眼到了扬州城的梅雨时节,那雨下起来没完没了,一下子持续了半个多月。就在大伙终于盼来天晴的时候,李小姐却得了"厌食症",面对着丫环送上闺楼的饭菜怎么也提不起胃

见状，觉得此中必有缘由，可究竟是为什么，他也摸不清。

后来李员外听府内一个女仆说，小姐得这个病，恐怕是惹到不干净的东西了，将信将疑之下，李员外请了邻村的马道婆到小姐的闺楼降妖除魔。

法事结束后，李员外把马道婆送出李府，正好在大门口遇到本村的冯郎中。冯郎中不由得嘲笑起来："李员外是个聪明人，就是病急乱投医，也不能请这种装神弄鬼之徒吧！"

李员外斜着眼说："'赛华佗'请了都不行，就更不用说你这赤脚郎中了，既然郎中都不管用，我只好请她来试试了。"

冯郎中被一激，嚷了起来："你又没请我，没准我能治好你家小姐的病呢！"

李员外看了他一眼，冷笑道："这样吧，如果马道婆的法子不管用，我请你来给小姐看病如何？如果看不好，就罚你给我家做几天苦力如何？"

冯郎中正在气头上，想都没想，脱口而出："一言为定！"可是当他刚把话说完，就想抽自己两个嘴巴，连"赛华佗"都没有看好的病，自己怎么也敢答应啊！

## 灵丹妙药

这天，李员外果真派人来了，说马道婆的法子不灵，李员外如约请冯郎中前去李府。冯郎中沮丧地想，看来几天的苦力在所难免。

冯郎中小心翼翼地走进李小姐的闺楼，只见里面布置得极其雅致，禁不住细细欣赏起来。这是间位于李府东院的二层闺楼，闺楼朝东开了一扇小纱窗，纱窗前一个小书桌上放着李小姐刚刚绣好的一匹鸳鸯锦，鸳鸯锦上的那几对鸳鸯绣得真好，活灵活现，呼之欲出。冯郎中又透过纱窗举目向外望去，只见高墙之外不远处有一弯河水缓缓向南流过，河水上漂着一条若隐若现的竹排，有几只水鸟惊叫着掠过水面，真是美景如画，令人陶醉。

这时，李员外不耐烦地催促道："喂，冯郎中，快点给小姐看病。"

冯郎中这才回过神来，说"我也没有十足的把握，或许小姐只需要吃一颗红豆丸即可。这样吧，我现在就回家配药，明天一早送来。如果我这颗红豆丸没效果，老爷您再惩罚我也不迟。"

李员外低头想了想，随后点了点头。

到了第二天早上，冯郎中领着药童春生，带着一个锦盒来到了李府，二话不说要去小姐闺楼。李员外手一摆："这就不劳你们了，你只要把红豆丸交给我就行了。"

冯郎中说："您有所不知，这红豆丸吃之前，需要在一个年轻童男的怀里先暖半炷香的工夫，然后趁着那点热乎气，瞬间吞下。这暖的时间最不好把握，时间长了，温度过高，药会失效；温度过低，药效锐减。"

李员外叹道："照你这么说，看来这暖药的人还真得有两下子呀！"

冯郎中答道："那当然，不过这你不用担心，暖药的人我给你领来了！"说完就把春生拉到李员外面前，喝道，"还不拜见李老爷！"

春生虽然已经十六七岁了，但看来没见过什么大世面，他吓得立马走上前去，给李员外深深施了一礼。接着，李员外就带着冯郎中和春生来到了李小姐的闺房。春生很局促地把随身携带的锦盒打开，取出那颗珍珠大小的红豆丸，然后小心地用一块白丝绸包好，掀开外衣，放进怀里。

过了好一会儿，春生才低着头嗫嚅着对冯郎中说："红豆丸温好了。"说完把红豆丸放到小姐手中，让她赶快服下。

第二天，李员外亲自来到冯郎中家，掩饰不住心中的喜悦，说："冯神医啊，你的药真是神了，现在小女食欲一如既往，厌食症完全好了。"

冯郎中哈哈大笑之后却认真起来："小姐必须每天吃一颗红豆丸，方可痊愈。但这红豆丸配起来很复杂，费时费力，一天只能配一颗，价钱自然就贵一些，一颗得要十两银子。"

李员外嚷道："什么，十两银子，你要的价也太高了吧？"

冯郎中一甩袖子："价高？谁不知道你李员外家财万贯，日进斗金，十两银子算什么？你不吃就算了，我还懒得卖呢！"

李员外虽然知道冯郎中是故意抬价，但也没有办法。就这样，每天冯郎中都带着春生给李府送一颗红豆丸，李小姐吃了红豆丸之后，每天的食欲都很好。

## 红豆情缘

一个月后，冯郎中突然得了一种怪症，一病不起，眼看着就要撒手人寰。李员外听说后，赶忙前去探望。

冯郎中脸色蜡黄，他握着李员外的手，断断续续地说："我是郎中，知道自己得的是不治之症，眼下恐怕时日无多了，不过我还是放不下贵千金的病啊。其实，还有一种更好的法子能治小姐的病，请你现在就让我和春生去贵府。"

李员外言听计从，马上叫人把冯郎中抬到李府。冯郎中在春生的搀扶下，上了李小姐的闺楼，又颤巍巍地来到闺楼东边的纱窗前，突然转过头说："孩子，给李员外跪下吧！"

春生听后，马上跪倒在李员外面前。李员外正感疑惑，冯郎中又把李小姐叫过来，指着跪在地上的春生问："小姐，我这个干儿子春生很喜欢你。你看我来给你们说个媒如何，春生这孩子长得眉清目秀，又懂得医术……"

李员外突然打断话"冯郎中，你在说什么？"

这时，李小姐脸上飞过一片红霞，也跪在了地上："父亲大人，请您成全我和春生吧！"

冯郎中这时拉过李员外的手，指着纱窗外面问："昨天刚下过一场大雨，你透过纱窗是不是看到了不远处那条河流上的竹排？"

李员外点了点头。冯郎中接着说"你再看这闺楼下的高墙，刚好把视线给挡住了。现在刚下了大雨，河水暴涨，那条竹排自然能看得见；可是等天晴之后，过不了两天，河里的水就会回落，那竹排自然也随着水位下落一个高度，再有这墙一挡，自然也就看不到了。这也就是为啥小姐雨天食欲好，而晴天厌食的原因了。李员外，你或许不知道吧，春生每天去山上采完草药后，就会跑到竹排上去

# 编读往来：你的问题我来答

**山东读者周玎玎：** 我想给《故事会》投稿，请问"民间故事金库"和"传闻逸事"这两个栏目有什么区别？各有什么要求？

**绿版编辑部：** "民间故事金库"栏目要求故事民间味道浓郁，口头性、可传性强，情节巧趣，蕴藏智慧，有积极的思想教育意义，符合当代读者阅读兴趣；"传闻逸事"栏目则更强调故事的传奇色彩，在细节上突出作品奇和绝的特点，比如，我们在"传闻逸事"栏目曾经发过一篇名为《面王》的故事，作品中"裤带面"的细节就特别传神。

**广西读者何辉：** 我在《故事会》10月下半月刊上看到一篇故事叫《偷棵摇钱树》，平时也听到"摇钱树"的说法，我想问问"摇钱树"是怎么来的。

**绿版编辑部：** 关于"摇钱树"的来历，民间流传着这么一则故事：有一个叫邴原的人，在路上拾到一串钱，由于找不到失主，他就把钱挂在一棵大树上。随后路过此地的人，见到大树上有钱，以为是神树，于是纷纷把自己的钱也挂在树上，以祈求来日获得更多的钱，从此人们便有了"摇钱树"的说法。

（本栏目欢迎读者提供新鲜活泼、有代表性的问题。一经采用，即致薄酬。）

---

清洗。李小姐站在窗口刚好能看到竹排上的春生，久而久之，小姐的心儿也早已系在那竹排上了。"

此时，李小姐红着脸惊讶地问："冯郎中，您怎么知道我的秘密？"

冯郎中解释道："那天我来你闺房，看到你绣的全是鸳鸯，我透过纱窗看到那条若隐若现的竹排，又想起春生每天都会到竹排上去洗中草药，于是便大胆地推想，像你这年龄正是怀春之时，一到晴天，河水下降，竹排也跟着下降，由于视线被这堵墙挡住，想念情郎而见不到情郎，自然心有愁绪，不思茶饭了。"

李员外吃惊地说："这实在太离奇，太不可思议了吧！"

冯郎中叹了口气，说"这也是人之常情，只是我心细一点罢了。第一次来给小姐看病时，我还拿不准，可是等小姐吃完第一颗红豆丸后，我就确定我的推想是正确的。那红豆丸其实就是普通的营养丸，什么奇效也没有。我说那红豆丸要暖着吃，那也只是想让春生有更多的机会和小姐接触罢了。"说到这里，冯郎中用期盼的眼神望着李员外，"我把红豆丸高价卖给你，也都是为春生准备的，这样可以多花些银两买点好礼品，将来找人来向你提亲的时候，也不会太寒酸。李老爷，你就成全他们这对有情人吧。"

李员外望着眼前早已泪眼蒙眬的春生和女儿，终于笑着点了点头。

（题图、插图：黄全昌）

□ 啸 声 培 思

# 祸从天降

**小**丁是快递公司的快递员,这天他去缘多小区7号楼一户人家取快件,刚刚在7号楼旁边停好车子,事情就来啦。"啪!"一塑料袋垃圾从天而降,不偏不倚,正好砸在小丁的额角上,小丁当场血流满面,精神恍惚。

小丁是被人抬进医院的。医生一检查,问题比较严重,生命虽然没啥危险,但那只左眼报废了。

小丁的家属和单位领导得知情况后赶到医院,他们一面商量着交钱,一面了解这起事故发生的情况。

事故起因很清楚,是7号楼上扔下的那包垃圾,而且这袋垃圾里肯定有碗片或碎玻璃等硬物,否则也不至于把一只好好的眼睛给砸瞎了。此时,小丁家属返身跑回现场,可是晚了,作为此案的重要证据,那袋垃圾已不知去向。

这起高空抛物引起的人身严重伤害事故当然要追究责任。在物业管理员的协助下,小丁的家属和单位领导查问了7号楼上有可能涉嫌的所有住户,可是所有人的回答都是"不知道"。这事一拖就是三个月。

小丁出院了,此时他已成了"独眼龙"。俗话说:冤有头,债有主,可让小丁窝火的是:到现在还找不到肇事者,他要向法院起诉,可没有证人、没有证据,该起诉谁呢?他这次受到意外伤害时是在为单位外出工作,实在没办法当然可以向单位要求赔偿。

但单位对他很好，而且快递公司本身也没钱，不到万不得已，小丁不忍心这样做。怎么办？

在朋友的建议下，小丁抱着试试看的心态来到了律师事务所，周律师仔细地听了小丁的介绍，又和小丁一起去了缘多小区7号楼，最后做出了一个惊人之举。

不久，小丁一纸诉状送到法院，将缘多小区7号楼从二楼到六楼共十户人家统统告上法庭，要求他们共同承担伤害赔偿责任。

这下可炸了马蜂窝。这幢楼里上下有关人家，除了有两户长期没人住的以外，赵、钱、孙、李、周、吴、郑、王他们都成了被告。

缘多小区7号楼里骂声一片。赵老头喊得最响："真是人在家中坐，祸从天上来，我这么大年纪，也要上法庭，也要吃官司？"

大李倒好像胸有成竹，他说："怕啥，小丁是在瞎告，谁见过天上掉下来东西，要楼上的人都承担责任？这场官司他打不赢。"

不过，五楼的孙先生是学法律的，他是真的担心，说："根据现行法律，此类案件一般要求举证倒置，就是说要求被告拿出你不涉及此案的证据来，否则，就得认赔。我看咱们还是亡羊补牢，早点去找证据，证明自家没有嫌疑。"

孙先生这一说，居民们议论纷纷，也感到事态有些严重，大骂那个乱抛垃圾的人缺德，害得大家跟着遭殃。

不管怎么样，这案子到时候还得开庭审理，那些楼上人家只得各想各的办法。忙乱了好几天，赵家、钱家、孙家、李家终于有了过硬的证据，证明当时不在楼上或不可能抛垃圾，可吴家和王家就是没有证据摆脱嫌疑。还有周家和郑家，这些天干脆人也不见了。

法院开庭那天，旁听席上坐满了人，大家都要看看这件从天而降的案子怎么个判法。

庭审在有条不紊地进行着。那两户长期没人住的人家首先排除了嫌疑，赵钱孙李四家则提供了证明自己家不可能抛垃圾的证据，吴家和王家说不出个所以然，那周家和郑家还没认识到问题的严重性，索性没有到庭。经过几番辩论，吴家和王家虽然争得脸红脖子粗，但没有证据洗刷嫌疑，而周家和郑家没有到庭，问题更加严重，看来这四家不管抛没抛垃圾都逃不掉责任了。

眼看法院就要宣判了，在一旁的王胡子忍不住发话了，他说这袋垃圾是从阿吴家窗户里掷出来的。

原来，王胡子与吴家是上下楼邻居，王胡子住五楼，阿吴住六楼。那天是星期六，王胡子休息在家，上午几个同事来玩，他们就在小区的凉亭里下棋。后来天越来越阴沉，他怕天要下雨想回家收被单，就伸手指着自家那五层楼上的阳台给同事们看，说晒在外面的两条被单要马上收掉。正在大家抬头之际，只见六楼窗内抛出一包东西，事情就这样发生了。以前之所以不说，还不是怕得罪了楼上邻居。现在他再不说，自家也有份了，于是便反戈一击了。

这下把平时能说会道的阿吴弄得尴尬之极，但他仍矢口否认，说王胡子为了推掉自己的那份赔偿责任，就串通同事赖到他身上。

此时，四楼的李先生说道："我也有两个知情者，也许他们会使这起天降谜案得以水落石出。"

李先生请求传唤的两个证人是两位修电视线路的师傅。那天事故发生不久，他俩根据李先生的报修电话来7号楼李家查修。过来时正巧看到阿吴在东张西望，一会儿，他突然捧起地上一包已摔破了的垃圾，塞进了一个漂亮的大提包里，慌慌张张地走了。因为一个星期前他俩也到吴家修过电视线，所以一眼就认了出来。

这个行动分明是在有意销毁证物。这份证词一公布，推说什么都不知道的阿吴一时目瞪口呆，重重叹了口气，只得低下了头。于是，法院根据已经形成的证据链，当庭宣判。

**律师点评：**

一般民事侵权纠纷，基本适用谁主张谁举证原则，即你诉讼对方侵权，要对方赔偿，你就要提供证据，证明对方有侵权行为且你确实受到了伤害。但这个故事却属例外，因为它属于《民法通则》中第一百二十六条特殊侵权行为中举证倒置的一种。这个故事还说明了另外一个问题，就是小丁事实上是在工作中受的伤，所以，如果小丁拿不到侵害人的赔偿或赔偿不足，还可以作为工伤事故向用人单位主张权利。

（题图、插图：谭海彦）

**善意的谎言**

这是个寒冷的夜晚，鲁兹太太正打算关上她的零售店店门，突然，有个年轻人闯了进来，递上50美元，说要一份热狗和一杯牛奶。

在接过那张钞票的一瞬间，鲁兹太太就断定那是张假钞。她瞟了年轻人一眼，年轻人低垂着头，一副穷困潦倒的模样。鲁兹太太不动声色地问道："能换一张吗？"

年轻人开始紧张慌乱起来，头垂得很低，他嗫嚅了半天说："没有，太太，我……我很想要一份热狗，我一整天没有吃东西了。"鲁兹太太觉得这是一个还没有完全丧失羞耻感的孩子，对于这样的孩子，也许一块面包的温暖远比一声呵斥更有震撼

力。想到这儿，鲁兹太太不再迟疑，马上找零钱。

在年轻人转身离开的当口，鲁兹太太忽然大叫一声，手捂着胸口跟跄了几下。年轻人吓坏了，赶紧上前扶着老人。"快!"鲁兹太太把那50元的假钞塞到年轻人手里，"到对面的诊所买药，就说鲁兹太太病了。"

年轻人走后，鲁兹太太麻利地抓起电话，打到那个诊所，那是她弟弟开办的。鲁兹太太在电话里说："如果有个年轻人来给我买药，给他三四十美元的药好了，另外，他手里有一张50美元的假钞。"放下电话，鲁兹太太默默地祷告着，如果他真是个富有爱心和责任感的孩子，他就一定会回来。一会儿，诊所的电话打过来了，告诉鲁兹太太，年轻人已经拿着药走了，没有用假钞。鲁兹太太长吁了一口气，庆幸自己没有看走眼。

那个夜晚，年轻人不离左右地陪伴着"病中"的鲁兹太太。天亮后，鲁兹太太感激年轻人"救"了自己，竭力挽留要离开的年轻人，请他帮忙照看几天零售店。

几年过去了，那个小店变成了超市，超市又有了子超市，而那个年轻人就是在美国靠零售业发迹的怀特。

在那个风雪之夜，鲁兹太太用善意的谎言，让怀特不失自尊地接受了她的帮助。

（作者：王建兰；推荐者：飞天鸟）

# 最后一支蜡烛

**这**天晚上，贝克医生正在医院值夜班，突然一个大约十五六岁的男孩被母亲送进急诊室，男孩一直在对母亲咆哮。原来，他在刚刚举办的毕业晚会上，把眼睛弄伤了。起因是母亲给他买了一双新鞋，新鞋的防滑效果不好，男孩在表演的过程中，不慎从台上重重地摔下，眼眶恰巧碰到了桌角上。

此时，男孩的母亲像一个无助的孩子，一言不发地站在角落里，泪流满面地任凭男孩责骂。

贝克医生好言安抚着情绪激动的男孩，让他有一个良好的心态接受治疗。

幸好，手术非常顺利，可尽管如此，男孩还是难以原谅他的母亲。

手术后，贝克医生给男孩缠上了纱布，并且建议他不要在强光下逗留太久。

当晚，班上所有的同学都来病房看他，每人手里都捧着一支蜡烛。漆黑的病房里，瞬时红光闪耀。

同学们开始回忆温暖的往事，畅想自己的未来。可到了最后，还是阻挡不了离别的伤感。他们相约，在各自的蜡烛上用笔划出自己的名字，谁走了，就吹灭一支蜡烛，然后送给男孩。

此时的男孩已经能够透过纱布，隐约看到这些微弱的光亮了。猛然，其中的一支蜡烛灭了，紧接着，大半的蜡烛开始相继熄灭，整个病房也瞬时暗了下来。男孩的声音开始有些哽咽。

最后，只剩一支蜡烛在黑暗中强韧地散发着光亮。男孩开始激动地猜测起这捧蜡烛的人："凯丽，是你吗？我知道是你。呵呵，想当初，我还悄悄暗恋过你呢。"

那一夜，烛光和男孩的倾诉一夜未断。直到清晨，男孩才疲倦地睡去。可没多久就醒了过来，吵着要医生帮他解开纱布，然后急急地搜寻着满地长短不一的蜡烛。忽然，他顿住了，因为凯丽的蜡烛是最长的，这说明她是第一个走掉的。那么，最后一支蜡烛是谁捧的呢？

突然，男孩看到隔壁的病床上，母亲正熟睡着，手中握着一支没有名字的粗壮的蜡烛。母亲的手背上，有几道鲜红的印记，是蜡油滴下来凝固而成的。昨夜，是母亲手握一支粗壮的蜡烛，默默陪了他一夜。

**（作者：一路开花；推荐者：麻连飞）**
**（本栏插图：安玉民　梁　丽）**

学写作文，
从读故事开始

□ 张标

# 借据传奇

## 秀才的怪招

民国时期，桂南白州有个叫许三的小商贩，靠小买卖养家糊口。有一年，许三和朋友黄二皮搭伙到北海贩干货，黄二皮带的钱不够，就向许三借了十块大洋，说好回去就还。哪曾想，两人打北海回来后，黄二皮对于还钱之事，吭也没吭过一声。

这笔账一拖就是半年。一次，许三到梧州贩药材，不想半路被强盗打了劫，许三的身家钱财全被强盗抢了去，家里再无一个子儿，只剩黄二皮处那十块大洋的旧债。回到家后，许三只得前往东市黄二皮的摊子前讨债。

哪知，等许三把来意一说，黄二皮竟赖起了账，说除非许三能把借据拿出来，可当初借钱的时候，根本就没立借据。许三有口难辩，但也无可

奈何，最后只能恨恨地瞪了黄二皮一眼，踉踉跄跄转身离去，走回到小巷子口，忍不住蹲在墙角掩面痛哭。哭了半晌，忽然有个人走到他跟前问道："这不是许三吗？"

许三抬头一瞧，说话的是他家的一个邻居。这人是大清国最后一批考中的秀才，六十多岁，无儿无女，穷困潦倒，靠给人写几封书信糊口度日。

老秀才平日跟许三关系不错，见状惊讶地问："什么事这么伤心啊？来，到我家喝口茶。"

许三随他进了屋，坐下喝了碗茶，便悔恨交加地把黄二皮赖账的事说了出来。老秀才听罢，伸出尖尖的指甲一敲桌面道："这黄二皮太可恨了！"沉吟半响，又道，"可惜我自己穷得没有隔夜米，没钱借你做买卖。

这样吧，你要是信得过老夫，我就帮你要回这十块大洋，不过，你一切都得听老夫的。"

许三一听，仿佛抓到一根救命稻草，当下连连点头。老秀才微笑道："那好，今晚你就上黄二皮家去，给他赔个礼，承认自己记错了，对方并不曾借过你一分半厘钱。"

许三听罢，怔住了，他不知老秀才叫他这么做有何用意，但现在走投无路，也只能照做了，于是答应了告辞出门。晚上，他忍着一肚子气来到黄二皮家，见到黄二皮一家正在吃饭，桌上又是鱼又是肉，吃得正欢。

许三不等黄二皮开口，就抢先照老秀才的吩咐说了自己的来意。黄二皮怔了半晌，哈哈大笑："我早说过嘛，我借别人的钱从来都写有借据的，哪会借过你的钱不还呢？"

许三转身欲走，黄二皮一把拉住他，说道"来来来，咱们还是好兄弟，坐下喝一杯。"许三推辞不掉，只得强装笑脸坐下。可他内心悲愤，水酒进了嘴，全变成了苦药，心下暗骂黄二皮不得好死。

第二天一早，许三来到老秀才家："老先生，我已经给黄二皮认错了，他怎么还会还我十个大洋啊？"老秀才点点头："这就好了，你莫急嘛。"说罢走到桌前，摊开纸张，挽起袖子，细细地研起了墨，然后取过一支笔，叫许三道："你来，给黄二皮写

张借据，向他借十块大洋。"

许三一愣："黄二皮？他怎么肯借我十块大洋？"

老秀才道："你在最后写明，三个月后连本带息，一起奉还二十块大洋。这人如此贪财，哪肯放过这个发财良机？一定会借与你的。"

许三拿着笔犹豫不决，且不论黄二皮肯借不肯借，他可是白纸落黑字，给人家把柄捏在手里呢。况且，只三个月时间，就要多还黄二皮十块大洋，到时他拿什么还给人家？犹豫了半晌，他愤愤地把笔一扔："老先生，这十块大洋本来就是他该还我的，这么一来，我虽然拿回了钱，可以后还得还给他啊！你这个算什么办法？"

老秀才不慌不忙，含笑道："你放心，我自然不会再让你把钱还给他的。你信是不信，由你自己决定吧。"

许三一听，又颤抖着拿起笔，一咬牙，就在纸上写下了借据。晚上，他借了几个小钱，买了点礼物到黄二皮家。果然不出所料，黄二皮一听他来借钱，就苦着脸摇头叹气，说自己最近生意亏得厉害，一个大洋也拿不出来。

许三忙道："二皮老哥，这回我是看中了一桩买卖，肯定会有赚头，您就当帮小弟一次，当然，我也不会让您白帮的，您看，借据我都写好了。"说罢，从怀里掏出借据递上去。

黄二皮疑惑地接过来，两眼一

亮，再反反复复看了三遍，确认没什么破绽，当下把大腿一拍道："既然这样，老哥就想办法帮你一回吧，手头正好有十块大洋，本来是要攒着盖房子的，兄弟急用，就拿去。"说罢把借据收进怀里，进屋拿钱去了。

许三知道他说的全是鬼话，心中冷笑一声，数好钱起身就走。他径直来到老秀才家，进门就惊慌地说："老先生，钱我已经拿到手了，接下来怎么办？"老秀才呵呵大笑："拿到钱就好办了，你不是正缺本钱吗？该做什么就做什么，就当没有借钱这回事。"

许三半信半疑，心事重重地抱着钱回了家。第二日，就拿这些钱做本，干起了以前的小买卖。

## 神奇的借据

一晃，三个月期限就快到了。许三整天忧心忡忡，到时黄二皮要他还债，可咋办呢？此时他手里的现钱，不要说二十，就是十块也凑不齐了。

由不得他怕，期限那天还是到了。这天许三故意很晚才收摊子，又在街上磨蹭了好久才硬着头皮往家里走。谁知进屋一问，黄二皮却没有来过。

第二天、第三天，黄二皮仍然没有来催债。许三心

下暗自纳闷，黄二皮万万不会忘掉这笔债的，以他的为人，必定在期限到头那一天就要来讨债了。可现在过了几天，他却一点儿动静都没有，这是怎么回事？

又过了几天，许三见黄二皮仍没有来，反倒是自己忍不住了，把事情跟老秀才说了。老秀才听罢含笑不语，许三着急地问："他总会有一天来向我讨债的，我该怎么办？"

老秀才笑着点头："他来讨债，你就要他拿出借据呀。""他拿出借据，我又怎么办？"

老秀才只是微笑，就是不说。许三一肚子疑惑，挠着脑袋离开了老秀才家。没想到，一说曹操，曹操就到了，进屋就见到黄二皮坐在家中，旁边还放着一堆礼物。

黄二皮见他回来，忙从凳子上站起身，满脸堆笑："许三老弟回来了，老哥最近手头紧，想让弟弟还回那笔钱……"许三一惊，硬着头皮说："行，你把借据拿来吧。"

黄二皮一怔，勉强笑着道："许三老弟，咱们当时可没写借据啊。"许三也是一怔，听他这么一说，有点底气了："哪儿的话，我借钱向来都写借据的呀！没有借据，这、这说不通嘛！"

黄二皮脸色红了又白，犹豫着从怀里摸出一张纸："借据……在、在这……"

许三接过一看，只是白纸一张，上面半个字也没有。黄二皮装出一副可怜相，低声下气地说道："许三兄弟，你也记得的，三个月前你借我十块大洋，还说到时还我二十，我现在也不要你多还了，就还我十块行了。"

许三见他只有一张白纸，底气更足了，哈哈大笑："二皮老哥，你一张白纸就说我借你十块大洋，天下哪有这样的好事？你把借据拿出来，该还多少我一厘也不会欠你的。"

黄二皮面如死灰，喃喃道："你就是借我十块大洋，也写了借据，可你不知使了什么邪术，借据上的字都不见了。你不认，我、我就告你！"

许三大声道："你无凭无据，随便你告吧！"黄二皮怔在原地做声不得，最后叹了口气，把白纸一撕，拿起带来的礼物，低着脑袋灰溜溜地走了。

许三高兴极了，老秀才并没有骗他，果然帮他讨回了这笔债。第二天一早，他就买酒买肉到老秀才家致谢，顺便把肚子里的疑惑说出来："老先生，我明明给他写了借据，怎么过了三个月就没了字呢？"

老秀才笑笑不语。许三回到家中，脑子里老想着那张白纸，突然，他眼前一亮：借据是在老秀才家中写的，用的笔墨纸砚都是他的，那支笔和纸都很普通，他记得自己当时写字的时候，鼻中闻到一股咸腥味，看来秘密就在墨里。

## 墨宝的秘密

一天，许三故意提着酒肉来到老秀才家，趁老秀才喝醉的时候，偷偷拿了一些墨。回家后研了研，找支笔在纸上写了自己的名字，然后放到箱子里藏起来。过几天工夫，他就揭开箱子看一看。一个月后，纸上的字渐渐地褪了，变得很模糊。两个多月后，他的名字居然消失得无影无踪，只剩白纸一张。

许三欣喜若狂，哈哈大笑三声，把那些墨当宝贝似的藏起来。过了几天，他找到一位有钱的老板，向他借二十大洋，保证三个月归还，到时连本带息奉还五十大洋。那老板财迷心窍，欣然答应了。许三回去写好借据，就把钱借了回来。

这以后，他又如法炮制，到处向别人借钱。一等期限一到，债主发现当初白纸黑字的借据已经变成一张废纸，上门要债时，许三就死活不认，债主明知中了他的套，但也无可奈何，只能自认倒霉。

多次得手后，许三胆子越来越大，看看偷来的墨已快用光，就打算狠狠地干最后一票，于是把目光瞄准了白州一位姓杨的大老板，说自己有一单大生意，想借一千大洋做本钱，三个月后加倍还上。不用说，那杨老板也中套了。

借到钱后，许三在家整日数着钱玩。三个月后，那杨老板上门来找他了，许三不慌不忙，让座上茶，然后说道："我正打算把钱送到您家呢，杨老板快把借据拿来，我这就给您拿钱去。"

杨老板微微一笑，从怀里摸出一张纸递给他。许三接过看了一眼，立刻被人点了穴一般，立在原地做声不得，只见自己亲手写的字赫然都在纸上。

杨老板拿回借据说道："许三老弟，借据在此，我收了两千大洋，自然会当着你的面烧掉它。"

许三额头直冒冷汗，喃喃自语"这、这……这

借据……"杨老板笑道："这借据就是你写的呀，怎么，你自己认不出来吗？告诉你，你可赖不掉。"

许三一屁股跌在地上，这下可真是搬起石头砸自己的脚了，自己借他的钱加上以前骗来的钱，也凑不足两千大洋啊！他抬头支支吾吾道："杨老板，我怎么不认呢？只、只是……生意做赔了，您、您再给我几天时间……"

杨老板尚未答话，就见屋外一溜儿走进来几个人，许三一看之下，大惊失色，来的人都是以前中了他的套的债主，一个不差全到齐了。那些人一人拿出一张借据，上面的字竟然全都清清楚楚，赫然在目。

许三知道今日这一劫是逃不过了，扑通跪在众人面前，痛哭流涕，一

掌一掌地直打自己耳光，恳求众人放他一条生路。

杨老板哈哈大笑："许三，早知今日，何必当初，你以为你这一手就没人能破吗？算了算了，我们答应过，你只要把借来的本钱还清，就不追究你了。"

许三一听，如获大赦，忙不迭爬起来，把家中藏的钱财全都挖出来，按照一张一张借据还过去。结果把钱还得一文不剩，还差三百多大洋，只得又另写了借据，规定期限偿还。

送走一帮债主，许三呆若木鸡地坐在地上，三百块大洋，那要还到何年何月啊！他猛地想起什么，正想爬起来去找老秀才，就见门口走进一个人，抬头一看，正是老秀才。许三一把抱住老秀才的双腿"老先生，救命啊！"

老秀才摇头长叹："骗人和被骗，都是一个贪字啊！我当初不肯告诉你原因，就是知道你逃不脱这个贪字，没想到你竟然偷了我的墨。现在告诉你也无妨了，那不是普通的墨，它是墨鱼汁做成的墨，写出字后过一段时日会自然消失。可你别忘了，正所谓一物降一物，古时的读书人在赶考前，先用墨鱼汁把文章写在衣服里面，然后涂上一层湿泥，在考场内把泥巴剥下，墨鱼汁写成的字便可显现出来。"

许三恍然大悟，正是老秀才暗中出面，破了自己的骗术。他痛哭流涕地说："老先生，再救我一次！"

老秀才叹道："老夫叫他们只要你偿还本钱，不追究你的利息，就已经很不错了。我若救你，岂不是叫我去骗人？你好自为之吧！"说罢喟然长叹，转身离去。

（**题图**、**插图**：谢 颖）

·本刊信息传真·

### 法律知识故事征文启事

本刊在与司法部连续举办三届法制故事征文的基础上，推出新栏目"法律知识故事"，通过发生在我们身边的、短小而具体的个案，生动、形象地宣传法律知识。这些知识注重现实性、实用性，真正起到解剖一个案例、明白一个道理的作用。

为鼓励作者深入生活，写出高质量的法律知识故事，我刊决定面向全国征文，优秀作品除在《故事会》发表并参加评奖外，还将结集出书（具体评奖方法稿后公布）。

本次征文也欢迎读者和法律界人士提供相关素材、案例，一经录用，即付稿酬。

来稿方法：1. 从邮局寄发，请在信封上注明"法律知识故事"字样，本刊地址：上海市绍兴路74号《故事会》杂志社，邮编：200020。2. 从网上传递，可寄以下信箱：wulun@vip.sohu.net，请在主题上注明"法律知识故事"字样。凡已和我刊编辑有联系的作者，稿件可继续投给联系编辑。相关栏目作品参见本期第46页。

白天，他是泥娃娃；夜里，会变回人形。不过，更神奇的还在后面……

# 泥人仙

□草　帽

## 半夜娃娃

**唐**朝年间，燕子街有个捏泥人的工匠名叫方梦龙，已过而立之年，尚未娶妻。方梦龙的隔壁，住着一个叫麻三的小混混，平日里，好吃懒做，总爱干些偷鸡摸狗的勾当。

这天晚上，麻三多喝了几壶酒，子时才晃晃悠悠地回家。进门后，他刚想更衣，突然听见隔壁传来娃娃的啼哭声。麻三觉得很奇怪，这深更半夜哪来的娃娃？

第二天清早，麻三忍不住去问方梦龙："方兄，昨晚你屋里怎么有娃娃的啼哭声？"方梦龙摇摇头说："麻兄，我一个单身汉，哪来的娃娃？这话传了出去，怕是官府要拿我问罪。"

麻三狡黠地点了点头："兴许，我昨晚喝醉听错了！"当晚，麻三早早吹灭了油灯，然后，将耳朵紧贴在墙上偷听。子时一过，隔壁又传来了娃娃的啼哭声。麻三冲出屋子，拼命敲方梦龙的店门："方兄，你再不开门，我可要上报官府了！"

方梦龙害怕了，匆匆开了门。果然，方梦龙怀里抱着个刚出生的娃娃，白白胖胖的，正挥舞着小手，哇哇大哭。麻三愣住了。方梦龙涨红了脸说："麻兄，请进门说话！"麻三满脸狐疑地进了门。

原来，方梦龙是三代单传，他做梦都想有个娃娃。只是家境贫寒，哪有媒婆肯上门说亲。一个月前，方梦龙从观音山挖泥回来。当晚，他就做了一个奇怪的梦：梦里，有个刚出生的娃娃不停地叫他爹。梦醒后，方梦龙心潮澎湃，用新挖来的泥土，将梦里的娃娃捏成了形。捏完后，方梦龙爱不释手，便搂着泥娃娃睡着了。

子时过后，方梦龙突然被一阵娃娃的哭声惊醒。睁眼一看，怀里的泥娃娃竟然活了，此时，正光着屁股，趴在床沿上嗷嗷待哺。方梦龙掐了掐大腿，原来这不是梦，这真是菩萨保佑啊。方梦龙欣喜若狂，将娃娃亲了又亲，搂着他睡了。

谁知，天亮后娃娃又变成了泥人，方梦龙不禁痛哭流涕。隔夜子时，泥人却又变回了娃娃。方梦龙恍然大悟，原来，那娃娃半人半土。白天，他是泥娃娃；半夜，又变回人形。从此，方梦龙每天期待着子时的来临。虽然，他只是个半夜娃娃，但方梦龙疼爱万分。

麻三听罢，惊得瞠目结舌。他将娃娃看了又看，这才相信了。方梦龙怯怯地说："麻兄，你一定要替我保守这个秘密！"麻三拍了拍胸脯："当然，方兄喜得贵子，恭喜还来不及呢！"

回屋后，麻三就动起了歪脑筋：既然那神土能变活人，我何不占为己有？第二天清晨，麻三趁方梦龙去打酒的工夫，将泥娃娃偷了去。随即，骑马朝南仓皇出逃。

日落时分，麻三来到了一个车水马龙的集市。在巷子的拐角处，麻三

找到了一个捏泥人的老汉。见那老汉手艺不错，麻三便掏出一锭银子，连同泥娃娃一起递给了他，说："给我捏最漂亮的女子！"

老汉点了点头，熟练地将泥娃娃揉来揉去。三炷香的工夫，一个倾国倾城的美人便出现在老汉的掌心。麻三见状，欣喜若狂地包起泥美人，牵着马走了。其实，他早就打好了如意算盘，今晚就和美人洞房花烛。等过一阵子，看腻了她，再让那老汉重捏一个。如此这般，简直比皇帝还快活。

## 起死回生

麻三在集市兜了一圈，便匆匆住进一家客栈。在客房，麻三摆了一桌酒菜自斟自饮。不知不觉，两壶酒已经下肚，麻三便伏在案上沉沉睡去了。

醒来时，已过子时。蒙眬间，麻三见床头真坐着一个绝世美人，容貌打扮和泥美人一模一样。麻三心猿意马，借着酒劲就想抱美人。

这时，"咚"的一声，房门突然被踹开了。麻三下意识地回头，见门口站着两个衙役和一个丫鬟。那丫鬟神色慌张，两个衙役断声喝道："好你个刁民，光天化日之下，竟敢强抢民女，该当何罪？"麻三又惊又吓，被两个衙役押回了县衙。

那丫鬟惊魂未定，匆匆跑去禀报县令："老爷，奴婢看见一个女子长得很像小姐！那女子的手臂上也有玫瑰

色的胎记，跟小姐的一模一样！"

县令大惊，连忙起身更衣。走入后堂，见夫人正搂着那女子痛哭流涕。只是，那女子目光呆滞，仿佛丢了魂魄。任凭夫人问话，始终置若罔闻。夫人哽咽地说："老爷，我知道蓉儿没死，瞧，她终于回来了！"县令将女子看了又看，忍不住老泪纵横："实在太像了！莫非，这世上真有起死回生之术？"

原来，县令的千金蓉儿在十六岁时，不幸失足掉进河里淹死了，县令和夫人为此伤心欲绝。那天，丫鬟小翠刚巧在集市看见麻三举着泥美人沾沾自喜。小翠仔细一看，那泥美人居然就是小姐。于是，小翠偷偷尾随麻三，见他买了红绸，又买香烛。小翠跟踪到了客栈，便折回县衙通知两个衙役。果然，将麻三逮个正着……

当晚，县令夫人非要和女子同榻而眠。县令无奈，只好应允。当然，县令的心里并不糊涂。三年前，他曾亲眼看见女儿盖棺入土。那女子，一定是别人家的女儿。只是，她神情恍惚，无法问话，只等明日提审麻三，一切便昭然若揭。

第二天清早，小翠惊慌失措地来报告："老爷，出怪事了，那女子……竟然变成了一个泥美人！"

县令赶紧去看，见夫人正搂着那泥美人，哭得肝肠寸断。县令下令，立

刻提审麻三。公堂前，麻三丝毫不敢隐瞒，将一切和盘托出。县令听罢，又惊又奇，又命人去捉拿捏泥人的老汉。老汉也不敢隐瞒。

原来，三年前，老汉与蓉儿在集市有过一面之缘。当时，老汉惊为天人，从此，便将她的容貌记在心上。昨天，麻三要最漂亮的女子，老汉便信手捏成了蓉儿的相貌，谁知，泥美人竟然变活了。

县令听了，又惊又喜。只可惜，蓉儿白天仍是冷冰冰的泥人。为今之

计，只有将那方梦龙捉来，也许，还有补救的方法。于是，下令将方梦龙捉来问话。

## 阴差阳错

却说方梦龙，当日，满心欢喜地拎着酒葫芦回来。回到厢房一看，泥娃娃竟然不见了。回头找麻三，哪里还有他的踪迹？方梦龙想，那泥娃娃一定是被麻三盗走了。想罢，不禁号啕大哭，喝得大醉。等两个衙役上门抓人，才如梦初醒。

公堂上，县令将事情的来龙去脉说了一遍。方梦龙听罢，勃然大怒："好你个麻三，这样害我。可怜我的娃娃呀……"县令劝道："方梦龙，事已至此，只能从长计议！"

方梦龙乞求道"大人，请将泥人还给草民，让草民父子团聚！"县令当然不肯："你……这不是为难本官吗？如今，你那娃娃已经没了，本官怎能将小女拱手相送？"

方梦龙惨然一笑"既然如此，草民也无话可说。这块神土本非我所有，如今，成全了大人，也算一桩美事！"县令见方梦龙没有奇招，只好将三人放了。

麻三越想越气。原本，他还指望那泥人许他三宫六院。谁知，赔了夫人又折兵。麻三心有不甘，当晚，又偷偷潜入县衙，将泥美人偷到了手。谁知，麻三刚逃出县衙，就被两个巡

夜的衙役发现了。麻三慌不择路，逃到一座破庙。见追兵当前，麻三怕人赃俱获，随手将泥美人扔在了草堆里，然后破窗而逃。

而方梦龙从县衙出来后，心灰意冷。他走进一个酒馆，要了几壶酒，一直喝到半夜。酩酊大醉后，方梦龙晃晃悠悠一路朝前走。不知不觉，竟也走进了那个破庙，一头倒在一堆干草上昏睡过去。可他哪里知道，就在他进庙前，麻三偷偷将泥美人扔在了干草上。

四更时分，方梦龙晕晕乎乎地从梦中醒来，他睁眼一看，不由得吓了一大跳，身旁竟躺着一个半裸的陌生女子。原来，子时一过，泥美人又变回了人身。

这时，县令突然领着众衙役破门而入。见此情形，县令气得胡子都歪了："好你个方梦龙，居然敢调戏本县令之女……"方梦龙又被带回了县衙。此时，另两个衙役也将麻三捉拿归案。两人同时跪在公堂上，谁也不吱声。

县令一拍桌案："刁民，你强抢民女，该当何罪？"麻三不动声色："敢问大人，草民抢了哪家民女？"

县令一时语塞："这……"麻三哈哈大笑："据草民所知，早在三年前，令千金就已经亡故。那女子半泥半人，大人据为己有，居然还责怪草民？"县令无言以对。

这时，小翠倚着门帘，偷偷朝县令打了个手势。县令会意，匆匆走进了后堂。原来，夫人听闻此事，心中想好了万全之策。夫人说："老爷，事已至此，不如顺水推舟，将蓉儿嫁给方梦龙？"县令摇了摇头："不行！"

夫人生气了："我看行。那方梦龙虽是个工匠，但长得眉清目秀，脸上有富贵之相。如今，蓉儿见不得白天，又被玷污了名节。不嫁给方梦龙，又能嫁给谁？"县令无奈，只能点头。

回到公堂，县令一拍桌案："明日夜间，责令方梦龙迎娶小女蓉儿！"方梦龙大惊失色："大人，草民……"

县令大怒："怎么，你玷污了小女的名节，还敢不娶她？"方梦龙吓得不吱声了。

这时，麻三怯怯地问："大人，那草民呢？"县令笑了："本官念你送女有功，特聘为媒人！"麻三听罢，气得僵坐在了地上。

第二天夜间，县令府上张灯结彩，锣鼓喧天，方梦龙与蓉儿结为连理。奇怪的是，洞房花烛后，蓉儿再也没有变回泥美人，而且，记忆也一并恢复了。

一年后，蓉儿产下了一个白白胖胖的娃娃。当方梦龙抱在怀里的时候，突然觉得娃娃似曾相识。原来，竟是他当年捏的泥娃娃……

（题图、插图：黄全昌）

# 阿P 卖鸡

□ 黄耀珠

阿P最近当上了鸡贩子，每天从农村将鸡贩到城里。春节前夕，阿P贩回一大批上好的土鸡，就等着大赚一票。

这天，阿P摊位旁来了一个农妇，土布衣裤，脸黑得像煤炭，她检查了一下土鸡，当场就买了八九只。过了没多久，这个农妇又转回来买第二、第三批鸡。阿P觉得奇怪，这女人干吗？家里办婚宴呀？阿P忙叫老婆看好鸡摊，偷偷跟上去探个究竟。

那农妇东转西转来到北城墙下，把那些鸡放进一个竹笼子里。阿P仔细一看，顿时脸都气歪了：那农妇是个转手倒卖的二道鸡贩子，她把阿P的鸡批到这里来卖，每斤又加了两块钱。尽管价高，可生意兴隆，前来买鸡的人很多。

一样的鸡，她凭什么卖得这么火？阿P好不纳闷，也顾不得生气，躲在一边悄悄观察。不一会儿，有对干部模样的夫妻走过来，只听丈夫对妻子说："看，多好的土鸡，我们买两只回去过年。"他妻子有些不解，问"凭什么你就认定是土鸡？现在饲料鸡尽吃激素哩。"那丈夫用手指指农妇，说"你看看这卖鸡的，一看就是个土生土长的农村人，农村人养的鸡，当然不吃饲料。"

阿P一听，恍然大悟，自己细皮嫩肉的，一看就知道卖的鸡不是自己养的！阿P左顾右盼，顿时计上心来。阿P找了个僻静处，从地上抓起泥土就往脸上身上抹，抹得浑身脏兮兮的，接着故意把衣服扣错扣子，再卷好一根粗粗的"喇叭烟"夹在耳朵上。做完这些，他这才回到自己的鸡摊边大声叫卖："土鸡，正宗土鸡，绝对自产自销，吃了大补元气咧。"

这年头，人们吃什么都担心，谁不盼个绿色食品，得，阿P这三下两下的改装立马收到效果，来买鸡的人很快多了起来。

阿P边卖鸡，边改进，他原来是用一个大铁栅栏来关鸡的，这时他更有了心得——农村人不都是用竹笼子装着鸡鸭拿来卖的嘛，阿P马上叫老婆买来几个竹笼子，这一招更妙，他的鸡价又涨了一元钱。

到了晚上，阿P和老婆在床上喜滋滋地点钱，老婆高兴地说："阿P，你辛苦了，明天好好休息一下，我烧点好吃的让你补补。"

阿P平时怕老婆，可今天赚钱了，底气足了，说出话来也不一样了："你瞧你，头发长见识短。没听说过吗？'宜将剩勇追穷寇，不可沽名学霸王'，要过年了，我要趁热打铁，狠狠地赚一票。"老婆被阿P教训，不服气地骂道："赚你个头，瞧你这副模样，你也只配赚个鸡屁股钱。"老婆动怒，阿P立马"端正态度"，他赶紧给老家的刘三打电话，叫他在村里找个穷孩子明早带过来。

第二天，刘三真的给阿

P带来了一个十一二岁的孩子。阿P一看，孩子穿着破烂的棉袄，走路说话都怯生生的，"农村味"太足了。更叫阿P满意的是，这孩子鼻子里总拖着两条鼻涕，鼻腔里也跟着发出"唏呼唏呼"的响声。

阿P给了孩子二十元钱，叫他喊自己爹。阿P想好了，今天他们要装扮成进城来卖鸡的乡下父子。

离春节又近了一天，街上的人流比昨天多了不少，生意肯定更好。阿P叫老婆守在车子上，只等他把鸡笼里的鸡卖光了，再把其他鸡拿过来。阿P慢慢抽着"喇叭"烟，和孩子蹲在鸡摊边等待买主。

可是，今天见鬼了！路过的人个个在阿P摊位站定，可几乎都是相同的动作，看看鸡，看看阿P，再看看孩

子，最后似乎很难过地摇头叹息着走了，老半天了，阿P连一只鸡都没卖出去。阿P吃不准是咋回事，他不住地抓耳挠腮，看看天，看看地，又把鸡摊挪了个方向，还是没有生意。阿P眼珠子转转，想出个主意。他咬着那孩子的耳朵嘀咕了几句。孩子立即"哇哇大哭"起来，他那两条鼻涕虫拖得更长，鼻腔里更是拉起了风箱。阿P心想，孩子的哭声一定会引起别人的注意和同情。

阿P的办法实在是高，很快，一个六十多岁的男子站到了摊位前，他犹豫了一阵，终于走上前来，并掏出一张百元大钞……

只要开张破掉晦气，这生意就好做了，阿P赶紧打开鸡笼，扯出一只鸡，笑眯眯地说："大哥，不用你挑，它肯定是最好的。"

那男子连忙摆手说："不，不……我不买你的鸡。"阿P见生意要黄，赶紧讨好地说："大哥，我给你打折，一定打折打得你心跳。"那男子好言劝道："你的孩子恐怕得了禽流感，这钱是我送给他治病的。再苦再穷这些鸡你都别卖了，找个地方埋了吧，卖出去要害死人的。"

阿P在摊位前足足站了十分钟，才慢慢回过神来，他嘴里唠唠叨叨："禽流感，奶奶的，亏他们想得出来？还不是被三鹿奶粉给害的，弄得人人草木皆兵。"此时，阿P觉自己太聪明了，连这样经典的话也想得出来，于是一扫刚才的不快，又洋洋得意起来。

（题图、插图：顾子易）

一笔神秘的救命钱让阔太太疑窦丛生，几经试探后疑团渐消，殊不知，真相只有一个……

# 秘密存款

□ 黄欢

## 1. 陌生来客

丽云别墅旁边，有栋单位旧公房，里面住着一位叫张淑平的老太太。张老太今年六十多了，自从老伴去世后，她一个人过得倒也清闲。

几个月前，张老太的儿子吴东举债数百万，投资做笔大生意。可是，生意没做成，却遭人算计，几百万元打了水漂，连车子房子都被银行收走，债主天天上门讨债。吴东被逼无奈，只得一狠心，把不到八岁的儿子送到张老太处，然后带着老婆跑到外地躲债去了。孙子一来，张老太原本每月千余元的退休金就显得紧巴巴了。

然而，屋漏偏逢连夜雨。这天，张老太的小孙子放学回来，忽然觉得胸闷气喘，接着便不省人事，送到医院一检查，竟然是心脏出了问题。医生建议尽快做手术，否则后果不堪设想。可是手术费差不多要十来万，张老太的儿子走后，几个月没来电话，根本就联系不上，况且就算联系上了，他们又到哪里去筹这十万块钱？张老太愁得整天以泪洗面。

这天上午，雨过天晴，张老太安顿好小孙子，拿了受潮的被子去院子里晒时，听到有人在叫她。

张老太一看，叫她的是邻居刘桂芬，她身边还有两个中年妇女，院子里摆了张麻将桌，看样子是三缺一，刘桂芬是叫张老太和她们打麻将。

此时此刻，张老太哪有心思打麻

将，就推辞道："我孙子身体不好，离不得人。王太太呢，王太太咋还没来？"张老太说的王太太住在丽云别墅，她发家之前，也住在这栋单位公房里，大家算是老邻居。

"王太太一大早就去万佛寺烧香，一会儿到。"刘桂芬上前拉着张老太的手说，"张老太，三缺一呀，王太太来了就放你走。你就来搓几把吧。"

张老太是个厚道人，听刘桂芬这么说，不好推辞，只得上前入座，可是，牌还没砌好，王太太就大驾光临了。王太太，大名王昭容，五十好几，但她打扮得却像个少妇。脸上涂脂抹粉不说，那头发染得墨黑，还盘了个翘上天的鬏，一对白金大耳环银光闪闪，两只手上戴着三四只特大号的戒指，衣着时尚华贵，浑身珠光宝气，胸前挂着一串乌沉沉的古佛珠，看起来十分显眼。

王太太往院子里一站，眉毛往上一扬说："怎么，你们已经开打了？桂芬，你们把老姐姐甩啦？"

没等刘桂芬发话，张老太慌忙站起身："我只是暂时凑数的，你们玩，你们玩。"

王太太也不客气，一屁股坐了下去，有意无意地把挂在胸前的佛珠往桌上磕了一下，发出"啪"一声脆响。

刘桂芬瞧了一眼，惊讶地问："王太太，你这串佛珠是在万佛寺求的

吧？"王太太脸上露出一丝得意，说："烧了几百炷香，就差没把腿跑断、把头磕肿，我的诚心终于感动了万佛寺的方丈，这才求到的。这串乌木佛珠在万佛寺已经传了几百年，有着历代高僧的法力，挂在身上，百病不生，放在家中，家和万事兴。"

几个牌友羡慕地说，万佛寺中一炷香最少得五十元，普通人是求不来的，只有像王太太这样的人才求得起。王太太听了，开心地一笑，然后瞥了张老太一眼，不冷不热地问了句："张老太，你孙子病怎样了？咋不去医院看呀？"张老太不知怎么回答，只得苦苦地叹了口气。

就在张老太叹着气准备回家时，一个瘦高的中年男人闯进院子里，粗声粗气地问："张淑平是不是住这里？"

张淑平？几个打麻将的女人先是一愣，又都很快反应过来，张淑平不就是张老太？几个女人抬头望去，齐刷刷地吓了一大跳：只见这个中年男人又高又瘦，面色蜡黄，颧骨高耸，长着一对阴鸷的三角眼，一条伤疤从眼角一直划到下巴，身穿黑衣黑裤，脖子上挂着一条粗大的金项链，就差脸上写着"黑社会"三个字了。

刀疤脸见几个女人愣着不出声，眼皮一翻，一对三角眼凶光毕露："没听到我问话？张淑平是不是住这里？"几个女人不由得直打冷战，没

敢开口。王太太则抢着一指张老太：
"她就是张淑平。"

刀疤脸把头一转，看了张老太一眼，冷冷地说："你就是张淑平？"张老太吓得双腿一软，差点没摔倒在地。看这架势，张老太心里明白，这个刀疤脸十有八九是来讨债的。

张老太鼓起勇气问："你，你有什么事吗？"刀疤脸说："你住几楼？我们进里面说话。"

张老太站着没动，一脸警觉地说："我，我又不认识你，跟你有什么好说的？"

刀疤脸咧嘴一笑，走到麻将桌前，用手指敲了敲桌面，喝道："你们告诉我，她家住在几楼？"

王太太忙不迭地说："五楼，她家住在五楼，在最里面那个单元。"

刀疤脸瞥了王太太一眼，说"很好。"转头又对张老太道，"听说你有个生了病的孙子？嗯……我想上去看看他。"张老太一听，吓得不轻，叫道："你，你到底要干什么？"

刀疤脸却不理会她，径直往最里面那个单元走去，张老太连忙追了过去，口中不住地大声喊道："站住，你给我站住！你不能上去！你再不站住我就报警了！"

几个女人见张老太追在刀疤脸身后，进了楼道，这才松了口气，接着又七嘴八舌地议论起来。有的说张老太这次要倒霉了，家里东西被砸都是轻的；有的说张老太一把老骨头，经不起折腾，说不定会闹出人命……

王太太却觉得这个刀疤脸有些面熟，像在哪里见过似的，于是就问："这个刀疤脸长相好凶啊，你们以前见过吗？"刘桂芬想也不想就说："没见过！这种人一看就是黑社会，专门替人讨债的。我们怎么会跟这种人扯上关系！"

王太太嘿嘿一笑，道"自然是来讨债的！那些个债主倒也神通广大，居然找到这里来了。只不过张老太家里一穷二白，怕是榨不出什么油水来。这个张老太也是命苦，都一把年纪了还遇到这档子事，不能安享晚

年，我看够她折腾的！"

刘桂芬却说："折腾，折腾！人活在世上哪个不是受罪的？穷人富人都一样！前不久我看到报纸上说，一个很普通的小区，有户人家水管破了，楼下的住户上去敲门，敲了半天敲不开，一问旁边的邻居才知道，这个住户从来没露过面，问物业，电话留的是个空号，神秘得很。楼下的住户请来消防队员从窗户进去开了门，关上水阀，周围好心的邻居把泡在水里的几个纸箱一一搬到桌上，结果纸箱底部被泡坏了，一扎扎百元大钞哗啦啦往下掉。邻居连忙报警，没过几天就查清楚了，户主居然是个投机商人，专干损人利己、损公肥私的勾当……"

刘桂芬正说得起劲儿，忽然发现王太太脸色惨白，一副魂不守舍的样子，忙问："王太太，怎么了，身体不舒服？"王太太强笑道："胃有点儿痛，小毛病。"

刘桂芬也没在意，抬头看了看张老太家的窗户，见没什么动静，问道："我们要不要报警？那个刀疤脸不是善类，万一闹出人命我们也不好说！"

"报什么警？"王太太心烦意乱道，"多一事不如少一事，你就不怕黑社会打击报复？该谁出牌了？"刘桂芬缩了缩脖子，不敢再说话。

一圈麻将还没打完，张老太跟在刀疤脸身后下了楼，刀疤脸回头说了一句："不用送了。"张老太却一直把他送到院外。

料想中的争吵没有发生，张老太完好无损，几个女人不由得面面相觑。张老太返身回来的时候，王太太忍不住问道："张老太，难道这个人不是来讨债的？"

张老太像没听到似的，眼睛直愣愣地看着前方，也不知道在看什么。

王太太见状，奇怪了，她起身过去扯了张老太一把，大声喊道："张老太？"张老太就像正在梦游的人突然被惊醒了一样，浑身一颤，问："你刚才问我什么？"

王太太说："那个男人是不是来讨债的？""讨债？他讨什么债？"

王太太更加好奇了："那……他是做什么的？""他……他……他是……"张老太嗫嚅了半天才说，"他是开银行的。"说完，径直进了家门。王太太等人再一次面面相觑。

谁也没想到，第二天，张老太就把孙子送进了医院。三天后做了手术，手术很成功。过了大半个月，小家伙蹦蹦跳跳地出院了。此后，张老太脸上的皱纹舒展开来，笑容一天比一天多了起来。

## 2. 追根究底

王太太好长时间没过来打牌了，这天是个好天气，她便约了刘桂芬等

66

几个牌友在院子里打麻将。

王太太照例最后到场，一个牌友有些不满，就嘀咕了两句。刘桂芬连忙打圆场："王太太贵人事多嘛，况且我们也没等多久……"

刘桂芬话音未落，王太太来了，她入座后，笑道："什么贵人不贵人的，太见外了。最近我的保险经纪人向我推荐了几个新的险种，折腾了好几天。不说这些了，我们玩牌吧。"

玩了一会，就见张老太提着沉甸甸的菜篮子进了小院。王太太用鄙夷的目光往菜篮子里一瞥，这一瞥让她不由得暗暗吃惊。其实菜篮子里不过是一些鸡鸭鱼肉、时鲜果蔬，这些大路货王太太并不放在眼里，可是，在张老太的菜篮子里出现这些菜，王太太就不得不打个问号了。张老太的经济状况，她是清楚的，一个月千把块的退休工资，扣除孙子的药钱，能剩得下几个子儿？哪来的钱买这么多东西？更让王太太吃惊的是，不过大半个月没见面，张老太好像年轻了十来岁。

王太太赶紧询问刘桂芬，刘桂芬比她还诧异："敢情你还不知道？"

王太太说："知道什么？"

刘桂芬说："张老太不知从哪里筹到了一大笔钱，她的孙子做完手术都出院了。"

王太太闻言，瞠目结舌，张老太哪来的这一大笔钱？难道是那个刀疤脸？王太太心头不由得疑窦丛生，进一步打听，刘桂芬却说不出个所以然来。

王太太一向喜欢打听东家长西家短的事儿，何况这怪事发生在张老太身上，由不得她不多加关心了！

当天晚上，王太太一手拎着水果，一手拿着高级营养品，敲开了张老太家的门。张老太知道她是无事不登三宝殿，坚决不收东西，但哪禁得住王太太的巧舌如簧，最后收下了水果。王太太没提她想打听的事，就拿了营养品回去了。

第二天晚上，王太太又来串门。一连几天都是如此，说不到三句话就往手术费的来路上套，张老太却始终

守口如瓶。张老太被磨了一个星期，弄得她一见王太太就头疼，可王太太的耐心特别好。张老太被磨得实在没辙了，到了第八天，只得对王太太说："王太太，这件事我连想一想都害怕，本来是决计不对外说的。可是你天天这么纠缠我，看来如果我不告诉你，你是不肯善罢甘休了。告诉你也可以，不过，你得对天发个毒誓，只能你自己知道，一个字也不能传出去，要不然，我担心会惹上大麻烦。"

王太太当即郑重其事地发了一个毒誓。张老太叹了口气，说："这件事说来有些蹊跷，只怕我跟你说了，你也不会相信。"王太太说："说不说在你，信不信在我。"

张老太说："你也知道，我孙子得了这个病，儿子媳妇又跑得没了影儿，几个有钱的亲戚一夜之间都变成了穷光蛋，我到处借也借不到一分钱。所以，这笔钱其实是……唉，我还是从头说起吧。"

# 3. 提心吊胆

这话还要从刀疤脸出现那天上午说起。那天上午，刀疤脸径直走向张老太的家，可怜张老太一把年纪，哪里追得上这个恶汉。张老太只是下楼晒被子，事先根本就没有锁门。一想到身体虚弱的孙子还在屋里，张老太心里揪成了一个结。可是，等她追上

楼看到那一幕，她总算松了一口气。

只见小孙子扶着门沿挡在门前，那刀疤脸并没有动粗。

小孙子说："叔叔你找谁，你不说，我可不让你进去。"

刀疤脸说："你奶奶就在后面。小家伙，你爸爸是不是叫吴东？"

小家伙一听，顿时就高兴起来："你认识我爸爸？那你知不知道他在哪儿？你能不能带我去找他？我很久没有看到他了。"

张老太听到这话连忙冲上去把小孙子抱起，数落道："谁叫你跑出来了？乖乖地躺到床上去。"

小孙子说："奶奶，这个叔叔是来找爸爸的。"

张老太忙说："住嘴！"心里道：小孩子真不知道天高地厚，就是来找你爸爸才可怕。

小孙子嘟着嘴，不再说话。刀疤脸却插了一句："张老太，我不是来讨债的，相反，我是来送钱的。"说着，刀疤脸打开了随身携带的公文包，里面装了一扎扎崭新的人民币。

张老太一时没有反应过来，刀疤脸却拿了一扎钱往桌上一放，整整十万。张老太一脸惊诧，心慌意乱道："你这是什么意思？"

刀疤脸说："几个月前，吴东在我们公司存了十万块钱，说是如果遇到什么意外，这笔钱便救急用，前两天我手下兄弟打听到他儿子生病要钱，

这不，我亲自把钱送过来了。"

听到是这么一回事，张老太心里大大地松了一口气，可很快又生出一些疑团，把钱存到银行是天经地义，怎么会存到公司里呢？何况这对张老太来说是一笔巨款，张老太怎么能不问清楚？

刀疤脸一阵冷笑："存到银行？如果存到银行，你儿子破产的时候，这笔钱还是他的吗？这可是救急用的，如果你们现在不是有急用，等风声过去了，未尝不能利用这笔钱东山再起！"

张老太是个老实人，就算孙子生病急需花钱，她也不能糊里糊涂地收下别人的钱，于是又问："你们公司叫什么名字？"

刀疤脸不耐烦了："你问这么多干什么？你管我们公司叫什么名字？地下钱庄听说过没有？今天叫保利来，明天叫财汇通。说了你也不懂。你还是把存款凭证拿给我吧，我好回公司交差！"

张老太闻言一呆："什么存款凭证？吴东没有留下什么存款凭证。"

"没有？"刀疤脸脸色一沉，"是真没有，还是假没有？怎么，难道你还想要利息？我们公司的利息是很高，可他存款期限还不到半年，按照事先的约定，利息是一分钱也没有的。"

张老太见对方一板脸，吓得脸变

了色，着急说道："我真不知道什么存款凭证，吴东就把孩子送了过来，什么也没留下。"

刀疤脸侧着头想了片刻，说："谅你也不敢骗我！既然没有存款凭证，那你给我写张收条，证明收到这笔钱了，免得吴东回来不认账。"

张老太本不想碰这笔钱，可一想到孙子的病情，一咬牙，写了张收条，还摁了手印。

刀疤脸仔细看了收条，随后揣进口袋里，得意地说："你看，我们公司虽然是地下钱庄，但讲究的还是义气和诚信，如果我们不讲义气和诚信，你只好眼睁睁地看着孙子病死。所以，你也要讲义气，公司的事不要出去乱说，咱们这种公司，知道的人多了并不是什么好事。"

"你上当了！"听到这里，王太太打断了张老太的话，十分肯定地说，"像这种地下钱庄，全靠放高利贷才能维持下去，你写那个收条其实就是张借据，十万块钱的本金，利滚利，不出半年，等他们找上门来，这笔钱就变成了二十万，或者三十万。"

张老太毫不动容，冷冷道："上当？我送孙子去医院的时候，医生说再晚来一个月，我就要白发人送黑发人了！现在我孙子的病都治好了，我还有什么好怕的？王太太，你看我屋里这些家什，就算再加上我这条老命也不值十万块，难道那些放高利贷的

都是瞎子不成？"

王太太听了，一时无言以对。

这时，张老太的小孙子从里屋蹦蹦跳跳地出来，拉着张老太的手撒娇道："奶奶，奶奶，我要吃苹果。"

张老太说："王太太，你看……"

王太太不好再打扰，便起身告辞，走到门口又听见张老太说："王太太，你也知道那个刀疤脸不像是好人，他叮嘱我不许说出去的，你虽然有钱有势，但也不想惹上一些不相干的麻烦吧？况且你立过誓的，请你不要忘了！"

回家后，王太太心里始终难以平静。像她这个层次的人不是没有听说过地下钱庄，但凡开地下钱庄的，哪个不是吸血鬼？能讲义气讲诚信？王太太觉得不可思议。

王太太想着想着就睡着了……

蒙蒙眬眬中，王太太感觉到背后有人用力推着自己，回头一看，只见两个高大的法警标枪一样地站在她的身后，大檐帽下的面孔冷得像冰块一样。

一个法警喝道："看什么？马上就要开庭了！快走。"

王太太一看手上，果然是一副冰冷的手铐，她走进一扇小门，一个宽阔亮堂的大厅出现在眼前，这里是审判大厅！王太太一颗心提到了嗓子口。

身穿深色制服的法官端坐在国徽下，神情严肃，不怒自威。法官不停地念着什么，王太太却什么也听不见。旁听席上坐着王太太的牌友，平时这些牌友对她恭敬有加，现在却面露不屑，对她指指点点，一副幸灾乐祸的样子。

王太太又是害怕，又是着急，想开口说话，却一个字也说不出来，用力挣扎，身体却像灌了铅一样沉重。这时，法官手中的法槌重重地落了下来……

王太太吓得醒了过来，全身大汗淋漓。幸好是个梦！王太太觉得有些庆幸，起身倒了一杯水，刚准备喝，猛然想起牌桌上刘桂芬对她讲的那个故事，她端着这杯水再也喝不下去了。

王太太原本穷过，苦过，暴富后，有钱了，日子好过了，可心里并不安宁舒坦，她清楚，老公开的永利建材公司，虽说财源滚滚，却来路不正，干了一些坑蒙拐骗的事，家中保险柜里面的好几百万现金既是她摆阔的资本，也是一颗定时炸弹。

也许一辈子都没事，也许那个故事明天就会发生在自己身上。王太太这么一想，身上的睡衣早被冷汗浸得湿透，经空调一吹，冰冷彻骨，冻得她不由打了个寒战。

## 4.软硬兼施

第二天大清早，张老太一打开

70

门，就见王太太站在门外，正举着手要敲门。张老太的脸一下子就沉了下来，生气地说："王太太，你怎么又来啦？我什么都告诉你了，你还来干什么？我孙子病刚好，图个清静，求你以后别来打扰！"

按说这话已经很不客气了，可王太太却毫不在意，笑了笑说："张老太，今天来找你是有事相求，你帮了我这个忙，以后我再也不来打扰你了。"

张老太说："你是有钱的富太太，我一个穷老太婆，能帮得上你什么忙？大清早的你就别来取笑我了！"张老太边说边打算关门，王太太一闪身，大半个身子已钻进里面，说："等一下，就几句话，说完我就走。"

张老太放她进来，沉着脸说："那就请你快说，我还要出去买菜。"王太太说："我就是想问问，那个刀疤脸叫什么名字，有没有留下联系方式，比如电话、住址？"

张老太的脸色变得更阴沉了，她低声道："王太太，这件事不是让你不要再说了吗？他是黑社会，我不想招惹这种人！"王太太说："张老太，你放心，你把他的电话给我，我决不是找他生事的，我是正

正经经的生意人，招惹那种人做什么？"

张老太冷冷地说："那个人什么都没留下，我不知道他的名字，更不晓得他的电话。"

一个追问，一个不说，正僵持着，张老太的孙子却跑了过来，摇着奶奶的手说："奶奶，奶奶，你说谎，那个叔叔走的时候留了张名片。他说如果爸爸回来了，就按名片上的号码打他的电话。"

张老太的谎话被孙子戳穿了，她尴尬地瞪了小家伙一眼，小家伙吐了吐舌头，跑到一边玩去了。王太太笑着说："你看，小孩子该不会说谎话吧？张老太，只要你把刀疤脸的电话给我，无论什么条件，你只管提。"

张老太忍不住问道："王太太，你找那个人，究竟要做什么？"

王太太道："我不妨跟你讲实话，

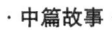

我听说地下钱庄的利息很高，我手上刚好有些闲钱，想做点投资。可惜一直没有渠道接触到这些地下钱庄，尤其是信誉这么高的。"

张老太惊愕地问："你……你想存钱？你就不怕被骗？"

王太太说："你只管把名片给我，就算被他骗了，也是我自找的，跟你无关。"

张老太摇了摇头："对不起，王太太，名片我不能给你，要不然，你将来若是被骗了，我怎么也说不清楚！你请回吧，就当从来没有见过这个

人，从来没听过这个地下钱庄！退一步说，那个人虽然不像好人，但对我有大恩，我也不希望他出事。"

王太太无功而返，但她并不气馁，她自信她要做的事就没有做不到的。

隔天，王太太又来了，一进门，她就把一沓崭新的钞票重重地摔在张老太家的桌子上，居高临下地盯着张老太说："三万块钱买一个电话号码！"

张老太吓了一跳，她望着眼前这个着了魔似的富婆，定了定神才开口道："王太太，我虽然穷，但这钱不能要，请你收回去。"

王太太的眉头跳了跳："嫌少？再加一万。"张老太还是摇头。王太太恼怒地大声说道："做人不能太贪心。最多五万，这是我的底线。"

张老太皱眉道："我不是嫌钱少，你加再多钱都没用。我做人一向清清白白，不义之财、来历不明的钱，再多我也不要。"

王太太冷笑道"既然如此，就别怪我翻脸。张老太，你儿子跑出去了，恐怕是为了躲债吧？那些个债主，刚好我也是认识的，他们的电话我都有，你说我要是告诉他们，说你住在这里，而且还能拿出十万块钱给孙子做手术，那些人会不会上门来讨债？他们可不管你孙子是不是需要静养，我看你是不得安宁了！"

张老太气得发抖，却又无比震

惊"你怎么会有他们的电话，你怎么认识那些债主的？"王太太说："你别管我怎么知道的！我只有一个要求，只要你把那人的电话告诉我，我也不愿当恶人。"

张老太气得冲口骂道："卑鄙。"王太太翻着白眼，说："我卑鄙？我做投资，找你要个电话号码怎么就卑鄙了？我看你是仇富，你妒忌我！"

张老太气恼地说："好好好，给你，我把他的名片给你！请你以后再也不要来打扰我，我以后再也不想见到你。"张老太说罢，进了里屋，不一会儿就取出了王太太想要的东西，说，"拿去，快走，快走！"

王太太接过一看，原来刀疤脸叫雷大彪，名片上只印着存贷款等业务，并无公司名字和地址，除此之外就是一个手机号码。王太太拿到名片，不由得心花怒放，她毫不客气地把桌上的钞票统统放进自己的拎包，哼了一声："敬酒不吃吃罚酒！"说罢，扬长而去。

# 5.软磨硬泡

王太太一走，张老太觉得失信于人，甚感愧疚，她犹豫了一阵之后，给雷大彪打了个电话，把王太太找上门后发生的事从头到尾说了一遍。她特地提醒雷大彪，如果不愿意搭理王太太，大可以不接她的电话，反正名片上也没写地址，她也无法上门滋扰。

再说王太太，费尽心机，终于把联系电话弄到了手，可她却没有急着打电话。王太太清楚地知道，多少人因为相信地下钱庄而被弄得倾家荡产，她可是个既有心机办事又谨慎的人。可接下来几天，王太太却一直没睡好觉，老是做同样的噩梦，一闭眼，她就会看到那枚庄严的国徽和国徽下那个严肃的法官。王太太心想：我就打个电话咨询一下，也能上当受骗不成？

王太太拿起电话，拨了号码，电话一通，王太太猛地想到雷大彪那副凶神恶煞的面孔，不知怎的，心就不由得突突直跳。可是过了半晌，电话提示无人接听。王太太按下重拨键，听筒里面立刻传来一个女声：对不起，您所拨打的电话已关机……

对方关机，王太太倒有些不知所措了。打电话前，她曾想过两种可能：其一，对方迫不及待地要推销所谓的业务；其二，表现不冷不热，或矢口否定，毕竟开地下钱庄是违法行当，接听这种陌生的电话必须谨慎。如果是前者，王太太会立即挂断电话，再也不与这个人联系；如果是后者，倒可以跟他周旋周旋。但她怎么也没有想到，对方会直接关了手机，连理都不理她。

王太太哪肯就此罢休，第二天又打过去，结果电话只响了一声，对方就关机了。王太太还是不信邪，一

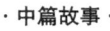

连几天，天天拨打这个号码。到了第五天，对方终于接听了，但雷大彪在电话那头破口大骂："你他妈还有完没完？姓王的，我可不管你是有钱太太还是什么，以后别再打这个电话，不然我就不客气了！"说完"啪"把电话挂断了。

王太太手里抓着电话听筒，心里好生纳闷：他怎么知道我是谁哩？一定是张老太这老不死的在捣鬼！

第二天，王太太跑到大街上，在电话亭里拨雷大彪的手机。这一次很顺利，只响了两声，对方就接听了，还是那个粗声粗气的声音："你是谁，怎么会有我的电话？"

王太太说："我是……你先别问我是谁，我想——"

雷大彪毫不客气地打断了她的话："你怎么会有这个电话？你不说我就挂了。"

王太太急忙说："我有你的名片，你别挂。我……"

"什么？你有我的名片？"电话那头，雷大彪似乎相当惊讶，"你怎么会有我的名片？"

一张名片有什么大不了的，王太太心里狠狠地咒骂了一句，但说话的口气却是大大的讨好："雷先生，我们可不可以约个时间见个面？"

雷大彪继续不客气地追问："你到底是谁，名片是怎么得来的？"

王太太说："说了你可别挂电话，我姓王。"

雷大彪冷冷地说："你就是王太太吧？原来张老太连我的名片都给你了，好吧，我不挂电话，你找我做什么？"

王太太心里十分诧异，她觉得此刻雷大彪的语气虽然并不客气，但态度已缓和了不少，这种变化似乎跟那张名片有关。此时的王太太并不想急于弄明白名片的奥秘，她急切地说道："雷先生，你不要误会，我只是想存一笔钱而已。"

雷大彪的语气慢慢缓和下来："王太太，既然你有我的名片，按照公司的规矩，那就是具备了一定的权限。这样，明天在你家里见面，咱们约个时间。"

次日九点，王太太在家中接待了雷大彪。

一个多月不见，这个雷大彪仿佛有些憔悴，身形更瘦了，脸色也不好。他一踏进王太太的家门，就在那宽敞的客厅里转来转去，口中啧啧称奇："王太太，想不到你还真是一个有钱人，家里面装修得如此豪华。"说罢，往沙发上一坐，一伸手说，"王太太，请把名片拿给我看看。"他接过王太太递来的名片，仔仔细细审视之后，说："王太太，有了我的名片，就是自家人了，我就实话实说了吧，你们有钱人怕受骗上当，我们怕遇上警察的暗线，不得不谨慎行事，请见谅！"

王太太笑道："彼此，彼此，雷先生，我们还是先谈谈存款的事吧。老实说，我对利息什么的不感兴趣，我只有一个要求，那就是这笔钱必须能够取得出来，随时！"

雷大彪奇道："你既然对利息不感兴趣，为什么不存银行？"随即恍然大悟似的一拍脑壳，说，"我明白了。说吧，王太太，你打算存多少？至于我们公司的信誉问题，你亲眼见过，还有什么不放心的？要知道，一般人是接触不到我们公司的。其实我们公司的规模很大，全市第一，在全省范围内也是数一数二的。"

王太太想了想，说："那么，我存十万？""十万？"雷大彪显得有些惊讶，但很快说道，"十万就十万，我们马上办手续。"雷大彪迅速办完存款手续，把存款凭证交给王太太，然后起身告辞。但他刚走到门口，又转身拍着脑袋说："你看我这记性，差点把一个重要的事给忘了。我们公司最近推出一项新业务，客户存款后有三天的反悔期，如果你觉得不放心，三天之内，你可以把这笔钱全部取出来，不收手续费。"说罢，他看看手表说，"现在是九月二十七日上午十时十五分，请记住这时间。"说完，就走了。

王太太把玩着一张不知道能不能兑现的存款凭证，迷惑的眼神突然变得凌厉起来，她拿起电话拨了一个号码，说了一句："按计划行事。"

再说雷大彪出了王太太的家门，还没离开别墅小区，大楼拐角处突然冒出两个手持尖刀的蒙面汉，为首的蒙面汉用尖刀顶住雷大彪的胸口，喝道："乖乖的不要动，刀子可没长眼睛。"

原来王太太到底信不过雷大彪，早就买通了两个混混扮成打劫的，用来试探雷大彪的深浅。她现在最担心这个雷大彪是和张老太串通起来骗她的。她想，倘若这个雷大彪真是地下钱庄的打手，不会连两个小混混也对付不了。

王太太坐在电话旁等消息，可过了大半个小时，两个混混仍没打电话过来，王太太觉得有些不妙了：按照原计划，这两个混混无论唬不唬得住雷大彪，都应该立刻打电话过来汇报情况。难道是那两个混蛋见财起意，抢了钱跑了？

又过了半个小时，王太太坐不住了，就拨通了一个混混的电话，可还没等王太太开口，那个混混就破口大骂："你个死老太，别再烦我们了，那家伙厉害得像魔鬼，以后这种事别找我们兄弟，我们还想多活两年，钱你自己留着买棺材吧！"

# 6.巨款何去

王太太被小混混一顿臭骂，不但不气，反而窃喜，这足以证明她的判断，这个地下钱庄不仅存在，而且钱庄里的人果然身手不凡。接着，王太太又开始盘算下一步棋。这步棋就是打电话给雷大彪，说她反悔了，钱不想存了，望雷大彪在规定时间内把十万块钱送还。

电话打过后，尽管雷大彪在电话里一口答应钱一定如期送还，但王太太仍有些心神不宁。她几乎是扳着指头数时间，当等到第三天上午十点还不见雷大彪登门时，她不由自言自语道："骗子，骗子……"可是她第三个"骗子"还没说出口，门铃"嘟嘟嘟"响了。她让佣人去开门，只见雷大彪满头大汗，拎着那只鼓鼓囊囊的公文包，气喘吁吁地走了进来。一见雷大彪，王太太一颗悬着的心终于放下了。

看上去，雷大彪的身体更加虚弱了，进门时，他摇摇晃晃都有点站不稳。王太太连忙扶他坐下。雷大彪一边擦着脸上的汗，一边连连道歉："王太太，对不起，我昨天就应该过来的，但是、但是我的身体不好，昨天实在走不动了。"他看了一眼手表，接着说，"还好，还好，还差五分钟。"说着，便拉开公文包，取出那扎钞票递给王太太。

王太太数了数，十万元现金竟是分文不少，她长长地舒了一口气，也下定了决心，缓缓道："雷先生，其实我并不想取钱。我是想再存一笔钱。"她竖起两个手指说，"二百万！"

一听二百万元，雷大彪倒没显得十分惊喜，他只是静静地盯了王太太一会儿，不无埋怨地说："王太太，看不出你这么大年纪了，还想着法子耍人。你要存这么多钱，电话里咋只字不提？你知不知道办大笔存款，我可办不了，还得请专业人士来操作。唉，现在只好请你耐心等一下了，我这就去打电话。"说罢，他走到一边，拨通了手机。

大约过了半个多小时，一个年轻人驾了一辆崭新的黑色宝马轿车，驶进了别墅小区。不一会儿，年轻人就进了王太太的家，王太太不由得眼前一亮。

年轻人西装革履，斯斯文文。雷大彪介绍道，这个年轻人叫小黄，是公司的业务精英。

这个小黄果然专业，钱庄的各项业务如数家珍，甚至能非常全面地跟正规银行的存款项目进行比较。而且小黄虽然话语不多，却谈吐不凡，这让王太太更加放心，她想连这种高级知识分子都心甘情愿地为钱庄卖命，自己还有什么好担心的？

除此之外，小黄还介绍了公司的运作模式、结构和组成，以及如何规避风险、防范警察打击等等。王太太听得十分入迷，心想，看来雷大彪所言不虚，这家地下钱庄已经形成了一套完善而精密的体系，其实力不容置疑！王太太当即从卧室的保险柜里取出二百万，存进了地下钱庄。她想，这事不方便在电话里对老公王进宝说，等老公回来后，跟他商量一下，把保险柜里剩下的几百万也存进这家地下钱庄，从此就可以高枕无忧了……

一个星期后，永利建材公司的老总，也就是王太太的老公王进宝回家了。

半年前，永利建材公司购进一大批水泥、钢材等建筑材料，经过检验发现了质量问题。为了减少损失，王进宝将这批建材低价脱手。后来，这批建材造成一些工程事故。质检部门顺藤摸瓜，查到永利公司，王进宝在外地奔走了两个多月，就是去处理这些事的。

事情摆平了，王进宝回到家里，心情轻松，眉飞色舞。王太太也是喜形于色，早早准备好了红酒，夫妻二人举起酒杯轻轻一碰，然后双双一仰脖子，一饮而尽。

王太太说："进宝，你在外面办成大事，我在家里也没闲着，我给你看一样东西。"王太太说罢，献宝似的把雷大彪的名片递了过去。王进宝接过一看，不由一愣："雷大彪？你怎么有他的名片？这些业务是怎么回事？这家伙搞什么鬼？"

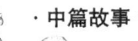

王太太问："你认识这个人？"

王进宝哈哈一笑，说："怎么不认识？雷大彪以前和吴东合伙做过生意，这家伙精明得很，生意场上无往不利，可后来得了重病，好像是肝硬化吧，晚期了，这家伙自知活不了多久，便提前撤了资。后来吴东贪图便宜，我略施小计便让他购买了咱们的建材，赔光家当，只得跑路，倘若这个雷大彪还是合伙人，吴东就不会上我的当了！"

王进宝说话时发现王太太的神色有些不对劲，便安慰道："放心好了，我做的那些事，没留下半点蛛丝马迹，不会有后患。这段时间你继续去约刘桂芬她们打麻将，盯着张老太，吴东回来后不找我们的麻烦便罢，他若敢来，我叫人打断他的腿！"

王太太脸色煞白，颤声道："雷大彪和张老太早就认识？"

王进宝说："雷大彪倒是知道吴东还有一个老娘，但张老太一向不过问吴东的生意，怕是不认识雷大彪这个人。你问这个做什么？"

王太太哆哆嗦嗦地把她在雷大彪那里先后存款二百一十万的经过说了，王进宝只觉眼前一黑，手上的酒杯"啪"的一声掉在地上，摔得粉碎。

过了好一会儿，王进宝才缓过神来，指着王太太厉声道："你这个傻婆娘，明明是这个雷大彪自己掏腰包资助张老太，他担心张老太不肯收，便打着地下钱庄的幌子哄她，你却硬要撞上去被人家骗走二百多万。蠢，蠢，蠢到家了！"

王太太脑子里乱得像一团浆糊，被王进宝一骂，争辩道："这不太可能吧？这个雷大彪怎么看都不像一个好人啊！他咋会自掏腰包帮助张老太？"

王进宝叫道："光看外表就知道是好人坏人了？实话告诉你吧，这个雷大彪出道做生意前是国家二级演员，是武丑，专门演坏人的特型演员。有一次在山上拍戏，他为了救人，自己脸上被划了一条十几厘米的伤口，皮翻肉裂，眼睛都差点瞎了，你说他是好人还是坏人？"

王太太猛地想起，在一部很久以前的电影里是见过这么一个人，难怪第一次见到他的时候，觉得在哪儿见过，却万万没想到是在银幕上。王太太一跺脚，说："那我们马上去报警！"王进宝冷冷一笑："哼！报警？警察一插手，往深处一追查，能有我们的好果子吃？"他长叹一声说，"我花了很大工夫，呕心沥血从吴东那儿弄到二百多万，你这个傻婆娘，让人家不费吹灰之力就拿了回去。唉，这真是天意啊！"

王太太只觉得眼前一黑，瘫倒在地……

**（题图、插图：杨宏富）**

本期游戏难度指数：★★★☆☆

# 福尔摩伍的问题
## 敲门的男人

福尔摩伍外出旅行，住在一家旅馆里。服务员给他安排了一个单人间，并告诉他整个楼层都是单人间。

晚上，福尔摩伍正在房间里看电视，忽然听到有人敲门。他打开门一看，是一个陌生男人。

那男人一见福尔摩伍，忙抱歉地打招呼说："对不起，对不起，我走错门了，我还以为这是我的房间呢！"说完，就转身走了。

福尔摩伍回到房间，突然觉得不对劲，仔细一想，便认定这个男人是小偷。于是他报告了旅馆的保安。后来，保安将男子抓获，经警方查证，男子果然是个惯偷。

福尔摩伍是怎么知道那个陌生男子是小偷呢？

（推荐者：Kelly）

## 世界500强面试题

### T恤的价钱

有一个雇主约定每年给工人12元钱和一件T恤，工人工作了7个月想要离去，雇主只给了他5元钱和一件T恤。这件T恤值多少钱？

（推荐者：开　心）

（亲爱的读者，如果您有好的智力题或谜案故事，欢迎给我们来稿。如从网上传递，请发以下信箱：simyyue@126.com）

## 超级视觉

在这张美丽的星空图片中，你能看到天使吗？

### 答案

**福尔摩伍的问题**

因为这个陌生男子所在的楼层都是单人间，所以他完全没有回房间一说，他是来偷东西的。只是小偷不小心敲错了房门后误认，所以，那人走了。

**世界500强面试题**

4.8元。工人工作一个月能得到1元钱和1/12件T恤。工人工作了7个月，他就得到了7元钱和7/12件T恤。因为雇主给他的5元钱差给了工人，图此差数相当于7/12件T恤的价钱，每件T恤的价格是4.8元。

但愿，纯真的孩子可以打动每一颗世俗的心……

# 带不走的妈妈

□ 张春风

有一家"阳光"孤儿院坐落于城市的远郊，平日里，很少有人问津。

这天，无数的媒体记者纷纷赶到孤儿院。原来，当红的玉女明星郑嘉美将要出现在这里。据说，她想领养一个小女孩。郑嘉美还没有结婚，她的这个举动无疑像一枚重磅炸弹，在娱乐圈里炸开了锅。

上午九点，郑嘉美在几位保镖的簇拥下闪亮登场。霎时间，媒体记者蜂拥而上，闪光灯不停地闪动。郑嘉美始终微笑着，很配合地摆着各种姿势。

一阵骚动后，院长领着一个五六岁的小女孩出现了。小女孩长得很可爱，扎着两根麻花辫，一双大眼睛好奇地望着大家。郑嘉美蹲下身子，问："你就是童童吗？"

小女孩点点头，怯怯地说："郑阿姨好！"

郑嘉美佯装生气，说："怎么还叫郑阿姨呀，应该叫妈妈！"

小女孩犹豫片刻，终于叫了声："妈妈！"

就在三天前，一个美籍华侨曾来过孤儿院。当时，一个叫贝贝的孩子最先叫爸爸，华侨很高兴，当即领养了她。看着贝贝兴高采烈地坐上轿车，童童羡慕极了。所以，今天童童再也不想错过机会。

郑嘉美很高兴，亲热地将童童搂

在怀里。接下来的三十分钟，郑嘉美对着摄像机镜头，在童童的脸上亲个不停。童童的心里暖暖的，打记事起，就没有谁对她这样好过。所以，童童紧紧地抓着郑嘉美的手，生怕她突然离开。

十点钟，发布会准时结束。记者们纷纷离开，准备明天报纸上的头条新闻。郑嘉美正想多跟童童说几句话，却被经纪人匆匆拉进了轿车。

童童伤心极了，哽咽着问院长："妈妈为什么不接童童回家，是不是童童不乖？"

院长摇了摇头，说："不，童童很乖。妈妈……一定是太忙了，童童听话，耐心在这里等着，妈妈一定会来接你的！"

童童听罢，高兴地点了点头。童童并不知道，郑嘉美来孤儿院只是为了配合宣传。再过几天，郑嘉美主演的电影《快乐小天使》即将上映。在剧中，她扮演的是一位孤儿院的义工。所以，经纪公司策划了这个吸引媒体眼球的活动。

可是，童童的心中燃起了希望。每天清晨，她背着一个卡通小书包，满怀期待地等在孤儿院门口。那个卡通小书包，装着童童的全部家当。童童将它背在身上，随时准备着跟妈妈回家。

日子一天天过去了，孤儿院门前的树叶从嫩绿变成金黄，最后，纷纷

枯萎掉在了地上。然而，郑嘉美却再也没有来过。

院长见了，心中不忍，就劝童童"童童，别再等了。也许，妈妈不会来了……"

童童却显得很倔强"不，我要站在这里。不然，妈妈会找不到我的！"

院长摇了摇头，不再阻拦。

初冬的时候，郑嘉美却突然来了。原来，郑嘉美凭借《快乐小天使》一举夺得最佳女主角，名声一天天火了起来。然而，没多久，有一家报纸爆料，郑嘉美领养孤儿只是作秀。那

家报纸的发行量很大，一时间，郑嘉美在影迷心中的形象一落千丈。媒体记者愈闹愈凶，最后，郑嘉美不得不当面澄清。

那天，孤儿院又是人山人海。童童听到动静，像一只欢快的蝴蝶从屋里跑了出来，一边跑，一边大声喊着："妈妈，是你来了吗？"

郑嘉美刚想招呼，早被一个光头记者抢在了前面。光头记者微笑着掏出一块奶糖，问："童童，你是一个诚

实的孩子吗？"

童童一边嚼着奶糖，一边认真地回答："嗯，童童是诚实的孩子！"

光头记者狡猾地笑了，问："童童，那你告诉叔叔，你能经常看到妈妈吗？"刹那间，记者们的话筒全递到了童童面前，郑嘉美的额头开始出汗。她明白，只要童童说漏一句话，自己的前途就毁了。

童童看了郑嘉美一眼，轻声地说："嗯，我经常能看到妈妈。"郑嘉美一听，不禁长舒了一口气。记者们显得很失望。本来，他们以为能抓住郑嘉美的把柄。谁知，结果竟然是这样。

光头记者步步紧逼，问："童童，那你妈妈在这里都干了些什么呢？"

童童想了想，说"妈妈亲手做许多漂亮的洋娃娃，妈妈给小朋友们包又大又香的饺子，妈妈教小朋友们唱《快乐小天使》……瞧，我都学会了呢！"说罢，童童轻声唱了起来，"我是快乐小天使，折了翅膀轻轻拥抱你。从此，世界没有了忧伤，没有了哭泣……"

记者们都被感动了。郑嘉美却低着头，羞愧难当。

光头记者还不死心，问："既然这样，为什么妈妈不带你回家？"骤然间，现场鸦雀无声。毫无疑问，这是最尖锐的问题。郑嘉美究竟是假慈善，还是真爱心，只待童童这一句答

案。

童童又望了郑嘉美一眼，小声地说："因为，我不想离开这里……"

谁会怀疑一个小女孩的话呢？打出生起，童童就没离开过"阳光"孤儿院。她单纯得像一张白纸，连撒谎都不会。于是，记者们纷纷离开了，他们知道明天报纸的头条该怎么写了。

记者们走后，郑嘉美终于忍不住失声痛哭："童童，是妈妈不好，半年来从没来看过你！"

童童替她擦了擦眼泪，说"没关系，我知道妈妈很忙。所以，我每天想象着妈妈来看我！"

郑嘉美惊呆了："想象着妈妈来看你？"

童童轻轻点了点头。

郑嘉美明白了，童童在记者面前说的那些，都是电影《快乐小天使》里的情节。她从来没亲手做过洋娃娃，没给孩子们包饺子，也没教孩子们唱歌。

郑嘉美再也忍不住了，说："童童，真对不起，妈妈今天就带你回家！"其实，郑嘉美早就有了收养童童的念头。那天，她第一次看见童童，心中便有一种说不出的喜欢。可是，郑嘉美的男朋友不同意，因为，他不想当一个未婚爸爸。为此，郑嘉美还差点跟他分手。这次，郑嘉美下定了决心，一定要将童童带回家。

没想到，童童却摇摇头说："妈妈，我不想离开这里！"

郑嘉美愣住了："为什么？"

童童牵着郑嘉美的手，将她带到了一个狭小的房间里。那边，有一台破旧的电视机和一台DVD。郑嘉美不知道，这是孤儿院孩子唯一的娱乐方式。

童童指了指电视屏幕，说"每次我想妈妈了，就会打开DVD看妈妈演的电影。那时，所有的小朋友都坐在这里。我会骄傲地说，瞧，她就是我的妈妈。小朋友们都羡慕极了。但是，他们都没有妈妈。所以，我就把你送给了他们。我们一起对着电视喊妈妈……"

听着听着，郑嘉美早已泣不成声。

童童也哭了，哽咽着说："妈妈，我不走……如果我走了，就将你整个带走了。这样，他们就没有妈妈了……"

后来，郑嘉美真的成了所有孩子的妈妈。她为孤儿院捐款捐物，并且，号召演艺圈的同仁一起献爱心。只是，谁也不知道，当年，是一个纯真的孩子感动了她。

（题图、插图：安玉民 梁 丽）

（本栏目欢迎来稿。来稿可从邮局寄发，也可从网上传递。如为电子邮件，请发以下信箱：zhong98305@sina.com）

# 老婆爱打包

□ 翠莲

阿强的老婆下午去喝喜酒，叮嘱阿强千万不要做晚饭，等她连饭带菜一块打包回家。

早在两天前，老婆就在酝酿这场喜酒该怎么打包了。说来也是，阿强家可不富裕，喝个酒花去二百块，怎么也得好好打个包，能省一顿是一顿。

下班回家后，阿强和儿子一边看动画片，一边兴奋地等着老婆把好吃的带回家。

五点开的席，满打满算一个小时应该足够了，然而父子俩等到六点半，老婆还没回来。

儿子坐不住了，直嚷肚子饿。阿强不停地给儿子打气："坚持就是胜利！儿子，再坚持五分钟，妈妈就回来了。"

可好几个五分钟过去了，老婆还是没回来。阿强也开始坐不住了，老婆又没有手机，不知道她那边的情况，真是急死人。

阿强走到厨房看看有什么东西可吃的，先往肚子里打点底。可找了一遍，啥吃的也没有，只好咕嘟咕嘟灌了一杯凉开水。

又等了半个小时，儿子吵着要去买方便面，阿强咽了咽口水，说道："再坚持五分钟……"

话音刚落，门铃响了。阿强一个箭步蹿到门边，谁知开门一看，门外却不是老婆，而是刚搬来几天的女邻居杨大婶。

原来杨大婶忘记带钥匙了，而她老公又去喝喜酒了，一看阿强家亮着灯，就想进来坐坐，等老公回来开门。

阿强心想，来的真不是时候。可

总不能拒绝呀，只好笑着请她进了屋。

杨大婶坐下问："吃过了吧？"

阿强不好意思让人家知道他在等老婆打包，只好硬着头皮说："吃过了。"

看着看着电视，很快就到了晚上九点。阿强担心老婆这会儿回来，让客人看见不光彩，就试探着说："杨大婶，大叔应该回来了吧？"

"早着呢！"杨大婶气呼呼地说，"我知道他，喝起酒来就把姓忘了的人，不到十二点肯定回不来！"

阿强心下暗暗叫苦。偏在这时，儿子不知趣地喊了起来："爸，我快饿死了！"

杨大婶大惊："你们还没吃饭啊？"

阿强又饿又气，也顾不得什么面子了，愤愤地说："吃什么呀？他妈去喝喜酒，非要我们等她打包回来才吃。"

杨大婶说"这么晚了，不会是出什么事了吧？"

阿强一听，也有点慌了，情急之下，猛然想起老婆的一位同学也一块去了，就赶紧拿起电话打那位同学的手机。

对方一听阿强问老婆，笑嘻嘻地说："放心吧，我和她还在酒店呢，跑不了。"

阿强松了口气，让对方叫老婆听电话。还没等他开口，老婆就像打枪一样说道："老公，我知道你肚子很饿，请再坚持半个小时。那边一桌还有几个酒鬼没有走，桌上的菜有七成没有动过呢，等我打包完马上赶回去……"

阿强终于忍无可忍了，"啪"地放下电话，骂道："丢人！就在那儿等人家走了好打包！"

杨大婶问阿强老婆在哪个酒店，阿强脸色发绿，有气无力地说就是那个什么香格里拉。

"把电话给我。"杨大婶拿起电话，拨了个号码，冲着话筒吼了起来，"死鬼，你们到底有完没完？你马上给我散了，让人家好打包回家，还有人等着吃饭，你把人家父子俩饿成什么样子了！"

·幽默世界·

# 追捕行动

□ 御　猫

小飞是个贼。这天，他在一家超市门口瞄上了一辆崭新的自行车，见四下里没人，就悄悄掏出工具，三下五除二得手了。谁知，小飞刚放下工具，就听门口有人喊："你是谁，干吗偷我的车？"

小飞吓坏了，骑上自行车就跑。

那失主急了，顺手也推了辆自行车，从后面追了上来。两人你追我赶，谁也不肯松手。小飞想，我年轻力壮，半路一定能甩掉你。谁知，那失主也不是省油的灯。小飞使劲全力，竟然也没能甩掉他。

骑了半天，小飞的面前出现了一片湖水。眼看追兵将至，小飞急急地扔了自行车，跳进湖里拼命游。游了一会儿，小飞偷偷回头看，那失主竟也扔了车，扑通跳进了湖里。小飞傻眼了，只好硬着头皮，继续朝前游。

这湖可真宽，仿佛一眼望不到尽头。小飞使足了吃奶的劲，一路劈波斩浪，这才没让失主追上。

好不容易游到对岸，小飞沿着公路撒腿就跑。那失主也不甘示弱，上岸后继续追。这真是一场漫长的持久战，累得小飞直骂娘。约摸半个多小时后，小飞终于筋疲力尽地倒在了公路上。过了一会儿，那失主也气喘吁吁地追了上来。

小飞躺在地上，连连讨饶"求求你，别再追了，我跟你去派出所还不成吗？"那失主一屁股坐在地上，费力地说："谁要带你去派出所了？"

小飞愣了。"那你追我干吗？"那失主竟然笑了："真没想到，一个小毛贼这么厉害！不过当小偷始终不是正道。实话告诉你，我是个体育教练。刚才，你骑车、游泳、跑步每一项都出类拔萃，不如跟我去练铁人三项？"

86

·幽默世界·

# 足球 请别说

□ 张洪瑜

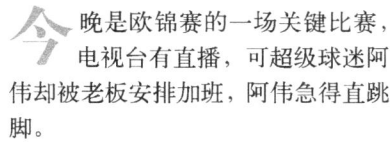

今晚是欧锦赛的一场关键比赛，电视台有直播，可超级球迷阿伟却被老板安排加班，阿伟急得直跳脚。

好不容易熬到天亮，老板示意他可以回家休息了。阿伟连卫生间也没去，憋着一泡尿冲出公司，跳上最早的那班公共汽车。在车上，阿伟旁边有两个小伙子正在谈论欧锦赛，阿伟一听就紧张起来，双手使劲捂住耳朵，可他们的谈话还是钻了进来。而且，两个小伙子的话题很快就来到了昨晚的那场决赛。

阿伟赶紧大喊一声："停！请你们不要再谈论下去了，好吗？"

两个小伙子生气地说："你管得着吗？这里又不是你家，我们爱说啥说啥！"

阿伟掏出钱包，摸出二十块钱递过去："哥们，如果你们在我下车前不再谈论足球，我请你们喝茶。"两个小伙子疑惑地看了他一眼，又瞧瞧他手上的钞票，笑嘻嘻地接了过来："好说，那我们就为了你忍一忍吧！"

阿伟刚松了口气，忽然又听见后面有人在说足球。他回头一看，原来是个中年人在读报纸，而且刚好读到有关欧锦赛的内容。阿伟焦急地打断他："大哥，请你不要念出声，行不行？"

中年人抬头微微一笑："习惯了，我看报纸不念出声不行啊！"

阿伟又掏出钱包，给他递去二十块："给你二十块，请您在这十分钟内改变习惯，等我下车你再恢复吧！"

"好吧。"中年人装作一脸无奈地

·幽默世界·

接过钱，把报纸收了起来。

阿伟正了正身子，忽然发现全车的乘客都在向他看过来。沉默了几秒钟之后，他前面的老人突然和怀里的孙子谈起了足球……

阿伟摸摸钱包，知道这车不能再坐下去了，刚好到了一个站，他飞快地跑了下去，招手上了一辆出租车。

在出租车上，阿伟疲惫地往座位上一仰，心想：这回不会再有人说足球了吧？

可没过一会儿，司机打开了收音机，里面正在播报体育新闻。阿伟连忙喊："大哥，把收音机关了吧！"

司机说："等一会儿，我想听听欧锦赛的消息。"

阿伟惊呼："天啊，我就是不愿意听这个鬼消息！"

司机不解地问他："你就这么恨足球？"

"恰恰相反！"阿伟心急如焚地说，"我比谁都热爱足球，可昨晚的比赛我因为加班没法看，于是我让老婆在家把比赛录下来，现在就是赶回家看录像的。如果你告诉了我比赛结果，我再看录像，还会有激情吗？"

司机恍然大悟："可是，我还是想告诉你，昨晚的比赛……"

"不要说了！"阿伟从后面递过去二十块钱，"立刻把收音机关掉！"

司机看了看钱，眉开眼笑地说了句："好的，哥们！"

回到家，阿伟看到老婆正在拖地板，老婆一见他就说："昨晚的比赛……"

阿伟忙上前捂住老婆的嘴巴："亲爱的，看在我们是夫妻的分上，不要说了，我懂你的意思。"说罢，从老婆手里接过拖把。

当阿伟把地都拖了一遍，又把所有的窗户都擦干净后，他从冰箱里拿了几罐啤酒，"啪"打开一罐，然后美滋滋地往电视机前一坐，问老婆："好了，亲爱的，昨晚的比赛你都帮我录下来了吧？"

老婆漫不经心地说："我刚才就想告诉你，昨晚的比赛因故取消了，推迟在今晚举行。"

# 他身上有枪

□ 刘俊杰

四狗爱玩斗地主。这天，他和牌友从早斗到晚，结果输惨了。四狗怀疑赢家二宝作弊，身上可能藏了牌，可苦于抓不到把柄，也不好搜二宝的身。

散局后，几个人在商场里逛。四狗一看附近有个保安，顿时来了灵感，走过去悄悄对保安说："我怀疑有个顾客身上带有枪，可能要干什么事。"

保安一听，神经马上绷紧了："在哪？在哪呢？"四狗带他追上去，指指二宝的背："就是他，你们可要小心，他要是拿枪行凶就麻烦了。"

保安不敢怠慢，拿出对讲机召来几个同伴。几个人不动声色地包围住二宝，然后步步逼近。二宝一看这阵势，大吃一惊："你们想干什么？"

保安威严地问："你身上藏有什么东西？"二宝脸色一变，支支吾吾："没、没有……"可他的神情显然是不打自招，保安神色严峻地喝令道："不许动，把你的枪交出来！"

二宝吓坏了，但嘴里还是嚷着没有，几个保安一着急，冲上去按住了二宝，一人扭住一条胳膊，另一个就在他身上搜起来。可摸了半天，啥也没搜到。二宝说："你们看，我身上哪来的枪嘛？"旁边两个保安也慢慢松开了手。

四狗看到这，着急呀，忍不住想上前看个究竟。这时，一个保安从二宝身上搜出四张纸牌，定睛一瞧，四张全是大老二。四狗兴奋地大嚷："炸弹！还说没出千，这是什么？"

话音刚落，旁边一位保安脸色大变，猛地把四狗推出三丈远，大吼一声："所有的人都散开！"接着，又以迅雷不及掩耳之势，奋不顾身把二宝扑倒在地。

二宝杀猪一样嚷起来："我犯什么法了？我又没带枪！"只听那个保安大喝一声："你没带枪，带炸弹更不行！"

# 弃暗投明

□ 无 量

乔治是一名警察。这天，他突然接到上级的密令。原来，罗丹街有个疑犯，被警署限制了人身自由。为了取得罪证，警署安排乔治假扮水果贩子，在疑犯家楼下蹲点。

第二天，乔治就批了几箱水果，像模像样地在罗丹街摆起了摊。出门前，乔治特意做了一番伪装，竖起高高的衣领，将对讲机藏在里面。

每天，乔治起早贪黑地卖水果。那疑犯十分狡猾，常常从窗口探出头来，警惕地朝楼下来回张望。乔治丝毫不敢马虎，一边吆喝着卖水果，一边紧盯着不放。

可是，整整一个星期过去了，罗丹街既没有可疑的车辆，也没有可疑的人物，更没有可疑的交易出现。乔治急了，请示上级，要不要采取其他行动？上级回答，按兵不动，继续盯梢。

不知不觉，一个多月过去了。

疑犯继续呆在楼上，和警方僵持着。乔治晒得皮肤黝黑，看起来活脱脱一个水果贩子。就在乔治焦急万分的时候，警署突然通知他，疑犯投案自首，主动交代了。

在审查室，乔治颇为感慨地对疑犯说："你知道吗？我在你家楼下辛辛苦苦盯了你一个月！"

疑犯点了点头，说："其实，你一来我就知道了。刚开始我挺紧张的，还想着怎么逃跑。但后来……"

乔治诧异地问："后来怎么样？"

疑犯竟然笑了："后来，我看你生意越做越好。我替你盘了账，上个月，你至少赚了 3000 美元。我犯的那点事，最多蹲三五年大牢。可是，我每天心惊胆战，还没你赚得多。我已经想好了，等出狱后，就在你蹲点的地方摆摊卖水果……"

**（本栏题图、插图：顾子易 王俭）**